Kate Sunday
Herzklopfen

Das Buch:

»*Er hatte sie umgehauen, mit seinen blauen Augen und dem süßen Lächeln, einfach verzaubert. Sie wollte ihn. Ihn und keinen anderen.*«

Für die 16-jährige Nele aus dem Schwarzwald geht ein lang gehegter Traum in Erfüllung. Ein Jahr lang darf sie als Austauschschülerin in Australien verbringen. Sie kann ihr Glück kaum fassen, als sich der sexy Surfer Jake, Schwarm sämtlicher weiblicher Wesen der Victor Harbor High, für sie zu interessieren scheint. Sie setzt alles daran, Jake zu gewinnen, nichts ahnend, dass sie sich damit gefährliche Feinde schafft. Längst werden hinter ihrem Rücken fiese Pläne geschmiedet. Neles Rivalinnen sind nicht bereit, ihr Jake kampflos zu überlassen. Doch auch er spielt nicht mit offenen Karten, denn er hat ein dunkles Geheimnis zu bewahren. Der coole, undurchsichtige Chris verfolgt indessen eigene Pläne. Als er sich einmischt, überschlagen sich die Ereignisse. Nele gerät in höchste Gefahr. Freunde und Familie lassen nichts unversucht, um Nele zu retten. Doch die Situation erscheint aussichtslos. Kommt jegliche Hilfe zu spät?

Die Autorin:

Kate Sunday, geboren in Köln und in Süddeutschland aufgewachsen, hat eine Zeit lang in den Vereinigten Staaten gelebt. Nach dem Abitur studierte sie Anglistik und Deutsche Philologie (M. A.), arbeitete anschließend im Bibliographischen Institut & F. A. Brockhaus AG als Redaktionsassistentin. Am liebsten schreibt sie über die Liebe, unter anderem Namen entwirft sie Kurzgeschichten für Erwachsene und Kinder. Ihre Kindergeschichten werden jährlich von einem lokalen Radiosender ausgestrahlt. Die Autorin ist Mitglied bei DeLiA, der Vereinigung deutschsprachiger Liebesromanautoren. Sie lebt mit Mann und Kindern an der Bergstraße. Herzklopfen Down Under ist ihr zweiter Roman.

Herzklopfen

Down Under

Kate Sunday

Roman

Herzklopfen – Down Under
Kate Sunday

Copyright © 2013 at Bookshouse Ltd.,
Villa Niki, 8722 Pano Akourdaleia, Cyprus
Umschlaggestaltung: © at Bookshouse Ltd.
Coverfotos: www.shutterstock.com
Satz: at Bookshouse Ltd.
Druck und Bindung: CPI books
Printed in Germany

ISBN: 978-9963-722-10-5 (Paperback)
978-9963-722-11-2 (E-Book .mobi)
978-9963-722-12-9 (E-Book .pdf)
978-9963-722-13-6 (E-Book .epub)
978-9963-722-14-3 (E-Book .prc)

www.bookshouse.de

Kapitel 1
Begegnung am Strand

Verführerisch glitzerte das Sonnenlicht auf dem türkisblauen Wasser. Nele konnte es kaum erwarten, den feinen Sand unter ihren nackten Füßen zu spüren. Sie lehnte das grasgrün lackierte Fahrrad, das Gordon ihr ausgeliehen hatte, an den krummen Stamm eines Kängurubaums und zog die Sandalen aus. Barfuß folgte sie dem sandigen Pfad zu den mit Seegras bewachsenen Dünen an den Strand hinunter.

Unten angekommen sah sie zurück. Die Büsche und Bäume auf der Anhöhe verbargen jegliche Sicht auf die Straße.

Perfekt! Es war ein wunderbares, verschwiegenes Plätzchen. Genau so, wie sie es liebte. Sie setzte sich, schlang die Arme um die Knie und ließ den Blick schweifen. Schaumgekrönt rauschte die Brandung an den Strand. Weit draußen schaukelten ein paar Boote. Nele konnte das ferne Tuckern von Schiffsmotoren hören. Sie atmete tief ein, schloss die Augen und lauschte dem rhythmischen Schlagen der Wellen.

»Na, Zuckerpüppchen? Suchst du Gesellschaft?« Den zynischen Worten folgte ein hämisches Lachen.

Nele schreckte auf. Ein paar düstere Gestalten umzingelten sie, musterten sie neugierig und wenig freundlich.

»Was macht 'ne Sheila wie du so allein am Strand?« Einer der Kerle zwinkerte ihr anzüglich zu. Die karottenfarbenen Haare, starr vor Gel, standen ihm wie Stacheln vom Kopf ab.

Fieberhaft suchte sie nach einer passenden Antwort. Sie war nicht besonders schlagfertig, erst recht nicht in einer fremden Sprache. Während sie verzweifelt überlegte, was sie entgegnen könnte, stänkerte der junge Mann weiter.

»Ich würde dir gern ein paar Dinge zeigen«, er streckte seine Zunge heraus und kreiste mit den Hüften, »dass du nicht mehr weißt, wo oben oder unten ist.«

Seine Bemerkung wurde mit schallendem Gelächter quittiert. Neles Herz begann, verrückt gegen ihre Rippen zu hämmern. Sie schluckte schwer.

»Hey Bluey, ich glaub, die Schnecke ist interessiert«, rief ein anderer.

Über Blueys Gesicht glitt ein fieses Lächeln.

»Lasst mich in Ruhe«, stieß Nele endlich hervor, ärgerlich, weil ihre Stimme zitterte. Es war die falsche Entscheidung gewesen, diese stille Bucht aufzusuchen.

»Lasst mich in Ruhe«, äffte Bluey Nele nach. Er wandte sich den anderen zu. »Die Dame scheint kein Interesse an uns zu haben. Hey Spider, was schlägst du vor? Was sollen wir mit der Schnitte veranstalten?«

»Ich hätte da ein paar Ideen.«

Spider? Nele fuhr herum. Was für ein grässlicher Name! Ein kalter Schauder lief ihr den Rücken hinunter. Sie hasste Spinnen, hatte panische Angst vor ihnen. Weil die Sonne sie blendete, beschattete sie ihre Augen. Spider war ein hochgewachsener, drahtiger Kerl. Er trug ein kurzärmeliges Kapuzenshirt, das die muskulösen Oberarme betonte. Eine verspiegelte Sonnenbrille verbarg seinen Blick. Lässig schob er die Hände in die hinteren Hosentaschen seiner abgeschnittenen Jeans.

»Du scheinst nicht von hier zu sein, Chick«, stellte er spöttisch fest. »Schwedisch? Russisch?«

Erneut lachte die Gruppe, es klang nicht freundlich.

»Oder ... Lass mich überlegen ...« Er legte einen Finger an seine Lippen. »Bist du nicht die Deutsche, die bei den Henleys wohnt?«

Nele sah verzagt von einem zum anderen. Das Blut rauschte in ihren Ohren, trotz der Wärme fing sie an zu frieren.

»Aber klar, du hast recht, Spider!« Bluey trat näher. Neben Nele sank er in den Sand. Sie konnte die Mitesser auf seiner pickligen Haut und die feinen rotblonden Härchen über der Oberlippe erkennen. Sein Atem streifte sie, ein unangenehm süßlicher Geruch. Angewidert wich sie zurück.

»Ich wüsste nicht, was euch das angeht«, konterte sie tapfer und schluckte.

Bluey nahm eine ihrer Haarsträhnen zwischen seine Finger und zog spielerisch daran. »Gefällt mir, wie widerspenstig du dich gibst, Süße. Turnt mich richtig an.«

Neles Puls begann zu rasen. Ihre Alarmglocken schrillten unüberhörbar. Sie biss sich auf die Unterlippe. Was sollte sie jetzt machen? Weit und breit war niemand in Sicht, der ihr zu Hilfe hätte eilen können. Sie war auf sich gestellt.

»Schnapp sie dir«, rief einer der Kerle.

Die anderen fielen mit ein: »Zeig ihr, wo der Hammer hängt!«

»Wartet«, unterbrach Spider sie in einer tiefen, ruhigen Tonlage.

Sofort ließ Bluey Neles Haar los. Sie nutzte die Gunst des Augenblicks und sprang auf. Vielleicht bewies dieser Spider doch noch ein Gewissen und ließ sie gehen. Instinktiv schloss sie ihre Finger um den Opalanhänger an ihrem Hals, den ihr die Großeltern als Glücksbringer mit auf die Reise gegeben hatten. Sie wollte sich einen Weg durch die Gruppe bahnen, doch sie kam nicht weit.

»Sie gehört mir.« Spiders Stimme klang kalt, berechnend.

Nele erstarrte. In Sekundenschnelle war Bluey an ihrer Seite und hielt sie fest. Grobe Finger bohrten sich in ihren nackten Oberarm.

»Wohin so eilig?«, fragte er übertrieben sanft. »Hast du Spider nicht verstanden? Was er sagt, ist Gesetz.« Er nickte dem anderen Typen zu. »Wir nehmen die Braut für dich mit.« Sein Mund verzog sich zu einem hässlichen Grinsen. »Sie ist die Deine, Spider.«

Neles Pulsschlag jagte in wildem Galopp durch ihre Brust. Ihre Knie begannen zu zittern.

»Lasst sie gehen!«

Ruckartig wandten sich alle Köpfe um. Ein junger Mann mit einem Surfbrett unter dem Arm kam auf sie zu. Er trug knielange, türkisblaue Boardshorts, die gefährlich tief auf seinen Hüften ruhten. Wassertropfen rannen über seinen braun gebrannten Oberkörper. Als er vor ihnen stehen blieb, machte Neles Herz einen Sprung. Sie erkannte den Fremden, denn er war ihr ein paar Mal im Schulflur und in der Kantine begegnet. So jemanden vergaß man nicht. Jedes Mal hatte sie sich gewünscht, sie wäre diejenige, der er dieses hinreißend schiefe Lächeln schenken würde, und nicht der blonden Schönheit, die ihn begleitete. Er hieß Jake.

»Ach, schau an.« Spider stemmte die Fäuste in die Seiten und spuckte Jake vor die Füße.

Jake verzog keine Miene, gelassen blickte er dem anderen ins Gesicht. »Lasst sie los!«

»Retter der unschuldigen Jungfrauen, was?« Spider grunzte. »Die Rolle kaufe ich dir nicht ab.«

Einen Moment taxierten sie sich schweigend. Die Spannung knisterte fast greifbar.

»Glaubst du, du bist etwas Besseres?«, fauchte Spider schließlich.

Neles Blicke schnellten zwischen den beiden hin und her. Sie spürte die unterschwelligen Schwingungen und ahnte, dass es hier um weit mehr als nur um ihre Person ging.

Unvermittelt zuckte Spider mit den Schultern. »Ich bin eh nicht interessiert.« Er drehte sich zu den anderen um. »Hauen wir ab, Leute.«

»Ey Mann, ist das jetzt dein Ernst? Sie ist doch heiß ...«
Widerstrebend gab Bluey Nele frei.

Sie rückte rasch von ihm ab, rieb sich über die schmerzende Stelle. Am liebsten wäre sie sofort weggelaufen, aufs Fahrrad und fort, doch sie spürte, dass es ein Fehler sein könnte, auf sich aufmerksam zu machen.

Bluey hob fassungslos die Hände und schnappte wie ein Goldfisch auf dem Trockenen nach Luft. Wenn Nele nicht vor Angst halb gelähmt gewesen wäre, hätte sie lachen müssen.

»Mit dem Verräter machen wir uns die Finger nicht dreckig«, erklärte Spider verächtlich und verschränkte die Arme vor seiner Brust. »Es gibt andere, die mit uns Spaß haben wollen. Kommt, ich geb 'ne Runde im Hotel Victor aus.«

Geraune entstand, während sich die Gruppe unter Protest in Richtung Promenade zurückzog.

»Ich weiß nicht, wie ich dir danken soll«, flüsterte Nele. Sie zitterte noch immer. »Wenn du nicht gekommen wärst ...« Sie brach ab und streckte Jake zögerlich ihre Hand entgegen.

Er ließ das Brett in den Sand fallen und nahm ihre Finger in seine. Sie waren angenehm warm und erst jetzt spürte sie, wie eiskalt ihre sich anfühlten. Ihre Blicke trafen sich. In Neles Magengrube begann ein seltsames Flattern. Jake besaß auffallend blaue Augen. An seiner rechten Schläfe verlief eine lange Narbe, die ihm ein verwegenes Aussehen verlieh.

»Du bist die deutsche Austauschschülerin, nicht wahr?«
Sie nickte. »Ich bin Nele. Nele Behrmann.« Er kannte sie?
»Nele.«

Als er ihren Namen wiederholte, klang es merkwürdig. Fremd. Und wunderschön. Ein paar himmlische Sekunden lang sahen sie einander an.

»Ein ungewöhnlicher Name«, fand Jake.

Er hatte immer noch nicht losgelassen. Ihre Finger kribbelten. Um sein Handgelenk trug er ein paar Lederarmbänder. Er lächelte, und ihr Herz schlug ein wenig schneller. Sie löste sich von ihm. Strich sich verlegen eine lange Haarsträhne hinter das Ohr.

»Du weißt, wer ich bin?«

»Es ist nicht schwer, in unserer Schule den Überblick zu behalten.« Er grinste.

Da war es wieder, das unwiderstehliche Lächeln. Dieses Mal für sie. Nele schmolz dahin.

»Ich bin übrigens Jake.«

»Ich weiß«, entfuhr es ihr und am liebsten hätte sie sich im selben Moment auf die Zunge gebissen. Noch immer ruhten seine Augen auf ihr.

»Wollen wir uns setzen?«, schlug er vor. »Oder musst du …«

»Nein, nein«, unterbrach sie ihn rasch. »Ich hab Zeit.«

Sie ließ sich neben ihn in den Sand sinken, umklammerte ihre Knie mit den Armen. Sie war sich seiner Nähe überdeutlich bewusst. Die blonden Härchen auf seinen Unterarmen schimmerten golden im Licht der späten Sonne. Die Tropfen auf seinem muskulösen Oberkörper waren getrocknet. Nele wagte kaum ihn anzusehen. Sie versuchte, ruhig zu atmen, fixierte den Horizont. Eine Silbermöwe schoss vorbei, verlor sich im Graublau des Himmels. Die Luft roch nach dem Salz des Meeres, duftete nach Muscheln und Tang. Wispernd strich der Seewind durch das hohe Dünengras. Wenn Jake sich zu ihr herüberbeugen, sie in den Arm nehmen und sanft küssen würde … Nele seufzte leise auf.

»Ist alles in Ordnung?«

Sie lief feuerrot an. »Klar.« Weil sie nicht wusste, wohin mit ihren Händen, nahm sie eine Handvoll Sand auf und ließ die Körnchen durch die Finger rieseln.

»Warst du schon auf Granite Island?«

Neles Blick folgte Jakes ausgestrecktem Zeigefinger. Die Insel, über einen Holzdamm mit dem Festland verbunden, schien zum Greifen nah. »Noch nicht.«

»Du musst unbedingt einmal den Rundgang machen.« Jakes blaue Augen funkelten. »Von der Anhöhe aus kannst du von Mai bis November mit etwas Glück Wale beobachten.«

»Im Winter?«

»Hm.« Er musterte sie einen Moment prüfend. »Für wie lange bist du eigentlich da?«

»Ein knappes Jahr.« Warum fragte er?

»Und wie kommt jemand wie du nach Australien?«

Irritiert sah Nele ihn an. »Was meinst du? Warum ich Austauschschülerin bin?«

»Wieso ausgerechnet Australien, nicht Amerika oder Frankreich?«

Nele malte kleine Kreise in den Sand. »Kennst du *McLeods Töchter*?«

»Die Fernsehserie?«

»Genau.« Sie lächelte. »Ich bin ein Riesenfan. Meine Freundin Johanna und ich haben jede einzelne Folge gesehen, und ich habe immer davon geträumt, einmal hierher zu kommen. Außerdem fasziniert mich die Geschichte der Ureinwohner.« Sie lächelte. »Hab wohl gut ein Dutzend Bücher über die Traumzeit verschlungen.«

»Wow.« Jake schien beeindruckt. »Wusstest du, dass zum Beispiel der Bluff eine wichtige Rolle in den Traumzeitgeschichten der Ngarrindjeris spielt?«

Nele betrachtete den Berg, der am westlichen Ende der Bucht wie der runde, glatte Bauch eines Wals aus dem Wasser ragte. »Sind das nicht Aborigines, die auf der westlichen Fleurieu Halbinsel verwurzelt sind?«

Er nickte schmunzelnd. »Genau. Ich sehe, du kennst dich aus. In der Schulbibliothek findest du ein paar gute Bücher über die Ureinwohner dieser Gegend.«

»Okay. Danke für den Tipp.«

Eine kleine Pause entstand, in der jeder seinen Gedanken nachhing. Ein jäher Windstoß blies Nele eine Haarsträhne in die Stirn. Gedankenverloren griff sie nach ihr. Die Stimmen ihrer Eltern schoben sich in ihr Bewusstsein, das freche Lachen ihres Bruders. Der Hof mit dem an den Seiten tief herabgezogenen Walmdach, der Bauerngarten, den ihre Mutter liebevoll pflegte, und die sanft abfallende Blumenwiese. Wie oft hatte Nele im Sommer mit Johanna dort auf einer Decke gelegen und Zukunftspläne geschmiedet? Jähe Sehnsucht nach den vertrauten Dingen überfiel sie.

»Wie gefällt es dir bei uns?«, wollte Jake unvermittelt wissen.

Abrupt tauchte Nele aus ihren Erinnerungen auf. »Es ist ...«, sie suchte nach Worten, »überwältigend. Anders.«

»Inwiefern?«

Sein intensiver Blick verwirrte sie. Sie schlug die Lider nieder. »Na ja, bei euch ist alles verkehrt herum.«

Er stutzte, dann lehnte er sich grinsend zurück. »Down Under! Der Name ist Programm. Aber was genau meinst du?«

»Ihr fahrt auf der anderen Seite der Straße, und Fußgänger gehen links aneinander vorbei.« Nele hatte schon den einen oder anderen Anrempler erhalten, weil sie sich dessen nicht bewusst gewesen war. Ihre Gastschwester Tara hatte sie vor Kurzem darauf hingewiesen, dass sie grundsätzlich auf der falschen Seite des Schulflurs lief.

»Du hast recht«, stimmte Jake zu. »Eigentlich seid ihr es aber, die auf der verkehrten Seite fahrt.« Sie tauschten ein Lächeln.

»Bei uns ziehen Sonne und Mond ihre Bahnen am südlichen, nicht am nördlichen Himmel«, fuhr sie fort.

Jake hob eine Augenbraue.

»Das bedeutet, dass bei uns die Sonne mittags im Süden steht und bei euch im Norden. Außerdem sieht ein zunehmender Mond in Australien aus wie ein abnehmender in Deutschland.« Sie sah hinauf. »Wenn ich nachts die unzähligen glitzernden Sterne sehe, bin ich total fasziniert. Es ist ganz anders als daheim.«

»Du scheinst eine Menge über dieses Astrologie-Dingsbums zu wissen.«

»Astronomie«, verbesserte sie ihn.

»Astronomie«, wiederholte er gehorsam.

Sie musterte ihn, bemerkte das Aufblitzen von Humor in seinen Augen. Neckte er sie? Rasch sah sie weg. Eine Weile saßen sie schweigend beieinander, nur der vereinzelte Schrei eines Seevogels und das Rauschen der Brandung durchbrachen die Stille. Nele hatte das Gefühl, noch etwas sagen zu müssen. Etwas Cooles. Witziges. Sie wollte nicht, dass er dachte, sie sei langweilig. Eine harmlose, langweilige Deutsche, die sich zwar in Astronomie auskannte, die aber ansonsten den Mund nicht aufbekam.

»Du surfst?«, fragte sie.

Jake deutete mit dem Kinn auf das Brett, das neben ihm im Sand lag. »Wie man sieht«, erwiderte er feixend.

Neles Wangen glühten. Volltrottel. Nele, du bist ein Volltrottel. Tara würde jetzt mit Jake flirten. Spielerisch eine Haarlocke um ihren Zeigefinger wickeln, ihm unter den langen Wimpern hervor verführerische Blicke zuwerfen und locker mit ihm plaudern. Eigentlich war es ganz einfach. Warum wollte es ihr nicht gelingen?

Es lag nicht nur an der fremden Sprache. Sie war in solchen Dingen ungeschickt. Wenn ihr jemand gefiel, wurden ihre Hände feucht, ihr Herz begann zu rasen, und ihr fiel absolut nichts auch nur halbwegs Intelligentes ein, was sie von sich geben könnte. Da klaffte ein gähnendes Loch in ihrem Hirn, wo sich normalerweise das Sprachzentrum befand. Zudem war sie keine auffallende Schönheit, anders als Tara oder diese Blonde, die sie mit Jake gesehen hatte. Okay, sie war hübsch. Das versicherten ihr die

Freundinnen daheim immer wieder, aber sie besaß nichts Besonderes. Sie war eben nur Durchschnitt.

Ihre Aufmerksamkeit wurde durch ein paar Mädchen abgelenkt, die, braun gebrannt, in knappen Bikinis selbstbewusst vorbeischlenderten. Sie sahen herüber, eine von ihnen zwinkerte Jake zu, und er winkte lächelnd zurück.

Unauffällig ließ Nele den Blick an sich hinuntergleiten. Sie trug eine gelbe Shorts und ein bequemes, luftiges Baumwolltop. Zugegeben, ihre Beine waren weniger farblos als noch vor einigen Wochen, es wäre jedoch gewagt, sie als braun zu bezeichnen. Sie dachte flüchtig an bleiche Hühnerschenkel – nicht gerade das, was man sexy nennen würde.

»Normalerweise fahre ich zum Surfen nach Waitpinga oder Port Elliot«, durchbrach Jakes Stimme ihre düsteren Überlegungen. »Am Boomer Beach gibt es Megabrecher, aber heute musste ich für meinen Dad etwas erledigen und konnte nicht weg. Deshalb bin ich hier.«

»Aha«, sagte Nele und dankte Jakes Dad im Stillen. Was auch immer es war, um das er Jake gebeten hatte, es war eine glückliche Fügung. Sie war wahnsinnig froh, dass Jake aufgetaucht war. Erneut erschauderte sie bei dem Gedanken an die unverschämten Typen und bei dem, was vielleicht geschehen wäre, wenn er sie nicht vertrieben hätte. Wie gut, dass ihre Mutter niemals davon erfahren würde. Sie würde glatt einen hysterischen Anfall bekommen und ihr drohen, sie eigenhändig nach Hause zu holen, falls sie in Zukunft nicht besser auf sich aufpasste.

»Kennst du diesen Spider?«

Jakes Kopf schnellte herum. »Wie kommst du darauf?«

Sie erinnerte sich an die Spannungen zwischen den beiden und daran, wie Spider Jake einen Verräter genannt hatte. »Mir kam es vor, als ob ihr zwei ...«

»Nein.« Auf Jakes Stirn erschien eine steile Falte. Er strich einige widerspenstige Haarlocken aus dem Gesicht.

Nele hatte das unbestimmte Gefühl, ihn verärgert zu haben. Sie biss sich auf die Lippe.

»Wie sieht's mit dir aus? Surfst du?«

Erleichtert, dass er das Thema wechselte, verneinte sie. »Ich hab's noch nie probiert.«

»Dann solltest du es auf jeden Fall einmal versuchen. Das Gefühl auf dem Board von einer Welle getragen zu werden - es ist fantastisch! Mit nichts zu vergleichen.« Seine blauen Augen blitzten leidenschaftlich auf.

»Das glaub ich dir. Es macht bestimmt Spaß.«

»Möchtest du es lernen?«

»Was? Surfen?« Natürlich, Nele, was denn sonst? Sei nicht so begriffsstutzig! »Ich ... Vielleicht.«

Jake berührte sacht ihren Arm. Ihre Haut ging in Flammen auf. »Du weißt, dass sie in der Schule im Sommersemester Kurse anbieten, oder?«

Sie nickte. Mit dem Gedanken, sich anzumelden, hatte sie bereits gespielt. Sie fürchtete jedoch, sie würde sich vor den anderen in der Gruppe besonders ungeschickt anstellen, schließlich brachte sie keinerlei Erfahrungen mit. Außerdem war sie keine Wasserratte. Gewöhnlich reichte es ihr, die Zehen ins kühle Nass zu stecken. Andererseits war die Vorstellung, über das Wasser zu gleiten, wirklich verlockend. Eigentlich wäre ihr ein persönlicher Lehrer, der sie behutsam anleitete, am liebsten.

»Oder ich bringe es dir bei«, schlug Jake augenzwinkernd vor, als ahnte er, was in ihr vorging. Meinte er das ernst? Sie fixierte ihre Fußnägel und betete, dass er das wilde Pochen ihres Herzens nicht bemerken würde.

»Ich geh dann mal«, verkündete er unvermittelt. »Man sieht sich.« Leichtfüßig sprang er auf, bückte sich nach seinem Brett und klemmte es unter. »Du kommst klar? Ich könnte dich nach Hause begleiten ...«

Das Flattern in ihrem Magen begann erneut. »Ich bin mit dem Rad da.«

»Okay. Pass auf dich auf.« Er nickte ihr zu.

Nele blickte ihm sehnsüchtig nach, als er mit dem Board unter dem Arm davonlief. »Pass auf dich auf«, hatte er gesagt. Nele hütete diese Worte wie einen Schatz, als sie wenig später mit ihrem Drahtesel Richtung Victor Harbor zurückradelte.

Während er bäuchlings auf dem Brett liegend hinauspaddelte, dachte Jake über Nele nach. Sie ging ihm nicht aus dem Kopf. Etwas verklemmt kam sie ihm vor. Schüchtern, ein wenig steif. Und verdammt niedlich. Wunderschönes, honigblondes Haar. Wahrscheinlich wusste sie nicht, wie süß sie war. Er riskierte einen Blick zurück, sah sie zwischen den Dünen hinter einer Böschung verschwinden. Natürlich war sie ihm schon in der Schule aufgefallen. Allzu viel passierte nicht an der Victor Harbor High, deshalb waren die neuen Austauschschüler, die zu Beginn eines jeden Schuljahres auftauchten, immer dankbares Gesprächsthema. Von Sandy, die ein unerschöpflicher Quell für jegliche Art von Neuigkeiten war, hatte er erfahren, dass Nele aus einem süddeutschen Dorf stammte. Naserümpfend hatte Sandy berichtet, dass Neles Eltern eine Farm betrieben.

»Eine Farm«, rief sie aus, eine perfekte Augenbraue in die Höhe ziehend. »Kannst du dir das vorstellen? Sie ist ein Bauerntrampel.«

Jake fragte sich, was für eine Art Farm das sein sollte – was baute man in Deutschland an? Zu seiner Schande musste er gestehen, dass er kaum etwas über das kleine Land am anderen Ende der Welt wusste. Allein die legendäre Rockband Rammstein war ihm ein Begriff. Auf den wilden Partys der Clique hatten sie bevorzugt Heavy

Metal gehört, während sie – nein, daran wollte er nicht denken.

Jake schüttelte sich innerlich. Zurück zu Nele Behrmann. Sie hatte ihn auf Anhieb fasziniert. Die unschuldig blickenden Augen mit der Farbe eines geschliffenen Bernsteins, von langen, sehr langen Wimpern eingerahmt. Wenn sie lächelte, erschien auf ihrer linken Wange ein Grübchen, was er ziemlich sexy fand. Er war einem kleinen Flirt durchaus nicht abgeneigt, stellte er überrascht fest. Eine Romanze mit einer Deutschen, das wäre einmal etwas Besonderes, dachte er grinsend.

Kapitel 2
Tigerkatzen, Eukalyptusbäume und Hühnchenpie

Keuchend stieg Nele vom Rad, als sie die Kuppe der Anhöhe erreichte. Das nächste Mal würde sie es den steilen Hügel hinaufschieben. Sie drehte sich um und genoss den Ausblick auf die sanft geschwungene Bucht der Encounter Bay. Glitzernd und funkelnd lag das Meer in der goldenen Abendsonne. Kaum zu glauben, dass sie daheim jetzt froren, dick eingemummt gegen die Kälte Schnee schippten und das Eis von den Windschutzscheiben der Autos kratzten. Nele war froh, dass sie dem Rat ihres Vaters gefolgt war und sich nach anfänglicher Skepsis für das Auslandsjahr beworben hatte.

»Du solltest mal über den Tellerrand blicken«, erklärte Martin Behrmann, »deinen Horizont erweitern und lernen, offener und selbstbewusster zu werden.«

Nele hatte sich schwer an den Gedanken gewöhnen können, das geliebte Dorf und den elterlichen Hof zu verlassen. Andererseits bot sich die einmalige Chance, ihr Traumland kennenzulernen. Zunächst war sie enttäuscht, dass es sie nicht wie andere aus ihrem Austauschprogramm in eine der bekannten Städte wie Adelaide, Melbourne oder Sydney verschlagen hatte. Der Anblick von Victor Harbor, einer Kleinstadt, umgeben von fantastischen Stränden an der Küste Südaustraliens, versöhnte sie aber schnell. Sie mochte ihre neue Heimat, die ruhige Straße mit den ein- oder zweistöckigen Einfamilienhäusern und ihren gepflegten Gärten.

Nele steuerte auf ein Gebäude zu, das sich abseits inmitten einer Gruppe von hohen Eukalyptusbäumen versteckte. Ihr Zuhause in Australien. Vor drei Wochen war sie bleich, übernächtigt und halb krank vor Heimweh auf der anderen Seite der Erde angekommen. Inzwischen waren die ersten schrecklichen Tage, an denen Nele zum Weinen unter die Dusche schlüpfte, um sich vor der Gastfamilie keine Blöße zu geben, vergessen. Sie schmunzelte, als sie daran dachte, und richtete den Blick auf das Haus der Henleys.

Gordon, der Gastvater, hatte die Fassade in einem zarten Cremevanille und die Fensterläden hellblau gestrichen. Am schmiedeeisernen Geländer der Veranda, die zwei Seiten des Gebäudes umfasste, kletterten dunkelgrünes Efeu, weiß blühende Glyzinien und wilde pinkfarbene Rosen in verschwenderischer Pracht empor. Üppige Goldakaziensträucher begrenzten das Grundstück zum Nachbarn. Anfangs hatte Nele alles Neue begierig nachgeschlagen. Die Liebe zu den Pflanzen hatte sie von ihrer Mutter geerbt, die in ihrem Bauerngarten mit Hingabe ihre Blumen pflegte. Ein paar Korbsessel und ein Schaukelstuhl luden unter dem ausladenden Verandadach zum Sitzen ein. Nele fand, es war ein behagliches Heim.

Sie schob das Rad zum Schuppen und lehnte es an die Wellblechwand. Sie durfte nicht darüber nachdenken, was gewesen wäre, wenn Jake nicht aufgetaucht wäre. Die Sache hätte wirklich übel enden können und das mitten am Tag. Es schüttelte sie.

Ihr Blick fiel auf Pepper. Die getigerte Nachbarskatze machte es sich wie so oft auf der sonnengewärmten Motorhaube von Gordons dunkelblauem Mitsubishi Station Wagon gemütlich. Auf Zehenspitzen, um das Tier nicht zu verscheuchen, schlich Nele an das Auto heran. »Hallo du Schöner.«

Pepper öffnete ein grünes Auge und zog schnuppernd die Nase kraus. Nele hatte den Kater gleich am ersten Tag kennengelernt. Er hatte auf den Holzdielen der Veranda sein Mittagsschläfchen gehalten und ließ sich bereitwillig von ihr streicheln. Während sie mit den Fingern das dichte

Fell liebkoste, fühlte sie sich schmerzlich an ihre Katzen daheim erinnert.

»Pepper gehört uns nicht«, hatte Gastmutter Shirley erklärt, »aber er zählt unser Haus und den Garten zu seinem Territorium. Und wir, nun ja«, sie zwinkerte Nele zu, »wir dulden ihn. Ab und an lassen wir ihn in die Küche, wo er sich ein Schälchen Milch erbettelt.«

»Streuner«, hatte Gordon gemurmelt, der Neles riesigen Koffer die Stufen hochhievte. Nele hatte an seinem Tonfall hören können, dass auch er eine Schwäche für Pepper hegte. Nur Tara machte wegen ihrer Katzenhaarallergie stets einen Bogen um das Tier. Nele verliebte sich auf Anhieb in den behäbigen Kater. Für sie bedeutete er ein Stück Heimat in der Fremde.

Jetzt gähnte er und antwortete auf ihren Gruß mit einem leisen Miau. Für eine Katze dieser Statur besaß er eine erstaunlich piepsige Stimme.

»Wie geht es dir?« Nele strich über seinen Kopf, fuhr den Rücken entlang. Pepper reagierte mit einem durchdringenden Schnurren. Sein Körper vibrierte. Nachdem sie ihn eine Weile gekrault und versucht hatte, ihre Gedanken zu sortieren, stieg Nele die steinerne Treppe zur Veranda hinauf. Oben angelangt zog sie ihre Sandalen aus, stellte sie vor die Tür neben Taras Turnschuhe und befreite ihre Füße von Sandresten. Shirley mochte es nicht, wenn sie den halben Strand nach Hause brachten, wie sie stets sagte. Sie öffnete das Fliegengitter und trat barfüßig auf die glatt geschliffenen Holzdielen im Flur. Knarrend fiel die Tür hinter ihr ins Schloss.

»Hallo, ich bin zurück.« Sie konnte es nicht erwarten, Tara von der Begegnung mit Jake zu erzählen. Zum Glück drängte das Erlebnis die Erinnerung an die Bedrohung durch diesen Spider und seine Gang in den Hintergrund. Weil Tara jene spöttisch belächelte, die allzu offensichtlich für jemanden schwärmten, hatte Nele ihr Interesse für

Jake bisher verheimlicht. Tara glaubte nicht an die große, romantische Liebe, wie sie Nele unlängst gestanden hatte. Behauptete sie jedenfalls. Ob es daran lag, dass Taras leiblicher Vater die Familie im Stich gelassen hatte, als Tara elf Jahre alt war? Gordon, mit dem Shirley ihr zweites Glück gefunden hatte, behandelte seine Stieftochter wie sein eigen Fleisch und Blut. Trotzdem mochte das traumatische Erlebnis dazu geführt haben, dass Tara ihre Gefühle gern verbarg. Nele hatte hinter die kühle Fassade blicken dürfen und wusste, dass die Gastschwester im Grunde ein weiches Herz besaß. Als Tara sie einmal völlig aufgelöst im Badezimmer überraschte, hatte sie Nele wortlos in den Arm genommen und gehalten, bis die Tränen versiegt waren. Sie bewunderte Taras scharfe Zunge, ihre Schlagfertigkeit und ihre dunkle irische Schönheit. In Neles Augen verkörperte Tara all das, was sie nicht war.

»Hallo!« Shirley trat aus der Küche, trocknete die Hände an ihrer Schürze. »Schön, dass du rechtzeitig zum Tee nach Hause gekommen bist. Wir können gleich essen. Ich habe gerade die Pastete aus dem Ofen geholt. Du magst doch Hühnchen mit Champignons, oder?«

Shirley, die aus England stammte, bezeichnete das Abendessen, das in Down Under Dinner hieß, als Tee, was Nele zuweilen verwirrte. Gordon und Tara, denen die typisch australische Aussprache eigen war, neckten Shirley gern wegen ihres englischen Akzents.

Nele umarmte die zierliche blonde Frau. Taras Mutter hatte ihr angeboten, dass Nele sie mit Mum ansprechen könne, aber irgendwie wäre Nele dies wie ein Verrat vorgekommen. Sie hatte gefragt, ob sie Shirley stattdessen mit dem Vornamen anreden dürfe. Shirley hatte nichts einzuwenden gehabt.

»Ich liebe es«, beeilte sich Nele zu sagen. »Mir knurrt der Magen.« Sie kam gut mit ihrer Gastmutter aus, mochte ihr herzliches, unkompliziertes Wesen. Nele hatte sich von

Anfang an in der Familie wohlgefühlt. Gleich in der ersten Woche hatten die Henleys Nachbarn und Freunde zum Australia Day Barbecue, dem barbie, wie sie es nannten, eingeladen, um Nele in ihrer Mitte willkommen zu heißen.

»Prima.« Shirley schenkte ihr ein warmes Lächeln. »Wasch dir die Hände, dann kann es losgehen. Gordon ist auch schon da.«

Nele spähte in die Küche. »Wo ist Tara?«

»Sie liegt mit Kopfschmerzen in ihrem Zimmer, Liebes. Sie schläft.«

»Oh, die Arme.« Als Nele Tara vorhin gefragt hatte, ob sie mit ihr zum Strand fahren wolle, hatte die sonst so lebhafte Tara abgewunken. Stattdessen murmelte sie, dass sie keine Lust habe und – was untypisch für sie war – lieber zu Hause bleiben würde. Tara hatte die Neigung zu Kopfschmerzen von ihrer Mutter geerbt. Shirley litt seit Jahren immer wieder unter heftigen Migräneanfällen.

Ein wenig enttäuscht verzog Nele sich ins Bad. Sie hätte sich gern mit Tara ausgetauscht. Während sie ihr Gesicht kritisch im Spiegel studierte, schweiften ihre Gedanken erneut zu Jake. Was hatte er gesehen? Sie legte den Kopf schief, versuchte, sich mit seinen Augen zu betrachten. Wie hatte Thomas immer gesagt? Du bist *niedlich*, Nele.

Jedes Mal, wenn sie an ihren Exfreund dachte, verknotete sich etwas in ihrem Magen. Sie hatte ihm nie wirklich verzeihen können, dass er sie für eine andere abserviert hatte. Die nicht niedlich war. Sondern sexy und aufregend, wie er ihr unbedingt auf die Nase binden musste. Nele kannte all die Tricks und Kniffe, wie man sich einen Mann angelte. Bildete sie sich zumindest ein. Aber das war nicht sie. Das war nicht Nele Behrmann. Sich berechnend und bewusst kokett zu verhalten, nur um die Aufmerksamkeit der Männer auf sich zu ziehen, widerstrebte ihr. Sie wollte sie selbst sein, mit Natürlichkeit überzeugen. Sie wollte um ihrer selbst willen gemocht werden, und nicht, weil sie einen besonders tollen

Augenaufschlag oder Hüftschwung besaß. Gut, vielleicht war diese Vorstellung naiv gewesen. Sie seufzte. Sie hatte es satt. Wollte nicht länger als niedlich oder süß abgestempelt werden. Sie wollte endlich als junge Frau wahrgenommen werden. Sie wollte Begehren in den Augen der jungen Männer aufblitzen sehen, wenn ihre Blicke auf sie fielen. Ihr kam ein ganz bestimmtes blaues Augenpaar in den Sinn. Vielleicht war es an der Zeit, ihre Haltung zu überdenken.

Entschlossen trat sie einen Schritt zurück und streifte einen Träger ihres Shirts von der Schulter. Sie stellte sich seitlich, legte eine Hand auf ihre schmale Hüfte. Probierte ein verführerisches Lächeln. Sie runzelte die Stirn. Es funktionierte nicht. Sie wirkte verkrampft, angestrengt. Es sah aus, als würde sie unter Blähungen leiden. Sie schüttelte den Kopf. Irgendwie fehlte ihr das gewisse Etwas. Nett, kam ihr in den Sinn, als sie sich studierte. Nett, aber durchschnittlich. Unspektakulär. Was würde einer wie Jake schon an ihr finden? Der brauchte bestimmt nur mit den Fingern zu schnipsen, um jede zu bekommen, die er wollte. Sie erinnerte sich an die Bikinischönheiten, die ihm am Strand zugezwinkert hatten … Außerdem gab es da noch diese Blondine, die ihm ständig an den Fersen klebte. Mit Sicherheit seine Freundin. So ein gut aussehender, charmanter Typ wie Jake Stevens ging bestimmt nicht allein durchs Leben. Nele seufzte noch einmal tief, als sie den Wasserhahn aufdrehte.

»Schmeckt es dir?« Aufmerksam musterte Shirley Nele über den Rand ihrer Brille hinweg.

In den ersten Tagen hatte sie vor Aufregung kaum einen Bissen hinunterbekommen und brachte Shirley, die großen Wert auf geregelte Mahlzeiten legte, damit schier zur Verzweiflung. »Gerade ein junger Mensch, der mitten in seiner Entwicklung steckt, muss regelmäßig essen«, hatte Shirley betont.

»Es ist superlecker«, versicherte Nele rasch. »Wie immer.« Um ihre Aussage zu untermauern, griff sie nach der Backform und nahm sich noch etwas von dem dampfenden Gericht. Neles Gastvater Gordon schmunzelte über ihr offensichtliches Bemühen, die Bedenken seiner Frau zu zerstreuen. Gordon, der eine Ausbildung bei der Navy durchlaufen hatte, arbeitete halbtags für die *Victor Harbor Times*. Aufgrund eines Rückenleidens hatte er seine Tätigkeit als Krankenpfleger aufgeben müssen. Das, was er verdiente, reichte mit der Zuwendung, die er vom Staat erhielt, aus, um die Familie zu versorgen. Von der Agentur, die Nele vermittelt hatte, bekamen die Henleys ebenfalls Geld, eine Art Aufwandsentschädigung. Dies war jedoch nicht ausschlaggebend für ihre Entscheidung gewesen, einem jungen Menschen aus einem anderen Land ein Heim auf begrenzte Zeit zu bieten, wie Gordon Nele anvertraut hatte. In seiner Jugend hatte er einige Monate in Frankreich verbracht. Jetzt wollte er etwas von der dort erfahrenen Gastfreundschaft zurückgeben.

»Wie war es am Strand, Liebes?«

Nele sah von ihrem Teller auf und begegnete Shirleys interessiertem Blick. »Schön.« Unsicher, ob sie ihren Gasteltern von der Begegnung mit den Rowdys erzählen sollte, stocherte sie in ihrem Essen. Schließlich legte sie die Gabel nieder. »Ein paar Typen haben mich belästigt.«

»Wie bitte?« Shirleys feine Brauen schnellten in die Höhe. Alarmiert warf sie einen Seitenblick auf Gordon.

»Inwiefern?« Gordons Bariton blieb ruhig. Gelassen strich er sich durch sein mit einzelnen silbernen Strähnen durchzogenes, dunkles Haar.

»Na ja. Sie pöbelten mich an, haben blöde Sachen zu mir gesagt.«

Shirley erblasste. Mit zitternder Hand tupfte sie ihre Lippen mit der Serviette ab. Über den Tisch hinweg griff sie nach ihrem Arm. »Darling. Bist du ... ich meine, es geht dir gut, oder?«

»Ich bin in Ordnung. Ihr müsst euch keine Sorgen machen.«

»Meine Güte.« Shirleys helle Augen weiteten sich vor ungläubigem Entsetzen. »Ich verstehe nicht, wie Derartiges am helllichten Tag geschehen kann.« Sie stutzte. »Wo genau ist das passiert?«

Nele knabberte an ihrer Unterlippe. Eine lästige Angewohnheit, sie sollte damit aufhören. »Am Hauptstrand waren so viele Leute, also bin ich ein Stück die Franklin Parade entlanggeradelt. Da fand ich diese kleine einsame Bucht ...« Sie brach ab. Ihr war klar, dass ihre Gastmutter ihr Verhalten nicht gutheißen würde.

»O Gott, Nele!« Shirley schlug die Hände vor den Mund. »Wenn ich geahnt hätte, was du vorhast ...«

»Es ist sicher kein Problem, abgeschiedene Plätze aufzusuchen, wenn man in der Gruppe unterwegs ist«, gab Gordon zu bedenken. »Allein solltest du das lieber bleiben lassen.«

»Ich weiß«, erwiderte Nele zerknirscht.

»Ich hätte nicht erlauben sollen, dass du dich ohne Begleitung auf den Weg machst. Vielleicht verzichtest du in Zukunft besser auf deine Spaziergänge.«

»Wir können sie unmöglich einsperren, Shirley«, wandte Gordon ein, der anscheinend das Aufflackern von Panik in Neles Augen bemerkt hatte.

»Ich verspreche euch ...«, begann Nele.

Gordon deutete ihr mit einem Kopfschütteln an zu schweigen. »Bitte steigere dich nicht hinein, Shirley.«

»Solange sie bei uns wohnt, tragen wir die Verantwortung.« Aus Shirleys Stimme klang ungewohnte Schärfe. »Kaum auszudenken, wenn ihr etwas zustoßen sollte!«

»Du kannst sie nicht vor allen Eventualitäten schützen. Nele ist alt und vernünftig genug, um auf sich aufzupassen.«

»Offensichtlich nicht.«

Es war das erste Mal, dass Nele ihre Gastmutter derart aufgelöst erlebte.

»Victor Harbor hat sich verändert«, fuhr Shirley bedrückt fort. »Es ist nicht mehr das, was es einmal war. Seitdem der Ort jedes Jahr regelmäßig von Jugendlichen heimgesucht wird, die wie eine Horde wildgewordener Affen einfallen, um bei uns ihren Schulabschluss zu feiern, geht alles drunter und drüber. Und dann diese Neureichen, die sich einen Platz an der Sonne sichern möchten.« Sie schnalzte missbilligend mit der Zunge. »Früher war das ein beschauliches Fleckchen. Wir Einheimischen blieben unter uns. Ich weiß noch, wie wir Kinder durch den Wald nach Inman Valley wanderten, um dort Picknicks zu veranstalten.« Ihre veilchenblauen Augen nahmen einen verträumten Ausdruck an.

»Die Zeit bleibt nicht stehen«, bemerkte Gordon sanft.

»Nein, das tut sie nicht«, stimmte Shirley bitter zu, während sie ihr Besteck hin- und herschob.

»Ich werde in Zukunft besser auf mich achten«, versicherte Nele.

»Wie bist du diese Kerle am Strand losgeworden?«

Nele errötete prompt. »Ich hatte Hilfe. Ein junger Mann hat sie vertrieben.«

Gordon zwinkerte ihr zu. »Ein junger Mann?«

Nele senkte die Lider. »Jemand aus der Schule. Jedenfalls hat er Spider und seine Truppe dazu gebracht, zu verschwinden.«

»Spider? Der Name kommt mir bekannt vor. Hilf mir mal auf die Sprünge, Honey.«

»Vor zwei Jahren gab es eine üble Schlägerei und einen Brand in der Harbor Mall«, erklärte Gordon. »Ein Landstreicher kam dabei ums Leben. Armer Kerl ... Henry Jordan von der *Victor Harbor Times* berichtete darüber, weißt du noch? Die Polizei hatte jemanden mit dem Spitznamen Spider in Verdacht. Leider konnten sie ihm die Brandlegung nie nachweisen. Er treibt sich mit seltsamen Typen herum, die einiges auf dem Kerbholz haben. Die sind im Ort nicht unbekannt.«

»Ich erinnere mich. Wenn das dieser Spider war, hast du wirklich Glück gehabt, dass der junge Mann aufgetaucht ist.«

Neles Wangenrot vertiefte sich spürbar.

Gordon beugte sich interessiert vor. »Kennst du seinen Namen?«

»Nur Spider.«

»Ich meine den Namen deines Retters.« Gordon schmunzelte in seinen Bart hinein.

Nele studierte ihr Glas Orangensaft, als gäbe es etwas Besonderes darin zu entdecken. »Jake.«

»Sieh an.« Shirley wechselte einen raschen Blick mit ihrem Mann. »Kennst du ihn näher, diesen – Jake?«

Nele zuckte mit den Achseln. »Nein. Ich habe ihn nur ein paar Mal an der Schule gesehen.«

»Wie gut, dass er vorbeigekommen ist«, meinte Shirley. »Ich mag mir nicht vorstellen, was sonst vielleicht geschehen wäre.«

»Ihr müsst euch keine Sorgen machen«, wiederholte Nele.

»Trotzdem, Liebes. Versprich mir, in Zukunft vorsichtiger zu sein.«

»Darling.« Gordon lächelte mild, als er seiner Frau über die Wange strich. »Nele ist eine clevere, junge Dame. Sie wird auf sich aufpassen.« Er zwinkerte Nele verschwörerisch zu. »Du wirst sehen, dass deine Ängste vollkommen unbegründet sind.«

Kapitel 3
Unerwartetes Wiedersehen

Die Ventilatoren in der Kantine liefen auf Hochtouren. Es war wieder einmal unerträglich heiß draußen. Und das, obwohl der Herbst praktisch vor der Tür stand. Nele nahm ihr Tablett mit dem Mittagessen von der Theke und sah sich um. Der Raum füllte sich zusehends, der Geräuschpegel stieg. Wo war Tara? Neles Blick glitt über die vielen Köpfe hinweg. Sie hatte die Gastschwester seit dem frühen Morgen nicht mehr gesehen. Mufflig und einsilbig hatte Tara ihr beim Frühstück gegenübergesessen und jeden Versuch, ein Gespräch zu beginnen, abgewehrt. Sie brauchte Ruhe, hatte sie gemurmelt, wobei sie mit den Fingerspitzen ihre Schläfen massiert hatte. Jetzt aber wollte Nele nicht länger warten. Tara musste von der Begegnung mit Jake erfahren. Ob sie wollte oder nicht. Nele hatte das Gefühl, sonst platzen zu müssen. Endlich entdeckte sie Taras dunklen Lockenkopf über ein Heft gebeugt. »Hey, hast du Zeit?« Sie schob ihr Tablett auf den Tisch und zog sich einen Stuhl zurück. Die halbe Nacht hatte sie wach gelegen und über Jake nachgedacht. Trotzdem fühlte sie sich hellwach, wie elektrisiert. Er ging ihr nicht mehr aus dem Sinn. Er hatte sie umgehauen, mit seinen blauen Augen und dem süßen Lächeln, einfach verzaubert. Sie wollte ihn. Ihn und keinen anderen.

Tara zuckte zusammen, als die Stuhlbeine geräuschvoll über die Steinfliesen des Kantinenbodens schrammten. »O bitte, Nele. Mach nicht so einen Lärm. Denk an meinen Kopf, ja?«

»Noch immer so schlimm?« Nele musterte sie, während sie sich setzte.

»Schon besser, aber Krach kann ich schlecht ertragen.« Tara zog eine Grimasse. »Also, was gibt es so Wichtiges zu berichten, das du mir heute Morgen unbedingt erzählen wolltest?« Sie gähnte herzhaft. »Erzähl schon, ich kann es kaum erwarten.«

Nele ignorierte die Spitze. »Du ahnst nicht, was gestern passiert ist.«

»Du wirst mich sicher gleich aufklären.«

»Hey!« Ein zierliches Persönchen mit dunklem Wuschelhaar gesellte sich zu ihnen an den Tisch.

»Hallo Bonnie.« Nele klopfte mit der flachen Hand auf den Stuhl neben sich. »Setz dich.« Sie hatte Bonnie Mitchell im Poesiekurs kennengelernt und rasch festgestellt, dass sie auf einer Wellenlänge lagen.

»Gibt es etwas Besonderes?« Bonnies flinke Knopfaugen wanderten zwischen Tara und Nele hin und her.

»Nele möchte etwas Wichtiges verkünden.«

Erwartungsvoll beugte sich Bonnie vor.

»Also, hört zu.« Nele rutschte näher an den Tisch heran. »Ich bin gestern Nachmittag an den Strand gefahren. Allein.« Sie machte eine Pause.

»Nun red schon«, drängelte Bonnie.

Nele räusperte sich. »Auf einmal tauchten ein paar finstere Gestalten auf. Wirklich übel. Sie haben widerliche Dinge zu mir gesagt und ... na ja, auf jeden Fall hatte ich furchtbare Angst, sie könnten mir etwas antun. Aber dann ...«

»... entstieg ein junger, gut gebauter Gott dem Wasser und rettete dich«, unterbrach Bonnie grinsend.

»Hey, woher weißt du das?« Nele lachte.

Tara rollte mit den Augen.

»Genauso war es! Oder zumindest so ähnlich.« Nele griff nach ihrem Colabecher, steckte den Strohhalm durch die Deckelöffnung und nahm einen Schluck. »Mein Retter wechselte ein paar Worte mit dem Anführer der Gang, schon zogen sie Leine. Ich weiß nicht, wie er das angestellt hat. Vielleicht war es Charisma oder so etwas.« Sie holte tief Luft und stieß sie mit einem Seufzer wieder aus. »Ach Leute, er ist einfach unglaublich! Wenn ich geahnt hätte, dass es in Australien solche Traummänner gibt, wäre ich viel eher hier aufgetaucht.«

Bonnie prustete los.

»Derartige Gefühlsausbrüche bin ich überhaupt nicht von dir gewohnt.« Jetzt schmunzelte auch Tara. »Das klingt nicht nach der Nele, die ich kenne.«

»Wenn du mir erzählst, wie dein Held aussieht, schreib ich dir ein schönes Gedicht«, bot Bonnie feixend an.

»Du bist echt durchgeknallt, Nele Behrmann.« Tara klappte das Heft, in dem sie gelesen hatte, zu. »Ich mag dich trotzdem. Für eine Deutsche bist du ganz okay, schätze ich.«

»Er hat so ein umwerfendes Lächeln, tolle Augen und ...«

»... einen heißen Body?«, bot Bonnie an.

»Auch den.« Nele konnte nicht mehr aufhören zu grinsen.

Tara hob den Plastikdeckel von ihrer Salatschale. »Wenn es sonst nichts Weltbewegendes gibt, können wir uns ja jetzt unserer Nahrungsaufnahme widmen.«

»Hi Leute!« Taras beste Freundin Allison gesellte sich zu ihnen. Eine Strähne ihres kastanienbraunen Bobs hinters Ohr streichend, sank sie auf den letzten freien Stuhl neben Tara. »Puh, bin ich erledigt. Wir haben gerade einen unangekündigten Mathetest geschrieben. Dabei bin ich glatt in Angstschweiß ausgebrochen.« Sie lüftete das dunkelblaue Poloshirt ihrer Schuluniform und blies in den Ausschnitt. »Alles klar bei euch?« Aus ihrem Rucksack zog sie eine Banane und begann sie zu schälen. Allison misstraute dem Kantinenessen, seitdem sie sich einmal mit Hackfleischbällchen den Magen verdorben hatte. Sie scannte den Raum. »Ist Emma nicht da?«

»Beim Vorspielen für die Konzertband«, entgegnete Nele.

Allison warf einen Blick auf ihre Armbanduhr und zog ihre Stupsnase kraus. »Bugger! Ich hatte gehofft, sie würde mir meinen Geschichtsordner zurückgeben, den ich ihr gestern ausgeliehen habe. Jetzt bekomme ich wohl einen Anschiss von Mr Howard.«

Tara winkte ab. »Ach, der alte Howie. Wird schon nicht so schlimm werden.«

»Mum macht ein Riesentheater, wenn ich nachsitzen muss, das weißt du doch.« Allison zupfte an ihrem glattgeföhnten Pony.

»Stell dir vor, unsere gute Nele hat's erwischt«, lenkte Tara ab.

Nele schoss ihr einen empörten Blick zu. »Dass du alles ausplaudern musst!« Sie kannte Taras Freundin noch nicht sehr gut und konnte sie nicht einschätzen. Was, wenn die herumtratschte?

Allisons Augen weiteten sich interessiert, Tara hob die Hände. »Es ist nur Ally und nicht Melissa Reilly von Radio 5EFM. Hab dich nicht so.«

»Wer ist es? Kenn ich ihn?« Allison platzte schier vor Neugier. »Erzählt mir mehr!«

Nele pulte leicht verstimmt an ihrem Truthahnsandwich, aber Tara plauderte munter weiter. »Nele zufolge hat er sie am Strand vor einer Horde böser Kerle gerettet und angelächelt. Jetzt ist sie hin und weg.«

»Nele gerettet? Wer?«

»Seinen Namen hat sie uns nicht verraten.«

»Da waren ein paar dumme Typen, die mich belästigt haben«, erklärte Nele schicksalsergeben. »Die hat er verscheucht. Und er heißt Jake.«

»Jake, wer?« Taras Gabel fiel mit einem grellen Klirren auf die Steinfliesen. »Ups.«

Nele sah sie verständnislos an. »Was?«

»Sein Nachname«, stöhnte Tara unter dem Tisch hervor.

»Keine Ahnung.«

Tara tauchte mit hochrotem Kopf wieder auf. Allison zwinkerte Nele vertraulich zu. Ihr Ärger schmolz dahin wie Schnee in der Frühlingssonne. Was machte es schon, wenn Allison Bescheid wusste. Sie war zwar keine enge Freundin, aber Nele ging davon aus, dass sie kein Plappermaul war. Schließlich hielt Tara große Stücke auf ihre beste Freundin.

»Jake ist an unserer Schule«, fuhr Nele fort. »Außerdem besitzt er definitiv das schönste Lächeln und die blauesten Augen, die ich je gesehen habe.«

»Mann«, meinte Ally, »dich hat es wirklich erwischt. Wir müssen unbedingt herausbekommen, wie der Glückliche mit Nachnamen heißt. Es gibt so viele Jakes.«

»Weißt du sonst noch irgendetwas über ihn?« Tara nippte an ihrem Eistee und musterte sie dabei scharf.

»Er surft.«

Tara verschluckte sich. Schwungvoll knallte sie ihr Getränk auf den Tisch und fing fürchterlich zu husten an. Die Flüssigkeit schwappte gefährlich im Becher.

Allison klopfte ihr auf den Rücken. »Geht's wieder?«

»Schon gut«, japste Tara. »Alles okay.«

Als der Hustenreiz nachgelassen hatte, entsorgte Allison ihre Bananenschale auf Taras Tablett. »Okay, Mädels, ich muss los. Ich will noch schnell etwas für Geschichte basteln. Vielleicht kann ich mich vor dem Nachsitzen bewahren.« Sie schob den Stuhl zurück und stand auf. »Wir sehen uns und dann will ich unbedingt mehr über diesen fantastischen Surfer erfahren.«

Nele nickte ihr zu, aber sie sorgte sich etwas um Tara und tippte ihr auf die Schulter. »Bist du in Ordnung?«

»Was?« Taras grüne Augen wirkten abwesend, als wäre sie mit ihren Gedanken weit entfernt. Zerstreut fuhr sie sich mit den Fingern durch die Locken. »Klar. Wieso nicht?« Sie lächelte flüchtig und studierte eingehend ihre Fingernägel, von denen der dunkle Lack sichtbar abblätterte.

»Na ja, ich finde, du bist irgendwie ...«

Schrilles Kichern am Nachbartisch unterbrach Nele in ihrem Satz. Sie sah hinüber. Da saß die Blondine, die sie mit Jake zusammen gesehen hatte. Tara war augenblicklich vergessen. »Wer ist das?«, raunte sie Bonnie zu.

»Sandy Atkinson«, klärte Bonnie sie leise auf. »Unsere Schönheitskönigin.«

»Schönheitskönigin?«, murmelte Tara, die den Wortwechsel mitbekommen hatte. Verächtlich zog sie die Mundwinkel nach unten. »Dass ich nicht lache. Verunglückte Britney Spears trifft es eher.«

Nele fragte sich, ob Sandy etwas von ihrer Schwärmerei mitbekommen hatte. Sie hoffte es nicht. Das wäre zu peinlich. Verstohlen musterte sie die Blonde. Auftoupierte, von der Sonne gebleichte Haare umrahmten ein herzförmiges Gesicht, aus dem braune Augen kühl und wachsam blickten. Nele verspürte sofort eine spontane Abneigung. Sie wirkte kühl und arrogant, wie sie im Kreis ihrer Freundinnen thronte. Den bewundernden Blicken nach zu urteilen, die die anderen ihr zuwarfen, schien sie jedoch beliebt zu sein. Nele ahnte, dass Sandy eine jener Schülerinnen war, die es genossen, andere nach ihrer Pfeife tanzen zu lassen. Trotzdem – sie war ohne Zweifel ein Hingucker. Blond. Braun gebrannt. Sportlich und sexy. Das typische Surfergirl eben. Kein Wunder, dass Jake sich gern mit ihr zeigte ...

Ihr Blick streifte die Schlange der Wartenden, die an der Theke zur Essensausgabe anstanden. Sie hielt den Atem an. Ihr Pulsschlag beschleunigte sich. »O mein Gott, o mein Gott!« Sie zwickte Bonnie in den Arm.

»Autsch!« Verwirrt sah Bonnie auf die Hand hinab, die sie soeben gekniffen hatte. »Was machst du für einen Aufstand?«

»Da ist er.« Nele sank ein wenig tiefer in ihren Sitz. Mit einer winzigen Bewegung ihres Kinns deutete sie Richtung Essensausgabe. »Dort drüben.«

Zwei Augenpaare folgten ihrem Blick.

»Das ist er, das ist Jake.«

»Oh.« Tara erblasste.

»Kennst du ihn?« Nele musterte sie hoffnungsvoll.

»Noch nie gesehen«, murmelte Tara.

»Echt nicht?«

»Sag ich doch.«

»Ich dachte, du und ...«, begann Bonnie und verstummte.

»Schade.« Nele knabberte an ihrer Unterlippe. Sie hatte gehofft, dass Tara sie vielleicht mit Jake zusammenbringen könnte. Tara hatte einmal behauptet, fast jeden an der Schule zu kennen. Nele konnte unmöglich täglich am Strand nach ihm Ausschau halten. Wie plump und offensichtlich wäre das denn? Genauso gut könnte sie ein Schild mit der Aufschrift `Jake, ich finde dich supersüß und bin hinter dir her´ um den Hals tragen, oder? »Ich werd verrückt!« Er schien ihren Tisch anzusteuern. Ihr Herz pochte immer wilder. Sie blickte zu Tara. Das Gesicht ihrer Gastschwester wirkte immer noch seltsam bleich im Kantinenlicht.

»Hi.« Ein vollbepacktes Tablett in den Händen haltend, blieb Jake an Neles Tisch stehen. Er zwinkerte ihr zu. »Na, alles klar?«

Neles Wangen färbten sich spürbar knallrot. »Alles bestens«, krächzte sie.

Jake schenkte ihr wieder das lässige, schiefe Grinsen, das eine Horde Schmetterlinge in ihrem Bauch zum Leben erweckte. »Wie geht's? Hi Tara, bist du dieses Jahr bei Berlinski im Kunstkurs?«

Tara räusperte sich, verschränkte die Arme vor der Brust und öffnete ihren Mund. Bevor sie jedoch antworten konnte, tönte Sandys Stimme vom Nebentisch herüber.

»Hey Schatz, setz dich zu uns. Ich muss dir unbedingt etwas erzählen!«

Nele drehte sich um. Sandy warf Jake unter dick getuschten Wimpern einen eindringlichen Blick zu.

»Halt die Klappe, Atkinson«, warf Tara unverblümt dazwischen. »Dir scheint zu entgehen, dass Jake sich gerade mit uns unterhält.«

»Was will die eigentlich? Unverschämte Pute«, murmelte Bonnie halblaut. Anscheinend war Sandy doch nicht bei allen an der Victor Harbor High beliebt.

Sandy quittierte die unfreundlichen Worte mit einem gleichgültigen Achselzucken. Demonstrativ schob sie den freien Stuhl neben sich für Jake zurecht. »Komm schon, Babe.« Sie schnurrte wie ein zufriedenes Kätzchen.

Jakes Miene spiegelte Unentschlossenheit wider. Schließlich machte er eine entschuldigende Geste mit der Hand. »Tut mir leid, Ladys, ich muss weiter. Hab nicht viel Zeit.« Er schmiss ein entwaffnendes Lächeln in die Runde, bevor er sich zu Nele herunterbeugte. »Wir sehen uns.«

Jake hatte leise gesprochen, aber offenbar nicht leise genug. Sie sah aus den Augenwinkeln, wie ein überraschter Ausdruck über Sandys Gesicht huschte. In ihrem Inneren herrschte heilloses Durcheinander, als sie Jake hinterherblickte … *Wir sehen uns.* Sie war verwirrt. Hatte er mit ihr geflirtet? Sie wüsste zu gern, ob diese Sandy seine Freundin war. Verstohlen wandte sie sich noch einmal zum Nachbartisch um.

»Was glotzt du, blöde Kuh?« Sandy machte keinen Hehl daraus, dass sie Nele nicht mochte. Ihre Hofdamen brachen in Gelächter aus.

»Lass doch diese Ziege.« Bonnie legte eine Hand auf Neles Arm. »Beachte sie nicht.«

Bonnie hatte recht. Was hatte sie mit Sandy Atkinson zu schaffen? Während sie an ihrem Sandwich knabberte, ging sie in Gedanken die eben erlebte Szene nochmals durch.

Derweil räumte der Nachbartisch unter lautem Geschnatter das Feld. Sandy rammte ihren spitzen Ellenbogen in Neles Rücken, als sie sich an deren Tisch vorbeischlängelte.

»Hoppla«, meinte sie ironisch.

Nele bedachte sie mit einem abfälligen Kopfschütteln, worauf Sandy lediglich eine Braue hob. Mit aufreizendem Hüftschwung stakste die Blondine davon.

Nele wandte sich an Tara. »Hast du nicht gesagt, du kennst ihn nicht?«

»Hm?« Tara hob den Kopf. Ihre Wangen nahmen dieselbe Farbe an wie die kleine Kirschtomate, die sie gerade mit ihrer Gabel aufspießte.

»Jake.«

»Ach das.« Tara ließ die Tomate flink in ihrem Mund verschwinden. »War ein Missverständnis«, murmelte sie.

Bonnies irritierte Blicke schnellten zwischen ihnen hin und her.

Eine Hand legte sich auf Neles Schulter. »Missverständnis? Interessant!«

Nele drehte sich um. »Emma!« Sie schoss so schnell empor, dass sie fast ihren Stuhl umwarf, und umarmte die mollige Brünette. »Setz dich zu uns. Wie war das Vorspielen?«

Emma verzog den Mund. »Die üblichen Verdächtigen haben natürlich die Hauptrollen abkassiert, aber immerhin bin ich bei den Flöten dabei.« Vom Nachbartisch zog sie einen Stuhl heran. »Jetzt will ich's aber wissen, von wem habt ihr eben gesprochen?«

»Jake Stevens«, erwiderte Tara, während sie aus ihrem Salat einen grünen Peperone fischte. »Ein Typ aus der Oberstufe. Nele findet ihn – klasse.« Mit grimmiger Miene säbelte sie das Gemüse in kleine Stücke.

»Ach ... ist das etwa *der* Jake, von dem du mir mal erzählt hast?« Emma musterte Tara von der Seite.

»Genau der.«

»Verstehe. Du hast echt Geschmack, Nele. O ja. Jake Stevens ist heiß!« Emmas kornblumenblaue Augen funkelten auf, als sie sich setzte.

Nele grinste. »Dann sind wir zwei ja einer Meinung.«

»Hey, hey«, mischte sich Bonnie ein. »Ich find ihn auch nicht übel.«

Emma forschte in Neles Gesicht, sodass es ihr schon beinahe unangenehm war. »Du hast dich verknallt.« Es war mehr eine Feststellung als eine Frage.

Ein Stück Peperone landete in Neles Schoß. »Ups, tut mir leid.« Tara legte ihre Gabel nieder und schnappte sich das Tablett. »Ich muss los. Englisch bei Miss White. Macht's gut.« Sie schien es plötzlich furchtbar eilig zu haben.

»Hat die irgendwas?« Bonnie starrte Neles Gastschwester hinterher.

»Keine Ahnung.« Nele zuckte mit den Achseln. »Sie verhält sich tatsächlich ein wenig merkwürdig.«

Kapitel 4
Gegenwind

»Ich verstehe überhaupt nicht, was du an dem Kerl findest. Was um Himmels willen ist an ihm so besonders? Es gibt so viele gut aussehende Typen an unserer Schule.« Tara saß im Schneidersitz auf Neles Kingsize-Bett und feilte ihre Fingernägel.

Normalerweise hasste Nele das grässliche Geräusch, das beim Feilen entstand, doch diesmal schenkte sie dem widerlichen Schaben kaum Beachtung. Gedankenverloren stand sie am Fenster ihres Zimmers und starrte in den von unzähligen Sternen durchbrochenen Abendhimmel der südlichen Erdhalbkugel. Sie träumte von Jake. Sie sah ihn so deutlich vor sich, als stünde er direkt vor ihr. In ihrer Fantasie strich er ihr zärtlich mit den Fingern eine verirrte Strähne aus dem Gesicht. Er beugte sich zu ihr, schlang seine kräftigen Arme um ihre Taille. Seine vollen Lippen, warm und weich wie Samt, legten sich sanft auf ihren Mund. Ein wohliger Schauder lief durch ihren Körper, als sie ihre Augen schloss.

»Hey, hast du ein Schweigegelübde abgelegt?«

Tara riss sie aus ihren Träumereien. Nele drehte sich um. Tara war hübsch, stellte sie mal wieder fest. Die milchige Haut, das dunkle Haar und die grünen Augen erinnerten an ihre irischen Vorfahren. Nele hatte das Foto von Taras leiblichem Vater gesehen, das die Gastschwester auf ihrem Nachtschränkchen stehen hatte. Tara hatte ihr interessantes Aussehen eindeutig von Ryan McGregor geerbt. Zu allem Überfluss besaß sie eine Figur, auf die Katy Perry höchstpersönlich neidisch wäre. Wenn Nele nur halbwegs so hinreißend aussähe wie Tara. Sie hätte keine Skrupel, auf Jake zuzugehen und ihn anzusprechen. Sie hätte keine Bedenken, es mit Sandy Atkinson aufzunehmen.

Aber sie war nicht Tara, sondern Nele ... Ihre Gedanken schweiften zurück zu Jake. Er war unglaublich süß. Wenn es doch nur einen Weg gäbe, wie sie ihn für sich gewinnen könnte. *Vergiss es*, flüsterte ihr ein bösartiges Teufelchen ins Ohr. *Du hast doch nicht den Hauch einer Chance. Sieh dich an. Und dann Sandy.* Nele stieß einen Seufzer aus. »Er hat eine Freundin, nicht wahr? Diese Sandy.«

»Sie ist seine Ex.«

»Wirklich?«

Tara schüttelte missbilligend den Kopf, als wäre Nele besonders schwer von Begriff. »Was also bitteschön hat Jake, was die anderen nicht haben?«

Sandy war seine Exfreundin! Ein Stein von der Größe eines Felsbrockens rumpelte von Neles Brust. Jake war frei. Er war zu haben! »Ich weiß nicht.« Ihr war auf einmal seltsam leicht ums Herz. »Er gefällt mir eben. Er ist charmant und hilfsbereit. Einfach etwas Besonderes.«

»Aha.«

»Magst du ihn nicht?«

Stirnrunzelnd fixierte Tara ihren Daumennagel, setzte erneut die Feile an.

»Sag schon.«

»Er ist okay, schätze ich.«

»Und?«

Tara rollte mit den Augen. »Was meinst du mit ›und‹?«

»Na, du kennst ihn doch. Kannst du mir irgendetwas über ihn erzählen?« Nele wurde leicht ungeduldig. Tara verhielt sich merkwürdig. Vielleicht bekam sie ihre Tage.

Tara presste die Lippen aufeinander, verdrehte abermals die Augen. »Da gibt es nicht viel zu berichten. Jake hat einmal nebenan gewohnt. Wir haben miteinander gespielt, als wir klein waren. Sandkastenfreunde sozusagen, aber das ist ewig her.«

»Direkt neben euch?« Nele verließ ihren Platz am Fenster und ließ sich neben Tara auf der Bettkante nieder. Mit der flachen Hand strich sie über den bunten Quilt. »Schade, dass er weggezogen ist.« Sie seufzte. »Weißt du, wo er jetzt wohnt?«

Unvermittelt sprang Tara auf. »Sag mal, gibt es bei dir kein anderes Thema? Ich kann's nicht mehr hören. Ehrlich Nele, so toll ist der Typ nun auch wieder nicht. Jake ist ein Womanizer, ein ladies' man, ein Casanova, wenn du verstehst, was ich meine. Er macht dir schöne Augen, aber da steckt nichts dahinter. Kapiert?«

Verdattert starrte sie ihre Gastschwester an. Was hatte denn diesen Ausbruch verursacht? Offensichtlich ging sie Tara mit ihrer Schwärmerei mächtig auf die Nerven, aber deswegen musste Tara ja nicht gleich pampig werden. »Ich mag ihn. Ist kein Verbrechen, oder?« Sie verschränkte die Arme vor der Brust.

»Glaubst du etwa, du hättest bei ihm eine Chance?« Taras Augen verengten sich zu Schlitzen. »Findest du nicht, er ist eine Nummer zu groß für dich?«

Autsch, das hatte gesessen. Nele fühlte Bitterkeit aufsteigen. Plötzlich war sie wieder die Nette von nebenan, mit der man Pferde stehlen konnte, der man jedoch nicht ein zweites Mal hinterherblickte. »Wie du meinst.« Sie spürte einen dicken Kloß im Hals. Tara hielt in der Regel mit ihrer Meinung nicht hinter dem Berg, aber in diesem Fall hätte Nele sich Zuspruch und Unterstützung von ihr gewünscht.

»Hör zu.« Tara stand auf und trat einen zögerlichen Schritt auf sie zu. Vielleicht ahnte sie, dass sie etwas zu weit gegangen war. »Ich wollte dich nicht verletzen.«

Nele starrte in Rea Garveys leicht zerknittertes Gesicht, das sie von einem Poster an der gegenüberliegenden Wand anblickte. Johanna hatte ihr das Bild als besonderen Gruß geschickt. Fünf Wochen vor ihrem Abflug nach Australien hatten sie ein Konzert von Garvey besucht und schwärmten seitdem für den irischen Sänger. »Schon gut«, sagte Nele tonlos. »Wahrscheinlich hast du recht.«

»Sei bitte vorsichtig.« Taras Stimme klang plötzlich sanft. »Jake ist nicht das, was er vorgibt zu sein.«

»Klar.« Jake ist nicht das, was er vorgibt zu sein? Was in aller Welt meinte Tara damit? »Soll das heißen, Jake ist nicht ...«

Tara gähnte unvermittelt. »Ich bin schrecklich müde, Nele. Wir reden ein anderes Mal, ja?« Flink hüpfte sie vom Bett und zur Tür hinaus, ehe Nele noch etwas sagen konnte.

Wenn sie den Hals ein wenig reckte, konnte sie von ihrem Schreibtisch aus durch die silbrigen Blätter der Eukalyptusbäume hindurch kleine Flecken des im Mondlicht glitzernden Ozeans sehen. Ihr Zimmer hatte vor ihrer Ankunft als Gästezimmer gedient und war nicht sehr geräumig. Mehr als das Bett, auf dem Tara noch vor wenigen Augenblicken gesessen hatte, eine hohe Holzkommode, die schon bessere Tage gesehen hatte, und ein Schreibtisch samt Drehstuhl passten nicht hinein. Ihre Kleidung bewahrte Nele in einem praktischen Einbauschrank auf, der die Länge einer gesamten Wand einnahm. In Taras Zimmer konnte man tanzen, Nele besaß dafür den einzigartigen Blick auf die Bucht. Das machte die fehlende Größe wieder wett.

Das Fenster war wie meist geöffnet, das Mückennetz sperrte die Insekten aus. Eine Weile lauschte sie dem Wind, der die Blätter von Bäumen und Büschen rascheln ließ. Die Rufe der Nachtvögel klangen noch immer fremd in ihren Ohren. Einen winzigen Augenblick lang zupfte Sehnsucht an ihrem Herzen. Nele griff nach ihrem Laptop. Sie öffnete den Deckel, schaltete den Computer ein und wartete ungeduldig, bis er hochgefahren war. Ob es Neuigkeiten von daheim gab?

Ihre Augen brannten ein bisschen, als sie von Cookies Streit mit Miss Marple erfuhr. Cookie, Neles Golden Retriever, verband eine beständige Hassliebe mit der Katze Miss Marple. Anscheinend hatten beide bei einer wilden

Jagd durch das Haus den vollen Eimer der Putzfrau umgestoßen und das ganze Wohnzimmer unter Wasser gesetzt. Als Mama die zwei gescholten hatte, hatte Cookie sich mit eingezogenem Schwanz in seinen Korb verzogen. Sekunden später gesellte sich Miss Marple dazu. Einträchtig nebeneinanderliegend beobachteten beide aus unschuldigen Augen die Aufräumarbeiten.

Schmunzelnd schrieb sie Mama ein paar Zeilen zurück. Wie schön wäre es, wenn Cookie jetzt zu ihren Füßen eingerollt läge und sie sein beruhigendes Atmen hören könnte. Sie loggte sich auf Facebook ein. Sie musste unbedingt mit jemandem reden, der sie verstehen würde. Sie hatte Glück. Emma war im Chat und antwortete ihr prompt.

»Hallo Süße. Was gibt's?«

»Es ist wegen Jake. Ich kann mit Tara nicht über ihn sprechen.«

»Weshalb nicht?«

»Sie verhält sich merkwürdig. Abweisend.«

Tara und Emma mochten sich zwar, aber sie pflegten keine enge Freundschaft. Dennoch hoffte Nele, dass Emma ihr das seltsame Verhalten der Gastschwester erklären konnte.

»Was meinst du? Beschreib mal.«

»Sie blockt jedes Gespräch ab. Außerdem meint sie, er sei eine Nummer zu groß für mich.«

»Das ist fies«, schrieb Emma zurück. »Vielleicht ist sie eifersüchtig. :) Ich weiß auch nicht.«

Eifersüchtig. Ja, dieser Gedanke war Nele auch schon flüchtig in den Sinn gekommen. *Wie seltsam*, dachte sie. Allein die Vorstellung, dass Tara auf sie eifersüchtig sein könnte.

Das leise `Plopp´ holte sie aus ihren Überlegungen.

»Du hast ja mich«, tippte Emma weiter. »Ich hab nichts dagegen, wenn wir ausführlich über Jakes Vorzüge plaudern. Erzähl mir mehr von ihm. Wie gut gebaut ist er? Du hast doch seinen Anblick aus allernächster Nähe in Boardshorts genießen dürfen ... :)«

»Also wirklich, Emma!« Nele grinste. Emma liebte es, flotte Sprüche zu klopfen, die vermuten ließen, dass sie mit allen Wassern gewaschen war. Hinter all dem lockeren Gerede steckte jedoch nicht viel, soweit Nele es beurteilen konnte. Emma hatte noch nie eine ernsthafte Beziehung geführt. Woran das lag, konnte sie nicht sagen. Emma besaß ein ausgesprochen warmherziges und aufgeschlossenes Wesen. »Vergiss nicht, er gehört mir.«

»LOL! Okay, wenn du es sagst ...«

»Hast du eine Ahnung, welche Kurse Jake in der Schule belegt hat?« Nele knabberte an ihrer Unterlippe und ließ es rasch wieder bleiben, während sie auf Emmas Antwort wartete.

»Ich habe nachgedacht, aber ich weiß nicht viel über ihn. Allerdings glaube ich, dass er sich wie letztes Jahr für den Theaterklub anmelden wird. Vielleicht gehst du mal hin.«

Theaterklub? Oje. Das war überhaupt nicht ihr Ding. Vor anderen Leuten stehen und sprechen, die einen neugierig angafften? Nein. Wenn sie daran dachte, wie aufgeregt sie am ersten Schultag gewesen war, als Mrs Dobson, die die Austauschschüler betreute, sie vorgestellt hatte. Krebsrot war sie angelaufen, ihr Herz hatte ein wildes Stakkato gehämmert und das Blut hatte in ihren Ohren wie ein Wasserfall gerauscht.

»Noch da?«

Nele ließ die Finger über die Tasten fliegen. »Ich glaub, das mit dem Theaterklub ist nichts für mich. Ich würde – (Oje, jetzt fiel ihr der Ausdruck nicht ein. Hastig langte sie nach ihrem Wörterbuch, das griffbereit auf dem Schreibtisch lag, und schlug nach) – tausend Tode sterben, wenn ich vorsprechen müsste. Ich kann das nicht. L«

»Quatsch. Du musst einfach über deinen Schatten springen. Deinen inneren Schweinehund überwinden.

Soweit ich weiß, findet in drei Tagen die erste Versammlung statt.«

In ihrem Kopf überschlugen sich die Gedanken. »Würdest du mitkommen?«

»Ich?«

»Bitte, Em. Ich möchte nicht allein gehen. Wie sähe das denn aus?«

»Hast recht. Natürlich wäre jedem sofort klar, dass du deinen hübschen Hintern einzig und allein wegen Jake Stevens dorthin geschleppt hast. Wie peinlich!«

»Haha. Sehr witzig.«

»Okay, Süße. Ich begleite dich. Einer muss ja schließlich auf dich aufpassen.«

Nele konnte sich ein Schmunzeln nicht verkneifen. »Du bist ein Schatz. Danke!!! :)«

»Wozu hat man Freunde?«, kam es prompt zurück.

Auf Emma war Verlass. Nele und sie waren sich an ihrem ersten Tag in der Cafeteria über den Weg gelaufen, wo Nele überwältigt von all den neuen Dingen etwas hilflos an der Theke gestanden hatte. Emma hatte sie kurzerhand unter ihre Fittiche genommen. Die Chemie zwischen ihnen stimmte auf Anhieb. Emma faszinierte die Tatsache, dass Nele vom anderen Ende der Welt stammte. Sie wollte am liebsten alles über das ferne Land wissen. Seit ein paar Wochen paukte sie Deutsch. Sie fand die fremde Sprache, die ihrer Zunge mitunter Schwierigkeiten bereitete, faszinierend. Allzu gern probierte sie ihre Kenntnisse an Nele aus, was manches Mal zu herzhaftem Gelächter führte.

Nele loggte sich aus. Während sie den Computer herunterfahren ließ, dachte sie weiter über Emma Buckley nach. Sie war froh, dass sie fernab der Heimat eine Freundin wie Emma gefunden hatte. Obwohl sie sich erst seit Kurzem kannten, war Emma ihr inzwischen fast ebenso vertraut und ans Herz gewachsen wie Johanna. Auch wenn Nele ihre Gastschwester sehr mochte, hatte sie immer das

Gefühl, niemals ganz zu Tara durchzudringen. Es war, als existierte eine unsichtbare Wand zwischen ihnen. Tara war schwer zu durchschauen. Nele hatte den Verdacht, dass Tara ihre wahren Gefühle gern unter einer Maske aus Zynismus und gespielter Gleichgültigkeit verbarg. Nele zuckte mit den Schultern. Dann sollte sie eben. Für sie war das in Ordnung, schließlich konnte sie sich mit Emma und Bonnie austauschen. Sie lächelte, als sie den Deckel ihres Laptops herunterklappte.

Kapitel 5
Vorahnungen

»Es tut mir leid wegen gestern Abend«, murmelte Tara, während sie nach dem Vegemite Glas griff. »Hab mich blöd benommen.«

Nele beobachtete fasziniert und angewidert zugleich, wie Tara die dunkelbraune Paste großzügig auf dem Toast verteilte. Sie würde nie verstehen, wie man etwas, das derartig ekelhaft roch und noch viel eigenartiger schmeckte, hinunterbringen konnte. Als Shirley ihr die Creme als echte australische Delikatesse angepriesen hatte, hatte Nele sie höflichkeitshalber probiert. Anschließend kämpfte sie mit einem heftigen Würgereiz, worauf Tara in Gelächter ausgebrochen war, und Shirley sich bestürzt bei Nele entschuldigte.

Tara legte das Messer beiseite. »Bist du sauer?«

Nele rührte gedankenverloren in ihrem Milo. Sie brachte morgens nichts hinunter. Shirley hatte eine Weile versucht, sie zum Essen zu bewegen, doch Nele hatte ihr glaubhaft versichern können, dass sie zu Hause ebenfalls nie frühstückte.

»Du bist sauer«, beantwortete Tara ihre eigene Frage. Nele hob den Blick von Taras Toast und sah ihrer Gastschwester ins Gesicht. »Nein.« Sie zögerte. »Allerdings habe ich mich gewundert, warum du so …«, sie suchte nach dem passenden Wort, »unfreundlich warst. Du hast mich angefaucht, obwohl ich dir nur ein paar harmlose Fragen gestellt habe. Was war mit dir los?« Würde Tara es zugeben, wenn sie tatsächlich eifersüchtig wäre? Bevor Nele den Gedanken weiterspinnen konnte, steckte Shirley ihren Kopf zur Küchentür herein.

»Guten Morgen, ihr beiden. Alles in Ordnung?« Ihr Anblick – ein hellblauer, gesteppter Satinmorgenmantel und der morgendlich wirre Haarschopf – war Nele inzwischen so vertraut wie das frühmorgendliche Flöten der Magpies im Garten.

»No worries, Mum«, versicherte Tara.

Shirley warf einen Blick zur Küchenuhr, die über dem Herd in verlässlichem Rhythmus tickte. »Leider kann ich euch heute Morgen nicht fahren, ihr müsst den Bus nehmen.«

»Dann sollten wir los.« Tara schob den Stuhl zurück. »Es ist bereits Viertel nach acht. Kommst du, Nele?«

»Ich sehe euch später. Viel Spaß in der Schule.« Shirley verschwand wieder im Flur.

»Hör zu«, raunte Tara ihr zu, als sie sich ihre Bücher schnappte, die auf dem Tresen bereitlagen, »ich war gestern einfach nicht gut drauf. Tut mir leid, dass ich so ruppig zu dir war. Es hatte nichts mit dir zu tun. Vergessen wir das Ganze, okay?«

Nele stellte ihre Tasse in die blitzsauber geschrubbte Emaillespüle und ließ kaltes Wasser hineinlaufen. Sie zuckte mit den Schultern. »Klar. Kein Problem.« Also hatten Emma und sie mit ihrer Vermutung wohl falsch gelegen. Tara war nicht eifersüchtig. Nele fühlte sich erleichtert. Trotzdem warf sie immer wieder forschende Seitenblicke in Taras Richtung, als sie zusammen zur Bushaltestelle liefen. Sie wurde das dumpfe Gefühl nicht los, dass mehr hinter dem seltsamen Verhalten ihrer Gastschwester steckte, als diese zugeben wollte.

»Schaut mal, das ist sie.«

»Blimey, was für ein Mäuschen.«

»Na ja, eher durchschnittlich, würde ich sagen, oder?«

»Ziemlich langweilig, wenn du mich fragst.«

»Gähn. Die reißt einen echt nicht vom Hocker.«

Nele war gerade dabei, ihre Biologieunterlagen aus dem Schließfach im Schulflur zu nehmen, als sie auf die boshaften Stimmen aufmerksam wurde. Während sie sich die Bücher unter den Arm klemmte und ihr Fach zuschloss, fragte sie sich, wem die Lästerei wohl galt. Sie drehte sich um und entdeckte Sandy Atkinson, die mit zwei Freundinnen an der gegenüberliegenden Wand zusammenstand und sie aus kalten Augen musterte. Nele erstarrte jäh. Wie ein Blitzschlag traf sie die Erkenntnis. Die sprachen über sie! Bisher war sie im Ort und in der Schule vorwiegend freundlich aufgenommen worden, einige begegneten ihr mit Gleichgültigkeit. Ihr war bewusst, dass sie nicht zu Sandys bevorzugtem Kreis gehörte, doch dermaßen angefeindet zu werden, traf sie hart. Nele senkte rasch die Lider, entschlossen, die verletzenden Worte zu ignorieren. Während sie an Sandy vorbeihuschen wollte, gab sie vor, in einem ihrer Bücher zu blättern.

Sandy schnappte nach ihrem Ärmel, hielt sie fest und stellte sich ihr in den Weg. »Wohin so eilig?«

»Die Kleine geht zum Biokurs.« Sandys dunkelhaarige Freundin, mit offenem Mund genüsslich Kaugummi kauend, tippte mit spitzem Finger auf Neles Buch.

»Na, dann pass schön auf im Unterricht«, zischte Sandy. Sie rückte näher. »Glaub nicht, dass mir entgangen ist, wie du ihn angeschmachtet hast. Vergiss es. Halt dich fern von Jake Stevens.« Sandy trat zurück, wobei sie mit zuckersüßem Lächeln einen unsichtbaren Fussel von Neles Poloshirt entfernte. »Sieh es als gut gemeinten Rat.« Sie zwinkerte ihren Freundinnen zu. »Lasst uns gehen. Ich denke, die Botschaft ist angekommen.« Sie hakte sich bei den anderen beiden unter und zog lachend davon.

Es dauerte eine Weile, bis Nele es schaffte, ihre erstarrten Glieder zum Weitergehen zu bewegen. Dann aber flog sie beinahe über die langen Flure.

»Hey Nele, warte!«

Nele drehte sich um und sah Emma im Laufschritt auf sich zukommen. Obwohl ihr nicht danach zumute war, rang sie sich ein Lächeln ab. »Hey Em.«

Emma wischte sich mit dem Handrücken über die Stirn, auf der kleine Schweißtröpfchen glitzerten. Forschend blickte sie ihr ins Gesicht. »Was ist los mit dir? Bist du einem Geist begegnet? Du bist ein wenig blass um die Nase.«

Nele stieß einen Seufzer aus. »Ich hatte eben eine unerfreuliche Begegnung mit dieser Sandy. Sie hat mir gedroht. Ich soll die Finger von Jake lassen. Dämliche Pute.« Sie verzog den Mund. »Das Blöde ist, dass mir in dem entsprechenden Moment nichts Passendes einfiel, was ich ihr an den Kopf hätte schleudern können. Stattdessen stand ich da wie ein begossener Pudel.«

Emma legte einen Arm um ihre Schultern. »Mach dir nichts draus. Sandy nimmt sich viel zu wichtig. Denkt, sie wäre was Besonderes.«

Nele musste noch einmal nachfragen. Nur um ganz sicher zu gehen. »Sie ist nicht mehr mit Jake zusammen, oder?«

»Soweit ich weiß, seit ein paar Wochen nicht mehr.«

Tara hatte recht gehabt. »Warum führt sie sich dann so auf?«

»Vielleicht denkt sie, er kommt zu ihr zurück«, vermutete Emma. »Aber was ich eigentlich von dir wollte ... Wir sollten uns auf der Liste eintragen. Sie hängt vorn im Eingangsbereich.«

»Liste?«

»Für das Vorsprechen, Dummerchen.« Emma grinste. »Erinnerst du dich?«

Der Theaterklub! Natürlich. Nein, sie hatte es nicht vergessen. Ihr war nur nicht klar gewesen, dass man sich anmelden musste. Sie wollte unbedingt hin. Auch wenn sie bereits jetzt ein flaues Gefühl im Magen verspürte. Aber es wäre zumindest eine Chance, Jake wieder zu begegnen. Die würde sie sich nicht entgehen lassen. »Klar.« Sie erwiderte Emmas Lächeln. Plötzlich war jeglicher Ärger verflogen. In Emmas Anwesenheit konnte man nicht anders, als gut gelaunt zu sein. Sollte doch diese blöde Sandy reden, was sie wollte. Nele beschloss, sie in Zukunft zu ignorieren.

Das neue Gebäude des Art und Drama Centers war vor Kurzem erst eröffnet worden. In dem hellen, lichtdurchfluteten Neubau roch es noch immer ein wenig nach Farbe und frisch verlegtem Parkettboden. Stimmengewirr und Musikfetzen wehten durch die großzügige Eingangshalle.
»Warte.« Nele blieb wie angewurzelt stehen und griff nach Emmas Arm. »Ich kann das nicht.«
Emma zog sie unbeirrt auf die Flügeltür zu, die ins Auditorium führte. »Du kannst«, entgegnete sie ungerührt, wobei sie schwungvoll einen Flügel öffnete und Nele in den Saal schob. Es herrschte ein reges Kommen und Gehen, Stuhlrücken und Geraune. Vor der Bühne stimmten sich Schüler mit ihren Musikinstrumenten ein.

Nele spürte das Hämmern ihres Herzens, als sie hinter Emma den Gang entlangging. »O Mann«, gestand sie Emmas breitem Rücken, »ich bin so nervös wie eine langschwänzige Katze in einem Raum voller Schaukelstühle.«

Emma brach in Gelächter aus und drehte sich um. »Holy cow! Jetzt versuch mal nicht, australischer als die Australier zu sein.« Sie lachte so sehr, dass Tränen in ihren Augen schimmerten.
»Taras Dad hat so etwas mal gesagt«, verteidigte sich Nele. »Ich wollte lediglich ausdrücken, wie mir zumute ist.« Verstohlen wischte sie ihre feuchten Handflächen an dem glatten Baumwollstoff ihres blaukarierten Schulrocks ab.
»Schon klar.«
Während sie sich durch die Menge schoben, erspähte Nele zwei, drei bekannte Gesichter. Ein markanter Blondschopf stach ihr ins Auge. Sie stöhnte leise auf. Sandy. Was machte die denn hier? Einem ersten Impuls folgend, wollte

Nele auf dem Absatz kehrtmachen. Sie verspürte keinerlei Lust, Jakes Exfreundin zu begegnen. Zu allem Übel drehte Sandy sich auch noch um und sah genau in ihre Richtung. Ihre Augen verengten sich zu schmalen Schlitzen. Sie flüsterte einer Rothaarigen etwas ins Ohr, die daraufhin den Hals reckte, um Nele zu begutachten. Nele versuchte, ein gleichgültiges Gesicht aufzusetzen, obwohl sie den beiden am liebsten ein selbstbewusstes Lächeln zugeworfen hätte.

»Dort drüben sind zwei Plätze.« Emma stupste sie mit dem Ellenbogen an.

Nele riss sich von Sandy und ihrer Freundin los. Sie ärgerte sich über sich selbst. Hätte sie nur nicht so hingestarrt. Sie nahm sich vor, das nächste Mal gelassener zu reagieren, und quetschte sich hinter Emma durch die Reihe an etlichen Knien vorbei.

»Ist hier noch frei?«

Emma sprach einen Typen an, der sein Kinn in die Hand stützte und gelangweilt vor sich hinbrütete. Er sah auf, antwortete mit einem gleichgültigen Achselzucken. Als Nele sich an ihm vorbeischlängelte, ging ein Ruck durch seinen Körper. Für den Bruchteil einer Sekunde begegneten sich ihre Blicke. Ein undefinierbares Gefühl durchfuhr sie. »Setz du dich da hin«, raunte sie Emma zu.

Doch Emma hörte sie bei dem Lärm nicht und marschierte schnurstracks weiter bis zum nächsten Stuhl, sodass Nele nichts anderes übrig blieb, als mit dem Platz neben dem Unbekannten vorliebzunehmen. Verstohlen musterte sie ihn. Mit dem dunklen, zerzausten Haar und den hohen Wangenknochen erschien er ihr wie ein geheimnisvoller Krieger aus einer anderen Zeit. Sie konnte ihn sich auf einem Hügel in den schottischen Highlands vorstellen, den Blick auf das weite Meer gerichtet, während sein schwarzer Umhang vom Wind aufgebläht um ihn herumwirbelte. *Nele, die Fantasie geht mal wieder mit dir durch*, wies sie sich innerlich schmunzelnd zurecht. Ein wenig unheimlich war ihr dieser Kerl – und ja, irgendwie kam er ihr bekannt vor. Sie fühlte sich an jemanden erinnert, aber sie kam nicht darauf, an wen. Während sie erneut in seine Richtung schielte, schob sich ein anderes Gesicht in ihre Gedanken. Bislang hatte sie Jake im Saal nicht entdecken können. Hatte sie ihn übersehen? Sie ließ ihren Blick über die Köpfe hinwegschweifen. Enttäuschung machte sich breit. Sie neigte sich zu Emma. »Er ist nicht hier.«

»Was? Wer?« Emma starrte sie verständnislos an.

»Shhh! Ich meine Jake. Er ist nicht da.«

Emma scannte den Raum. »Ich kann ihn auch nicht sehen. Sein Name stand aber auf der Liste. Er und Sandy haben sich übrigens letztes Schuljahr im Theaterklub kennengelernt.«

Schon wieder Sandy. Nele knirschte mit den Zähnen. »Die ist jedenfalls da. Ich hatte schon das Vergnügen.«

Emma grinste. »Dann schätze ich, dass Jake nicht weit ist. Sandy kreist grundsätzlich in seinem Orbit.«

»Großartig«, meinte Nele trocken. »Vielleicht kommt er ja noch.« Sie lehnte sich zurück und stieß einen leisen Seufzer aus.

»Alles in Ordnung?«

Nele sah auf. Erneut begegnete sie den braunen Augen ihres Sitznachbarn. Sie waren dunkel wie Zartbitterschokolade. Tief und unergründlich. »Natürlich.« Rasch richtete sie ihre Aufmerksamkeit auf die Bühne.

Ein plötzliches Raunen ging durch die Reihen. Flotten Schrittes betrat ein hochgewachsener, grauhaariger Mann den Saal. Seine Oberlippe zierte ein dicker Schnauzbart. Er sah ein bisschen aus wie der Privatdetektiv aus den Achtzigern, für den Mama schwärmte. Er hatte eine zierliche Blondine Anfang dreißig im Schlepptau, deren blonde Locken wippten, als sie versuchte, mit ihm Schritt zu halten. Leichtfüßig hüpfte er die Stufen zur Bühne hinauf. Nele starrte auf seinen Oberlippenbart. Wer in aller Welt trug heutzutage noch so einen altmodischen Schnauzer? Sie spürte ein hysterisches Kichern aufsteigen.

»Was ist los?« Emma sah sie schief von der Seite an.

»Nichts. Es ist nur – der Bart von diesem Typ da vorn. Unglaublich ...« Sie brach ab.

»Oh, ja.« Emma lachte leise auf. »Das ist Moface. Er und sein Bart sind seit über dreißig Jahren unzertrennlich, habe ich mir sagen lassen. Er ist ein cooler Lehrer. Die Kids mögen ihn, auch wenn er manchmal streng sein kann.«

Moface wechselte ein paar Worte mit seiner Partnerin, dann griff er zum Mikrofon. »Hallo miteinander.« Geduldig wartete er, bis auch das letzte Gemurmel erstarb. »Herzlich willkommen im Art und Drama Center. Ich bin Frank Fillmore und leite die diesjährige Produktion des Musicals `West Side Story´.« Er machte eine bedeutsame Pause.

»O Gott, ich kenne die Geschichte«, sagte Nele. »Johanna und ich haben sie schon gefühlte tausend Mal im Fernsehen angesehen.«

Emma drückte grinsend ihren Arm. »Dann wird das hier eine Kleinigkeit für dich. Bewirb dich für die Rolle der Graziella!«

»Verspotte mich nur.«

»Miss Decintio, meine Assistentin«, fuhr Fillmore fort und erhob etwas die Stimme, um sich gegen die zunehmende Geräuschkulisse durchzusetzen, »wird euch gleich in Gruppen einteilen. Jeder erhält ein Blatt mit einigen Zeilen eines vorgegebenen Lieds. Ihr habt rund zwanzig Minuten Zeit zum Üben. Währenddessen werde ich mir die Schüler und Schülerinnen vornehmen, die im Orchester mitspielen wollen.«

»Müssen wir unbedingt vorsingen?«, piepste es aus einer der hinteren Reihen.

Nele dankte der Unbekannten von Herzen. Wie gut, dass jemand den Mut aufbrachte, diese Frage zu stellen, denn das Singen bereitete ihr ebenfalls ziemliche Bauchschmerzen. Eines war sicher. Wenn sie aufgefordert werden würde, ihre Gesangskunst zum Besten zu geben, dann wäre sie schneller draußen, als sie »Steak and Kidney« sagen könnte. Ein typisch australischer Ausdruck für Sydney, wie ihn ihr Gastvater häufig verwendete. Nichts und niemand würde sie jemals dazu bringen, allein vor fremden Menschen zu singen. Das hatte schon im Kindergarten und auf ihrer alten Schule nicht geklappt. Es würde auch hier nicht funktionieren. Gespannt wartete sie auf Fillmores Antwort.

Seine Augen funkelten belustigt hinter den Brillengläsern. »Nun. Wem es bis jetzt entgangen sein sollte: Wir planen eine Musicalproduktion. In der Regel wird bei einem Musical gesungen, deshalb schlage ich vor, dass diejenigen, die sich für eine Hauptrolle bewerben möchten, mir eine Kostprobe ihres Könnens abgeben. Die anderen können gern zu zweit oder auch in der Gruppe vortragen.« Fillmore schob seine Brille, die auf die Nasenspitze gerutscht war, mit dem Zeigefinger zurück. »Beantwortet das Ihre Frage, Miss?«

»Danke«, kam es kleinlaut von hinten.

Emma beugte sich zu Nele herüber. »Siehst du«, flüsterte sie. »Alles halb so wild.«

»Ich weiß nicht. Vielleicht war es trotzdem ein Fehler, herzukommen.« Was machte das alles für einen Sinn, wenn Jake nicht hier war? Vielleicht bewarb er sich dieses Jahr nicht. Unschlüssig blickte sie Emma an. In diesem Moment ging am Ende des Saals einer der großen Türflügel mit einem leisen Quietschen auf. Sämtliche Köpfe fuhren herum. Es war Jake, der ein wenig betreten im Eingang stand.

»Entschuldigung. Bin etwas spät.« Mit einer verlegenen Geste fuhr er sich durch den Haarschopf.

Neles Herzschlag setzte aus. Und nun? Doch bleiben?

»Mr Stevens. Schön, dass Sie noch zu uns gefunden haben.« Moface schenkte dem späten Ankömmling ein spöttisches Lächeln. In seinem Mund blitzte es golden auf. »Bitte suchen Sie sich einen Platz, damit wir fortfahren können.« Vereinzelt brandete Gelächter auf.

»Penner«, stieß Neles Sitznachbar verächtlich hervor.

Nele sah ihn erstaunt an, bevor sie sich erneut nach Jake umwandte. Hatte er Moface oder Jake damit gemeint? Seltsamer Typ ... Ein Ausdruck der Überraschung glitt über Jakes Gesicht, als er im Vorbeilaufen Neles Blick auffing. Sie lächelte ihm zu, während ihr Herz wie verrückt gegen ihre Rippen hämmerte, und er hob grüßend eine Hand.

»Wären Sie so freundlich, mit dem Einteilen der Gruppen zu beginnen?«, bat Fillmore seine Assistentin.

Miss Decintio war so freundlich.

»Er ist da.« Neles Stimme bebte ein bisschen, während sie in den Schatten eines ausladenden, weiß blühenden Akazienbuschs rückte.

»Hab ich's dir nicht prophezeit?« Emma strich sich eine Strähne hinters Ohr. »Ich war mir sicher, dass er auftaucht.« Sie sah auf die Armbanduhr. »Meinst du nicht, wir sollten endlich anfangen, unseren Text zu lernen, auch wenn du offensichtlich an nichts anderes mehr denken kannst als an einen gewissen jungen Mann mit faszinierend blauen Augen? Wir haben noch genau achtzehn Minuten.«

»Wir? Du bist also mit von der Partie?«

Emma legte den Kopf schief. »Ich kann dich doch unmöglich allein deinem Schicksal überlassen.«

Nele ließ ihr Blatt ins Gras segeln, um Emma zu umarmen. »Fantastisch. Du bist eine wahre Freundin!«

»Fair dinkum.«

Nele löste sich von ihr. »Was?«

»So nennt man das hier. Eine echte Freundin. Du willst doch lernen, wie eine Australierin zu sprechen.«

Nele grinste und vertiefte sich pflichtbewusst in ihren Text, auch wenn es ihr schwerfiel, sich zu konzentrieren.

Immer wieder blitzte Jakes Gesicht vor ihr auf. Seit Miss Decintio die Schüler eingeteilt hatte, hatte sie ihn nicht mehr gesehen. Sie hätte sich gewünscht, er würde ihrem Team zugewiesen werden, doch sie hatte vergeblich gehofft. Stattdessen gehörten ein pickliger Jüngling, der sie aus einigen Metern Entfernung anschmachtete, sein Freund und eine hübsche junge Frau aus der Oberstufe zu ihrer Gruppe. Hayley konnte wunderbar singen. Sie hockte im Schneidersitz unweit von Emma und ihr auf einem Mäuerchen, wo sie ihr Können lautstark zum Besten gab. Nele kannte die Melodie. Sie musste nur den dazugehörigen Text studieren und konnte dem Vorsingen in ihrer Gruppe also unbesorgt entgegenblicken ...

»Hey Ladys!«

Nele beschattete ihre Augen gegen das grelle Licht. Vor ihr stand der junge Mann, der im Auditorium neben ihr gesessen hatte. Er war mindestens eins fünfundachtzig groß. Sie starrte auf seine muskulösen Oberarme. Erneut beschlich sie das Gefühl, ihm bereits begegnet zu sein.

Ungefragt ließ er sich neben sie ins Gras sinken. »Großartiger Tag heute, oder?« Unverblümt wanderte sein Blick von ihrem Gesicht zum Ausschnitt des dunkelblauen Poloshirts, glitt über ihre nackten Beine und zurück. »Ich bin übrigens Chris.« Er streckte erst Emma, dann Nele seine Hand hin. Sein Griff war fest, seine Haut schwielig. Nele zuckte zusammen, als er zudrückte.

Abwartend sah er sie an. Nele starrte irritiert zurück.

»Und ihr?«

»Ach so.« Sie nestelte an ihrem Kragen. »Ich bin Nele, das ist Emma.«

»Nele und Emma«, wiederholte er, als wollte er sich die Namen einprägen. »Wie kommt ihr zwei voran?«

Emma hob gleichgültig die Schultern und widmete sich erneut ihrem Blatt. Offensichtlich verspürte sie keinerlei Interesse an einer Plauderei mit dem Kerl. Seine dunklen Augen auf Nele geheftet, rupfte Chris einen Grashalm ab und steckte ihn in den Mund. Sie nahm sich vor, ihre Freundin später nach ihm auszuhorchen, doch ihre Neugier siegte. »Sind wir uns schon einmal begegnet? Als ich dich vorhin sah, hatte ich das Gefühl ...«

»Nö, ich hab dich noch nie zuvor gesehen. Im Saal da drin das erste Mal.« Auf seiner Stirn erschien eine steile Falte und er starrte Löcher in den vertrockneten Rasen.

Was für ein ungehobelter Kerl!

»Tut mir leid. Ich wollte dich nicht anfahren.« Chris räusperte sich. »Ich hätte mich mit Sicherheit an dich erinnert. So eine hübsche Braut vergisst man nicht.«

Sie spürte Hitze in ihre Wangen steigen, und das lag definitiv nicht am Wetter.

Emma machte ein Geräusch, das wie ein abfälliges »Pfft« klang, was Chris aber geflissentlich ignorierte.

»Bewirbst du dich für eine bestimmte Rolle?«

»Ich ... äh, nein.« Nele lehnte sich ein wenig vor, sodass ihre langen Strähnen ihr Gesicht verbargen. »Ich wollte mir das Ganze nur einmal ansehen.«

»Verstehe.«

»Und du?«, fragte sie höflichkeitshalber nach, weil sie dachte, er erwartete es. Allmählich wurde sie nervös. Sie sollte lieber ihren Text lernen ...

Chris fuhr sich mit gespreizten Fingern durch sein wirres Haar. Ihr fielen die Trauerränder unter den Nägeln auf. Seine Hände sahen aus, als würde er in seiner Freizeit an Motoren herumschrauben oder an Autos basteln.

»Bloody hell, nein. Mein Betreuungslehrer hat mich verdonnert, beim Bühnenaufbau oder bei der Beleuchtung mitzuhelfen. Singen kann ich nicht.«

»Ich auch nicht«, entfuhr es ihr, bevor sie sich stoppen konnte. Das ging diesen Chris wirklich nichts an. Hatte er Betreuungslehrer gesagt? Ob er etwas ausgefressen hatte? Neugierig musterte sie ihn aus den Augenwinkeln. Andererseits – was kümmerte es sie, ob der Typ etwas auf dem Kerbholz hatte? Eigentlich war sie sowieso nur hier, um Jake zu sehen. Außerdem lief ihr langsam die Zeit davon. »Entschuldige. Ich muss jetzt wirklich …«, murmelte sie. Erneut hob sie das Blatt. Während die Worte darauf zu einem sinnlosen Gefasel verschwammen, wünschte sie sich nichts sehnlicher, als dass Jake auftauchen möge. Sie versuchte, ihn aus ihren Gedanken zu verbannen, um die Worte halbwegs in ihren Kopf zu bekommen.

»Nele?« Emma stupste sie in die Seite. Nele stöhnte innerlich auf, doch dann begriff sie. Das Schicksal hatte sie erhört! Dort drüben war Jake. Offensichtlich hatte er der Kantine einen Besuch abgestattet. Er hielt eine Flasche Orangensaft in der einen und ein Sandwich in der anderen Hand. Er wirkte, als ob er konzentriert über irgendetwas nachdenken würde, als er über den Kiesweg geschlendert kam. Sein Name lag ihr auf den Lippen, doch Emma kam ihr zuvor.

»Hey«, quäkte sie in einer Lautstärke, die Nele zusammenzucken ließ. »Jake!«

Nele winkte ihm zu, als er in ihre Richtung sah, doch er nickte nur und setzte seinen Weg fort. Ein jäher Stich der Enttäuschung durchzuckte sie. Sie hatte sich so darauf gefreut, ein paar Worte mit ihm zu wechseln. Sehnsüchtig blickte sie ihm nach. Eine Mischung aus Ärger und Frust stieg in ihr hoch, als sie Sandy aus dem Gebäude des Art und Drama Centers herauskommen und auf Jake zustürzen sah. Perfektes Timing. Das musste man ihr lassen. Sandy nahm Jake das Getränk ab und hakte sich bei ihm unter. Ihr kokettes Lachen drang bis zu ihnen.

»Im Netz der Spinne«, kommentierte Emma, die das Treffen der beiden ebenso verfolgt hatte. »Sein Pech. Er weiß ja nicht, was ihm entgeht.«

Nele sah verstohlen zu Chris hinüber. Es war ihr peinlich, dass er Emmas Bemerkung hatte mithören können.

Mit unbeweglicher Miene saß er im Gras, die Ellenbogen lässig auf die Knie gestützt und nagte an seinem trockenen Halm. Unvermittelt drehte er den Kopf.

»Vergiss den Typen. Er ist es nicht wert, glaub mir.« Chris' dunkle Augen funkelten eindringlich.

Nele wandte sich ab. Sie wusste nichts zu entgegnen. Jeder schien sie vor Jake Stevens warnen zu wollen. Erst Tara, jetzt Chris. Plötzliche Mutlosigkeit überfiel sie. Es war eine Schnapsidee gewesen, herzukommen. Sollte sie sich vor Sandy und ihren Freundinnen zum Gespött machen lassen? Mit Sicherheit würde sie sich blamieren, und wenn es nur wäre, weil sie vielleicht mit vor Aufregung hochroter Birne die Treppenstufen zur Bühne hochstolperte. Sollte sie das wirklich riskieren, nur um einen raschen Blick auf Jake zu erhaschen? Entschlossen straffte sie den Rücken. Dies hier war definitiv der falsche Ort für Nele Behrmann.

Chris spuckte seinen Halm aus und sprang auf. »Ich geh mir die Beine vertreten, Ladys.« Er zwinkerte Nele zu. »Bis nachher?«

»Sicher«, erwiderte sie matt.

»See ya, Mädels.«

Sie blickte ihm hinterher. »Em?«

Emma blies Luft aus, während sie wild mit dem Papier vor ihrem Gesicht hin- und herwedelte. »Diese Liedzeilen sind schon starker Tobak …« Sie hielt inne. »Was ist? Du siehst nicht gerade glücklich aus. Es ist wegen Jake, stimmt's?«

»Auch.« Nele fuhr mit den Fingern durch das sonnengebleichte, stoppelige Gras. »Ich hab keine Lust auf all das hier. Schon allein wegen Sandy …«

»Ach, vergiss die dumme Kuh! Sie macht sich doch nur wichtig. Glaubt, wenn sie Jake auf Schritt und Tritt verfolgt, dass sie sich wieder bei ihm einschleimen kann.«

»Und wenn es funktioniert?«

»Wird es nicht. Lass uns das durchziehen. Sei kein Frosch!«

»Nein. Tut mir leid, Em, dass ich dich hergeschleppt habe.«

Emma musterte sie und zuckte mit den Schultern. »Kein Problem. Vergessen wir's.«

»Du machst ebenfalls Schluss?«

»Klar. Ich bin doch nur mitgekommen, um dich zu unterstützen.« Emmas Mund verzog sich zu einem Grinsen. »Ich weiß zwar, dass du das Musical magst, aber sorry, ich kann mit dem ganzen Zeug nicht viel anfangen. Ich meine, hör dir das an: Man kommt groß raus in Amerika, in Saus und Braus in Amerika, es hat die Laus in Amerika, ein eignes Haus in Amerika.« Mit beiden Händen vollführte sie eine theatralische Geste und verdrehte dabei die Augen. »Ehrlich. Ich hätte mir vor Lachen bestimmt in die Hose gemacht.«

»Und ich mir vor Schiss«, erwiderte Nele. »Es muss andere Möglichkeiten geben, Jake«, sie zeichnete Anführungszeichen mit den Fingern in die Luft, »zufällig über den Weg zu laufen. Ohne dass Sandy Atkinson an ihm klebt wie eine Schmeißfliege.«

»Wird schwierig«, meinte Emma trocken. Sie rappelte sich auf. »Ich sag schnell unserer Gruppe Bescheid, dass wir aussteigen. Bin gleich wieder zurück.«

»Alles klar.« Nele zerknüllte ihren Zettel. Während Emma den pickligen Jüngling, seinen Kumpel und Hayley informierte, legte sie sich auf den Rücken ins Gras. Sie starrte hinauf in den weiten blauen Himmel. Blau wie Jakes Augen. Sie seufzte. Gedankenversunken verschränkte sie die Arme unter dem Kopf.

»Okay. Der traurige Rest unseres Teams wird Moface benachrichtigen«, erklärte Emma wenige Augenblicke später und ließ sich mit einem Stöhnen neben Nele nieder. »Matt war übrigens schwer enttäuscht, dass du aufgibst, Nele.«

»Matt?«

»Dein neuer Verehrer.«

Nele schielte kurz hinüber. »Jetzt hör schon auf.«

Emmas Mundwinkel zuckten. »Ja, ja, er ist eben nicht Jake.«

»Genau.«

Eine Weile lagen sie nebeneinander im Gras und lauschten den Geräuschen der Schüler, dem glasklaren Sopran von Hayley und dem gelegentlichen Kreischen einiger Kakadus, die sich über ihren Köpfen in den Baumkronen stritten. Ein paar Magpies flatterten herbei, um zwischen den Kieselsteinchen auf dem Weg nach Nahrung zu picken. Nele hatte die geselligen, vorlauten Vögel in ihr Herz geschlossen. In ihrem schwarz-weißen Federkleid wirkten sie nicht so spektakulär wie die exotisch bunten Vögel des roten Kontinents, doch das wunderbare, melodische Flöten machte ihnen so leicht kein anderer Vogel nach. »Du, Em? Kennst du ihn?«

Emma, die ein wenig gedöst hatte, blinzelte. »Matt?«

»Chris.«

Emma drehte sich auf die Seite. »Es kursieren Gerüchte über ihn. Mit siebzehn ist er von der Schule geflogen, hat sich zwei Jahre herumgetrieben. Seit diesem Semester ist er zurück. Was genau passiert ist oder was er angestellt hat, weiß ich nicht. Ich hatte noch nie mit ihm zu tun. Warum?«

»Er ist merkwürdig. Schwer zu durchschauen.«

»Und?« Emma hatte ein feines Gespür.

»Er sieht interessant aus, oder?«

»Hab ich es mir doch gedacht«, murmelte Emma.

»Natürlich überhaupt kein Vergleich zu Jake«, fügte Nele rasch hinzu. »Aber wenn es Jake nicht gäbe ...« Sie warf Emma einen bedeutungsvollen Blick zu.

»Lass lieber die Finger von Chris. Er hat's bestimmt faustdick hinter den Ohren.« Emma gähnte.

Nele setzte sich auf. Die Hitze machte so träge, bald würde sie einfach einschlafen, wenn sie liegen blieb. Ihr pickliger Verehrer war inzwischen verschwunden. »Wie wär's, hast du Lust, später ein Eis essen zu gehen?«

»Eis essen? Nele, du bist ein Genie!«

»Wie bitte?«

»Maggies Coffeeshop. Die beste Eiscreme in Victor Harbor. Am Albert Place.«

»Ja und?«

»Klingelt da bei dir nicht etwas?« Emma feixte. »Maggies Coffeeshop ist direkt neben dem Surfladen. Soweit ich weiß, ist das der Lieblingstreffpunkt der Surfer.«

»Daran habe ich überhaupt nicht gedacht ... Cool!«

»Eben. Fort geht's!« Emma war sichtlich stolz, ihre Deutschkenntnisse zum Besten zu geben.

Nele lachte. »Es heißt: Auf geht's. Aber für den Anfang schon mal nicht schlecht.« Sie streckte Emma eine Hand entgegen, um ihr aufzuhelfen. »Vielleicht laufen wir Jake im Café über den Weg. Wenn ich außergewöhnliches Glück habe, treffe ich ihn dort einmal ohne die nervige Sandy im Schlepptau an.«

Ein Kookaburra lachte gackernd in einem der Bäume.

»Halt die Klappe, unseliger Vogel«, drohte Emma, »sonst braten wir dich zum Dinner!«

Kapitel 6
Zarte Bande

Tara lag auf ihrem Bett und scrollte gedankenverloren auf ihrem iPhone durch ihre Facebookneuigkeiten, als Nele den Kopf durch den Spalt ihrer Zimmertür steckte.

»Ich gehe mit Emma ein Eis essen. Kommst du mit?«

Tara legte ihr Handy beiseite. »Ich hab gehört, du warst heute beim Vorsingen für West Side Story?«

Nele winkte ab. »Ist nicht mein Ding.«

»Hätte mich auch gewundert. Trotzdem warst du dort. Gab es einen speziellen Grund?«

Eigentlich war dies eine rein rhetorische Frage, denn natürlich wusste sie aus verlässlicher Quelle, dass Jake sich dieses Jahr erneut für eine Rolle bewerben wollte. Sie hatte Emmas und Neles Namen auf der Liste für das Vorsprechen entdeckt und ahnte, warum Nele dabei sein wollte.

»Nö.« Nele zuckte mit den Achseln, während sie ihrem forschenden Blick auswich. »Das war nur so eine Idee.« Sie betrachtete ihre kurz geschnittenen Fingernägel. »Also, was ist, magst du mit?«

»Wo soll's hingehen?«

»Zu dem Laden am Albert Place. Maggies Coffeeshop.«

In Tara begann es zu brodeln. Der Laden war Jakes erklärtes Lieblingscafé, das war allgemein bekannt. Ebenso bekannt war, dass er wie die meisten Surfer aus der Highschool fast jeden Nachmittag dort anzutreffen war. Das hippe Café im Stil der fünfziger Jahre war zurzeit der angesagteste Treffpunkt der älteren Schülerinnen und Schüler. Die Erdbeersmoothies, die Maggie Carter servierte, waren weit über die Stadtgrenze hinaus beliebt. Jeden zweiten Mittwoch im Monat organisierte Maggie eine Liveband, die die Besucher des Cafés von einer kleinen Bühne aus zum Rocken brachte.

»Ich komme mit.« Kurz entschlossen sprang Tara vom Bett auf. »Gebt mir noch zehn Minuten zum Umziehen, okay?«

»Klar.« Neles Kopf verschwand.

Tara schob die Tür ihres begehbaren Schranks auf. Sie starrte auf den wilden Kleiderhaufen vor ihren Füßen. Ungeduldig hatte sie darauf gewartet, dass Jake endlich frei sein würde. Sie liebte ihn schon so lange. Daran änderte auch die Tatsache nichts, dass Tara für ihr Leben gern flirtete und bestimmt nichts anbrennen ließ. Aber ihre Beziehungen waren immer nur flüchtige Abenteuer, es gab niemanden, der sie ernsthaft interessierte. Es war Jake, den sie begehrte. Jake, den sie sich als festen Freund wünschte, seitdem sie ihre Liebe zu ihm entdeckt hatte. Sie beide waren Sandkastenfreunde, gute Kumpel die ganzen Jahre über, die er nebenan im Nachbarhaus gewohnt hatte. Als er ans andere Ende der Stadt gezogen war, und sie in die Senior High wechselten, hatten sie sich zusehends entfremdet. Vorbei war es mit der sorglosen Fröhlichkeit, der Unbefangenheit und Unbekümmertheit der früheren Jahre. Tara war verwirrt, bis sie eines Tages zu einer erschreckenden und zugleich erstaunlichen Erkenntnis gelangte. Sie hatte sich in Jake Stevens verliebt. Leider schien diese Liebe nicht auf Gegenseitigkeit zu beruhen. Denn während sie Jake sehnsüchtig anschmachtete und heftige Flirtversuche startete, warf er lieber Dana Garrett interessierte Blicke zu. Dana Garrett. Ausgerechnet *die* suchte er sich aus.

Tara verzog den Mund, als sie an die schwarzäugige Hexe dachte. Jeder in der Highschool wusste, dass Dana nicht gerade wählerisch war, was die Auswahl ihrer Freunde anging. Sie warf sich so ziemlich jedem an den Hals, der nicht abgeneigt schien, sich mit ihr einzulassen.

Sie hing öfter mit den Kerlen einer wilden Clique von Rowdys rum, die den Ort unsicher machten ... Zum Glück erlosch Jakes Interesse an Dana nach einem kurzen Techtelmechtel. Doch dann tauchte er unter, verschwand von der Bildfläche. Es gab Gemunkel, übles Gerede, dem Tara keine Beachtung schenkte. In ihren Augen war Jake perfekt. An den Gerüchten konnte nichts Wahres sein. Als er vor einem Jahr auf die Schule zurückkehrte, sah sie sich in ihrer Annahme bestätigt. Er schien noch immer derselbe nette Junge zu sein, den sie von früher kannte. Sie plauderten hin und wieder miteinander, wenn sie sich zufällig in der Schulkantine über den Weg liefen. Tara schöpfte neue Hoffnung, bis die Ziege Atkinson ihre Krallen nach Jake ausstreckte. Die beiden lernten sich bei Fillmore im Theaterkurs kennen, wo Jake sich für die Rolle des Romeo bewarb. Sandy hingegen setzte sich gegen etliche Konkurrentinnen durch und wurde zur Julia auserkoren. Jake lud Sandy zum gemeinsamen Surfen ein. Der Rest war Geschichte, lief ab wie nach dem Lehrbuch für Romanzen. Es hatte ihr schier das Herz gebrochen, als Sandy ihn sich geschnappt hatte. Leider hatte es lange gedauert, bis Jake endlich eingesehen hatte, was für eine oberflächliche Kuh Sandy Atkinson im Grunde eigentlich war.

Tara bückte sich seufzend, um in ihren Kleidern zu wühlen. Schließlich entschied sie sich für einen knappen Jeansrock und ein türkisfarbenes Trägertop. Die Farbe würde ihre außergewöhnlich grünen Augen unterstreichen. Während sie sich umzog und anschließend vor dem Spiegel begutachtete, drifteten ihre Gedanken zurück zu Jake.

Endlich war er Sandy los und wieder zu haben. Und dann tauchte eine Austauschschülerin vom anderen Ende der Welt auf und musste sich von all den Typen auf der Highschool ausgerechnet in Jake Stevens vergucken. Verdammt! Sie mochte Nele herzlich gern, jedoch nicht so sehr, dass sie ihr dieses Sahneschnittchen von einem Mann gönnte. Jetzt war ihre Chance gekommen. Nele war ganz hübsch, zugegeben, aber ... Tara trat einen Schritt nach vorn, um sich genauer zu betrachten. Jake musste blind sein, wenn er nicht bemerkte, was Tara für eine klasse Frau war. Sie drehte sich hin und her, streckte die Brust raus, fuhr mit der flachen Hand über die Rundungen ihres Pos. Sie nickte ihrem Spiegelbild zu. Sie war ohne Zweifel aufregender als die liebe Nele mit ihren unschuldigen, sanften Rehaugen, oder? Mit spitzen Fingern zerzauste sie ihre Locken, zupfte hier und da eine dunkle Strähne zurecht. Anschließend griff sie nach dem Glitzerlipgloss und verteilte die Creme großzügig auf ihren Lippen. Noch einen Hauch `vanilla peach´ ins Dekolleté gesprüht, fertig! Junge Männer mochten den Duft von Vanille, hatte Tara unlängst in einer Ausgabe der *Girlfriend* gelesen. Zufrieden warf sie ihrem Spiegelbild eine Kusshand zu, bevor sie das Zimmer verließ.

Anscheinend hatte sie alles richtig gemacht.

»Wow. Du siehst toll aus.« Nele fiel fast die Kinnlade hinunter. Ihr Blick glitt von Taras getuschten Wimpern über die langen Beine bis zu den nackten Füßen, die in goldenen Riemchensandalen steckten.

»Findest du?« Tara gab sich überrascht. Mit Befriedigung stellte sie fest, dass Nele in ihrem himmelblauen T-Shirt und den abgeschnittenen Jeansshorts nett, aber harmlos wirkte. Und Emma, nun Emma mit ihren überflüssigen Pfunden war sowieso außer Konkurrenz. Sie hatte ein niedliches Gesicht, aber leider nahmen die meisten Kerle angesichts ihrer Körperfülle Reißaus, bevor sie sich die Mühe machten, in ihre hübschen blauen Augen zu blicken. Schade eigentlich. »Hi Emma.« Gönnerhaft lächelte sie ihr zu. Ihr Herz pochte wild, als sie sich vorstellte, dass sie möglicherweise in Kürze auf Jake treffen würde.

Nele blieb mitten auf dem Gehweg stehen. »Hört ihr das?«

»Hey Leute, cool! Ist das nicht *Wipe Out*?« Auch Tara lauschte.

»Eine Party«, mutmaßte Emma.

»Wo kommt das her?« Nele spitzte die Ohren.

»Ich schätze von Maggies Coffeeshop«, erwiderte Emma.

»We wanted to party and get a little rest, so we packed our things and headed out west …« Singend tanzte Tara über den Bordstein. Nele staunte, wie ausgelassen und unbekümmert sich ihre Gastschwester auf einmal gab.

Emma lag mit ihrer Vermutung richtig. Vor dem kleinen Lokal am Albert Place tummelte sich eine bunte Menge Leute. Einige junge Frauen bewegten sich lässig in knappen Outfits auf dem Bürgersteig zu den hämmernden Klängen der Musik, die aus der Jukebox dröhnte.

Tara warf ihren Lockenkopf nach hinten. »Klasse, hier geht die Post ab!« Sie begrüßte einen jungen Mann mit dunkler Mähne, der sie begeistert anstrahlte, und wechselte ein paar Worte mit ihm. »Ich organisiere uns Smoothies«, rief sie Nele und Emma anschließend zu, bevor sie sich ins Getümmel stürzte.

Emma zog die Nase kraus. »Ganz schöner Trubel hier, oder?«

»Was?« Nele trat näher, um Emma besser verstehen zu können.

»Ich sagte, es ist ziemlich laut hier!«

Nele nickte schmunzelnd. Sie suchte die Sitzplätze vor dem Café ab. War er hier? Oder vielleicht drinnen?

Unvermittelt packte Emma sie an der Hand. »Komm, da drüben wird gerade etwas frei.«

Sie machten es sich auf der blank gescheuerten Holzbank bequem, und kurz darauf erschien Tara mit einem Tablett und drei Pappbechern, aus deren Deckeln neongrüne Strohhalme ragten.

»Super. Wir haben sogar einen Tisch!« Sichtlich gut gelaunt verteilte sie die eiskalten Smoothies.

Nele ertappte sich dabei, wie ihr rechter Fuß unter dem Tisch im Takt mitwippte. Sie beobachtete das Geschehen am Nebentisch, als Emma sie sanft in den Oberschenkel zwickte.

»Sieh mal nach links.«

Neles Herz blieb stehen, nur, um dann in wildem Galopp durch ihre Brust zu jagen. Jake. Mit dem unvermeidlichen Surfbrett unter dem Arm kam er die Straße entlang auf das Café zugeschlendert. Sein ärmelloses weißes Shirt betonte die Oberarmmuskeln und die goldene Sonnenbräune seine Haut. Heute waren es grün gemusterte RipCurl Boardshorts, die tief auf seinen schmalen Hüften ruhten. Kürzer geschnitten als jene, in denen Nele ihn das letzte Mal am Strand getroffen hatte, zeigten sie mehr von seinen durchtrainierten langen Beinen. Wohlgeformten Beinen. Sie biss sich auf die Unterlippe. Der Typ war verdammt sexy. Hitze stieg kribbelnd in ihr auf wie kleine Champagnerbläschen. Jake hatte ihren Tisch entdeckt und kam direkt auf sie zu.

»Hey Leute. Darf ich?« Der samtig-dunkle Klang seiner Stimme ließ sie noch mehr dahinschmelzen.

»Aber klar.« Tara schenkte Jake ein strahlendes Lächeln, wobei sie auf den freien Platz neben sich deutete.

Jake lehnte sein Board an die Wand des Cafés, ignorierte Taras einladende Geste und ließ sich neben Nele auf die Bank fallen. Als sein nackter Arm sie streifte, durchzuckte es sie wie ein elektrischer Schlag. Sie war sich seiner Nähe so sehr bewusst, dass ihre Haut wie Feuer brannte. Ihr Herz hämmerte gegen die Rippen. Ein warmes Glücksgefühl durchrieselte ihren Körper. Sie presste die Lippen aufeinander, um das Lächeln zu unterdrücken, das sie unkontrolliert überfallen wollte.

Tara musterte sie scharf, bevor sie eine Haarlocke um ihren Finger wickelte und sich Jake zuwandte. »Auf dem Weg zum Strand?«

Er nickte. »Ertappt. Die Musik ...«, er wechselte einen sekundenschnellen Blick mit Nele, »hat mich magisch angezogen. Ich dachte mir, ich geh mal nachsehen, was hier los ist.«

Neles Wangen fingen an zu glühen.

»Dein Freund Luke ist auch hier.« Tara machte eine winzige Bewegung mit dem Kinn. »Hab ihn gerade eben gesprochen.«

»Er hat sich bestimmt ebenfalls von dem Trubel anlocken lassen. Wir wollten uns am Strand treffen.« Jake zwinkerte Nele zu. »Ziemlich verrückt wir Aussies, oder?« Ein plötzlicher Windstoß blies ihm ein paar dunkle Fransen in die Stirn.

Sie starrte in seine blauen Augen. »Wie bitte?«

»Dass wir jede Gelegenheit für eine Party nutzen, meine ich. Ist das bei euch in Deutschland auch so?«

»Nein.« Sie war wie hypnotisiert von seinem Anblick. »Manchmal vielleicht.« Sie lächelte zaghaft und verfluchte sich anschließend. Ehrlich, was war sie nur für ein Trampel.

»Puh, mir ist warm.« Tara stöhnte unvermittelt. Mit beiden Händen griff sie in ihr Haar und hielt es hoch, um ihren Nacken zu kühlen. Dabei rutschte ihr knappes Oberteil nach oben und entblößte ihren flachen Bauch. Es war eine ganz schön aufreizende Geste. Auch Jakes Blick streifte eine Sekunde lang dieses Stückchen Haut. Ob Tara sich bewusst war, wie ihr Verhalten wirkte? Es schien fast, als flirtete sie schamlos mit Jake. Ein nagendes Gefühl breitete sich in Neles Magengrube aus.

»Hättest du gern etwas zu trinken?«, lenkte sie Jake rasch ab. »Vielleicht auch einen Smoothie?«

»Danke, aber ich bin auf dem Sprung. Weiter westlich soll es ein paar gute Wellen geben. Will gleich wieder los.«

»Verstehe ich.« Tara klang irgendwie schrill. »So eine Gelegenheit darfst du dir nicht entgehen lassen.«

Wenn ihr doch nur irgendetwas halbwegs Intelligentes einfallen würde, das sie zu Jake sagen könnte, um ihn noch ein Weilchen hierzubehalten. Während sie sich innerlich Sätze zurechtlegte, betrachtete sie ihre Hände in ihrem Schoß.

»Bist du eigentlich auf Facebook, Nele?«

Sie sah auf. Manchmal waren seine Augen dunkel wie der Ozean an einem stürmischen Tag. »Ja, warum?«

Sein schiefes Lächeln, dieses eigentümliche Grinsen, ließ ihr Inneres zu flüssiger Lava schmelzen. »Cool.«

Nele brannte lichterloh.

»Übrigens, was ich noch sagen wollte«, unvermittelt wandte Jake sich den anderen zu, »haltet euch lieber fern von Chris Hunt. Der Typ bedeutet Ärger.« Übergangslos sprang er auf und klopfte mit den Knöcheln auf den Tisch. »Ich wünsch euch noch viel Spaß, Leute!« Er schnappte sich sein Brett und gesellte sich zu Luke.

Tara runzelte die Stirn. »Was sollte das denn?«, zischte sie, als Jake außer Hörweite war.

»Keine Ahnung.« Emma zuckte mit den Achseln. »Nele und ich haben uns nur kurz mit Chris unterhalten, weiter nichts.«

»Ich meine, warum Jake von Nele wissen möchte, ob sie auf Facebook ist?«

»Vielleicht möchte er mit mir chatten …?« Nele blickte ihm hinterher. Er begrüßte seinen Freund per Handschlag und wechselte ein paar Worte mit ihm. Als er plötzlich noch einmal zu ihrem Tisch herübersah, fühlte sie sich ertappt. Hastig richtete sie ihre Aufmerksamkeit wieder auf die Freundinnen.

»Ich brauch noch etwas zur Abkühlung«, erklärte Tara und stand auf. »Sonst noch jemand einen Smoothie?«

Nele schob ihr Fahrrad in den beinahe vollen Unterstand der Schule.

»Beeil dich, wir sind spät dran. Ich habe keine Lust, einen Anschiss zu bekommen«, sagte Tara.

»Bin gleich so weit.« Nele zog den Schlüssel aus dem Fahrradschloss, hob den Rucksack vom Boden auf und warf ihn sich um die Schulter. »Wir kommen noch rechtzeitig.«

Die letzten paar Schritte bis zum Haupteingang der Schule rannten sie, nur um sicher zu sein. Calvin Romano verstand keinen Spaß, wenn es darum ging, rechtzeitig zum Unterrichtsbeginn zu erscheinen. »Pünktlichkeit, Eifer und Disziplin«, wurde er nie müde zu betonen, während er seine Schäfchen durch dicke Brillengläser hindurch fixierte, »sind die wichtigsten Tugenden, die euch erfolgreich durch diese Schuljahre bringen werden.« Wer zu spät kam, erhielt sofort einen Verweis. Nein, mit Romano war nicht zu spaßen. Sie war froh, dass er lediglich die morgendlichen Schulversammlungen in der Aula betreute.

Nele hörte nur mit halbem Ohr zu, als Romano in den folgenden fünfzehn Minuten den Schülern Termine und wichtige Mitteilungen mit auf den Weg gab, und sie gemeinsam die Nationalhymne sangen. Während sie vergeblich versuchte, ein Gähnen zu unterdrücken, suchte sie nach Jakes dunklem Haarschopf. Hätte sie gestern Abend nur nicht so lange am Rechner gesessen. Sie hatte ewig im Internet gesurft und sich auf Facebook herumgetrieben und nun war sie schrecklich müde, aber auch ziemlich glücklich.

»Miss?«

Sie zuckte zusammen. Romano sah sie direkt an.

Er nickte ihr zu. »Name?«

»Nele Behrmann.« Dummerweise zitterte ihre Stimme ein wenig.

»Sie wirken, als wären Sie mit Ihren Gedanken meilenweit entfernt. Ich hoffe, Sie haben meine letzte Ankündigung mitbekommen?« Romano fixierte sie durch seine Gläser. Seine feisten, behaarten Finger trommelten auf die hölzerne Platte des Stehpults.

Nele errötete.

»Farmers Markt. Samstag. Waffeln«, zischte Tara.

»Also, äh, alle, die ...«, Nele geriet ins Stocken.

Romano schürzte missbilligend die schmalen Lippen. »Ich wiederhole noch einmal: Alle, die nächsten Samstag auf dem Markt Waffeln backen möchten, tragen sich bitte auf diese Liste ein«, mit spitzen Fingern hielt er ein Blatt hoch, »die ich im Eingangsbereich an die Pinnwand hängen werde.«

Während er sprach, sank Nele tiefer in ihren Sitz. Gäbe es doch nur ein winziges Mauseloch, in das sie hineinschlüpfen könnte. Bestimmt hatten alle mitbekommen, wie Romano, der Feldwebel, wie er insgeheim genannt wurde, sie anblaffte. Sie konnte direkt Sandys gehässiges Kichern hören.

»Nachdem nun alles geklärt ist, entlasse ich Sie in Ihre jeweiligen Unterrichtsstunden – in exakt«, Romano warf einen Blick auf seine breite Armbanduhr, die fast völlig in seiner dichten Armbehaarung verschwand, »drei, zwei, eins.« Es klingelte. »Auf Wiedersehen, Herrschaften. Wir sehen uns morgen.« Romano raffte seine Unterlagen zusammen.

Der Saal leerte sich rasch. Nele gab die Suche nach Jake auf.

Tara grinste. »Meine Güte. Du bist echt eine Träumerin.«

»Weißt du, gestern hat ...«

»Hm?«

»Ach, nichts.« Nele machte eine wegwerfende Geste mit der Hand. »Sehen wir uns beim Lunch?«

»Klar.« Tara drückte sie kurz, bevor sie sich im Gang trennten.

Irgendwie konnte Nele sich nicht dazu durchringen, Tara vom gestrigen Abend zu erzählen.

Etwas weiter hinten im Flur entdeckte sie Emma. Sie steckte halb in ihrem Schrankfach.

»Verdammt«, brummelte Emma. »Ich könnte schwören, ich hätte es hiergelassen ...«

»Hey, hier bin ich.« Nele tippte ihrer Freundin auf die Schulter.

Emmas hochroter Kopf schoss aus den Untiefen ihres Fachs empor. »Mann, ich suche das verdammte Biologieheft. Muss nachher ein Referat halten, und jetzt finde ich das Ding nicht. Dabei habe ich vorgestern den ganzen Nachmittag in der Bibliothek verbracht ... Wie soll ich bloß meine Note retten ohne das Teil?«

»Ich muss dir unbedingt etwas erzählen, Emma. Ich bin so schrecklich aufgeregt.« Auf einmal schien jegliche Müdigkeit verflogen.

Emma runzelte die Stirn.

»Oh, tut mir leid. Ich bin so durcheinander, bitte verzeih mir. Wir finden deine Unterlagen bestimmt.«

»Schon gut.« Ächzend richtete Emma sich zu ihrer vollen Größe auf. »Das blöde Heft muss tatsächlich zu Hause sein. Ich muss wohl improvisieren.« Sie lachte schon wieder. So war Emma eben. Sie ließ sich nicht so schnell unterkriegen. »Geh ich richtig in der Annahme, dass deine momentane Verwirrtheit etwas mit einem jungen Mann namens Jake zu tun hat?«

»Sht!« Nele blickte sich rasch um. Sie zog Emma am Ärmel mit sich. »Komm, ich erzähl's dir.«

»Okay.« Emma klemmte sich ihre Bücher unter den Arm und passte sich Neles Schritt an. »Also, was ist Weltbewegendes passiert?«

»Jake hat mir eine Freundschaftsanfrage auf Facebook geschickt.«

»Das ist in der Tat eine beeindruckende Neuigkeit.«

»Ach du!« Nele lachte. »Mach dich nur lustig über mich!«

Im Stechschritt bogen sie nach links ab, wo eine breite Treppe ins Obergeschoss führte.

»Und wie geht es mit euch zwei Hübschen jetzt weiter?« Emma keuchte wie eine Dampflok. Es klingelte zum Unterrichtsbeginn.

»Wir sprechen uns später. Bis nachher.« Nele winkte ihrer Freundin hinterher, dann öffnete sie die Tür zum Klassenraum.

Miss Griffin, im schicken Chanelkostümchen, musterte den Spätankömmling mit hochgezogenen, fein säuberlich gezupften Augenbrauen. Sie war wie immer très chique. Geduldig wartete sie, bis Nele sich gesetzt hatte. »Bonjour, chers élèves. Puisque nous sommes tous complets maintenant, nous commençons.«

Während Miss Griffins Worte wie Nebelschwaden an ihrem Ohr vorbeizogen, schweiften Neles Gedanken ab. Bis spät in die Nacht hatte sie gestern im Pyjama vor ihrem Laptop gesessen, nachdem sie Jakes Freundschaftsanfrage angenommen hatte. Sie hatte darauf gebrannt, mit ihm zu chatten, doch leider war er nicht online gewesen. Also durchforstete sie sein Profil und seine Freundesliste, sah sich jedes einzelne Bild an, das er in seinen Fotoalben gepostet hatte. Jake besaß eine Unmenge an Freunden, was Nele nicht verwunderte, galt er doch als einer der populärsten Schüler der Highschool. Sie entdeckte Taras Namen und – wie konnte es anders sein - natürlich auch Sandys. Sofort klickte sie deren Seite an, in der Hoffnung, Näheres über die Blondine und ihre Beziehung zu Jake zu erfahren. Zu ihrem Leidwesen hatte Sandy den Zugang zu ihrem Profil eingeschränkt und es damit vor neugierigen fremden Blicken geschützt. Mist. Sie würde den Teufel tun und dieser Ziege eine Freundschaftsanfrage schicken, nur um in ihrem Account herumschnüffeln zu können. Niemals. Eher würde die Hölle zufrieren, als dass Nele sich mit Sandy Atkinson anfreundete. Auch wenn es nur eine virtuelle Freundschaft auf Facebook sein würde.

Kapitel 7
Schmetterlingstänze

»*T*ara.« Allison stieß ihre Freundin mit dem Ellenbogen in die Seite. »Ich glaube, wir bekommen Gesellschaft.«

Nele sah von ihrem Tablett auf und folgte Allisons Blick durch die Kantine. Sie entdeckte einen dunkelhaarigen jungen Mann, der zielstrebig auf ihren Tisch zusteuerte. Hatte sie ihn nicht schon einmal irgendwo gesehen? Genau. Tara hatte sich mit ihm vor Maggies Coffeeshop unterhalten.

»Das ist Luke Young, Jakes bester Freund«, raunte Emma ihr zu. »Taras Verehrer.«

Tara schoss Emma einen vernichtenden Blick zu. Emmas Mundwinkel zuckten.

»Hi Tara.« Luke blieb mit einem Lächeln vor Neles Gastschwester stehen, beide Daumen lässig in die Gürtelschlaufen seiner Hose gehängt. »Was geht ab?« Seine haselnussbraunen Augen musterten Tara warm. Es war offensichtlich, dass sie ihm gefiel.

»Alles bestens, Luke. Und bei dir?« Tara lächelte etwas gequält.

Er zögerte einen Moment, suchte wohl nach Worten, während ihn alle Augenpaare aufmerksam musterten. »Nächste Woche läuft der neue Film mit Keira Knightly im Kino in der Harbor Mall.« Er räusperte sich. »Wie wär's, kommst du mit?« Auf seinen Wangen hatten sich rote Flecken gebildet. Nele fühlte mit ihm. Er schien ein netter Kerl zu sein.

Tara zuckte mit den Achseln. »Ich steh nicht so auf diese Bohnenstange, tut mir leid. Vielleicht ein anderes Mal.«

»No worries.« Luke rang sich ein flüchtiges Lächeln ab, bevor er sich abwandte. Nele hatte das enttäuschte Flackern in seinem Blick bemerkt.

»Wirklich, Tara.« Allison sah ihm kopfschüttelnd hinterher. »Der Typ ist so süß. Und sexy. Seit Wochen bemüht er sich um dich. Ich versteh nicht, was du an ihm auszusetzen hast.« Sie schloss ihre Lippen um den Strohhalm ihres Pappbechers, nahm einen Schluck und seufzte tief. »Ich wünschte, so ein Schnuckelchen würde sich mal für mich interessieren. Was will er von dir? Du hast ja sowieso nur Augen ...«

»Igitt«, rief Tara plötzlich. »Was ist das?« Naserümpfend deutete sie auf Neles Obstschale.

»Was?« Nele löste sich von Lukes sportlichem Rücken.

»Da ist ein Wurm in deinem Salat.«

»Wie bitte?« Sofort begann Nele mit der Gabel in der Schale zu stochern. Sie drehte und wendete jedes einzelne Obststück. Kein Wurm. »Ich seh nichts.«

»Ich auch nicht«, meinte Emma.

»Hm, hab mich wohl verguckt. Aber ist trotzdem eine Portion für einen Kranken und nur Obst ...«

»Ich hab einfach nicht so viel Hunger«, verteidigte sich Nele, aber Tara hatte ins Schwarze getroffen. Sie brachte keinen Bissen hinunter. Ein untrügliches Zeichen dafür, dass sie verliebt war. Ihre Kehle war wie zugeschnürt, ihr Magen blockiert von den unzähligen flatternden Schmetterlingen, die sich darin tummelten. Sie konnte es kaum erwarten, Jake wiederzusehen. Sie legte beide Hände auf den Bauch, um das Kribbeln zu besänftigen.

»Damit willst du bis heute Abend durchhalten?« Allison starrte nun auch auf Neles Obstschüssel, während sie ein herzhaftes Stück von ihrem Roastbeefsandwich abbiss.

»Du solltest mehr essen«, mischte Emma sich ein. »Essen hält Leib und Seele zusammen, sagt Mum immer.«

Tara hüstelte. Demonstrativ glitt ihr Blick über Emmas füllige Oberweite.

Nele legte die Gabel beiseite. Die Sache mit dem Wurm hatte ihr den Rest gegeben. »Ich bringe partout nichts runter ...« Sie brach ab. Sie verspürte keine Lust, ihr Geheimnis in dieser Runde preiszugeben.

»Ich kenne das von früher«, kam Allison ihr unerwartet zu Hilfe. »Da ging es mir manchmal genauso. Jetzt hab ich leider fast immer Hunger.« Sie kniff sich in die Seite, um zu demonstrieren, dass da Pölsterchen waren, auf die sie gut und gern verzichten könnte. »Sei froh, dann bleibst du immer schön schlank.«

Emma, die wusste, weshalb Nele sich mit dem Essen quälte, wechselte das Thema. »Für welche Sportklassen habt ihr euch dieses Semester eingetragen? Ich hab gedacht, ich versuch's mal mit Badminton.«

»Echt?« Tara grinste. Emma war für ihre Bequemlichkeit bekannt und dafür, dass sie jegliche Aktivität scheute, bei der man sich schneller als in Zeitlupe bewegte. »Du machst Witze!«

»Ich habe beschlossen, mich mehr zu bewegen.« Emma blickte triumphierend in die Runde. »Schließlich schnaufe ich beim Treppensteigen jedes Mal wie ein altes Walross. Geht überhaupt nicht.«

»Vielleicht komme ich mit«, meinte Nele spontan. »Ich mag Badminton, das spielen wir zu Hause auch.« Sie zögerte einen Augenblick. »Oder ich lerne surfen.«

»Du?« Taras Brauen schnellten in die Höhe.

»Echt jetzt?« Emma beugte sich vor. »Willst du dich für den Surfkurs anmelden?«

Nele schob ihr Essen von sich. »Jake hat angeboten, es mir zu zeigen«, sagte sie mit einem flüchtigen Seitenblick auf Tara.

Ihre Gastschwester lehnte sich zurück, verschränkte die Arme über der Brust. »Ist nicht dein Ernst.«

Nele sah ihr ins Gesicht. »Doch.« Sie würde sich hüten, ihr auf die Nase zu binden, dass sie es durchaus für möglich hielt, dass Jake nur gescherzt hatte. Sie wollte einfach sehen, wie Tara reagierte. Zu ihrem Erstaunen lachte Tara auf.

»Jetzt hat er dich also auch am Haken.« Ihre grünen Augen blitzten. »Macht er mit allen so, das ist seine Masche, um neue Chicks aufzureißen.« Sie fixierte Nele. »Du fällst doch nicht darauf rein, oder?«

Nele zuckte betont gleichgültig mit den Schultern. Hätte sie lieber nichts gesagt. Es war ja klar, dass Tara wieder etwas Negatives von sich geben würde, wenn es um Jake ging. War er wirklich so ein Weiberheld, wie ihre Gastschwester ihn schilderte? Etwas frustriert ließ sie den Blick durch die Kantine schweifen. Dabei entdeckte sie Sandy, die von drei Freundinnen begleitet, wie die Königinmutter höchstpersönlich, den Raum betrat. Zu allem Überfluss ließ sich Jakes Ex mit ihrem Gefolge auch noch in unmittelbarer Nähe nieder. Als Sandys markantes Lachen ertönte, tauschte Nele einen genervten Blick mit Emma.

»Die kleben an uns wie Schmeißfliegen«, murmelte Tara, die Sandys Ankunft ebenfalls bemerkt hatte.

»Irgendwie fällt mir das Atmen gerade schwer.« In einer übertriebenen Geste fächerte Allison sich mit einer Serviette Luft zu. Sie spielte auf Sandys aufdringliches Parfum an, das jeden in ihrem Dunstkreis in eine Duftwolke einhüllte.

»Geht uns nicht anders.« Emma verdrehte die Augen.

»Pass schön auf dein deutsches Schwesterchen auf, Tara, damit sie keine Dummheiten macht«, rief Sandy zu ihnen herüber. Sie ließ sich von der offensichtlichen Kälte und Ablehnung, die ihr vom Nachbartisch entgegenschlugen, nicht beirren. »Nicht, dass sie irgendeinen blöden Fehler begeht und dabei böse auf ihr hübsches Näschen fällt. Wäre doch zu schade!«

Miststück. Nele spürte Zorn aufwallen. In Gedanken fing sie an, sich eine passende Formulierung zurechtzulegen, aber Emma berührte besänftigend ihren Arm.

»Lohnt sich nicht. Am besten ignorieren.«

»Manche Menschen muss man einfach reden lassen, auch wenn sie nur Müll zusammenschwätzen. Sie wissen es halt nicht besser.« Allison stopfte sich den Rest ihres Sandwichs in den Mund.

Nele hatte solche Menschen wie Sandy, die sich für etwas Besseres hielten, noch nie leiden können. Sie hätte nicht übel Lust, ihr die Meinung zu geigen, aber das hatte sie noch nie gekonnt. So biss sie die Zähne zusammen und beschloss, Emmas Rat zu befolgen und Sandy Atkinson links liegen zu lassen. Sie griff nach ihrem Wasser, leerte das Glas und atmete tief durch. Ihr Blick fiel auf die Schlange an der Essensausgabe.

Dieser dunkle, zerzauste Haarschopf. Die breiten Schultern. Ihr Puls ging ein wenig schneller. Die Schmetterlinge in ihrem Bauch brachen zu einem erneuten Tanz auf. Nele verfolgte, wie Jake ein paar Worte mit Dottie, der freundlichen Aborigine an der Theke, wechselte. Dem Strahlen nach zu urteilen, das Dottie ihm schenkte, war Jake anscheinend nicht nur bei den Schülerinnen beliebt. Er nahm sein Tablett auf und sah sich unschlüssig um. Nele setzte sich kerzengerade, in der Hoffnung, seine Aufmerksamkeit auf sich zu ziehen.

»Jake, hier ist noch frei«, kam eine Stimme von links. Sandy hatte Jake ebenfalls entdeckt und winkte ihm zu. »Hey, mein Lieblingssurfer«, rief sie gurrend.

Er kam in ihre Richtung, blieb an Neles Tisch stehen. »Hi.« Das Lächeln, das um seine vollen Lippen spielte, galt nur ihr. Ein warmes, wohliges Pulsieren breitete sich in ihr aus.

»Jake«, nörgelte Sandy. »Komm schon.«

»Gleich.« Jake hielt seine Augen auf Nele geheftet. »Danke, dass du angenommen hast.«

Schlagartig verstummten jegliche Gespräche an beiden Tischen.

»Angenommen?« Jake schaffte es immer wieder, Nele zu verwirren.

»Meine Freundschaftsanfrage. Auf Facebook.«

»Ja. Natürlich. Gern.« Oje, ihre Wangen fingen schon wieder an zu glühen. Alle wurden Zeuge, wie Nele Behrmann zum Feuermelder mutierte.

»Cool.« Jakes Lächeln vertiefte sich. »Ich freu mich, dass wir jetzt vernetzt sind.«

Und ich mich erst! Du ahnst nicht, wie sehr. Sie nickte, suchte nach Worten, aber was sollte sie ihm sagen, hier vor allen Leuten? Alle Augen waren auf sie gerichtet.

»Wir können ja mal chatten«, erlöste er sie endlich.

Sie wusste nicht, wohin mit ihren Händen, wohin sie sehen oder was sie sagen sollte. Eine Mischung aus Hilflosigkeit und Wut über sich selbst übermannte sie. Sie straffte den Rücken. »Super«, entgegnete sie. »Machen wir.« Sie erwiderte Jakes Lächeln und hoffte inständig, ihm würde das Beben in ihrer Stimme nicht auffallen.

»Jahake.« Sandy zog seinen Namen wie Kaugummi.

»Jaha«, antwortete Jake Augen rollend, bevor er zum Nachbartisch trottete.

Emma stupste Nele an den Oberarm. »Na, läuft doch alles wie geschmiert, oder?« Verschwörerisch zwinkerte sie ihr zu.

Tara beugte sich weit über den Tisch. »Bild dir nichts darauf ein«, zischte sie in Neles Richtung, während sie sich rasch vergewisserte, dass die Gruppe nebenan nicht mithörte. »Vergiss nicht, was ich dir gesagt habe ...«

»... er ist ein Casanova«, zischte Nele genervt zurück. So langsam hatte sie Taras Ratschläge satt.

»So schlimm ist Jake doch nun auch wieder nicht«, meinte Allison grinsend.

»Ich will nicht, dass Nele verletzt wird«, erklärte Tara brüsk und schien Allison mit einem strengen Blick hypnotisieren zu wollen.

Tara gab ihrer Freundin geheime Zeichen und ließ keine Gelegenheit aus, Jake bei Nele schlechtzumachen. Sie verhielt sich dermaßen merkwürdig, so langsam lag es wirklich auf der Hand, dass hier etwas nicht stimmte. Gönnte sie ihr Jake nicht, weil sie ihn für sich allein haben wollte? Oder war tatsächlich etwas Wahres an den Gerüchten über Jake? Sollte sie ihren Rat befolgen und vorsichtig sein? Noch vorsichtiger? Beinahe hätte sie laut aufgelacht.

Tara legte ihr eine Hand auf den Arm. »Ich muss dich doch vor den üblen Kerlen warnen.«

Nele presste die Lippen aufeinander, um nicht losschreien zu müssen. Für wen hielt Tara sich? Sie konnte ganz gut auf sich aufpassen, schönen Dank auch. Es war ja nicht so, dass sie total hilfebedürftig war, nur weil sie Tausende von Kilometern von ihrem Zuhause entfernt war. Sie löste sich von Tara und schob den Stuhl zurück. »Ich muss los.«

»Warte, ich komme mit.« Emma folgte ihr.

Als sie ihre Tabletts in den Geschirrrückgabewagen schoben, hatten Allison und Tara sie eingeholt.

»Nimm es Tara nicht übel«, bat Allison. »Ihre Mum macht sich immer solche Sorgen um dich. Wahrscheinlich hat sich das auf sie übertragen.«

»Ich hab's nicht bös gemeint.« Tara schenkte ihr ein liebevolles Lächeln, gepaart mit einem unschuldigen Blick.

Nele seufzte. Ihr Ärger verflog, obwohl sie ahnte, dass es nur eine Schmierenkomödie war. »Das verstehe ich ja, aber bitte überlass es in Zukunft mir, mit wem ich mich anfreunde, spreche und ob ich Surfen, Schnorcheln oder sonst etwas lerne. Ich fühle mich von dir überwacht. Du bist doch nicht meine Mama.«

»So war das nicht gemeint. Aber okay, ich lass dich in Ruhe. Trotzdem, gib auf dich acht.« Tara konnte es nicht lassen, sie noch einmal zu warnen.

»Klar.«

»Wollen wir raus?« Emma warf einen Blick auf die Armbanduhr. »Wir könnten noch ein wenig in der Sonne braten ...«

»Ohne mich.« Tara blieb stehen. »Ich muss in die Bibliothek, kleine Recherche über Jane Austen. Kommst du mit, Ally?«

»Eine Verabredung mit Mr Darcy?« Allison grinste. »Wie?«

»Elisabeth und Fitzwilliam, Dummerchen.«

Tara lachte. »Yep.« Sie hakte Allison unter. »Bis später.«

»Du machst dir viel zu viele Gedanken.« Emma lag auf dem Rücken, sah hinauf in den wolkenlosen Himmel und kaute unbekümmert auf einem pinkfarbenen Kaugummi, den sie immer wieder zum Platzen brachte. »Lass die Dinge einfach auf dich zukommen. Jake hat definitiv etwas für dich übrig.«

»Denkst du das wirklich?«

Emma wandte den Kopf. »Machst du Witze? Warum funkeln seine Augen jedes Mal wie Kronleuchter, wenn er dich ansieht?«

Nele lehnte sich zurück, stützte sich mit den Unterarmen im Gras ab. »Das wäre zu schön. O Em, mich hat's echt böse erwischt.«

»Tatsache?« Emma ließ den Kaugummi knallen. »Darauf wäre ich nie gekommen.« Ein breites Grinsen flog über ihr Gesicht.

»Ist es so offensichtlich?«

»Für mich schon. Ich kenne dich erst seit ein paar Wochen, aber für mich bist du ein offenes Buch, meine Liebe.«

»Wenn ich so leicht zu durchschauen bin, dann ist es Sandy nicht verborgen geblieben. Oder sie ahnt es zumindest. Kein Wunder, dass sie so widerlich zu mir ist. Sie will Jake zurück.« Nele rieb sich über die Nase. »Sieh sie dir doch mal an, Emma. Und dann mich.«

Emma drehte sich ihr zu, stützte den Kopf in eine Hand. »Was wird das hier? Fishing for compliments?« Sie runzelte die Stirn. »Stell dein Licht nicht unter den Scheffel. Du bist hübsch. Was würde ich dafür geben, so eine tolle Figur zu haben wie du. Du bist sexy, Baby.« Sie lachte und ihre blauen Augen glitzerten im Sonnenlicht.

Nele knabberte an ihrer Unterlippe. »Du machst mich ganz verlegen.«

»Es ist wahr. Aber hör mal damit auf.«

»Was?«

»Mit der ständigen Lippenknabberei. Damit wirkst du nervöser als nervös.«

»Okay.«

»Jake müsste blind sein, um nicht zu sehen, was du für ein toller Fang bist, glaub mir. Ich wette, der hat nachts heiße Träume von dir.«

»Ach Em!« Nele schüttelte grinsend den Kopf, aber der Gedanke gefiel ihr.

Ein Windstoß fuhr rauschend durch die silbrigen Blätter des nahen Eukalyptusbaums. Eine Gruppe grün gefiederter Lories ließ sich krächzend auf seinen knorrigen Ästen nieder.

»Ah, eine kühle Brise.« Nele fächerte sich mit der Hand etwas Luft zu. »Bin ich froh, dass der Herbst vor der Tür steht. Dann wird es wohl ein bisschen kühler.«

»Dir macht die Hitze zu schaffen, was? Willkommen in Down Under, Schätzchen«, flachste Emma.

Kapitel 8
Missverständnisse

»Ich denke, ich gehe besser.« Nele streckte sich in dem gemütlichen Ohrensessel. »Ich bin auf einmal total müde.« Um ihre Aussage zu untermauern, gähnte sie herzhaft.

Shirley sah von ihrer Stickerei auf, musterte Nele prüfend durch ihre Brille. Tara, die auf der Couch lümmelte, warf einen Blick auf die alte Standuhr an der Wand neben dem steinernen Kamin. »Jetzt schon? Wir haben doch erst neun Uhr.«

Im Fernsehen lief eine Folge von *New Girl*, Taras Lieblingssendung, und Shirley hatte es sich mit ihrer Handarbeit in dem Sessel unter der Stehlampe gemütlich gemacht. Gordon genoss mit seinem Nachbarn Fred ein Feierabendbierchen im Hotel Victor. Nele hatte kaum etwas von der Handlung des Films mitbekommen. Sie fieberte danach, sich vor ihren Computer zu setzen. Als sie am Nachmittag von der Schule heimgekehrt war, hatte sie sich gleich in ihr Zimmer vor den Laptop verzogen. Sie hatte gehofft, mit Jake chatten zu können, aber er war nicht online gewesen. Beim Abendessen hatte sie kaum still sitzen können. Wieder fiel es ihr schwer, ihren Teller zu leeren, obwohl sie sich in weiser Voraussicht nur eine winzige Portion hatte geben lassen. Shirley hatte Spaghetti mit Tomatensoße gemacht, Neles Lieblingsgericht, und sie wollte ihre Gastmutter nicht verärgern. Shirleys aufmerksamem Blick entging natürlich nicht, dass ihre Gasttochter einmal wieder mit ihrem Essen kämpfte. Mit besorgtem Gesichtsausdruck forschte sie nach, ob Nele sich nicht wohlfühlte. Nele gelang es, Shirley zu beruhigen. Um ihr zu zeigen, dass wirklich alles in bester Ordnung war, ließ sie sich zu einem gemeinsamen Fernsehabend überreden. Aber jetzt konnte Nele nicht länger warten. Sie musste unbedingt noch einmal nachsehen, ob Jake ihr inzwischen vielleicht geschrieben hatte.

»Gute Nacht.« Nele stand auf.

Tara, die den Blick nicht vom Bildschirm wandte, winkte ihr lässig zu. »Bis morgen.«

»Na schön.« Shirley lächelte. Ihre Brillengläser blitzten im Schein der Lampe auf. »Schlaf gut, Darling.«

Nele spürte ein plötzliches Aufwallen von Zärtlichkeit. Shirley Henley war ein so lieber Mensch. Man konnte nicht anders, als sie gern zu haben. Sie beugte sich zu ihr hinunter und hauchte ihr einen Kuss auf die nach Lavendel duftende Wange. »Gute Nacht, Shirley.«

Nervös wippte sie mit dem Fuß des übergeschlagenen Beins, während das Programm lud. Der Schreibtischstuhl quietschte leise. Komm schon, komm schon. Sie verspürte ein unangenehmes Nagen in ihrer Magengrube. Seit Tagen hatte sie nicht mehr richtig gegessen. Sie war einfach viel zu aufgeregt. Der Bund ihrer Jeans saß schon ganz locker. Wenn sich das Flattern in ihrem Bauch nicht bald beruhigen würde, müsste sie sich neue Klamotten kaufen. Endlich, sie war eingeloggt und rief ihren Account auf. Sie schnappte nach Luft. Jemand hatte ihr geschrieben. Die rote Ziffer leuchtete unübersehbar. Ihre Handflächen wurden feucht. Sie klickte die Zahl an, und ein wohliges Glücksgefühl durchströmte sie. Die Nachricht war von Jake.

»Hey. Bist du online?«

Wann hatte er die Nachricht geschickt? Nele kniff die Augen zusammen und strich sich eine lange Haarsträhne hinter das Ohr. Vor fünfundzwanzig Minuten ... Da hatte sie vor dem Fernseher gesessen und einen Film gesehen, der sie nicht die Bohne interessiert hatte. Wahrscheinlich war er längst nicht mehr auf Facebook.

»Ich bin da«, schrieb sie zurück. Sie schickte ihre Nachricht ab, starrte ein paar Sekunden darauf, als könnte sie eine Antwort heraufbeschwören. Natürlich tat sich nichts. Schlechtes Timing, Nele. Seufzend stützte sie das Kinn in die Hand und starrte weiter auf den bunten Bildschirm. Als ein vertrautes `Plopp´ erklang, setzte sie sich aufrecht. Eine Ziffer blitzte auf. Eine Nachricht. War er das? Nele klickte eilig auf die Maustaste.

»Hi, was machst du?«

Sie stieß einen tiefen, zufriedenen Seufzer aus. Jake. Das Leben war schön. »Mit dir chatten?« Manchmal konnte sie richtig witzig sein, besonders dann, wenn sie ihrem Gegenüber nicht in die verwirrend schönen Augen blickte.

»Gut gekontert :). Hast du dich bei uns eingelebt?«

»Es ist alles so anders.«

»Ist das gut oder schlecht?«

Sie zögerte. »Gut«, tippte sie schließlich. »An manche Dinge kann ich mich allerdings noch immer nicht gewöhnen.«

»Die wären?«

»Vegemite. So etwas Scheußliches habe ich noch nie gegessen!«

»LOL! Daran merkt man, dass du keine echte Australierin bist, Nele.«

»Wenn das bedeutet, dass ich dieses Zeug lieben muss, dann möchte ich auch keine werden«, gab sie frotzelnd zurück.

»:) Bist du schon ein bisschen herumgekommen auf unserer Halbinsel?«

»Ein wenig. Gordon und Shirley haben mit uns eine Rundfahrt gemacht. Von Victor Harbor über Mount Compass, Myponga und Yankalilla bis hinunter nach Cape Jervis.«

»Wow, nicht schlecht. Seid ihr mit der Fähre nach Känguru Island übergesetzt?«

»Nein, leider nicht. Es war schon zu spät.«

»Adelaide?«

»Rundle Mall. Mit Tara und Allison.«

»Shoppen«, kam es prompt zurück.

»Frauen gehen eben gern shoppen.« Die Herren der Schöpfung würden das nie verstehen. Egal, ob sie in Deutschland oder Australien lebten. Nele schmunzelte.

»Und sonst? Hast du noch mehr von Down Under gesehen? Never Never?«

»?«

»Das Outback.«

Natürlich. Sie erinnerte sich. Sie hatte den Ausdruck schon gehört. »Da will ich unbedingt einmal hin. Muss unglaublich faszinierend sein.«

»Na ja, wenn du Fan von Fliegen bist, dann schon :). Vielleicht können wir ja mal etwas zusammen unternehmen?«

Neles Herz hüpfte hoffnungsvoll. »Im Outback?«

»LOL! Nele, du bist echt witzig. Warst du schon im Urimbirra Park?«

»Bisher nicht.«

»Wie wär's? Er ist nicht weit von Victor entfernt, nur fünf Kilometer. Wir könnten am Samstag dort ein Picknick machen. Magst du Schlangen? Die haben eine sensationelle Schlangenvorführung.«

»Igitt«, erwiderte Nele schaudernd. »Ich hasse Schlangen!« Diese Viecher jagten ihr eine fast ebenso große Furcht ein wie Spinnen. Sie erinnerte sich, wie sie am zweiten Tag nach ihrer Ankunft Bekanntschaft mit einer riesigen Huntsmenspinne hatte machen müssen. Neles durchdringender Schrei hatte Gordon aus tiefstem Schlaf gerissen. Gähnend und mit zerzaustem Haar war er ihr zu Hilfe geeilt, um das Tier einzufangen und nach draußen in den Garten zu tragen. »Die tun dir nichts«, hatte er versucht, die vor Grauen bebende Nele zu beruhigen. »Völlig harmlose Viecher.« Dass sie allerdings vortreffliche Sprünge machen konnten, hatte er sich verkniffen, zu erwähnen.

Nele machte in dieser Nacht kaum ein Auge zu, immer wieder knipste sie ihr Nachttischlämpchen an, um sich zu vergewissern, dass nicht noch ein weiterer ungebetener achtbeiniger Gast auftauchte. Zum Glück waren sämtliche Fenster und Türen, die nach draußen führten, mit einem Fliegengitterschutz versehen, sodass es selten passierte, dass sich Tiere nach drinnen verirrten.

»Ist vielleicht durch den Kamin geklettert«, mutmaßte Tara am nächsten Morgen. »Glaub mir, wir haben jedes Jahr lediglich zwei- oder dreimal solche Viecher bei uns im Haus, du brauchst wirklich keine ...«

»Tara«, unterbrach Shirley mit strafendem Blick. »Lass es gut sein.« Sie legte eine Hand auf Neles Arm. »Keine Sorge. Das wird so schnell nicht wieder geschehen.«

Nele hatte beinahe mit dem Gedanken gespielt, die Flucht zu ergreifen und wieder nach Hause in ihren geliebten Schwarzwald zu fliegen. Doch dieser Vorfall war zum Glück bisher der einzige dieser Art geblieben, und Nele hatte sich wieder entspannt.

Zurück zu den Schlangen. »Sei mir nicht böse, Jake. Aber ich grusle mich vor den Viechern.«

»Kein Problem. Vergessen wir die Schlangen. Du kannst Kängurus, Wallabies, Wombats oder Emus die Pfote schütteln, wenn du magst.«

Ein ganzer Nachmittag mit Jake Stevens. Nele konnte nicht mehr aufhören zu grinsen. Nur sie und er, Hand in Hand über eine wildblumenübersäte Wiese schlendernd. Im Schatten eines knorrigen Eukalyptusbaums würden sie stehen bleiben, und dann – O Gott, allein bei dem Gedanken daran beschleunigte sich ihr Herzschlag – würde er mit einem Finger sanft ihr Kinn anheben, ihr tief in die Augen blicken und sie küssen. Sein Kuss würde zunächst zärtlich sein, unendlich sanft und gefühlvoll, sie würde sich sehnsüchtig an ihn schmiegen. Von Erregung überwältigt, würde er schließlich beide Hände um ihre Taille legen und ihren bebenden Körper hart gegen seinen Unterleib pressen, während sich seine warme Zunge an ihren Zähnen vorbei ...

Taras herzhaftes Gelächter, das aus dem Wohnzimmer gegenüber zu ihr drang, riss Nele aus ihren Träumereien. Sie schob die Gedanken an den leidenschaftlichen Kuss beiseite. »Das klingt toll«, schrieb sie zurück. »Ich freue mich!«

»Prima. Wie wäre es, wenn ich euch so gegen zwei Uhr abhole?«

Moment. Nele rutschte näher an den Bildschirm heran. Hatte sie sich verlesen? Nein, da stand es eindeutig. Sie hakte nach. »Euch?«

»Tara und dich.«

Nele stutzte. Tara? Wollte er sie mitnehmen? Weshalb? Warum in aller Welt wollte er ihre Gastschwester dabeihaben? Nele runzelte die Stirn. Ihre eben noch so euphorische Stimmung zerplatzte wie eine schillernde Seifenblase. »Weiß Tara Bescheid?«

»Klar. Sie hat den Ausflug vorgeschlagen.«

Tara hatte was? Wie bitte kam Tara dazu, mit Jake einen Ausflug zu planen? Nele war nun vollends verwirrt.

»Wir sehen uns am Samstag, okay?«

Nele starrte ungläubig auf den Bildschirm. Die Buchstaben begannen vor ihren Augen zu tanzen. Ein schrecklicher Verdacht fing an, in ihr zu keimen. War Jake am Ende nicht an ihr, sondern an Tara interessiert? Nur, warum fragte er dann sie, ob sie Lust hatte, mitzukommen? Ein Dutzend ungeklärte Fragen stürmten gleichzeitig auf sie ein. Da lief doch etwas hinter ihrem Rücken, oder nicht? Sie verspürte den unbändigen Drang, herauszufinden, was Tara dazu zu sagen hatte. Jetzt. Sofort.

»Okay«, verabschiedete sie Jake. »Bis Samstag.«

»See you :)«

Neles gute Stimmung war dahin. Sie loggte sich aus und fuhr den Laptop herunter. Energisch rollte sie ihren Stuhl zurück.

Tara lachte laut auf. Diese durchgeknallte Zooey Deschanel hatte es echt drauf. Sie liebte diese Serie und war froh, das Wohnzimmer jetzt für sich allein zu haben. Zum Glück hatte sich Nele schon früh in ihr Zimmer verzogen. Im Moment machte ihre Anwesenheit sie nervös. Sie mochte ihre Gastschwester ja gut leiden, aber deren Schwärmerei für Jake ging ihr furchtbar auf die Nerven. Sie konnte es nicht mehr hören. Mum hatte sich vor ein paar Minuten ebenfalls zurückgezogen. Ihre Stickerei lag sorgfältig zusammengefaltet auf dem Nähtischchen neben ihrem Sessel. Während Tara auf den Abspann der Serie starrte und die letzten Kartoffelchips aus der Schüssel fischte, schweiften ihre Gedanken erneut zu Nele.

Wenn sie nur endlich aufhören würde, von Jake zu sprechen. Das machte sie rasend. Nele konnte sich doch nicht ernsthaft einbilden, Jake könnte irgendein echtes Interesse an ihr haben. Mit ihrer scheuen und zuweilen etwas unbeholfenen Art war Nele überhaupt nicht sein Typ. Klar gefiel es ihm, mit ihr zu flirten. Aber mal ehrlich. Jake flirtete mit vielen Mädchen. So war er eben. Die harmlosen Schäkereien, das witzige Geplänkel und das gelegentliche Augenzwinkern hatten nichts zu bedeuten. Nele schien viel zu viel hineinzuinterpretieren. Tara musste unter allen Umständen verhindern, dass ihre Gastschwester auf die Schnapsidee kam, Jakes Angebot, ihr das Surfen beizubringen, anzunehmen. Sie wäre ja beinahe vom Stuhl gekippt, als Nele letztens in der Kantine davon angefangen hatte. Es war ihr schwer gefallen, ihr Entsetzen zu verbergen und sie hatte ganz schön schauspielern müssen, um Nele nicht zu zeigen, wie schockiert sie war.

Beim Wellenreiten würden sie sich unweigerlich näherkommen. Was nach ihrer Einschätzung eine viel zu große Gefahr barg. Auch wenn sie Nele nicht als unmittelbare Bedrohung ansah, war es besser, wenn sie versuchte, sie von Jake fernzuhalten. Nele durfte ihr auf keinen Fall dazwischenfunken … Als Tara heute Jake auf dem Schulgelände begegnet war, hatte sie beschlossen, Nägel mit Köpfen zu machen. Sie würde Jake für sich gewinnen. Ihm endlich die Augen öffnen. Sie hatte lange genug darauf gewartet, dass er die Initiative ergriff. Dann musste sie ihm eben ein wenig auf die Sprünge helfen. Schließlich wusste sie, wie sie die Aufmerksamkeit eines jungen Mannes auf sich ziehen konnte. Und das Beste war, es schien zu funktionieren. Sie hatte Jake in ein Gespräch verwickelt. Sie lachten und scherzten miteinander. Fast wie in alten Zeiten. Tara zog alle Register. Sie war die Königin des Flirts. Sie gratulierte sich im Stillen zu ihrem genialen Einfall, ihm einen Ausflug ins Hindmarsh Valley zum Urimbirra Wildlife Park vorzuschlagen. Dort hatten sie früher viel Zeit miteinander verbracht. Vielleicht würde die Erinnerung an ihre gemeinsame Vergangenheit das alte Band der Vertrautheit wiederherstellen.

Jake zögerte. Tara sah, wie es hinter seiner Stirn arbeitete. Er hielt ihren Blick einen Moment lang fest. Ihr Puls raste, während sie auf seine Antwort wartete.

»Okay, warum eigentlich nicht?«, meinte er schließlich. »So wie damals, ja?«

Volltreffer! Sie konnte ihr Herz wild schlagen hören, als sie ihn voller Freude anblickte. In Gedanken war sie schon dabei, sich ein Hammeroutfit auszusuchen, das ihn vom Hocker hauen würde. Oh, sie würde sich gut auf diese Verabredung vorbereiten. Jake würde sprachlos vor Bewunderung sein. Wachs in ihren Händen.

»Was hältst du davon, wenn wir Nele mitnehmen? Ich denke, sie würde es dort cool finden.« Erwartungsvoll sah er sie mit seinen blauen Augen an.

Ihre Vorfreude erstarb jäh. Eifersucht stieg in ihr auf, bitter wie Galle. Was musste sie tun, damit Jake sie endlich wahrnahm? Sah er in ihr noch immer das kleine Nachbarsmädchen? Warum schien er sich plötzlich zu Neles Reiseführer berufen zu fühlen?

»Hallo? Jake an Tara: Ist jemand zu Hause?«, neckte er sie, während sie innerlich kochte.

Sie rang sich ein Lächeln ab.

Welchen Einwand hätte sie hervorbringen können, der ihn nicht hätte misstrauisch werden lassen? Zähneknirschend machte sie gute Miene zum bösen Spiel und erklärte sich einverstanden.

»Okay. Ich werde es Nele vorschlagen.« Natürlich dachte sie nicht im Traum daran, dies zu tun. Sie würde Jake gleich morgen früh in der Schule abfangen und ihm ausrichten, dass Nele bedauerlicherweise keine Lust hatte, mitzukommen. Womit das leidige Thema dann hoffentlich beendet wäre. Fatal wäre allerdings, sollte Nele vor ihr auf ihn treffen. Dann würde sie herausfinden, dass Tara geschwindelt hatte. Sie war sowieso schon misstrauisch. Tara musste vorsichtig sein ...

Sie gähnte, griff nach der Fernbedienung und nahm sich vor, gleich ihren Kleiderschrank zu durchforsten. Falls sie nichts Passendes fand, könnte sie notfalls morgen noch etwas bei Target besorgen, oder in diesem hippen Second Hand Laden in der Ocean Street. Ein Geräusch ließ sie aufsehen. Nele stand in der Tür, auf ihrem Gesicht ein seltsamer Ausdruck, der zwischen Zorn und Argwohn schwankte. Alarmiert legte Tara die Fernbedienung beiseite. »Ich dachte, du wärst schlafen gegangen? Stimmt etwas nicht? Du bist ja noch nicht einmal umgezogen.«

»Warum mischst du dich ein?«

Tara setzte sich auf, strich eine Locke von der Stirn. Der Hauch einer dunklen Ahnung streifte sie. »Von was in aller Welt sprichst du?«

Nele trat einen Schritt näher und stemmte die Hände in die schmalen Hüften. »Warum verabredest du dich hinter meinem Rücken mit Jake? Hast du mich nicht vor ihm gewarnt und mir gesagt, ich solle besser die Finger von ihm lassen? Warst du nicht der Meinung, ich müsse aufpassen, weil er ein Womanizer, ein Frauenheld sei?« Neles sonst so sanfte Augen schossen Giftpfeile in ihre Richtung. »Er ist nicht das, was er vorgibt zu sein«, äffte sie Tara nach. Sie schüttelte den Kopf. »Ich verstehe nicht, was du plötzlich von ihm willst, wenn du doch so wenig von ihm zu halten scheinst. Oder bist du am Ende doch eifersüchtig?«

Tara stand auf. Sie bewegte sich wie in Zeitlupe, während sich in ihrem Kopf die Gedanken überschlugen. Nele schien stinksauer zu sein. So hatte sie die Gastschwester noch nie erlebt. In einer scheinbar hilflosen Geste hob sie die Hände. »Ich habe doch mitbekommen, dass du hoffst, Jake näher kennenzulernen. Deshalb habe ich mir gedacht, ich könnte etwas in die Wege leiten, damit ihr ein wenig Zeit miteinander verbringen könnt.«

Nele legte den Kopf schief. »Das ist doch totaler Blödsinn.«

»Nein, wirklich. Du wolltest doch selbst entscheiden, also dachte ich, ich lass dich auch entscheiden.«

»Wirklich?«

Das war einfach. Hatte sie den Köder so schnell geschluckt?

»Wieso zu dritt? Warum kommst du mit?« Nele blieb misstrauisch. Es hätte Tara auch gewundert. Nele war zwar naiv, aber nicht dumm.

Sie ging auf sie zu, griff nach einer ihrer Hände. »Ich traue ihm nicht, Nele. Du musst vorsichtig sein, du kennst ihn nicht.«

Nele befreite sich aus ihrem Griff. »Aber du kennst ihn, ja?«

»Ich hab dir doch erzählt, dass wir Jugendfreunde waren. Da gibt es Dinge in Jakes Leben ...« Tara brach ab, schwieg bedeutungsvoll.

»Schon wieder bevormundest du mich. Lass mich allein herausfinden, was für ein Mensch er ist. Ich fälle gern mein eigenes Urteil.« Nele funkelte Tara an. »Es ist meine Sache, mit wem ich mich treffe, hörst du? Du bist nicht meine Mutter. Und auch nicht mein Anstandswauwau!«

Tara schluckte. Sie musste vorsichtig sein. Sie senkte ihre Lider. »Ich wollte dich beschützen.«

»Das Thema hatten wir bereits.« Nele klang wütend. Und genervt.

»Es tut mir leid. Ich gelobe Besserung. Das war das letzte Mal. Versprochen.« Tara wagte einen vorsichtigen Blick, um zu sehen, wie ihre vorgetäuschte Reue bei Nele ankam.

Sie musterten sich schweigend, bis Nele sich auf die Couchlehne sinken ließ. »Ich finde es lieb von dir, wie du dich um mich kümmerst. Aber das ...«, sie seufzte auf, »ist einfach zu viel des Guten, verstehst du?«

Tara setzte sich neben sie. Sie spürte, dass Nele weich wurde und begann, sich zu entspannen. »Klar verstehe ich das. Aber weißt du, du bist wie eine Schwester für mich. Ich fühle mich verantwortlich. Auch weil du so weit weg von zu Hause bist. Aber«, fügte sie schnell hinzu, als Nele erneut protestieren wollte, »ich verspreche hiermit hoch und heilig, dass ich mich nicht mehr einmischen werde. Ich lasse dich in Zukunft deine eigenen Erfahrungen machen.«

»Okay.« Ein kleines Lächeln huschte um Neles Mund. »Und was ist mit dem Ausflug nach Urimbirra?«

»Wir verbringen einfach einen schönen Nachmittag miteinander. In Ordnung? Du wirst sehen«, Tara stupste Nele in die Seite, »wir werden jede Menge Spaß haben!«

Kapitel 9
Wolken am Horizont

Der Samstag startete kühl. Als Jake sie mit einem roten Kombi abholte, nieselte es. Verwundert stellte Nele fest, dass Jake sein Surfbrett auf dem Autodach festgeschnallt hatte. Sie wechselte einen Blick mit Tara.

»Planst du, im Park auf dem Teich zu surfen?«, fragte Tara ihn belustigt, »oder rechnest du mit stärkeren Regenfällen?«

Jake lachte. »Ich hab tatsächlich vor, später noch an den Strand zu fahren. Bin mit Luke verabredet.«

»Bei dem Wetter?« Nele sah in den wolkenverhangenen, bleigrauen Himmel hinauf.

»Einmal ein Surfer, immer ein Surfer«, neckte Tara und nahm wie selbstverständlich neben Jake auf dem Beifahrersitz Platz.

Nele kroch nach hinten auf die zerschlissene Rückbank, die mit zerknülltem Kaugummipapier und Kekskrümeln dekoriert war.

»'Tschuldigung für die Unordnung«, sagte Jake mit einem Blick über die Schulter, während er den Kombi aus der Einfahrt manövrierte. »Die Kumpels, die ich zum Surfen mit nach Port Elliot nehme, haben's nicht so mit dem Aufräumen.«

»Kein Problem.« Nele rutschte ein wenig nach rechts, damit sie sein Gesicht im Seitenspiegel sehen konnte.

»Das ist Dads alte Karre. Müsstest du noch kennen, Tara. Mein alter Herr hat uns damit früher ab und zu nach Goolwa kutschiert ...«

»Wo wir mit dem alten Raddampfer den Fluss hinaufgefahren sind«, vervollständigte Tara seinen Satz.

Er nickte. »Yep.«

»Ich erinnere mich.« Tara schüttelte ihre dunkle Mähne und lachte ihn an. »Captain Stuart oder so ähnlich.«

»Sturt.« Jake fiel in ihr Lachen ein.

Tara klappte die Sonnenblende herunter, um sich im Spiegel zu begutachten. Mit dem Zeigefinger zeichnete sie die dunklen Bogen ihrer Augenbrauen nach. Anschließend kramte sie in ihrer Tasche nach dem Lipgloss. Als sie damit über die Lippen strich, warf sie einen Seitenblick zu Jake.

»Letzte Korrekturen?«, flachste er.

Tara schraubte die Kappe auf den Stift zurück. »Eine Frau korrigiert nicht«, tadelte sie ihn kokett. »Sie setzt Highlights.«

»Ach so.« Jake grinste.

Nele sah durchs Seitenfenster auf das ausgetrocknete Land mit seinen sanft gewellten, zum Teil spärlich bewachsenen Hügeln. Im Gegensatz zu dem dunklen, satten Grün ihrer Heimat wirkte die karge Landschaft bleich und farblos im australischen Sommer. Sie kam sich jetzt schon wie das fünfte Rad am Wagen vor. Das fing ja gut an.

Jake setzte den Blinker, verließ die Crozier Road und bog Richtung Adelaide ab. »In ein paar Minuten sind wir da.«

»Ich war schon ewig nicht mehr im Park.« Tara drehte sich zu Nele um. »Ich bin sicher, er gefällt dir. Üblicherweise sind die Touristen begeistert. Wer möchte nicht einmal einem knuffigen Koala übers Fell streichen?« Sie lächelte, aber Nele fand, dass das, was sie sagte, oder vielmehr wie sie es sagte, irgendwie abfällig klang.

Jake suchte Neles Augen im Rückspiegel. »Ich finde es immer wieder faszinierend dort. Obwohl ich kein Tourist bin.«

Hatte er Taras Worte ebenfalls als kleine Spitze gegen Nele empfunden? Vielleicht war sie einfach nur zu empfindlich. Dankbar für Jakes Äußerung, lächelte sie ihn im Spiegel an. Bestimmt interpretierte sie zu viel in das Gesagte hinein. Wie üblich. Schließlich hatte Tara diesen Ausflug extra für sie arrangiert ... Taras Stimme riss sie aus ihren Gedanken.

»Du hast recht, Jake. Der Park ist etwas Besonderes. Auch für uns Einheimische.« Tara legte ihm vertraulich ihre rechte Hand auf die Schulter.

Nele fiel fast die Kinnlade hinunter. Was sollte das? So wie Tara sich verhielt, deutete nichts darauf hin, dass sie irgendwelche Vorbehalte gegen Jake Stevens hegte, wie sie ihr gegenüber wiederholt behauptet hatte. Stattdessen behandelte sie ihn wie einen engen Freund. Nele wurde aus Taras widersprüchlichem Verhalten nicht schlau. Außer, sie wollte wirklich etwas von ihm. Aber warum dann dieser Ausflug zu dritt? Wie viel schöner wäre es, wenn Tara nicht dabei wäre. Drei sind einer zu viel, hieß es doch immer so schön. Einer, oder besser gesagt eine von ihnen, war hier definitiv fehl am Platz.

Sonnenstrahlen durchbrachen die graue Wolkendecke, als sie der Welch Road nach Nordosten folgten.

»Na wer sagt's denn. Wenn Engel reisen«, scherzte Jake.

Aus den Augenwinkeln beobachtete Tara, wie er Neles Blick im Rückspiegel suchte.

»Siehst du da vorn die Hügel auf der linken Seite, Nele?« Warum klang es, als ob er ihren Namen streichelte, wenn er ihn aussprach?

»Hm.«

»Dort ist schon der Park.« Die beiden tauschten ein Lächeln.

Taras Herz begann wild zu hämmern. Nein, nein, schrie es in ihr. *Sieh mich an, Jake, mich!* Jähe, glühende Eifersucht überfiel sie wie ein gefräßiges Monster. Jake sollte nicht nett zu Nele sein. Er sollte sie nicht ansehen, nicht anlächeln, nicht mit ihr sprechen! Die Art, wie er Nele im Spiegel betrachtete, gefiel Tara ganz und gar nicht. Sie hatte das verräterische Glitzern in seinen Augen gesehen ...

Sie hatte sich gewaltig geirrt. Nele war definitiv eine ernste Bedrohung. Fieberhaft überlegte sie, wie sie Jakes Aufmerksamkeit von Nele auf sich lenken könnte. Sie hüstelte. »Jake?«

»Am Steuer.« Um Jakes Mundwinkel zuckte es.

Tara hoffte inständig, dass seine ausgesprochen gute Laune nicht nur etwas mit Neles Anwesenheit zu tun hatte. Sie neigte sich ihm ein wenig zu. »Du warst doch früher so gut in Mathe, stimmt's?«

Seine Augenbrauen schnellten in die Höhe, während er den Blick auf die Straße geheftet hielt.

»Ich tue mich mit dem aktuellen Stoff schwer. Was meinst du, ob wir uns mal zusammen ...« Weiter kam sie nicht.

Jake scherte unvermittelt aus, um einen altersschwachen Pick-up zu überholen.

Gleichzeitig ließ Nele einen schrillen Schrei los.

Jake sah in den Rückspiegel. »Hey, alles okay?«

»Ja, nichts passiert.«

Innerlich vor Wut kochend, wandte Tara sich langsam um. Ihre Gastschwester hatte ein verdammt schlechtes Timing. »Was in aller Welt sollte das?« Am liebsten hätte sie in diesem Moment ihre Hände um Neles schlanken Hals gelegt ...

Nele stieß ein kleines, verlegenes Lachen aus. »Entschuldigung. Alles in Ordnung. Macht euch keine Gedanken. Manchmal erschrecke ich, weil es so ungewohnt für mich ist, auf der falschen Seite der Straße unterwegs zu sein.«

Jake räusperte sich. »Ich dachte, wir hätten bereits geklärt, wer von uns auf der verkehrten Seite fährt.« Schmunzelnd zwinkerte er Nele zu.

»Herrje! Ob links oder rechts, was macht das für einen Unterschied?«, brummelte Tara und starrte missmutig durch die Windschutzscheibe. »Du stellst dich vielleicht an, Nele.« Manchmal hatte sie das Gefühl, als ob ihre Gastschwester extra das süße hilflose Mädchen mimte. Vielleicht war sie viel raffinierter, als Tara angenommen hatte. Angeblich weckte ein derartiges Verhalten bei Männern ja den Beschützerinstinkt. Jake würde darauf doch nicht hereinfallen, oder?

»Ich denke schon, dass es verwirrend sein kann«, gab er Nele auch noch recht. »Ich hätte jedenfalls ein Problem damit, wenn ich in Europa fahren müsste.«

In Tara brodelte es noch stärker. Sie senkte den Blick, studierte grimmig ihre sorgfältig lackierten Fingernägel. In diesem Augenblick wünschte sie sich Nele ganz weit fort. Warum hatten ihre Eltern nicht einen Jungen als Gastschüler aufnehmen können? Vieles wäre so viel einfacher …

Unter den ausladenden Zweigen eines knorrigen Blaugummibaums auf ihren Jacken im Gras sitzend, verzehrten sie eine Weile später ihre mitgebrachten Sandwiches. Man hatte ihr erzählt, dass das Wetter sich oft im Spätsommer schlagartig veränderte. So auch heute. Die Wolken hatten sich verzogen, der Himmel strahlte azurblau. Sonnenflecken tanzten auf dem kurz geschorenen Gras. Die Stämme der mächtigen Eukalypten glänzten silbern im hellen Licht.

»Urimbirra ist ein Wort aus der Sprache der Aborigines«, erklärte Jake und schob sich ein Stück Käse in den Mund.

»Magst du?« Tara hielt ihm ihre Coladose unter die Nase.

Er machte eine verneinende Kopfbewegung und fuhr unbeirrt fort. »Es bedeutet: Sich kümmern oder erhalten.«

»Das wusste ich nicht«, entgegnete Nele. Jake hatte wirklich etwas drauf. In ihm steckte so viel mehr als nur ein gut aussehender Surfer. Die Muskeln seines durchtrainierten Oberkörpers spannten sich unter dem eng anliegenden Shirt von Hurley. Die intensive, türkisblaue Farbe brachte seine Augen regelrecht zum Leuchten. Sein Anblick ließ ihr Herz höherschlagen. Wie sie sich danach sehnte, mit ihm allein zu sein. Allerdings kam sie kaum dazu, sich richtig mit ihm zu unterhalten. Ständig funkte Tara dazwischen, indem sie sich in ihre Gespräche einmischte. Kurz gesagt, Tara störte. Neles schlechtes Gewissen regte sich, weil sie sich ihre Gastschwester weit, weit wegwünschte. Auch wenn Jake immer wieder versuchte, sie beide zum Lachen zu bringen, lag eine unterschwellige Spannung in der Luft. Jake hatte Anstalten gemacht, das Eintrittsgeld für den Park für Nele zu übernehmen, was sie überrascht ablehnte, und Tara mit einem Stirnrunzeln quittierte.

»Nele kann doch für sich selbst zahlen«, murmelte sie uncharmant.

Jake überhörte ihre Bemerkung. »Vielleicht das nächste Mal«, schlug er vor.

»Ja, vielleicht«, gab Nele zurück, während ihr Herz stürmisch klopfte.

Gedankenverloren starrte Nele auf ihr Schinkensandwich und ließ den Moment noch einmal Revue passieren. Vielleicht das nächste Mal, hatte er gesagt. Das bedeutete, dass er plante, noch einmal etwas mit ihr zu unternehmen.

Jake sah auf seine Armbanduhr. »Wenn wir uns beeilen, schaffen wir es noch zur Koalavorführung. Wie sieht's aus, Mädels, habt ihr Lust?« Er stand auf.

Tara befreite ihr eisblaues Top, das ihr umwerfend stand, wie Nele neidlos zugeben musste, von Krümelresten, sprang auf und hakte sich bei Jake unter. »Super Idee. Nele kann es sicher kaum erwarten, mal eines der Tiere zu streicheln.« Sie schenkte ihr ein zuckersüßes Lächeln. »Du solltest so viel wie möglich von Australien sehen, solange du hier bist. Die Zeit vergeht irre schnell. Ehe wir uns versehen, bist du wieder daheim in Deutschland.«

Nele entgingen die unterschwelligen Töne in Taras Worten nicht. Es klang nicht danach, als ob Tara bedauerte, dass Nele in ein paar Monaten das Land verlassen würde. Sie rappelte sich ebenfalls auf, das angebissene Sandwich in der einen, ihre Jacke in der anderen Hand. Jakes Gegenwart machte sie so nervös, dass sie kaum einen Bissen hinunterbrachte. Sie sah ihn an. Er lächelte, und die Schmetterlinge in ihrem Bauch begannen wieder einmal ihren inzwischen einstudierten Tanz.

Sie folgten dem Pfad durch das weitläufige Gelände. Nele blickte sehnsüchtig dorthin, wo sich der Park in ungezähmtes, wildes Buschland wandelte. Dahinter lag das mystische, magische Australien, von dem sie in ihren Büchern gelesen hatte. »Ich möchte unbedingt einmal ins Outback. Und zu den Ureinwohnern.«

»Ah, die Aborigines.« Jake grinste. »Ich weiß, sie haben es dir angetan.«

»Langweilig.« Tara rümpfte die Nase. »Staub, Dreck und jede Menge Fliegen. Das ist das Outback. Die Touristen wollen trotzdem immer alle in den Busch.«

Nele hatte wirklich langsam genug von Taras abfälligen Bemerkungen. »Ich möchte unbedingt hin. Schließlich will ich ja alles gesehen haben, bevor ich irgendwann wieder abreisen muss.« Sie sah Tara direkt ins Gesicht und lächelte. Was Tara konnte, konnte sie schon lange. »Du brauchst nicht mitzukommen. Vielleicht möchte Jake mich begleiten.« Von ihrer Kühnheit überrascht, wandte sie sich schnell ab. Bevor Tara etwas erwidern konnte, hatten sie das Koalagehege erreicht. Jake wechselte ein paar Worte mit einem der Park Ranger.

»Du kannst den kleinen Kerl gern streicheln.« Mit einem freundlichen Lächeln hielt der Ranger, dessen Plastikschild an der Brusttasche seiner tarngrünen Uniform ihn als Liam auswies, ihr das Tier entgegen.

»Seltsam«, murmelte sie, während sie über die braune Wolle strich. »Ich hätte nicht gedacht, dass Koalas so ein struppiges Fell besitzen. Ich dachte immer, es wäre weich.« Sie schnupperte. »Er riecht wie ein Eukalyptusbonbon.«

Liam lachte. »Er ist übrigens ein Weibchen. Wir nennen sie Betty. Sie ernährt sich ausschließlich von Eukalyptusblättern, deren ätherische Öle über die Haut wieder abgegeben werden. Deshalb duftet unsere Betty so angenehm.« Liebevoll kraulte er das Tier hinter den Ohren. »Möchtest du sie auch einmal anfassen?«, wandte er sich an Tara.

Tara streckte ihre Hand aus, berührte den warmen Körper. »Immer wieder schön.« Sie suchte Blickkontakt zu Jake. »Das haben wir früher auch gemacht.«

»Weißt du nicht mehr, wie du kreischend weggerannt bist, wenn wir uns den Koalas genähert haben? Du hattest solche Angst vor den armen, harmlosen Viechern.« Jakes Augen funkelten amüsiert.

»Ach du! Mach dich nur lustig über mich. Dafür hast du, mein Lieber, wie Espenlaub gezittert, wenn dir ein Emu zu nahe kam«, konterte sie und lachte.

Er stimmte in ihr Lachen ein und auf einmal schienen Tara und Jake in ihre gemeinsame Vergangenheit vertieft. Nele kam sich inzwischen mehr denn je wie das fünfte Rad am Wagen vor. Dieses Date zu dritt war ein Fiasko. Was für eine dumme, blödsinnige Idee von Tara.

Mit Schwung fuhr Jake den Kombi die Einfahrt hinauf und blieb vor dem Haus der Henleys in der O´Leary Street stehen.

»Danke fürs Heimbringen.« Nele löste den Sicherheitsgurt. »Und für den Ausflug.«

Jake sah sie über seine Schulter hinweg an. »Ich hoffe, es hat dir gefallen.«

»Natürlich.« Sie schnappte sich ihren Rucksack und öffnete die Tür.

»Nele?« Tara streckte ihren Kopf aus dem geöffneten Fenster. »Sagst du bitte Mum und Gordon Bescheid, dass ich noch ein bisschen mit Jake am Strand abhänge?«

»Klar.« Aber gern doch. Immer zu deinen Diensten. Nele rang sich ein dünnes Lächeln ab, bevor sie sich abwandte. Ihre Beine schienen schwer wie Blei, als sie die Stufen zur Veranda hochstieg. Sie hörte das Aufheulen des Motors und das Knirschen von Kies unter den Rädern, als Jake den Wagen wendete, aber sie drehte sich nicht mehr um.

Pepper hatte es sich auf dem dicken gelben Polster in Gordons Schaukelstuhl gemütlich gemacht, ganz nach Katzenmanier die Pfötchen untergeschlagen. Unter halb geschlossenen Lidern hervor blickte er Nele entgegen. Ihr Herz erwärmte sich. Sie kniete vor ihm nieder. »Na mein Schöner. Hast dir wieder das beste Plätzchen ausgesucht, was?« Sie streckte die Hand aus, ließ Pepper daran schnuppern und strich ihm über den Rücken. Prompt warf er seinen kleinen Motor an, schnurrte, was das Zeug hielt, und schloss genüsslich die Augen.

»Ich verstehe die Welt nicht mehr«, gestand Nele leise, während sie die Finger in seinem warmen Fell vergrub. »Mag er mich, oder nicht? Oder ist er an Tara interessiert? Und warum muss Tara unbedingt noch zum Surfen an den Strand mit? Wo sie doch gar nicht aufs Wellenreiten steht?«

Sicher wollte sie sich in den Vordergrund drängen, sie beiseitestoßen, wie sie es den ganzen Tag über getan hatte. Nele schluckte schwer.

Im Wohnzimmer sah sie Gordon gedankenverloren in der *Victor Harbor Times* blättern. Sie klopfte mit dem Knöchel sacht an den Türrahmen, um ihn nicht zu erschrecken.

Über Gordons bärtiges Gesicht flog ein Lächeln, als er Nele entdeckte. »Hallo. Willkommen daheim.« Er nahm seine Lesebrille ab, warf einen prüfenden Blick auf die alte Standuhr neben dem Kamin. »Halb fünf. Nun ja, der Park schließt in einer halben Stunde. Hattet ihr Spaß?«

»Ich soll von Tara ausrichten, dass sie mit Jake zum Strand gefahren ist.«

»Danke dir.« Schmunzelnd faltete Neles Gastvater die Zeitung zusammen, legte sie sorgfältig auf das runde Tischchen neben seinem Sessel. »Taras Interesse an unserem alten Freund Jake Stevens scheint erneut entflammt zu sein. Die beiden waren früher wie Pech und Schwefel, hat sie dir das erzählt?« Er musterte Nele freundlich. »Tja, alte Liebe rostet nicht«, fügte er hinzu.

Nele spürte leichte Übelkeit in ihrer Magengrube aufsteigen. »Sie sind nur Freunde.« Kaum hatte sie den Satz ausgesprochen, begannen sich die ohnehin schon vorhandenen leisen Zweifel zu einem unzerstörbaren und unüberwindbaren Geflecht auszuweiten. *Es ist doch offensichtlich, warum Tara plötzlich so erpicht darauf ist, Zeit mit Jake zu verbringen. Warum sonst sollte sie ihm an den Strand gefolgt sein?* Nele versuchte, die gehässige Stimme in ihrem Kopf zu ignorieren und die fiesen Gedanken von sich zu schieben. »Sie ist nicht an Jake interessiert«, sagte sie mehr zu sich.

Gordon stand auf, streckte die langen Beine. »Wie dem auch sei. Ich gehe auf ein Coopers in den Pub, Liebes. Shirley ist bei den Blakes gegenüber zum Tee. Kommst du allein klar?«

»Mach dir um mich keine Gedanken. Ich geh in mein Zimmer ein bisschen Musik hören.« Nele gelang ein unbefangenes Lächeln.

Kapitel 10
Verwicklungen

Der CD-Player spielte `Chasing Cars´ von Snow Patrol. Eine leichte Brise bauschte die zarten Spitzenvorhänge links und rechts am offenen Fenster. Grillen zirpten in der aufkommenden Dämmerung, und hier und da flammten die ersten Lichter in der Bucht auf. Nele lag auf ihrem bunten Quilt, starrte Löcher in die Luft und versuchte, ihre Gedanken zu sortieren. Wie sie es auch drehte und wendete, Tara betrachtete Jake ganz sicher nicht mehr als einen alten Freund aus der Vergangenheit, dem sie angeblich auch noch misstraute. Sie ging auffallend vertraulich mit ihm um. Sie gab sich extrem witzig, wenn er in ihrer Nähe war und – ja, kokett. Ihr schrecklicher Verdacht verhärtete sich und wurde zur Gewissheit. Gordon hatte recht mit seiner Vermutung. Tara hatte ein Auge auf Jake geworfen! Mit einem Ruck schoss sie hoch. Sie musste unbedingt mit Emma darüber sprechen. Sie schnappte sich das Handy von ihrem Nachttisch, wählte und wartete. Als keiner abnahm, sprang sie auf, tigerte durchs Zimmer. Schließlich klickte es in der Leitung. »Gott sei Dank. Wie gut, dass ich dich erreiche.«

»Hey Süße.« Emma gähnte. »Entschuldige. Bin etwas erledigt. Wir haben gestern Abend Mums Fünfundvierzigsten gefeiert und es wurde ziemlich spät. Ich wusste nicht, dass die Oldies noch so heftig Party machen können.« Sie lachte. »Was gibt's? Wie war's im Hindmarsh Valley?«

»Ach Em.« Es tat so gut, die liebe Stimme der Freundin zu hören. »Es war die totale Pleite.« Nele seufzte.

»Oje. Das klingt nicht gut. Was ist denn passiert?«

»Tara.«

»Hat sie dich schon wieder gegängelt?«

»Im Gegenteil. Zeitweise kam es mir vor, als wäre ich überhaupt nicht vorhanden, weißt du? Tara hat mit Jake gescherzt und gelacht ... ständig haben sie über ihre gemeinsame Vergangenheit geredet. Genauso gut hätte ich auch zu Hause bleiben können.«

»Schatz, du weißt doch, wie Tara ist. Sie meint es nicht böse, sie will gern im Mittelpunkt stehen. Und es ist nun mal eine Tatsache, dass sich Jake und Tara von früher kennen.«

»Das ist es nicht.«

»Was dann?«

Nele holte tief Luft. »Ich würde sagen, Tara hat Jake angebaggert.«

»Oh.« Emma schwieg einen Augenblick. »Vielleicht kam einfach die alte Vertrautheit wieder hoch?«, bot sie schließlich als Erklärung an.

Nele lachte bitter auf. »Seltsame Vertrautheit. Sie hat ihn förmlich angehimmelt. Ständig hat sie ihn angefasst und mit ihren Wimpern geklimpert.«

»Obwohl sie weiß, dass du es auf ihn abgesehen hast? Das würde sie doch nicht ...« Emma ließ den angebrochenen Satz in der Luft hängen.

»Ach Em, was soll ich nur tun?« Nele sah zu ihren Füßen hinab, die in hellblauen Sneakersocken steckten, und wackelte mit den Zehen.

»Sprich Tara darauf an. Frag sie, ob sie in Jake verknallt ist.« Emma war stets für klare Verhältnisse.

»So direkt?«

»Yep.«

»Das kann ich nicht machen.«

»Es ist der einzige Weg, herauszufinden, was sie für Absichten hegt.«

»Mensch, mir ist so etwas total unangenehm. Ich bin eher der ...«, sie suchte nach dem richtigen Wort, »zurückhaltende Typ.«

»Manchmal frag ich mich echt, wie du den langen weiten Weg aus deinem behüteten Dorf nach Australien geschafft hast, du zartes Pflänzchen«, meinte Emma am anderen Ende der Leitung.

Wider Willen musste Nele lachen. »Ich schätze, da habe ich mich selbst übertroffen. Allerdings war ich nicht allein unterwegs, sondern in einer Reisegruppe, wie du weißt.«

»Jetzt aber mal im Ernst, Darling. Du musst über deinen Schatten springen und in die Offensive gehen. Sprich mit Tara, und kämpfe um Jake!« Emma legte eine kurze Pause ein. »Und wenn du einen guten Rat brauchst, frag Tante Em. Ich bin immer für dich da.«

Nele schmunzelte. Emma Buckley schaffte es immer wieder, die Dinge ins rechte Licht zu rücken.

Als Tara am späten Abend die Haustür öffnete, wurde sie kurzerhand von Nele in den Flur gezogen.

»Komm mit in mein Zimmer. Ich muss mit dir sprechen«, befahl Nele mit gedämpfter Stimme, während sie sich hastig umblickte. Anscheinend wollte sie nicht, dass Taras Eltern etwas von dem Gespräch mitbekamen.

Tara schwante schon, dass Nele ein Hühnchen mit ihr rupfen wollte. Sie strich sich eine Locke hinters Ohr und stolperte hinter Nele her. »Wo brennt's denn?«

Mit Nachdruck schloss Nele die Tür. Aus schmalen Augen fixierte sie Tara. »Hast du's auf Jake abgesehen?«

»Ob ich – wie bitte?« Bloody Hell! Eine derartige Direktheit war sie von Nele nicht gewohnt. In ihrer Magengrube verknotete sich etwas. Um Zeit zu gewinnen, schob sie sich an Nele vorbei und griff nach dem eingerahmten Bild, das auf der Holzkommode stand. »Wie merkwürdig. Dein kleiner Bruder sieht dir nicht ähnlich. Diese roten Haare und dazu Unmengen von Sommersprossen ...«

»Sag schon, Tara. Willst du etwas von Jake?« Nele ließ nicht locker.

Langsam drehte Tara sich um, sah ihrer Gastschwester fest in die Augen. »Wie kommst du auf diese absurde Idee?«

»Warum verbringst du plötzlich Zeit mit ihm? Ich dachte, du hältst nicht viel von – wie nanntest du ihn – diesem Schürzenjäger?« In Neles Stimme lag eine ungewohnte Schärfe, Feuer funkelte in ihren bernsteinfarbenen Augen.

Jetzt war guter Rat teuer. In Höchstgeschwindigkeit schossen die Gedanken durch ihren Kopf. Plötzlich hatte sie die zündende Idee. »Ob du es glaubst oder nicht, ich wollte herausfinden, was er von dir hält. Ob er an dir interessiert ist …«

»Ich glaub dir kein Wort.« In Neles Kiefer arbeiteten die Muskeln.

»Verstehst du denn nicht? Ich wollte die Gelegenheit nutzen, ihn auszuhorchen.« Es gelang ihr, Nele ein überzeugendes Lächeln zu schenken. »Ich schwör dir, ich bin nicht hinter ihm her.« In Gedanken kreuzte sie zwei Finger hinter ihrem Rücken. »Ich dachte, wenn ich nett zu ihm bin, lässt er sich vielleicht ein paar Informationen entlocken.«

»Und? Hast du etwas herausgefunden?« Nele musterte sie argwöhnisch. Sie war noch nicht bereit, den Köder zu fressen.

»Er findet dich sehr nett. Wirklich.«

»Nett?«

»Du erinnerst ihn an seine kleine Cousine.« Tara beglückwünschte sich zu dieser genialen Idee. *Ich hätte Schauspielerin werden sollen*, dachte sie, überrascht über ihren Einfallsreichtum.

»An seine Cousine«, wiederholte Nele tonlos. Sie erblasste sichtlich unter der zartgoldenen Bräune. »Ich verstehe …«

»Jake ist ein Charmeur«, fuhr Tara unbeirrt fort und machte es damit absichtlich noch schlimmer. »Er liebt es zu

flirten. Da darfst du dir nichts Besonderes dabei denken.«
Sie hob bedauernd eine Schulter. »Jake ist eben Jake. Man
darf nicht zu viel in sein Verhalten hineininterpretieren.«

Nele nickte wie in Trance. Tara sah, wie es in ihren Augen
zu schimmern begann, und auf einmal plagte sie der Anflug
eines schlechten Gewissens. »Tut mir leid. Ich weiß, du hast
dir etwas anderes gewünscht ...« *Genau wie ich, meine Liebe,*
fügte sie in Gedanken grimmig hinzu. Auch Taras Hoffnungen waren an diesem Tag nicht erfüllt worden. Anstatt
sich mit ihr zu befassen, hatte Jake es vorgezogen, unterzutauchen. Im wahrsten Sinne des Wortes. Kaum waren sie
am Strand angekommen, hatte er sich seiner Kleidung entledigt, sein Brett geschnappt und hatte sich in die Brandung
gestürzt. Tara war stinksauer, hatte beleidigt ihre Zehen im
Sand vergraben und vor sich hingeschmollt.

Gerade, als sie sich fragte, ob sie nicht besser verschwinden sollte, war Luke aufgetaucht. Mit einem breiten Grinsen und seinem Board unter dem Arm stand er
vor ihr und strahlte sie mit unverhohlener Freude an. Weil
sie Jake eifersüchtig machen wollte, ließ sie sich auf einen
kleinen Flirt mit ihm ein. Sie lachte besonders laut, wenn
Luke etwas Amüsantes von sich gab, und bemühte sich,
interessiert und fasziniert gleichzeitig auszusehen, wenn
er mit ihr sprach. Lukes Wangen glühten, seine braunen
Augen leuchteten.

Jake gestikulierte seinem Freund und deutete ihm an,
ins Wasser zu kommen, doch Luke zog eindeutig Taras
Gesellschaft vor. *Warum ist es nicht Jake, der bei mir sitzt und
mich inbrünstig anschmachtet?* Luke war ein netter Kerl, sah
auch nicht übel aus, aber er hatte ein großes Manko. Er war
nicht Jake.

»Nicht weiter tragisch.« Nele holte sie in die Gegenwart zurück. »Schließlich ist Jake Stevens nicht das einzige
männliche Wesen auf diesem Planeten. Andere Mütter
haben auch schöne Söhne.« Sie klang verschnupft.

»Was?« Tara verweilte in ihren Gedanken noch immer am Strand.

»Das ist ein Spruch, den wir in Deutschland benutzen«, erklärte Nele mit hängenden Schultern. »Es heißt so viel wie ...«

»Ich verstehe schon. Ich fand es nur ulkig, wie es sich angehört hat.« Tara versuchte ein Lächeln, während sie Nele musterte. Ihre Gastschwester sah elend aus, aber Tara fühlte sich auch nicht viel besser. Schade, dass sie keine Zauberkräfte besaß, dann würde sie ihren magischen Stab schwingen und sich allem entledigen, das ihrem Glück im Wege stand. Nele würde postwendend nach Hause befördert werden und Sandy Atkinson in eine hässliche schleimgrüne Kröte verwandelt. Und dann würde Jake ganz allein ihr gehören.

Ein Summen durchdrang den zarten Schleier ihres leichten Dämmerschlafs. Einige Minuten zuvor hatte Nele das Licht ausgeschaltet und sich in die tröstende Wärme der weichen Decke gekuschelt. Sie hatte von Jake geträumt. Ein behagliches Gefühl durchströmte sie, als sie sich jetzt unter den Laken rekelte. Während sie versuchte, Erinnerungsfetzen des schönen Traums festzuhalten, entglitten sie ihr schon wieder. Das Summen wurde eindringlicher. Der wunderbare Traum war verloren. Mit ihm die Erinnerung.

Seufzend streckte Nele ihren Arm aus, um das Nachtlämpchen anzuknipsen. Das plötzliche Licht blendete sie. Sie blinzelte und zog das Handy vom Nachttisch. Wer würde so spät noch etwas von ihr wollen? War daheim etwas passiert? Ihr Herz begann schneller zu schlagen. Ihre Finger zitterten, als sie die SMS abrief. Abrupt setzte sie sich auf. Auf einmal war sie hellwach. Sie rieb sich den

Schlaf aus den Augen und las die Nachricht noch einmal. Sie war von Jake.

»Es tut mir leid, dass es heute nicht so gelaufen ist, wie ich geplant hatte. Hoffentlich bist du nicht allzu enttäuscht gewesen. Vielleicht machen wir mal wieder etwas zusammen? Jake XXX«

O Gott. Das Kribbeln in ihrem Bauch ging wieder los. Er brauchte lediglich eine Nachricht zu schicken, und sie war wieder völlig aus dem Häuschen. Sie starrte auf die Worte auf dem Display und versuchte, sie zu analysieren. Was meinte er damit: »wie ich geplant hatte«? Bedauerte er, dass er und Nele kaum eine Gelegenheit gefunden hatten, sich richtig zu unterhalten? Und: »Vielleicht machen wir mal wieder etwas zusammen«? Das war ein Vortasten, ob sie Lust hatte, sich erneut mit ihm zu treffen? Wenn er sie gern wiedersehen wollte, warum hatte er sie nicht gleich gefragt, als er sie nach Hause gebracht hatte? Am liebsten hätte sie postwendend zurückgeschrieben und nachgehakt. Sie brannte darauf, zu erfahren, was hinter seiner Nachricht steckte. Für den Bruchteil einer Sekunde durchzuckte sie freudige Erregung. Sie war ihm nicht egal!

Mit dem Handy in der Hand ließ sie sich zurück aufs Kopfkissen sinken. Noch einmal las sie seine Sätze.

Warte mal, flüsterte wieder diese boshafte Stimme in ihr Ohr. *Vielleicht plagt ihn nur das schlechte Gewissen, weil ihm bewusst geworden ist, wie wenig er sich an diesem Nachmittag um dich gekümmert hat.*

Wenn er wirklich an ihr interessiert wäre, hätte er nicht einen Weg gefunden, sie ohne Tara zu treffen? Hätte er sie nicht gefragt, ob sie ihn an den Strand begleiten wollte? Oder einen Trip ins Outback vorgeschlagen, das Tara so ablehnte?

Nele zweifelte erneut. Sie drückte die Nachricht weg, legte das Handy zurück auf den Nachttisch und löschte das Licht. Noch lange lag sie wach. Mit offenen Augen starrte sie in die Dunkelheit und dachte an Jake.

Gedankenverloren schlenderte Nele mit ihren Büchern unter dem Arm über den Campus. Eine kleine Schweißperle rollte ihre Schläfe hinunter. Sie machte sich nicht die Mühe, sie wegzuwischen. Über den Steinplatten im Hof flirrte das gleißende Sonnenlicht.

»Nele, bleib stehen!«

Unter Tausenden hätte sie seine Stimme erkannt. Sie hielt inne, drehte sich langsam um und blickte in Jakes blaue Augen. Ihre Knie nahmen die Konsistenz von Pudding an. Sie versuchte, eine gleichgültige Miene aufzusetzen, öffnete den Mund, um etwas zu sagen, aber es kam nichts hinaus. Sie senkte den Blick und umklammerte ihre Bücher noch ein wenig fester. »Ich muss weiter. Mein Poesieklub fängt gleich an.«

»Der Poesieklub. Tara hat mir davon erzählt.«

Wie schön. *Mit Tara hast du ja viel Gelegenheit zum Plaudern gehabt in der letzten Zeit.* In einem Anflug von Zynismus sah sie auf. Da war es wieder, dieses schiefe Lächeln, das ihr den Boden unter den Füßen wegzog. Nein, sie würde sich nicht von seinem Charme einwickeln lassen. »Ist es verwerflich, Gedichte zu mögen?« Herausfordernd streckte sie das Kinn.

Seine Augen blitzten auf. »Nicht verwerflich. Bezaubernd.«

Er tat es schon wieder. Er brachte alles in ihr durcheinander, alles zum Lodern, zum Brennen. Nicht nur ihre Wangen glühten, auch ihr Inneres flammte lichterloh. »Was willst du, Jake?« Warum flirtete er mit ihr, wenn er keine Absichten hegte? Warum entfachte er immer wieder das Feuer, wenn er doch nicht ernsthaft an ihr interessiert war?

Er trat näher, schnappte sich ihre freie Hand. Einem ersten Impuls folgend, wollte Nele sie ihm entziehen, doch er hielt sie fest. Sein Blick brannte sich in ihren. Um sie herum erstarben jegliche Geräusche. Die Welt stand still.

Nele starrte auf Jakes Lippen. Sie waren ganz leicht geöffnet. Instinktiv befeuchtete sie mit der Zungenspitze ihre eigenen ...

»Jake, Schätzchen!« Eine schrille, inzwischen vertraute Stimme holte sie beide in die Gegenwart zurück und die Welt fing wieder an, sich zu drehen. Sandys blonder Schopf tauchte auf. »Ich hab dich schon überall gesucht!« Sie legte einen Arm um Jakes Taille und drückte ihm frech einen Kuss auf die Wange.

Abrupt löste Nele ihre Finger aus Jakes Hand. »Ich muss weiter.« Sie ging mit hoch erhobenem Haupt davon. Sie hörte noch, wie Sandy hektisch auf Jake einredete und er Neles Namen rief, aber sie drehte sich nicht um.

Sandy fing sie nach Unterrichtsende am Schultor ab. »Bleib stehen, Behrmann.« Breitbeinig wie ein Kerl positionierte sie sich vor Nele.

»Was gibt's?« Neles Herz klopfte heftig, als sie sich Sandy entgegenstellte. Sie war fest entschlossen, ihr Paroli zu bieten. »Ich hab's eilig.«

»Erst wirst du dir anhören, was ich zu sagen habe«, entgegnete Sandy kalt und verschränkte ihre Arme vor der Brust. »Ein für alle Mal: Lass die Finger von Jake.« Ihre braunen Augen funkelten kampfeslustig.

Eine kleine Pause folgte, in der sie einander feindselig taxierten.

»Es interessiert mich nicht, was du zu sagen hast, Sandy.« Nele machte Anstalten, sich an ihr vorbeizuschlängeln. Ihr war heiß. Sie hatte Durst und wollte nach Hause.

»Sollte es aber.« Sandy hielt sie am Riemen ihres Rucksacks fest. »Für dich immer noch Sandra, Behrmann. Freunde nennen mich Sandy.«

Nele zuckte gleichgültig mit den Achseln.

»Ich scherze nicht«, fuhr Sandy alias Sandra fort. »Halt dich von ihm fern. Ansonsten ...«

»Ansonsten was?« Nele befreite sich aus ihrem Griff. »Willst du mich verprügeln?«

Sandy bleckte ihre schimmernden Zähne. »Ich hab so meine Methoden, verlass dich drauf.«

»Ich will nichts von Jake.«

»Sicher. Und ich bin der Zauberer von Oz.«

»Jake entscheidet selbst, mit wem er Umgang pflegt.«

»Wie gestelzt du sprichst. Haben sie dir dieses Englisch in deinem bescheuerten Deutschland beigebracht?«

»Hör zu, Sandy, Sandra«, verbesserte Nele schnell, wobei sie den Namen unnatürlich in die Länge zog, »lass mich einfach in Ruhe. Ich kenne Jake kaum, was also soll das hier?«

»Halt die Klappe.« Sandy stemmte ihre Hände in die Hüften. »Und jetzt hör gut zu, was ich dir zu sagen habe: Jake und ich sind wieder zusammen. Wir sind ein Paar. Kapiert?«

Neles Brauen schnellten in die Höhe, bevor sie es verhindern konnte. Sie gab sich Mühe, nicht schockiert auszusehen.

»Da staunst du, nicht wahr?« Sandy lachte höhnisch. »Ich gebe zu, es hat ein wenig Überzeugungsarbeit erfordert, aber letztendlich hat er eingesehen, dass ich die Einzige für ihn bin.« Erneut zeigte sie ihre perfekten Zähne. »Gerade eben hat er mir gestanden, dass er mich ebenfalls noch liebt.« Ihre Mundwinkel zuckten, die braunen Augen blitzten triumphierend auf. »Denk also nicht einmal im Traum daran, dass Jake auch nur das Geringste für dich empfinden könnte. Da ist nichts. Niente. Nada.« Aus einem der Baumwipfel erklang das schrille Kreischen eines Kakadus. Sandy deutete mit dem Kinn in seine Richtung. »Siehst du? Selbst der bescheuerte Vogel dort oben findet diese Vorstellung einfach lächerlich.« Mit diesen Worten ließ sie Nele stehen.

Fassungslos starrte Nele Sandy hinterher. Sie schluckte, um die aufsteigenden Tränen niederzukämpfen. Sie würde nicht weinen. Er war es nicht wert. Wer war Jake Stevens denn schon? Nichts anderes, als ein blöder, eingebildeter, aufgeblasener, gut aussehender, charmanter, zauberhafter ... Verdammt! Mit dem Handrücken wischte sie eine hinunterkullernde Träne von ihrer Wange.

Ihr graute davor, Taras fröhliches Geplapper ertragen oder Shirleys prüfenden Blicken ausweichen zu müssen. Während sie die Brücke überquerte, die sich über das in der Sonne glitzernde schlammbraune Wasser des Inman River spannte, kramte sie in ihrem Rucksack nach dem Handy. Der erste Anruf galt ihrer Gastmutter.

»Hallo Shirley, Nele hier. Ich geh noch ein bisschen im Ort bummeln und rufe nur an, dass du Bescheid weißt und dir keine Sorgen machst.«

»Das ist lieb, Darling. Bitte gib auf dich acht. Soll ich Tara Bescheid sagen? Vielleicht möchte sie dich begleiten?«

»Nein«, entfuhr es Nele. Sie wollte die Gastschwester nicht sehen. Sie hatte das eindeutige Gefühl, dass Tara für ihr Gefühlschaos kein Verständnis haben würde. Nele hatte keine Lust auf einen dieser berühmten ʻsiehst du, ich hab's dir doch gesagt' Ausbrüche von Tara. Seit ihrem letzten Gespräch schien die Beziehung zwischen ihnen abgekühlt. Sie wollte so gern glauben, dass Tara die Wahrheit gesagt hatte. Doch Nele fiel es schwer, ihr zu vertrauen. »Ich meine, ich bin schon mit Emma verabredet«, flunkerte sie. »Sag ihr bitte einen lieben Gruß.«

Anschließend wählte sie Emmas Nummer. Sie hatte heute noch keine rechte Gelegenheit gefunden, sich mit ihr zu unterhalten, und sie sehnte sich danach, das liebe Gesicht der Freundin zu sehen. »Können wir uns treffen? Albert Place im Café neben dem Surfladen? Bitte«, bettelte sie.

Emma seufzte tief. »O Mensch, du ahnst ja nicht, wie gern ich das machen würde, aber gerade heute Nachmittag muss ich meine Geschwister hüten. Mum hat Schicht. Tut mir leid. Gibt es etwas Besonderes?«

Emmas quirlige Mutter Belinda, von der Emma die stämmige Figur und die kornblumenblauen Augen geerbt hatte, zog ihre drei Kinder von zwei verschiedenen, unbekannt verzogenen Vätern allein groß. Sie arbeitete im Victor Harbor Krankenhaus als Pflegerin. Emma, als älteste der drei Geschwister, wurde regelmäßig zur Kinderbetreuung herangezogen, was diese jedoch mit der ihr eigenen fröhlichen Gelassenheit hinnahm. Sie liebte ihren Bruder Simon und die kleine Cassie abgöttisch, und jedes Mal, wenn Nele die Freundin mit ihren Geschwistern herumalbern sah, fühlte sie sich schmerzlich an ihren eigenen Bruder erinnert.

»Nö, nichts Besonderes.« Mit der Fußspitze kickte sie ein Steinchen von der Brücke. Sie beobachtete, wie es in den träge dahinfließenden Fluss plumpste und kleine Ringe auf der Oberfläche zog. »Ich wollte dich einfach sehen.«

Ein Wagen überquerte die Brücke, wirbelte rötlichen Sand, Staub und ein paar trockene Blätter auf.

»Ich würde dein grinsendes Gesicht auch gern sehen, Süße. Wir holen das nach. In Ordnung?«

»Jake und Sandy sind wieder zusammen.«

»Was?« Emma schrie ins Telefon.

Nele zuckte zusammen. »Es ist wahr. Sie hat es mir eben gesagt.«

»Und du glaubst dieser Kuh? Die würde doch alles sagen, um dich von ihm fernzuhalten.«

»Ich weiß nicht.« Nele starrte auf ihre Turnschuhe. »Es klang ziemlich glaubwürdig.«

»Ha!« Emma lachte auf. »Schatz, die Worte glaubwürdig und Sandy vertragen sich nicht miteinander. Das meiste, was aus Sandy Atkinsons hübschem Mund purzelt, ist erstunken und erlogen. Trau dieser Hyäne nicht.«

»Selbst wenn es nicht stimmen sollte, Em, Tara hat mir erzählt, dass ich für Jake nichts Besonderes bin.«

»Woher will die das schon wieder wissen?«

»Sie war doch mit ihm am Strand. Nach unserem Ausflug ins Hindmarsh Valley.«

»Weshalb du dachtest, sie sei an ihm interessiert. Stimmt.«

»Ja. Nein. Ist sie nicht. Behauptet sie.« Nele legte eine Hand an ihre heiße Stirn. »Emma, Jake findet mich *nett*.«

»Das ist doch ein Anfang. Gib ihm Zeit, dich kennenzulernen.«

Neles Pferdeschwanz flog hin und her, während sie energisch den Kopf schüttelte. »Wie soll das funktionieren? Er und Sandy sind ein Paar!«

»Nele, manchmal machst du mich wahnsinnig ...« Ein jäher Knall unterbrach Emmas Redefluss. Eine helle Kinderstimme schrie gellend auf. »Entschuldige, Simon hat eine Vase umgeworfen. Wir sprechen uns später, Süße. Kopf hoch ja?« Emmas letzte Worte gingen in ohrenbetäubendem Geheul unter.

Bonnie hatte ebenfalls keine Zeit. Sie war, wie ihre Mum Nele wissen ließ, soeben zum Klavierunterricht aufgebrochen. Ob sie ihr etwas ausrichten dürfte? Nele seufzte. Einen Moment lang spielte sie mit dem Gedanken, kehrtzumachen und nach Hause zu gehen. Dann klappte sie ihr Handy zu und beschleunigte ihren Schritt. Sie würde es sich eben allein an der Promenade mit einem Eis gemütlich machen und den Kindern beim Spielen am Strand zusehen.

Die Sonne brannte unangenehm auf ihren Nacken, als sie nach einem zwanzigminütigen Fußmarsch den Albert Place erreichte. Sicher würde sie einen schönen Sonnenbrand bekommen. Passte irgendwie zu ihrem verkorksten Tag. Sie löste ihr Haar aus dem Gummiband, schloss die Augen und fächerte sich mit der Hand Luft zu, um ihr erhitztes Gesicht zu kühlen.

»Wow. Deine Haare schimmern wie flüssiger Honig in der Sonne.«

Nele fuhr herum. Ihr Blick fiel auf eine breite Brust in einem schwarzen Quiksilver T-Shirt und wanderte hinauf, direkt in die schokoladenbraunen Augen von Chris Hunt.

Er grinste. »Was machst du hier?«

Verlegen strich Nele sich eine Haarsträhne hinter das Ohr. »Ich wollte, ich hatte vor …« *Ganz toll, Nele. Super. Ein gut aussehender junger Mann taucht auf und du gerätst prompt ins Stottern.* Das durfte doch nicht wahr sein! Ärgerlich über sich straffte sie den Rücken. »Nichts Besonderes.« Sie zuckte mit den Schultern, gab sich lässiger als sie sich fühlte. Plötzlich wünschte sie sich, sie wäre nach der Schule nach Hause gegangen, um sich umzuziehen. Sie kam sich deplatziert vor in ihrer langweiligen Schulkleidung zwischen all den sommerlich bunt gekleideten Menschen. Noch immer spürte sie Chris Hunts Blicke. Wie Feuer brannten sie auf ihrer Haut. Worüber sollte sie mit ihm reden? Seine Gegenwart machte sie nervös. Ob es an seinem dunklen, mysteriösen Aussehen lag? Daran, dass er älter war? Oder weil Jake sie vor ihm gewarnt hatte? Verstohlen sah sie ihn an. Er fing ihren Blick auf. Sie fühlte sich ertappt. Das Blut schoss ihr bis in die Haarspitzen.

»Wie wär's mit einem Drink im Bavaria Café?«, schlug er schmunzelnd vor. »Dort müsstest du dich doch heimisch fühlen, oder?«

Kritisch musterte sie das kleine Café auf der linken Straßenseite. ›Deutsche und einheimische Kuchenspezialitäten‹ wurden dort auf einem rostigen Blechschild, das über dem Eingang im warmen Wind schaukelte, angepriesen. Sie verspürte nicht die geringste Lust auf Schwarzwälder Kirschtorte oder gedeckten Apfelkuchen. Seltsam, dass die Leute immer annahmen, ihr eine Freude zu machen, wenn sie dachten, ihr ein Stück Heimat vermitteln zu können. Genauso war es mit dem Ausflug nach Hahndorf ins Old

Mill Restaurant gewesen, den ihre Englischlehrerin Miss White in der ersten Schulwoche extra organisiert hatte.

»Im Lokal werden deutsche Gerichte serviert«, hatte Miss White stolz erzählt. »Du wirst es bestimmt lieben.«

Nele gefielen zwar die hübschen, historischen Häuser auf der Main Street, die deutsche Musik, das Essen und die aufgesetzte Fröhlichkeit im Gasthaus fand sie aber eher befremdlich. »Sei mir nicht böse«, wandte sie sich an Chris, »aber nein danke.«

»Kein Problem. Ich kenne an der Flinders Parade einen Stand, wo sie leckere Slushies verkaufen. Wollen wir?« Er deutete mit dem Daumen in die Richtung. »Gibt nichts Besseres an so einem heißen Tag.« Aus der Gesäßtasche seiner abgewetzten Jeans fischte er schon einmal ein paar Münzen.

»Okay«, erwiderte Nele ein wenig überrumpelt.

Chris legte den Kopf schief. »War das ein Ja zu meinem Vorschlag oder ein Ja zu meiner Bemerkung danach?« Sein linker Mundwinkel zuckte.

»Zu beidem, schätze ich.« Nele stieß ein verlegenes Lachen aus.

Sie setzten sich mit ihren eisgekühlten Getränken auf eine Bank im Schatten von hohen Kiefern. Eine salzige Brise strich kühlend über Neles erhitztes Gesicht.

»Ein Vögelchen hat mir gezwitschert, dass Stevens dir angeboten hat, surfen zu lernen.«

Sie hielt den kalten Pappbecher an ihre Wange. »Ach ja? Woher weißt du das?«

»Ich hab so meine Quellen.« Er kniff die Lider gegen die grelle Sonne zusammen und starrte auf den Ozean hinaus. Das Wasser schimmerte flaschengrün in der Nachmittagssonne. »Ich würde den Schulkurs vorziehen.«

»Warum?«

»Ist einfach ein guter Rat«, entgegnete er kurz angebunden.

Nele musterte ihn von der Seite. Seine Miene verriet keine Regung. »Surfst du?«

»Ich? Surfen?« Chris lachte auf. Es klang nicht sehr freundlich. »Surfen ist was für Weicheier. Für Schönlinge.« Er spuckte zwischen seine Schuhe. Es war nicht nötig, dass er einen Namen nannte.

Sie verfielen in Schweigen. Nele beobachtete einen kleinen Spatz, der zwischen vertrockneten Grashalmen nach Nahrung pickte. Offensichtlich waren Jake und Chris sich nicht grün. Aber wieso? Was hatten sie miteinander zu schaffen? Vom nahen Spielplatz lärmte das ausgelassene Rufen der Kinder zu ihnen. Verliebte Pärchen schlenderten vorbei, Geschäftsleute und Mütter, die tief ins Gespräch vertieft Buggys mit bunten Sonnenschirmen vor sich herschoben.

»Ich hab Stevens übrigens vor Kurzem mit seiner Ex zusammen am Strand gesehen«, meinte Chris unvermittelt. »Die beiden Turteltäubchen waren surfen.«

Nele verzog keine Miene, aber das verräterische wilde Klopfen ihres Herzens verriet, wie diese Nachricht sie aufwühlte.

»Eins muss man dem Typen lassen. Er schleppt immer die heißesten Sheilas ab.« Chris rammte das Messer noch ein wenig tiefer in Neles Magengrube. »Die würde ich auch gern mal ...«

Sie funkelte ihn an und er verstummte grinsend. Für den Bruchteil einer Sekunde hatte sie das irre Gefühl, einen ähnlichen Moment schon einmal erlebt zu haben. Ein kalter Schauder kroch über ihren Rücken. Irgendetwas kam ihr vertraut vor, aber bevor sie analysieren konnte, was es war, war es ihr bereits entglitten. Zorn brandete auf. Sie wollte nichts mehr über Sandy hören. Allein schon der Name machte sie krank. »Was findet ihr nur alle an dieser Kuh?«

Chris warf Nele einen amüsierten Seitenblick zu. »Du bist eben kein Mann«, meinte er trocken.

Nele setzte an, um etwas zu erwidern, doch Chris' Aufmerksamkeit wurde durch ein sich rasch näherndes Klackern auf hartem Asphalt abgelenkt. In einem Nichts von einem Nylonrock, der wie eine zweite Haut ihren Po umspannte, ihre Hüften aufreizend hin- und herschwingend, kam eine junge Frau in Pumps dahergestöckelt. Sie presste ihr Handy ans linke Ohr und hauchte ohne Punkt und Komma in einer fremden, gutturalen Sprache Worte hinein. Der Anflug eines Lächelns huschte über ihr Gesicht, als sie im Vorbeigehen unter dick getuschten Wimpern hervor Chris taxierte. Unverblümt gaffte er die Frau an, fuhr sich mit der Zunge über die Lippen. In diesem Moment schien er Nele völlig vergessen zu haben. Sie sah der jungen Frau ebenfalls hinterher. Niemals würde sie sich trauen, derart aufreizend herumzulaufen. Obwohl es durchaus Situationen gab, in denen sie sich wünschte, mit einer einzigen winzigen Geste die Aufmerksamkeit auf sich ziehen zu können, und so umwerfend auszusehen, dass alle Köpfe sich nach ihr umdrehten. Doch wie stellte man das an? Sicherlich gehörte mehr dazu, als sich in ultrakurze Röcke und knappe Oberteile nebst Stöckelschuhen zu zwängen.

Gedankenverloren spielte sie mit ihrem leeren Pappbecher. Auf einmal überkam sie das dringende Bedürfnis zu verschwinden. Was machte sie hier eigentlich? Mit einem Kerl, über den sie so gut wie nichts wusste? Und der offensichtlich so leicht abzulenken war, dass er sie darüber völlig vergaß.

»Danke für das Getränk.« Sie sprang von der Bank. »Ich muss jetzt gehen.«

Chris' Kopf fuhr herum. Seinem leeren Gesichtsausdruck nach zu urteilen, war er mit seinen Gedanken meilenweit entfernt gewesen.

»Also, bis irgendwann.« Etwas Besseres fiel ihr nicht ein. *Sehr originell, Nele.*

»Warte.« Sein Blick glitt an ihr hinab. »Du siehst süß aus in deiner Schuluniform. Zum Anbeißen.« In seinen Augen lag ein Glitzern.

Sein Kompliment kam so unerwartet, dass es einen Moment dauerte, bis sie ihre Gedanken sortiert hatte. Verunsichert zupfte sie den karierten Stoff ihres kurzen Rocks zurecht. »Findest du? Ich komme mir ein wenig dumm darin vor.« Während das Blut heiß in ihre Wangen schoss, entsorgte sie ihren Pappbecher flink in einem Mülleimer.

»Echt süß«, wiederholte Chris.

»Ich fand die Sache mit der Schulkleidung ziemlich gewöhnungsbedürftig«, plapperte Nele drauflos. »Bei uns zu Hause zieht jeder einfach an, was ihm gefällt, weißt du?«

»Cool.«

Sie verharrte neben dem Papierkorb, unschlüssig, was sie tun sollte. Eigentlich hatte sie vor wenigen Augenblicken noch verschwinden wollen, aber jetzt ...

»Lass uns noch ein paar Schritte gehen«, schlug Chris vor, als könnte er Gedanken lesen. Er stand auf, streckte ihr die Hand entgegen. »Na komm. Der Tag ist viel zu schön, um allein rumzuhängen.«

Zögernd trat sie näher, verschränkte die Finger mit seinen. Es war ein merkwürdiges Gefühl, ihn so nah zu wissen. »Eigentlich ist es doch ...«, fing sie an.

»Bist du ...«

Sie sahen einander an, lachten.

»Du zuerst«, meinte Chris.

»Ich wollte nur sagen, dass ich es eigentlich praktisch finde, dass wir morgens nicht lange überlegen müssen, was wir anziehen sollen. So eine Uniform hat auch ihr Gutes, findest du nicht?« O Gott. Wie aufregend, Nele, über Schuluniformen zu plaudern.

»Schätze, du hast recht. Trotzdem find ich das Zeug affig. Aber was soll's. Ist sowieso mein letztes Schuljahr. Dann können die mich mal mit ihren blöden Vorschriften.«

»Was hast du danach vor?«

»Keine Ahnung. Ich lass es auf mich zukommen.«

Eine Weile beobachteten sie zwei Möwen, die sich lautstark um die bröseligen Reste eines hinuntergefallenen Waffelhörnchens stritten.

»Lass uns ans Wasser gehen«, schlug Nele vor. Sie schlüpfte aus ihren Turnschuhen und nahm sie in die Hand, um den warmen, feinen Sand unter den Füßen zu spüren. Eine sichtlich genervte Mutter kam ihnen entgegen, einen schreienden Jungen von zwei oder drei Jahren hinter sich herziehend. Das Gesicht des Kleinen wies eine ähnliche Farbe auf wie sein feuerrotes Eimerchen, aus dem eine Schaufel hervorlugte. Offensichtlich war das Kind mit den Plänen seiner Mutter, die neu errichtete Sandburg im Stich zu lassen, ganz und gar nicht einverstanden. Nele fühlte sich an eine ähnliche Szene mit ihrem kleinen Bruder in einem heißen Sommer am Mittelmeer erinnert. Sie lächelte der Frau zu, als sie auf gleicher Höhe waren.

»Warum bist du eigentlich verschwunden?«

»Was meinst du?« Noch immer vom Anblick des brüllenden Zwergs fasziniert, sah sie zu Chris auf.

»Nach der Pause, bei der Probe für das Musical. Ich habe dich vermisst.« Chris fuhr mit dem Zeigefinger über Neles nackten Oberarm.

Sie zuckte unter der sanften Berührung zusammen. Die feinen Härchen auf ihrer Haut stellten sich auf.

»Ehrlich gesagt hatte ich mich darauf gefreut, wieder neben dir zu sitzen.« Er blieb stehen.

Hastig wandte sie sich ab, ließ den Rucksack von ihrer Schulter gleiten und kramte nach ihrem Lippenpflegestift. »Es hat mir nicht gefallen«, murmelte sie und zog ihre Lippen nach. »Die ganze Sache mit dem Musical, meine ich.« Sie räusperte sich. »Bist du noch dabei?«

Er starrte auf ihre Lippen. »Nope. Ich hatte die Anweisung meines Wachhunds erhalten, dort aufzukreuzen, weil er meinte, ich müsse mich mehr an der Schule engagieren.«

Nele studierte ihre nackten Zehen im Sand. Sie erinnerte sich.

»Also bin ich brav hingegangen, aber ich bin nicht bescheuert genug, dort mitzumachen.«

Mit Wachhund meinte er wohl seinen Betreuungslehrer? Erneut fragte sie sich, was Chris wohl ausgefressen hatte, aber sie wagte es nicht, ihn darauf anzusprechen. Er konnte freundlich und charmant sein. Gleichzeitig jedoch schien er ihr ein wenig unheimlich. Als hätte er etwas zu verbergen, irgendein dunkles Geheimnis zu wahren …

Chris bückte sich nach einem Stein, ging in die Hocke und schleuderte ihn flach ins Wasser, damit er hüpfte.

»Klasse. Mein Dad kann das auch.« Nele spürte ein vertrautes Zupfen in der Brust.

Chris richtete sich auf, drehte sich zu ihr um. »Du vermisst deine alten Herrschaften?«

Nele schluckte den blöden Kloß in ihrem Hals hinunter. Sie wollte sich vor dem coolen Chris keine Blöße geben. Lässig zuckte sie mit einer Schulter. »Ich habe hier meine Ersatzfamilie.« Hoffentlich hatte er das winzige Wackeln in ihrer Stimme nicht bemerkt.

»Kommst du gut mit Tara klar?«

Ich komme sehr gut mit Tara zurecht, wenn ich ihre Ratschläge befolge. »Sie ist nett.«

Chris nickte. »Sie ist 'ne heiße Braut.«

Fast hätte Nele laut aufgelacht. Wer war in den Augen von Chris Hunt nicht heiß? »Was machst du eigentlich so?«, lenkte sie ab, weil sie keine Lust hatte, über Tara zu sprechen. »Ich weiß fast nichts über dich.«

»Über mich gibt es nichts zu sagen.« Er klappte zu wie eine Auster. Sein Mund verwandelte sich in einen Strich.

Nele warf ihm einen verunsicherten Blick zu. War sie ihm zu nahe getreten? Sie sah einem Skater nach, der sich auf der Promenade frech zwischen den Spaziergängern hindurchschlängelte. »Vielleicht ist es besser, wenn ich jetzt gehe«, sagte sie. »Es ist spät geworden.«

»Ab und an helfe ich in dem Tattoo-Laden in der Crozier Road aus. Ich kann Hunde nicht leiden und stehe auf Hard Rock. Mein Leibgericht ist Fish und Chips. Als ich dreizehn war, hab ich mir das Nasenbein gebrochen.« Seine Miene verriet keine Regung, als er Nele anblickte.

»Du tätowierst?« Sie sollte wirklich los.

»Nein. Ich mache Piercings. Das mit dem Tätowieren lerne ich noch.«

Neles Finger schlossen sich um den Gurt ihres Rucksacks. »Hast du auch welche? Tattoos meine ich.«

Er wich ihrem Blick aus. »Nein. Ich habe keins.«

»Ich muss jetzt gehen.«

Chris nickte. »Klar. Ich bringe dich noch ein Stück.« Er streckte den Arm aus und lächelte. »Gib mir deine Tasche. Ich trag sie für dich.«

Verwirrt durch sein Verhalten reichte sie ihm den Rucksack. Flink befreite sie ihre Füße vom Sand und schlüpfte in ihre Schuhe.

Vor dem Crown Hotel blieben sie stehen. Nele lehnte sich mit dem Rücken an die Mauer und verschränkte die Arme vor der Brust. »Also dann.«

Er grinste, gab ihr die Tasche zurück und schob beide Daumen durch die Gürtelschlaufen seiner Jeans. Auf einmal war er wieder der coole, lässige Typ. »Hat Spaß gemacht, unser spontanes Date.«

Sie nickte. »Ja, das hat es.« Sie räusperte sich.

Er rückte näher, stützte seinen rechten Arm über ihrem Kopf an der Wand ab. Sie konnte seinen Atem auf ihrer Wange spüren und senkte die Lider. Einen Herzschlag lang dachte sie, er würde sie küssen. Ein winziger Teil von ihr wünschte sich, er würde es tun. Ein anderer wollte die

Flucht ergreifen. Sie war durcheinander. Genau genommen wusste sie nicht, was sie wollte. Doch. Sie wusste es. Aber das, was sie wollte, konnte sie offensichtlich nicht haben. Sie wünschte, sie könnte sich in Chris Hunt verlieben, dann könnte sie endlich Jake aus ihrem Kopf verbannen.
»Danke für den Slushie.«

»Kein Thema.« Nur noch wenige Zentimeter trennten sein Gesicht von ihrem.

Geschwind duckte sie sich unter seinem Arm hindurch. »Meine Gasteltern warten sicher schon.«

»Vielleicht machen wir mal wieder etwas zusammen?«

»Vielleicht.« Noch lange spürte sie seine intensiven Blicke auf ihrem Rücken.

Kapitel 11
Glücksmomente

»Du errätst nie, was passiert ist.« Nele schob sich das Telefon zwischen Kinn und Schulter und schloss die Zimmertür hinter sich. Tara musste nicht unbedingt alles mithören.

»Klär mich auf. Ich bin fix und fertig. Die Kleinen haben heute meine ganze Geduld gefordert. Also, nichts wie her mit Klatsch und Tratsch«, entgegnete Emma.

Nele grinste, zog sich den Stuhl heran und ließ sich darauf fallen. Während sie Emma von ihrem unverhofften Date mit Chris berichtete, sah sie aus dem Fenster durch die hohen Bäume hinunter auf die Bucht.

»Ich dachte, du bist unglücklich in Jake verliebt?«, fragte Emma lachend, als Nele geendet hatte.

»Stimmt ja auch. Ich wünschte ehrlich, ich hätte eine Chance bei ihm. Aber weißt du«, sie machte eine kleine Pause, »Chris ist ein interessanter Typ. Irgendwie.«

»Oh, oh.« Emma holte tief Luft. »Du wirst doch nicht …«

»Quatsch. Wir haben nur ein bisschen zusammen, wie sagt ihr das, abgehangen.«

»Halt dich lieber von ihm fern. Du weißt doch, es gibt Gerüchte, Nele.«

»Ach, Gerüchte. Die gibt es über Jake auch. Ich gebe nichts darauf. Ich lerne die Menschen gern selbst kennen, bevor ich urteile.«

»Im Prinzip hast du ja recht.« Im Hintergrund ertönte Kindergeschrei.

»Du Arme. Die Kleinen geben wohl keine Ruhe, was?«

»Sie wissen, dass ich im Wohnzimmer vor dem Fernseher lungere und Arnotts Käsecracker in mich reinstopfe.«

Nele fiel in Emmas Lachen ein. »Das ist echt fies.«

Eine Weile scherzten und alberten sie miteinander, dann wurde Nele still. »Em?«

»Hm?«

»Ich wünschte, ich könnte mich in Chris verlieben. Da gab es einen Moment, wo ich gehofft hatte …« Ihr Geständnis wurde am anderen Ende der Leitung durch lautstarkes Geplärre unterbrochen.

»Warte«, bat Emma. »Ich hab dich nicht verstanden.« Ein Rascheln folgte. Emmas Stimme drang nur noch als dumpfes Gemurmel durch den Hörer. »Haltet endlich die Klappe, Kinder, oder ihr könnt was erleben.« Erneutes Rascheln. Emma war wieder klar zu verstehen. »So. Bitte noch mal. Ich hab dich eben nicht richtig gehört.« Sie lachte auf. »Stell dir vor, mir kam es vor, als hättest du etwas von verlieben und Chris gesagt.«

»Du hast richtig gehört.«

»Wie bitte? Du kannst doch nicht ernsthaft …«

»Ich sagte, wünschte, Emma«, unterbrach Nele. »Ich hätte nichts dagegen, mich zu verlieben. Ich muss mir Jake aus dem Kopf schlagen. Jetzt, wo er wieder mit Sandy zusammen ist.«

Emma schnaubte. »Das glaub ich erst, wenn ich es sehe. Ich traue dieser Schlampe keinen Millimeter.«

»Emma!«

»Was denn? Ich sag nur, wie's ist.« Sie kicherte bösartig. Emma war ein gutmütiger Mensch, der großen Wert auf Fairness legte. Sandy Atkinson war ihr allerdings ein Dorn im Auge. Sie mochte die Art nicht, wie Sandy versuchte, Menschen in ihrem Umfeld zu manipulieren und für ihre Zwecke einzuspannen. Einmal hatte Emma zufällig mitbekommen, wie Sandy sie als fette, schwabbelige Seekuh bezeichnet hatte. Das war selbst für die sanftmütige Emma zu viel gewesen. Seither hatte sie für Sandy nicht mehr viel übrig. »Ich gebe keinen Cent auf Sandys Geschwätz«, bekräftigte sie nun. »Und das solltest du auch nicht.« Sie machte eine kleine Pause. »Ich habe irgendwie das Gefühl, dass du Jake nicht aufgeben solltest.«

Nele verstaute ihren Ringordner im Rucksack. Gott sei Dank war der Unterricht für heute vorbei. Die Stunde bei Miss Griffin war wieder einmal eine Katastrophe gewesen. Sie fragte sich nicht zum ersten Mal, welche Qualifikation diese Dame überhaupt dazu berechtigte, zu unterrichten. Ihr Französisch war grauenvoll. Leider hatte sie es gewagt, die Lehrerin darauf aufmerksam zu machen, dass es `nous sommes´ hieß und nicht `nous somnes´, und nun hatte Miss Griffin sie auf dem Kieker.

»Möchte unsere Französisch-Spezialistin vielleicht noch etwas dazu anmerken?«, warf sie nun bei jeder sich bietenden Gelegenheit boshaft in den Raum.

Nele hütete sich davor, Miss Griffin weiterhin zu korrigieren. Eine von Sandys Freundinnen, die den Kurs ebenfalls besuchte, fand die Bemerkungen der Französischlehrerin anscheinend sehr witzig, denn sie verzog jedes Mal ihre Lippen zu einem spöttischen Lächeln. Da Miss Griffin vom Aussehen her Megan Fox ähnelte und zu allem Überfluss noch die verführerischen Lippen von Angelina Jolie besaß, war sie in den Augen der männlichen Schüler ohne Fehl und Tadel. Am liebsten hätte Nele den Kurs geschmissen, aber sie wollte nicht für ein ganzes Jahr aussetzen. Das würde bedeuten, dass sie zu Hause kein Französisch-Abi machen könnte. Tief in Gedanken versunken durchquerte sie den Korridor. Ihr Weg wurde abrupt gestoppt, als sie gegen eine harte, breite Brust prallte.

»Hoppla.« Blaue Augen blitzten sie an.

Ihr wurde schwindlig unter seinem Blick. Und extrem heiß. »Entschuldige«, murmelte sie und strebte an ihm vorbei.

Jake hielt sie am Ärmel fest. »Warte.«

Sie fuhr herum, funkelte ihn an. Sie hatte keine Lust auf seine Flirterei. »Was?«

Über Jakes Gesicht glitt ein erstaunter Ausdruck. »Ich möchte dich etwas fragen.«

»Bist du sicher, dass Sandy nichts dagegen hat?«, giftete sie. Sie riss sich los.

Mit zwei langen Schritten war er erneut an ihrer Seite. Er verstellte ihr den Weg. »Warum erwähnst du Sandy?« Seine Augen forschten in ihrem Gesicht.

»Hey Jake, wir sehen uns später in Goolwa?« Ein zombieähnlicher, bleichgesichtiger Kerl mit pechschwarzer Matte klopfte Jake im Vorbeischlurfen auf die Schulter.

Jake hielt Neles Blick. »Was hat sie damit zu tun?«

»Eine ganze Menge.« Nele wandte sich ab, beschleunigte ihren Schritt.

»Jetzt bleib doch mal stehen.« Jake packte sie sanft an beiden Schultern und drehte sie, sodass er ihr ins Gesicht sehen konnte. »Ich würde mich gern mit dir verabreden. Und es ist mir schnuppe, was Sandy dazu sagt.«

Neles Herz fing wild zu pochen an. »Schön zu wissen«, entgegnete sie kühl. »Ich bin nicht interessiert.« Sie ließ ihn eiskalt stehen, überrascht, dass es ihr gelungen war, sich derart gleichgültig zu geben, während sie innerlich vor Aufregung bebte.

Bonnie erwartete sie am Schultor. Sie hatten ausgemacht, sich nach dem Unterricht noch auf ein Eis zu treffen. Nele drückte ihr zur Begrüßung ein Küsschen auf die Wange.

Die Freundin beäugte sie kritisch. »Was ist los? Du siehst ja völlig aufgelöst aus.«

Nele strich sich eine verirrte Haarsträhne von der Stirn. »Ich hab mich über Miss Griffin geärgert«, flunkerte sie, weil sie nicht über Jake sprechen wollte. Sie wollte den Typen ein für alle Mal aus dem Kopf verbannen. Es war besser so.

»Die gute Miss Griffin ist dir also über die Leber gelaufen. Verstehe.« Bonnie spitzte die Lippen. »Alors, alors, nous commencons«, äffte sie die Lehrerin so täuschend echt nach, dass sie Nele damit prompt zum Lachen brachte.

»Darf ich mitlachen?« Wie eine Fata Morgana tauchte er aus dem Nichts auf. Jake. Schon wieder.

»Hi.« Bonnie zwinkerte ihm zu. »Ich gebe gerade eine `Ich bin heiß, aber leider herrscht Durchzug in meinem Kopf, wenn der Wind in mein Ohr bläst´ – Vorstellung.«

»Oha. Miss Griffin«, folgerte Jake und schmunzelte. »Ich hatte vorletztes Jahr die Ehre.«

»Und? Hat sie dich mit ihrem Charme nicht einwickeln können?« Bonnie wackelte übertrieben sexy mit den Hüften, was angesichts ihrer zierlichen Gestalt ziemlich ulkig wirkte. Die drei lachten.

Jake fixierte Nele. Sie lief rot an. Verflucht! Wie konnte sie ihm vorgaukeln, dass er ihr gleichgültig war, wenn ihr Kopf wie eine Glühlampe leuchtete? Sie senkte die Lider.

»Okay ihr zwei, ich muss weiter«, meinte Bonnie unvermittelt. »Ich muss – Klavier üben.«

»Nein! Ich meine, geh nicht. Wir wollten doch …«

»Ruf mich nachher an, wenn du daheim bist«, schlug Bonnie vor. »Aber jetzt muss ich wirklich. See ya.« Sie zwinkerte Jake zu.

Nele sah ihr fassungslos nach. Wie konnte die Freundin sie einfach stehen lassen? Sie musste doch bemerkt haben, dass sie verzweifelt versuchte, das Gespräch mit Jake zu vermeiden. Aber sie hatte Jake zugezwinkert, als würden sie unter einer Decke stecken. Verdammt! Hätte sie bloß niemandem erzählt, dass sie Jake mochte … gemocht hatte. Wie kam sie jetzt aus der Nummer wieder raus? »Tja, ich muss dann auch«, meinte sie.

»Ich denke nicht.« Jake schob Nele sanft, aber bestimmt, in den Schatten einer üppig blühenden roten Akazie.

Nele versteifte sich. »Was soll das?«

»Gib mir nur ein paar Sekunden«, bat er.

Eine Gruppe schwatzender Mädchen aus der Unterstufe trabte vorbei. Ein paar von ihnen schielten neugierig herüber, steckten die Köpfe zusammen und kicherten. Nele blickte ihnen hinterher, während sich in ihrem Kopf die Gedanken überschlugen.

»Nele.«

Grinsend sah er sie an. Ihr fiel es schwer zu atmen. Verdammt, sie wollte das hier nicht. Oder doch?

»Hast du am Samstag Zeit? Ich würde dich gern zum Surfen mitnehmen. Vielleicht nach Goolwa oder Port Elliot.«

Eine Sekunde setzte ihr Herzschlag aus. Sie hörte das Blut in ihren Ohren rauschen. Er hatte das mit dem Surfen ernst gemeint …

»Magst du?« Seine Stimme streichelte ihre Haut.

Ob ich mag? O mein Gott, o mein Gott! Was für eine Frage. Am liebsten wäre sie ihm vor Freude um den Hals gefallen. »Wird Sandy nichts dagegen haben?«

»Vergiss Sandy. Das mit ihr ist Schnee von gestern. Es ist vorbei.«

»Ist ihr das auch klar?«

»Ich gehe davon aus.« Sein linker Mundwinkel zuckte.

Nele kniff die Augenbrauen zusammen. »Es klang ganz anders, als sie unlängst mit mir sprach.«

Jake lachte auf.

»Ich möchte keine Beziehung zerstören.«

»Tust du nicht.« Er trat einen Schritt zur Seite, um einen kleinen Jungen auf dem Fahrrad vorbeizulassen. »Ich möchte dich nur zum Surfen einladen, Nele. Nicht heiraten.« Seine Augen funkelten belustigt.

Eigentlich hatte sie Pläne für den kommenden Samstag. Sie musste ein Referat vorbereiten, war mit Emma verabredet und wollte mit Johanna skypen. »Ist das ein Date?«

»Ein Date?« Jake zog fragend eine Braue hoch. »Aber ja, warum nicht.« Jetzt grinste er wieder.

Das Flattern in ihrem Magen verstärkte sich. »Okay, ich würde gern ...«, begann sie, doch rasch besann sie sich eines Besseren. »Ich werde es mir überlegen. Kann ich dir morgen in der Schule Bescheid geben?«

Für den Bruchteil einer Sekunde wirkte er überrascht. Dann zuckte er mit den Achseln. »Klar. No worries.«

»Bis morgen also.« Sie gab sich alle Mühe, so gelassen wie möglich zu wirken, als sie sich von ihm verabschiedete. Rasch wandte sie sich ab, damit er das breite Lächeln nicht sah, das sie nicht länger zurückhalten konnte.

»O mein Gott, du Glückspilz«, brüllte Emma ins Telefon. »Was hast du geantwortet?«

»Ich habe gesagt, ich würde es mir überlegen.«

»Gut gemacht, aus dir kann noch etwas werden. Aber du wirst dich mit ihm treffen, oder? Denn wenn nicht, biete ich mich als Ersatz an. Jake ist so ein Sahneschnittchen. Er ist heiß.« Sie ließ das scharfe S laut zischen. »Ich würde ihn nicht von meiner Bettkante stoßen.« Emma begann lauthals zu stöhnen.

Nele hielt den Hörer lachend von sich. »Beruhige dich.«

»Ich freu mich einfach riesig für dich. Was wirst du anziehen?« Gerade als Nele ansetzen wollte, wurde sie erneut von Emma unterbrochen. »Nein, erzähl es mir nachher, wenn wir uns treffen. Bis später, ja?«

Schmunzelnd klappte Nele das Telefon zu, sprang auf und öffnete die Schiebetür ihres Kleiderschranks. Es schadete nicht, wenn sie jetzt schon einmal überlegte, welche Klamotten sie am Samstag anziehen könnte. Während sie grübelnd vor den Regalen stand, klopfte es an die Tür.

Tara wollte Neles neuen rosafarbenen Nagellack ausleihen, den sie unlängst in Megans Nageldesign Shop in der Harbor Mall erstanden hatte. Normalerweise bevorzugte Tara dunkle, kräftige Farben, aber zurzeit schien Babyrosa angesagt. »Du grinst ja wie ein Honigkuchenpferd«, stellte Tara fest, als Nele ihr das Fläschchen aus der Nachttischschublade reichte. »Was ist los? Hast du in der Lotterie gewonnen?«

Wie würde ihre Gastschwester reagieren, wenn sie erfuhr, dass Jake sich mit ihr verabredet hatte? Nele ahnte, dass Tara ihr Date nicht gutheißen würde. Am liebsten würde sie es ihr verschweigen, aber Tara würde es früher oder später sowieso erfahren ...

»Jetzt spuck's schon aus.« Tara machte es sich auf Neles Bett bequem. »Das scheint ja etwas Tolles zu sein.«

»Jake und ich haben ein Date.« Nele hielt die Luft an.

»Was sagst du?« Taras grüne Katzenaugen verengten sich zu Schlitzen.

Oje. Sie hatte es geahnt. Sicher würde Tara gleich ein Riesentheater veranstalten. »Du hast richtig gehört. Ich habe eine Verabredung mit Jake Stevens.« Nele wappnete sich innerlich für das, was gleich kommen würde.

Tara starrte auf ihre Finger.

»Ich weiß, du findest wahrscheinlich ...«

»Schon gut«, wehrte Tara ab. »Ist doch toll.« Sie lächelte flüchtig.

»Ja, nicht wahr? Ich konnte es auch kaum glauben, als er mich fragte. Wo doch Sandy mir weismachen wollte, dass sie wieder mit ihm zusammen sei.«

Tara erhob sich. »Schön für dich, Nele. Bis später dann.« Sie verschwand im Flur.

»Dein Nagellack«, rief Nele, stürzte zum Bett und schnappte sich das Fläschchen. Einen flüchtigen Augenblick war sie versucht, Tara nachzulaufen. Es überraschte sie, dass Tara so gelassen, ja fast gleichgültig, reagiert hatte. Merkwürdig blass hatte sie ausgesehen. Vielleicht bekam sie wieder einen ihrer Migräneanfälle. Falls sie sich darüber ärgerte, dass Nele sich trotz ihrer Warnungen mit

Jake treffen wollte, hatte sie dies gut zu verbergen gewusst. Wer konnte schon in Tara hineinblicken? Aber eigentlich war es ihr gerade ziemlich egal, was Tara beschäftigte. Sie war viel zu aufgedreht. Sie konnte nur an eines denken: Ihre bevorstehende Verabredung mit Jake Stevens.

»Ich versteh's einfach nicht.« Tara seufzte. »Warum sie? Was ist an Nele Behrmann so besonders?« Sie schob ihren Teller, auf dem noch die angebissene Hälfte des Hühnchensandwichs lag, angewidert von sich. »Ausgerechnet mit ihr muss er sich verabreden, Ally. Mit meiner Gastschwester. Soll ich jetzt tatenlos zusehen, wie sie ihn mir vor der Nase wegschnappt? Das habe ich schon einmal getan.« Sie dachte an Sandy Atkinson und schüttelte den Kopf. »Nicht schon wieder.«

»Ich weiß auch nicht, was er an Nele findet, obwohl sie ganz niedlich ist. Jaja.« In einer entschuldigenden Geste hob Allison beide Hände, als Tara ihr einen grimmigen Blick zuschoss. »Du willst das nicht hören, aber vielleicht ist es ja gerade das, was Jake an ihr so gefällt. Vielleicht weckt ihr unschuldiges Aussehen seinen Beschützerinstinkt.«

»Pah«, stieß sie verächtlich hervor. »Männer!«

»Ach Tara. Es tut mir so leid für dich, aber noch ist nichts verloren. Es ist doch nur ein Date. Da muss sich nicht zwangsläufig etwas daraus entwickeln.«

»Na klar. Wunder geschehen immer wieder«, grummelte Tara. »Vielleicht sollte ich – nur um sicherzugehen …« Sie verstummte abrupt, als Allison ihr einen warnenden Tritt ans Schienenbein verpasste. Allison machte eine winzige Bewegung mit dem Kinn. »Wenn man vom Teufel spricht.« Tara setzte krampfhaft ein Lächeln auf. »Nele, hey. Hab dich nicht kommen sehen.«

Nele schob ihr Tablett auf den Tisch, griff nach einem Stuhl und verharrte in der Bewegung, als sie Tara ins Gesicht sah. »Ist was? Du guckst so seltsam.«

Tara räusperte sich. »Nein, alles prima. Außer dass diesen Fraß heute wirklich niemand essen kann.« Sie deutete auf ihren Teller und das angebissene Sandwich. »Schmeckt einfach scheußlich.«

Allison beeilte sich, ihr rasch beizupflichten. »Ich möchte nicht wissen, was die da drin verarbeitet haben.« Sie schüttelte sich und zeigte auf die Bananenschale, die vor ihr lag. »Ich weiß schon, warum ich die Dinger hier bevorzuge.« Sie wechselte einen schnellen Blick mit Tara. Nele setzte sich. Ihre Augen wanderten argwöhnisch zwischen Allison und ihr hin und her, als sie sich ihrem Veggie Burger widmete. Es herrschte eine seltsame Spannung am Tisch. Allison studierte eingehend das Geschehen an der Essensausgabe, während Tara in Schweigen verfiel. Sie hatte in Neles Miene ablesen können, dass ihre Gastschwester ihnen das Geplänkel nicht abnahm. Es tat ihr leid, wenn sie Nele damit verletzt hatte, aber das konnte sie auch nicht ändern. Sie hatte mit ihren Gefühlen zu kämpfen.

Als sie Bonnie auf ihren Tisch zusteuern sah, sprang sie auf. »Ich muss los. Kommst du mit, Ally?«

»Äh, ja.« Allison raffte ihre Sachen zusammen und folgte ihr. »Puh. Das war knapp. Meinst du, sie hat etwas mitbekommen?«

»Keine Ahnung.« Tara blickte über ihre Schulter zurück. Inzwischen hatte Bonnie sich zu Nele an den Tisch gesellt. Die beiden steckten die Köpfe zusammen und schienen eifrig ins Gespräch vertieft. Über was sie sich wohl unterhielten? Eigentlich war das nicht schwer zu erraten. Für Nele gab es derzeit nur ein Thema. Jake. Tara holte tief Luft. Verzweiflung nagte an ihr. »Es ist wie verhext, Ally. Jedes Mal, wenn ich denke, dass ich bei Jake endlich eine Chance habe, funkt mir jemand dazwischen. Es kann doch echt nicht wahr sein! Was soll ich bloß machen?«

Allison strich ihr tröstend über den Oberarm. »Jetzt warte doch ab. Jake ist wahrscheinlich nur scharf drauf, einmal mit einer Deutschen auszugehen. Kommt ja auch nicht alle Tage vor. Sicher wird ihm rasch klar, wie langweilig sie eigentlich ist.« Der letzte Satz klang nicht sehr überzeugend.

»Das glaube ich irgendwie nicht«, schnaubte Tara. Sie ließ den Kopf hängen. »Ich hab ein ganz blödes Gefühl. Ich fürchte, ich muss zu drastischen Maßnahmen greifen.«

Kapitel 12
Spiel mit dem Feuer

»Hast du einen Push-Up Bikini?«

»Wie bitte?« Nele fuhr herum. Sie war gerade im Begriff, sich ihr Lieblingsoutfit über den Badeanzug zu streifen – ausgefranste Jeansshorts und ein hellblaues T-Shirt, auf dem in großen weißen Lettern `Australia´ prangte. Tara hatte es ihr zur Begrüßung am Flughafen von Adelaide geschenkt.

Emma, die es sich im Schneidersitz auf Neles Bett bequem gemacht hatte, begutachtete sie skeptisch. »Na ja, ich meine, du hast keine schlechte Figur. An der oberen Etage«, sie grinste, »könntest du aber noch ein wenig feilen.«

Nele schürzte die Lippen, taxierte Emmas üppige Oberweite. »Du hast gut reden.« Sie sah an sich hinab. »Bei mir ist nicht viel zum Zeigen da.«

»Quatsch. Du hast genug. Genau richtig für deine schmale Figur. Aber es wäre nicht schlecht, wenn du dich etwas mehr in Szene setzen würdest, Schatz.«

»Ich bin nicht der Typ dafür. Ich könnte niemals so tief ausgeschnittene Oberteile wie Sandy tragen und aller Welt meine Brüste zeigen.« Bei der Vorstellung stieg Hitze in ihr auf.

»Sollst du ja auch nicht, Dummerchen. So wie Sandy ihre Auslage präsentiert, ist es schon ordinär. Bei ihr kann man tatsächlich bis zu den bewaldeten Hängen des Amazonas hinunter …«

»Emma!« Nele tat entsetzt, aber auch sie musste grinsen.

»Bauchnabel sehen, wollte ich sagen, Süße.« Emma feixte. »Aber jetzt mal im Ernst. Wenn du einen netten Push-Up unter das Teil da anziehst«, sie reckte ihr Kinn

Richtung Neles Shirt, »siehst du gleich ein wenig kurviger aus. Glaub mir, Jake wird es gefallen.«

»Mag sein, aber das bin dann nicht ich. Ich würde ihm etwas vormachen. `Vortäuschung falscher Tatsachen´ nenne ich so etwas. Ich will mich geben, wie ich bin, Em. Er soll mich so mögen, oder gar nicht.«

Emmas Augen weiteten sich. »Bloody Hell! In einem Badeanzug? Du bist kompliziert, Nele Behrmann. Sind alle Deutschen so?«

»Nicht alle. Die meisten bei uns sind auch verrückt nach Push-Ups, glaub mir. Sogar meine Mum liegt mir ständig in den Ohren, ich solle doch einen gepolsterten BH tragen, `damit es nach etwas aussieht´. Ich finde das einfach blöd.« Sie zuckte mit den Achseln. »Ich will gemocht werden, weil ich witzig und klug bin.«

Emma schmunzelte.

»Okay. Klug«, korrigierte sie sich und lachte.

Emma warf ihr eine Kusshand zu. »Hat Tara eigentlich noch etwas gesagt? Zu deiner Verabredung, meine ich?«

»Nein. Ehrlich gesagt weiß sie nicht, dass ich heute mit Jake surfen gehe.« Sie trat vor den Spiegel. »Ich habe das Gefühl, dass sie mir momentan aus dem Weg geht. Gestern haben sie und Allison sich in der Kantine ziemlich merkwürdig benommen. Es kam mir vor, als hätten sie über mich getuschelt. Als ich dazukam, haben sie sich seltsame Blicke zugeworfen und irgendwelche Belanglosigkeiten ausgetauscht. Deswegen habe ich Tara nichts erzählt.«

»Kann ich verstehen«, meinte Emma.

»Sie ist heute früh mit Allison zum Shoppen nach Adelaide aufgebrochen. So muss ich mir jetzt wenigstens keine dummen Sprüche anhören.« Nele griff mit beiden Händen in ihr Haar und hob es hoch. Prüfend besah sie ihr Spiegelbild. Sie seufzte, ließ ihr Haar auf die Schultern fallen. »Ich hab gelogen, Emma. Natürlich will ich, dass die Kerle mich hübsch finden.«

Emma hüpfte vom Bett und kam zu ihr, legte eine Hand auf ihre Schulter. »Das bist du doch. Ich bin wirklich stolz, deine Freundin zu sein.«

»Ach Em.« Nele zog Emma in eine Umarmung. »Du bist die Beste. Was würde ich nur ohne dich machen?«

»Schon gut.« Emma löste sich lachend. »Lass uns nicht sentimental werden. Wir müssen dich für dein Date mit Jake vorbereiten.« Sie hielt Nele eine Armeslänge von sich und kniff die Augen zusammen. »Was hältst du davon, wenn ich dir einen tollen französischen Zopf flechte?«

»Du hast eines für mich mitgebracht?« Nele deutete auf die beiden Bretter, die Jake sorgfältig auf dem Dach des Kombis befestigt hatte.

»Logisch. Ist im Service inbegriffen.« Er grinste. »Ich war vorhin noch schnell bei einem Kumpel, um mir das Kleine für dich auszuleihen.«

»Toll. Danke.« Bevor sie die Beifahrertür öffnete, sah sie noch einmal zum Haus zurück. Shirley stand auf den steinernen Stufen der Veranda. Ihr helles Haar glänzte im Sonnenlicht.

»Viel Spaß«, rief sie Nele zu. »Gib auf dich acht!«

Nele winkte ihrer Gastmutter. Shirley war noch immer um ihr Wohl besorgt. Mit einem kleinen Seufzen wandte Nele sich wieder Jake zu, der die Hand ebenfalls grüßend in Shirleys Richtung hob. »Wohin fahren wir?«

»Ich habe mir gedacht, es ist besser, wenn wir in Victor Harbor bleiben. Der Strand hier ist ideal für Anfänger. Wir wollen lieber nichts riskieren.« Er zwinkerte ihr zu, bevor sein dunkler Wuschelkopf im Auto verschwand.

Sie öffnete die Tür, warf ihre Strandtasche mit dem riesigen, bunten Frotteehandtuch, das Shirley ihr aufgedrängt hatte, auf den Rücksitz und stieg ein. Mit rasch klopfendem Herzen richtete sie den Blick starr geradeaus. Sie müsste nur die Hand ausstrecken und könnte Jake berühren. Seinen Oberschenkel vielleicht oder seinen freien Unterarm. Sie spürte seine Nähe fast körperlich.

»Anschnallen nicht vergessen.« Schmunzelnd deutete Jake auf Neles Gurt.

»Ja, natürlich.« *Beruhige dich, Nele. Entspann dich!* Fast hätte sie laut aufgelacht. Sie war ungefähr so entspannt wie ein Bogen kurz vor dem Abschuss.

»Bist du aufgeregt?« Ein kleines Lächeln flog über Jakes Gesicht.

Aufgeregt? Ihr kam es vor, als wäre sie noch nie zuvor in ihrem Leben so nervös gewesen. Sie hatte vor lauter Vorfreude kaum geschlafen, und jetzt war sie so zappelig, dass ihr regelrecht übel war. »Ein wenig.«

»Wir kriegen das schon hin.« Jake lächelte milde. »Du wirst sehen, surfen ist nicht so schwer.«

»Hm.« Wenn er nur wüsste, dass ihr momentaner Zustand nichts mit dem Surfen zu tun hatte. Sie erwiderte sein Lächeln.

Jake startete den Motor. Unter Protestgeheul sprang er an, stotterte und spuckte. Und erstarb. »Bugger! Das alte Mädchen macht wieder Zicken. Lass uns jetzt nicht im Stich.« Erneut drehte Jake den Zündschlüssel. Es krachte, röhrte und tuckerte. Der Motor lief. »Na wer sagt's denn.« Jake sah sie triumphierend an. »Manchmal braucht sie nur ein wenig Zuspruch, dann läuft sie wieder.«

»Sie?«

»Sally.«

»Bitte?«

Jake lachte. »Mum hat sie so getauft. Als der Wagen noch Dad gehörte, verbrachte er furchtbar viel Zeit damit, daran herumzuschrauben, ihn zu hegen und zu pflegen. Besonders an den Wochenenden frönte er seiner Leidenschaft. Mum war darüber so erbost, dass sie eines Tages wütend meinte, Dad sei in diese Karre ebenso verliebt wie Lightning McQueen in seine Sally.«

»Aha.«

»Du kennst doch den Film *Cars*, oder?«

Sie nickte.

»Na ja, der alte Toyota ist zwar kein Porsche, aber den Namen hatte er weg.«

»Tolle Geschichte.« Jetzt lachte auch sie.

»Du siehst übrigens sehr hübsch aus, wenn du die Haare so trägst.«

Sie griff nach ihrem langen Zopf. »Danke.« Sie dankte Emma im Stillen, dass sie sich solche Mühe mit der Frisur gegeben hatte.

Während Jake Sally durch die Straßen der Nachbarschaft manövrierte, überlegte sie fieberhaft, über was sie mit Jake sprechen könnte. In ihrem Kopf herrschte wieder einmal gähnende Leere. Wie üblich in der Gegenwart von attraktiven jungen Männern. Schließlich drehte Jake das Radio an.

»Cool. Taylor Swift.« Nele war erleichtert, dass Jake dem Schweigen ein Ende bereitet hatte. »Das Lied finde ich klasse.«

»Mir gefällt's auch. Was magst du sonst noch für Musik?«

»Verschiedenes. Gotye und Joan Armatrading zum Beispiel«, zählte sie auf. »Coldplay, Rea Garvey und Silbermond …«

»Silbermond?« Jake sah in den Rückspiegel, setzte den Blinker und fädelte sich in den Verkehr der Torrens Street ein.

»Eine deutsche Band.«

»Kenne ich nicht.«

»Und du?«

»Hm. Warte, lass mich überlegen. Da wären die Decemberists, Queensryche, Cradle of Filth, Alice Cooper.«

Nele schüttelte den Kopf. Außer Alice Cooper waren ihr die Namen kein Begriff.

»Ach ja, Gotye mag ich übrigens auch.« Jake zwinkerte ihr zu.

Verstohlen betrachtete Nele sein Profil. Die gerade Nase, das energische, kantige Kinn unter den vollen Lippen. Und die gebogenen, dichten Wimpern über seinen schönen blauen Augen. Kein Wunder, dass alle weiblichen Wesen nach Jake Stevens verrückt waren.

»Was hältst du davon, wenn wir gleich loslegen?« Jake zog sein weißes T-Shirt über den Kopf und warf es unbekümmert in den Sand.

Nele bewunderte das Spiel seiner Muskeln unter der gebräunten Haut. »Okay.« Sie riss sich von seinem Anblick los und begann, sich ebenfalls auszuziehen. Ihre Hände zitterten, als sie ihre Kleidung ordentlich auf der Strandtasche ablegte. Schließlich stand sie in ihrem Badeanzug da. »Ich bin bereit.«

»Das Ding da würde ich lieber ablegen.« Jake deutete auf ihr silbernes Kettchen mit dem Opalanhänger.

O Gott. Ihr Glücksbringer. »Du hast recht. Danke.« Ein wenig umständlich begann sie, den Verschluss zu öffnen. Zum Glück hatte er sie daran erinnert. Es wäre schrecklich gewesen, wenn sie den Schmuck im Wasser verloren hätte.

»Soll ich dir helfen?«

»Nein, geht schon.« Sie lächelte. Unter seinem aufmerksamen Blick verstaute sie die Kette in ihrem Portemonnaie, schnappte sich ihr Brett und hielt es schützend vor die Brust. »Jetzt aber.«

Jake trat an sie heran. Ihr Herzschlag beschleunigte sich, als er die Arme ausstreckte und ihre Finger berührte. In ihrem Bauch fing es an zu kribbeln.

»Immer schön der Reihe nach.« In seinen Augen blitzte etwas auf. Er nahm ihr das Board aus den Händen.

Nele wurde knallrot.

»Beginnen wir erst einmal mit der Theorie«, schlug er vor, während er sich offensichtlich ein Grinsen nicht verkneifen konnte. »Achte darauf, dass du dein Brett niemals vor dir trägst, damit es dir bei einer kräftigen Welle nicht entgegenschlägt.« Er griff nach ihrem rechten Handgelenk, hob ihren Arm wie den einer Puppe, und schob ihr das Board unter.

»Finne nach innen, Brettnase in Gehrichtung. Und das Brett immer parallel zu dir halten. Verstanden?«

Sie nickte gehorsam. Seine Lippen. Sie sahen weich und sinnlich aus. Sicher küsste er einzigartig. Sie konnte nicht aufhören, auf seinen Mund zu starren.

»Gut.« Jake nahm sein Brett auf. Erneut taxierte er Nele. »Ein Badeanzug?«

Mit der freien Hand nestelte sie am Träger. »Warum nicht?«

Jakes Mundwinkel zuckten. »Ich hab schon lange keine Frau mehr im Badeanzug gesehen. Hier tragen alle Bikinis. Oder Wetsuits.« Er legte den Kopf schief. »Ist das ein deutsches Ding?«

»Es ist ein Nele-Ding«, schoss es aus ihr hinaus. Sie überraschte sich selbst damit. Herausfordernd reckte sie das Kinn. »Hast du ein Problem damit?«

Er lachte. »Okay. Gut gekontert.« Er machte eine Kopfbewegung. »Komm. Zeit, das Surfen zu lernen.«

Ein wenig widerstrebend folgte sie ihm. Dort, wo das Wasser am trockenen Sand des Strandes züngelte, blieb er stehen.

»Auf der Rückseite deines Boards ist eine Leine angebracht.« Nele drehte ihr Brett um. »Dieses Band befestigst du um deinen Knöchel, wenn du ins Wasser gehst. Du willst ja schließlich deinem Brett nicht hinterherjagen müssen, wenn du es verlierst. Außerdem könnte es anderen Surfern zum Verhängnis werden, wenn es unkontrolliert durch das Wasser schießt.«

»Warum hast du keins?«

»Ich surfe lieber ohne. Für Anfänger ist es einfach eine Frage der Sicherheit.«

»Verstehe.« Etwas hilflos sah sie ihn an. »Soll ich es gleich festmachen?«

»Nein. Wir machen erst ein paar Trockenübungen, bevor wir uns in die Fluten stürzen.« Er legte sein Brett in den Sand.

Trockenübungen? Na prima. Verstohlen sah sie sich um. Ein paar Jugendliche lagerten einige Meter entfernt im Schatten hoher Weidenakazien. Der Wind trug den Klang von Musik und gelegentliches helles Gelächter herüber. Nele hoffte, dass sie nicht in die Victor Harbor High gingen, sonst wüsste am Montag die ganze Schule über ihre sicher peinlichen Surfversuche Bescheid.

»Leg dich hin.«

»Was?«

»Leg dich hin«, wiederholte Jake geduldig. »Direkt auf dein Board.«

»Okay.« Er kniete sich dicht neben sie, als sie lag. Sie konnte die Hitze förmlich spüren, die von seinem Körper ausstrahlte.

»Wichtig ist, dass du beim Paddeln möglichst viel Antrieb bekommst«, meinte Jake, nachdem er ihr die optimale Position auf dem Brett erklärt hatte. »Arbeite mit Armen und Händen, kräftige Kraulbewegungen ...« Er zeigte es ihr. »Wir werden das gleich im Wasser üben.« Kritisch musterte er ihre Anstrengungen. »Jetzt lass uns mal das Aufstehen probieren. Streck die Arme aus, drück dich hoch, dann ziehst du die Knie an dich ran und springst auf die Füße.«

Es sah so leicht aus, als er es vormachte. Sie war sich ihrer glühenden Wangen bewusst, während sie seinen Anweisungen folgte. Es strengte sie ziemlich an. Am liebsten wäre sie vor Scham in irgendein tiefes Loch versunken.

»Nicht aufrecht stehen, bleib ein bisschen gekrümmt«, riet Jake. »Versuche, dein Gewicht zur Mitte des Bretts hin zu verlagern.« Er legte seine Fingerspitzen an ihre Taille.

Mit leichtem Druck zog er sie sanft nach vorn. Dort, wo er sie durch den dünnen Stoff ihres Badeanzugs berührte, fühlte sie das Blut unter ihrer Haut pulsieren. Ihr schwindelte. Kam das von der Sonneneinstrahlung oder dem zarten Griff seiner Hände?

»Genauso, prima!«

Nachdem sie die Übung ein paar Mal ausgeführt hatte, blieb Nele mit hämmerndem Herzen auf ihrem Board sitzen. Sie kam sich wie ein zwölfjähriges Mädchen vor, ungelenk und ungeschickt, das vor den Augen ihres Schwarms bestehen musste. »War's das?« Ihre Stimme klang ein bisschen dünn.

Jake, der sehr entspannt aussah, strich sich grinsend eine dunkle Locke aus der Stirn. »Jetzt verlegen wir unsere Übungsstunde ins kühle Nass. Komm, lass dich nicht hängen.«

Er hatte leicht reden. Nele stöhnte innerlich auf, während sie sich aufrappelte. »Sag mal, gibt es hier eigentlich Haie?«

Jake drehte sich nach ihr um. Seine blauen Augen funkelten im Sonnenlicht. »Jede Menge. Sie sind besonders wild auf deutsche Austauschschülerinnen.« Er presste die Lippen aufeinander, um sich das Lachen zu verkneifen.

»Sehr witzig.« Er sah einfach göttlich aus, wie er so halb nackt vor ihr stand, goldene Reflexe auf seinem lässig verwuschelten Haar und dieses unwiderstehliche Grinsen im Gesicht. In diesem Augenblick wünschte sie sich, sie würde ihm nicht nach Atem ringend in ihrem gestreiften Badeanzug gegenüberstehen. Vielleicht hätte sie doch auf Emma hören sollen. Dann würde ihr Anblick in einem aufregenden, sexy Bikini *seinen* Herzschlag jetzt höherschnellen lassen.

Jake legte die Bretter nebeneinander in den Sand. Er hob das bunte Handtuch auf, schüttelte es aus und legte es

Nele fürsorglich um die Schultern. Sanft rubbelte er ihr über den Rücken. »Wow, du zitterst ja wie Espenlaub.«

Nele nickte zähneklappernd. Trotz der Wärme fror sie. Von ihrem langen Zopf tropfte das Wasser. Sie zog das Handtuch enger um den Körper. »Danke.«

»Geht es wieder?«

Sie lächelte. »Ich hätte nicht gedacht, dass es so anstrengend sein würde.« Allein das Paddeln hatte sie eine Menge Kraft gekostet. Jake hatte sie ständig ermahnen müssen, die Beine nicht links und rechts vom Board hängen zu lassen, was sie nur allzu gern tat, um die Balance zu halten. Die meiste Zeit hatte sie im Wasser viel zu weit hinten auf ihrem Brett gehangen. Mit der Boardnase steil nach oben, hatte Nele kaum eine Chance gehabt, eine Welle zu erwischen. Als es endlich geklappt hatte, scheiterten ihre Versuche, sich aufzurichten. Sie konnte die vielen Male, die sie vom wackelnden Brett abgerutscht und ins Wasser gefallen war, gar nicht zählen. Sie hatte das Gefühl, den halben Ozean geschluckt zu haben. Ihre Oberarmmuskeln schmerzten, ihre Augen brannten vom Salzwasser. Bestimmt sah sie aus wie ein abgekämpftes, rotäugiges Kaninchen ...

»Das nächste Mal klappt's bestimmt besser.« Jake gab ihr einen freundschaftlichen Knuff, bevor er sich auf sein Handtuch fallen ließ.

»Das nächste Mal?« Sie war kein hoffnungsloser Fall für ihn?

»Gibst du etwa auf?«

Nele konnte kaum den Blick von ihm wenden. Auf seiner bronzefarbenen Haut glitzerten unzählige Wassertröpfchen. Aufgeben? Niemals. Für ihn würde sie alles lernen. Surfen, tauchen, Fallschirm springen, fliegen, Wildschweine dressieren ... Sie lachte. »Nein.« Ihr Ehrgeiz war geweckt.

»Cool.« Er nickte.

Ihr Herz klopfte ungestüm, als sie sich in ihr Handtuch eingehüllt neben ihm niederließ. Sie war sich seiner Gegenwart überdeutlich bewusst. Seine Nähe erzeugte ein Kribbeln, das sie bis in ihre kleine Fußzehe spürte. Während Jake einigen Jugendlichen nachblickte, die sich mit ihren Brettern unbekümmert in die Brandung warfen, musterte sie ihn verstohlen. Sie registrierte das Muskelspiel in seinem Arm, als er sich eine widerspenstige Haarsträhne aus der Stirn strich. Ihr fielen die kurz geschnittenen, gepflegten Nägel an seinen Händen auf. So anders als die von Chris Hunt. Wie es sich wohl anfühlte, von diesen Fingern gestreichelt zu werden?

Sie spann den Gedanken weiter, schlang ihre Arme um die Knie und vergrub ihre Zehen im warmen, weichen Sand. Was für eine verführerische Vorstellung, sich von Jake verwöhnen zu lassen ... Erneut schielte sie in seine Richtung. Er drehte den Kopf, und sie senkte rasch die Lider, fegte ein paar Sandkörnchen von ihrer Wade.

Jake rückte näher. Behutsam legte er ihren Zopf nach hinten. Sie zuckte unter der zärtlichen Berührung leicht zusammen.

»Alles okay?« Seine Stimme klang wie Samt.
Sie blickte ihn an und vergaß zu atmen. Das Handtuch glitt von ihren Schultern. Ihr Herz pochte wild und stürmisch. Sie schloss die Augen und ...

... etwas Hartes, Kratziges traf sie am Rücken. Vor Schreck keuchte sie auf.

»'Tschuldigung!« Eine Rothaarige in einem pinkfarbenen Top, endlosen Beinen in weißen Minishorts und einem Federballschläger in der Hand, schenkte Nele ein bedauerndes Zahnpastalächeln. Sie bückte sich, um den Ball aufzuheben. »Kommt nicht wieder vor.« Interessiert warf sie einen Seitenblick auf Jake. »Ich habe Ashley gleich gesagt, es wäre viel zu windig, um Federball zu spielen.« Sie lachte Jake offen an.

Er gab das Lächeln zurück. Nele fühlte einen leisen Stich. Die Welt war voll mit attraktiven jungen Frauen wie dieser. Wieso sollte Jake sich für Nele Behrmann in ihrem gestreiften Badeanzug interessieren? Frust breitete sich aus, als sie dem Rotschopf hinterherblickte.

»Bist du in Ordnung?«

Nele riss sich vom Anblick der Fremden los. »Klar. Ist ja nichts passiert«, erwiderte sie lässig. Doch, es war etwas geschehen. Jake Stevens hatte ihr den Kopf verdreht. Sie war verrückt nach ihm. Und wer weiß? Vielleicht hätte er sie sogar geküsst, wenn dieses Mädchen nicht aufgetaucht wäre. Vielleicht. Sie sprang auf und schnappte sich ihre Strandtasche. »Ich sollte aus meinen nassen Sachen raus.«

Jake beschattete seine Augen, als er zu ihr aufsah. »Klar. Da drüben, hinter dem Busch.«

Nele drehte sich um. »Dort?«

Seine Mundwinkel verzogen sich zu einem frechen Grinsen. »Siehst du das flache Gebäude oben neben den Parkplätzen? Das sind öffentliche Toiletten, dort kannst du dich umziehen.«

Das klang schon besser. Allerdings waren das gute zweihundert Meter, die sie durch den heißen Sand stapfen musste.

»Keine Sorge, ich werde hier auf dich warten«, sagte er noch immer schmunzelnd, als ahnte er, was in ihr vorging.

Ob sie überhaupt wusste, wie süß sie war? Über seine Schulter hinweg beobachtete er, wie Nele hinter einer Düne verschwand. Süß – und verdammt sexy. Der blauweiß gestreifte Badeanzug betonte ihre schlanke Figur an genau den richtigen Stellen. Wassertropfen hatten wie kostbarer Schmuck auf ihrem Dekolleté und den Schultern gefunkelt. Am liebsten hätte er sie mit seinen Lippen von ihrer Haut geküsst. Jake spürte Hitze aufsteigen. Sein Pulsschlag beschleunigte sich. Er schob eine Haarlocke, die ihm der Wind in die Stirn wehte, nach hinten. Verflucht. Er bebte vor Begehren. Dieses Mädchen war einfach unglaublich. Scheu, zurückhaltend und unsicher in einem Moment, witzig und schlagfertig im nächsten. Es war diese prickelnde Mischung, die ihn fast wahnsinnig machte. Manchmal sah er in ihren Augen dieses Glitzern, das wie ein Versprechen lockte. Wenn die Rothaarige eben nicht aufgetaucht wäre, hätte er Nele geküsst. Seine Zunge würde ihre warme, feuchte Mundhöhle erforschen, seine Hände über ihre sonnenheiße Haut streicheln.

Jake stöhnte innerlich auf. Er sehnte sich danach, sie zu küssen. Sie zu spüren, zu halten und ihren wunderbaren Körper zu erkunden. Ob sie genauso empfand? Er hätte schwören können, dass er in ihren bernsteinfarbenen Augen Verlangen aufblitzen gesehen hatte, und wenn es nur für den Bruchteil einer Sekunde gewesen war. O Mann, sie verwirrte ihn. Sie war anders als die jungen Frauen, die er kannte. Anders als Sandy, die für ihn ein offenes Buch darstellte. Die immer bereit gewesen war, ihm zu geben, wann und was er wollte. Nele jedoch forderte sein Ego heraus, seinen Kampfgeist. Er wollte sie unbedingt. Ob es ihm gelingen würde, sie herumzukriegen? Leise aufstöhnend ließ er sich zurück auf sein Handtuch sinken, legte den rechten Unterarm über die Stirn und schloss die Augen. Während er in der Sonne lag und die leichte Brise vom Meer kühlend über seine erhitzte Haut strich, träumte er von Nele.

Ein fieser, kleiner Schmerz riss ihn aus seinen Fantasien. Mit einem Ruck schoss er hoch und schlug mit der Handfläche auf seinen Nacken. »Bloody Mozzies!« Er hob den Kopf, entdeckte Nele, die auf ihn zugelaufen kam. Sie hatte sich umgezogen und die Haare gekämmt. Wie Seide schimmerten sie im Sonnenlicht. Sie sah zum Anbeißen aus. »Moskitos«, erklärte er grinsend, als sie sich neben ihn setzte. »Man könnte grad meinen, wir befänden uns im verdammten Outback.«

Sie sagte nichts. Starrte ihn nur mit diesen faszinierenden goldenen Augen an.

»Ist dir nicht aufgefallen, dass wir Australier Weltmeister darin sind, sämtliche Wörter zu verstümmeln?«

Um ihre Mundwinkel huschte ein Lächeln. »Doch. Aber ʻMozziesʼ habe ich bislang noch nicht gehört. Ich sollte mir vielleicht ein Wörterbuch anlegen.«

Sie lachten beide. Da war es wieder, dieses Glitzern in ihrem Blick … Das Blut rauschte in seinen Ohren. Oder war es die Brandung? »Nele.« Er räusperte sich.

Die Pupillen in ihren Augen weiteten sich. Unter der zarten Haut an ihrem Hals pochte eine Ader. Jake fühlte flammendes Begehren aufsteigen. Er musste sie haben. Nur noch wenige Zentimeter trennten seinen Mund von ihren Lippen. Ihre Lider flatterten, und für den Bruchteil einer Sekunde schloss auch Jake seine Augen.

»Hey Bloke! Dich hab ich ja eine Ewigkeit nicht gesehen!«

Mit einem Satz fuhren Jake und Nele auseinander. Vor ihnen stand ein Bär von einem Kerl, eine Dose Toohey's in der Hand haltend. Grinsend offenbarte er eine mächtige Zahnlücke. Dylan. Ein alter Kumpel von damals. Verdammt. Ausgerechnet der. Ausgerechnet jetzt!

Frustriert fuhr Jake sich mit den Fingern durchs Haar. »Wie geht's, Mann?«

Dylans Blick glitt zu Nele. Sie rückte ein wenig von Jake ab. Er konnte sehen, dass es ihr unangenehm war, derart unverblümt angestiert zu werden.

»Wann haben wir uns das letzte Mal gesehen?« Dylan kratzte sich unfein an seiner Kehrseite. »Ich glaube, es war, als du und …«

»Ist doch egal«, unterbrach Jake harsch. »Lass die alten Geschichten. Ich hab nichts mehr damit zu tun.«

Nele warf ihm einen irritierten Blick zu.

»Wow, nur keine Aufregung.« In einer defensiven Geste hob Dylan beide Hände.

»Ich will nichts mehr davon hören«, wiederholte Jake grimmig.

Dylan schnalzte mit der Zunge. »Verstehe.« Seine Mundwinkel hoben sich zu einem schlüpfrigen Grinsen. Mit einem Zwinkern trat er auf Nele zu. »Du willst Eindruck schinden.«

»Unsinn.« Jake sprang auf, schob sich vor Nele. Er und Dylan taxierten einander.

»Alles klar«, meinte Dylan schließlich. »Bist nicht in Plauderlaune. Ich verzieh mich.«

Jake atmete auf.

»Ach ja«, Dylan wandte sich noch einmal um. »Soll ich den anderen einen Gruß von dir bestellen? Um der alten Zeiten willen?« Er lachte dreckig auf.

In Jake kochte Wut hoch. Und der unbändige Drang, seine Fäuste sprechen zu lassen. Am liebsten würde er dem Kerl eine verpassen. Hier und jetzt. Aber nicht vor Nele. Er musste sich zusammenreißen, um nicht derb zu fluchen. »Verzieh dich!«

Dylan bedachte Nele mit einem letzten lüsternen Blick. »Top Sheila, Stevens«, murmelte er und lachte erneut auf, bevor er verschwand. Sein unverschämtes Lachen klang Jake noch lange in den Ohren nach.

Nele umschlang ihre Knie mit den Armen. Sie hatte sich den Tag mit Jake romantischer vorgestellt.

»Es tut mir leid.« Jake ließ sich mit grimmiger Miene neben ihr nieder. »Der Typ ist unmöglich. Er hat kein Benehmen.«

»Ihr wart mal befreundet?«

»Ja.« Es klang hart. »Früher, ist lange her.« Einen kurzen Moment schien es, als wollte er weitersprechen, dann presste er jedoch die Lippen aufeinander und schwieg.

Die Muskeln in seinem Kiefer arbeiteten. Ziemlich wütend hatte er ausgesehen, als dieser Dylan die alten Zeiten erwähnt hatte. Jakes Augen, deren Blau sich plötzlich dunkel wie Tinte verfärbt hatte, funkelten noch immer zornig. Nele kam plötzlich die schreckliche Szene am Strand in den Sinn, wo diese Gang sie bedroht hatte. War dieser Dylan vielleicht einer von ihnen? Sie konnte sich nicht erinnern. Die Art, wie er sie angesehen hatte, jagte ihr eisige Schauder über den Rücken. Während sie sich bemühte, die unangenehmen Gedanken abzuschütteln, richtete sie ihren Blick auf das Meer. Sie wünschte, Jake würde wieder versuchen, sie zu küssen. Dylans Auftritt hatte den Zauber des Augenblicks jedoch unwiderruflich zerstört.

Es war zum Verrücktwerden. Jedes Mal, wenn sie dachte, es würde passieren, funkte ihnen jemand dazwischen. Sie beobachtete ein Boot, das weit draußen wie ein Spielzeugschiffchen auf den schaukelnden Wellen hin und her tanzte.

»Ich hoffe, du denkst nicht, alle Kerle in Australien wären so ungehobelt. Dylan ist einfach ein fruit loop.«

Nele überließ das entfernte Boot seinem Schicksal. »Ein was?«

»Ein Depp, ein Idiot.« Jake lächelte schief.

Sie empfand fast so etwas wie Mitleid mit ihm. »Nein, das denke ich gewiss nicht. Bei uns in Deutschland gibt es auch solche Exemplare. Ich schätze, die sind universell.«

Eine kleine Pause entstand. Mit einem Mal schien es still geworden zu sein am Strand. Die Gruppe der jungen Leute hatte ihren Schattenplatz unter den Bäumen längst verlassen, und die Surfer, die sich vor wenigen Minuten lautstark mit ihren Boards ins Wasser gestürzt hatten, waren weitergezogen. Wahrscheinlich bevorzugten sie ein raueres

Revier mit einer stärkeren Brandung, als ihnen in Victor Harbor geboten wurde. Nele strich gedankenverloren über ihre Arme, als sie plötzlich ein leichtes Kribbeln und Spannen der Haut bemerkte. Mist! In der Aufregung hatte sie doch glatt vergessen, Sonnencreme aufzutragen. Bestimmt würde sie morgen in einem hübschen Hummerrot leuchten.

»Ich sollte nach Hause«, sagte sie zu Jake. »Die Sonne …«

Jakes Blick glitt über ihren Körper. »Kein Problem. Ich bringe dich heim.« Er sprang auf, bot ihr die Hand.

Nele griff danach und er hielt ihre Finger fest in seinen.

»Du solltest dir zu Hause Aloe vera oder so etwas draufschmieren. Hilft mir immer, wenn ich zu viel Sonne abbekommen habe.«

Sie sahen einander in die Augen. Ihre Handfläche fing an zu schwitzen. Sie räusperte sich, löste sich von Jake. »Danke für den Surfunterricht.«

»No worries.« Seine blauen Augen blitzten.

Sie hatte das Gefühl, dass er noch etwas sagen wollte, aber dann wandte er sich ab und bückte sich nach seinem Handtuch.

»Wo bist du gewesen?« Tara stand barfuß im Flur gegen die holzgetäfelte Wand gelehnt und lutschte an einem giftgrünen Wassereis.

»Was machst du hier? Wolltest du nicht mit Allison zum Shoppen nach Adelaide?« Etwas überrumpelt hängte Nele die Strandtasche an einen Garderobenhaken.

»Nette Begrüßung.« Purer Sarkasmus sprach aus Taras Worten. »Willst du das nasse Handtuch etwa da drin verschimmeln lassen?« Mit ihrem Eis deutete sie auf die Tasche.

Sie seufzte innerlich, aber sie zog das Frotteetuch heraus und hängte es sich um eine Schulter.

»Ally hat ihre Tage bekommen«, fuhr Tara fort. »Ihr ging's nicht gut, und wir haben den frühen Bus nach Hause genommen.«

Nele hatte nicht damit gerechnet, Tara anzutreffen. Sie ging ihr wirklich momentan furchtbar auf die Nerven. »Hm, dumm gelaufen.« Sie ließ ihre Gastschwester stehen und strebte den Flur hinunter zum Bad.

Tara folgte ihr und blieb im Türrahmen stehen. Sie sah zu, wie sie sich das Gummi von ihrem Zopf streifte und die feuchten Haare ausschüttelte.

»Du siehst anders aus.« Eis tropfte auf Taras weißes T-Shirt und färbte es grüngelb. Nele sah es im Spiegel. »Shit.« Verärgert wischte sie mit dem Daumen über den klebrigen Fleck. »Wer hat sie dir geflochten?«

»Emma.« Nele fing an, sich auszuziehen. Sie wünschte, Tara würde endlich verschwinden. Sie hatten sich zwar schon ein paar Mal splitterfasernackt gesehen, doch im Augenblick war es ihr unangenehm, dass die Gastschwester so unverblümt starrte. »Tara, würde es dir etwas ausmachen …?«

»Warst du mit Emma am Strand?«

Nele ließ ihre Klamotten als Häufchen auf dem Boden liegen, zog den Duschvorhang beiseite und hüpfte in die Kabine. Ihr war bewusst, dass Tara sie scharf beobachtete. Schwungvoll zog sie den Vorhang zu und drehte das Wasser auf. »Ob ich am Strand war, meinst du?« Sie verstand Taras Frage bewusst falsch, denn sie verspürte keinerlei Lust, mit ihr über Jake zu sprechen.

»Mit Bonnie?« Tara ließ nicht locker.

Sie stellte sich unter den lauwarmen Strahl, genoss das Prickeln auf der Kopfhaut und griff nach dem Apfeldufts-hampoo. *Verschwinde doch bitte. Lass mich allein.* Sie hatte nichts zu verbergen, sie hatte nichts Verbotenes getan. Trotzdem plagte sie das schlechte Gewissen. Warum? Wahrscheinlich, weil sie tief im Inneren wusste, dass Tara sauer werden würde, wenn sie erfuhr, dass sie mit Jake surfen gewesen war.

Während sie mit kreisenden Bewegungen das Shampoo einmassierte, hörte sie die Tür zuschlagen. Tara hatte das Bad verlassen. Nele war sicher, dass die Gastschwester keine Ruhe geben würde, ehe sie erfuhr, mit wem sie den Tag verbracht hatte. Wenn Tara etwas wissen wollte, würde sie alles daran setzen, diese Information zu bekommen.

Als Nele geduscht und in frischen Klamotten in der Küche auftauchte, schälte Tara am Küchentisch eine Orange. Der Raum war erfüllt von dem frischen, süßsauren, herben Duft.

Sie hob Nele einen Schnitz entgegen. »Möchtest du auch?«

»Danke, nein.« Nele öffnete den Kühlschrank, um den Krug mit der Zitronenlimonade herauszuholen, schnappte sich ein Glas vom Regal und goss etwas von der quittengelben Flüssigkeit ein. Sie nahm einen großen Schluck. Wie sie Shirleys selbst gemachte Limonade liebte. Das war definitiv eines der Dinge, die sie vermissen würde, wenn sie wieder nach Hause flog. »Hast du etwas in Adelaide gekauft?«

»Du warst surfen, oder?« Diesmal ignorierte Tara ihre Frage.

Nele setzte das Glas auf der Anrichte ab. »Wieso?«

Tara deutete auf ihr Handgelenk. »Die roten Streifen.«

Sie betrachtete ihren Arm. Das Band hatte ihr ein paar Mal ins Fleisch geschnitten. Tara besaß Augen wie ein Luchs. Und eine messerscharfe Kombinationsgabe. Sie würde eine gute Detektivin abgeben.

Nele fühlte ein hysterisches Kichern aufsteigen. Es war fast wie bei einem Verhör. Mit einem Aufseufzen ließ sie sich auf einen Stuhl fallen. »Du hast recht«, gab sie zu. »Ich war surfen.« Schließlich war es ja nicht verboten, surfen zu gehen, oder?

»Mit …«

»Jake«, vervollständigte Nele ihren Satz.

Taras Mund klappte zu. Mit zusammengepressten Lippen begann sie, die Orangenschale zu zerpflücken.

»Du wusstest, dass er mich um eine Verabredung gebeten hatte.«

»Aber surfen! Mit diesem ... Ehrlich, Nele.«

»Wieso nicht? Schließlich bist du doch auch mit ihm zum Strand gegangen und ihr seid ...«, sie suchte nach einem passenden Wort, »befreundet.«

Taras Augen verengten sich. »Befreundet waren wir einmal. Ich kenne ihn. Von früher.«

»Das sagtest du schon einmal.«

»Ebenso wie ich dir gesagt habe, dass er ein Charmeur und Frauenheld ist.«

Nele starrte auf die Plastiktischdecke. Mit dem Zeigefinger zeichnete sie das hellgrüne Blumenmuster nach. Sie hob den Kopf und sah Tara direkt in die Augen. »Deshalb soll ich mit ihm nicht ausgehen?«

Tara hob bedeutungsvoll eine dunkle Augenbraue.

»Er hat mir angeboten, mir das Surfen beizubringen. Er ist freundlich und höflich. Ich bin gern mit ihm zusammen. Das ist alles.«

»Ich will nicht, dass du verletzt wirst«, beharrte Tara.

»Erzähl mir was Neues.« Nele leerte ihr Glas, schob den Stuhl zurück und stand auf.

»Nele.« Tara sah sie eindringlich an. »Hast du etwa vergessen, dass er sagte, dass du ihn an seine ...«

»... Cousine erinnerst?«, ergänzte Nele kalt. »Ich weiß.« Wie eine Cousine hatte er sie aber nicht behandelt. Sie erinnerte sich sehr gut an die prickelnden Momente, in denen es zum Beinahe-Kuss gekommen wäre. Es hatte eindeutig zwischen ihnen geknistert. Funken hatten gesprüht. »Lass mich einfach in Ruhe, Tara. Ich weiß schon, was ich tue.« Ihr war klar, dass sie unfreundlich klang. Aber Tara machte sie wütend. Warum musste sie sich immer einmischen?

»Wie du meinst.« Tara reckte das Kinn. Ihre langen Fingernägel trommelten auf den Tisch. »Aber komm dich hinterher nicht bei mir ausheulen. Ich habe dich gewarnt.«

»Keine Sorge.«

Sie taxierten einander. Die unausgesprochene Frage schwebte in der Luft.

»Ich weiß, was du wissen willst, Tara. Keine Ahnung, ob wir uns noch einmal treffen. Vielleicht. Vielleicht aber auch nicht.« Nele ging zur Spüle. Sie stellte ihr Glas ab und war nicht überrascht, dass ihr plötzlich Kälte den Rücken emporkroch. Sie reckte ebenfalls das Kinn. Tara konnte sie mal gernhaben. Hoch erhobenen Kopfes verließ sie die Küche.

Kapitel 13
Tage der Sehnsucht

Frustriert stützte Nele den Kopf in die Hände. Warum hatte sie sich nur freiwillig gemeldet? Sie liebte es, Gedichte auswendig zu lernen und vorzutragen, aber in Englisch?

Sie schloss die Lider, blendete die Nebengeräusche der anderen in der kleinen Bibliothek aus und konzentrierte sich. *Oh happy wind, thou that in her warm hair mayst rest and play. Could I but ...* Sie brach ab. Klassischer Fall von Selbstüberschätzung, dachte sie ernüchtert. Sie war so high von dem Tag am Strand mit Jake gewesen, dass sie, ganz entgegen ihrer Gewohnheit, sich in der Literaturstunde bereit erklärt hatte, ein Gedicht für den nächsten Tag vorzubereiten. Eine Hand legte sich auf ihre Schulter. Sie hob den Blick von ihrem Buch.

Chris sah grinsend auf sie herab. »Was zum Teufel hast du vor?«

Nele zog eine Grimasse. »Christopher Brennan. Ich muss das Gedicht auswendig lernen.«

»Wer in aller Welt ist Christopher Brennan?«

»Du kennst einen eurer bedeutendsten Dichter nicht?«

»Mit Dichten hatte ich noch nie was am Hut. Bist wohl in Miss Larkins Poesie Kurs, was?«

»Ich schreibe auch selbst.« Warum erzählte sie ihm das?

Chris zog sich einen Stuhl heran. »Hör zu, ich wollte ...«

»Pst!« Zwei Schüler, die schräg gegenüber auf ihren Laptops herumhämmerten, warfen ihnen erboste Blicke zu.

Chris rollte mit den Augen. »Elende Streber.« Mit dem Kinn deutete er auf Neles Unterlagen. »Brauchst du noch lange? Die Sonne scheint, und wir könnten es uns irgendwo draußen gemütlich machen.«

»Ich weiß nicht.« Hinter Neles Stirn arbeitete es fieberhaft. Was wollte Chris von ihr? War es klug, sich mit ihm sehen zu lassen?

»Komm schon. Das Wetter ist viel zu schön, um sich hier drin zu verkriechen. Außerdem will ich dich etwas fragen.«

»Na gut.« Zögerlich klappte Nele ihr Buch zu.

Sie folgte Chris durch die lichtdurchfluteten Flure des Campus. Sie hegte ihm gegenüber gemischte Gefühle. Einerseits freute sie sich, ihn wiederzusehen. Andererseits wollte sie auch nicht, dass Jake sie mit ihm ertappte und falsche Schlüsse daraus zog.

Die Sonne brannte vom wolkenlosen Himmel. Der Sommer schien sich standhaft zu weigern, Abschied zu nehmen.

»Wie wär's dort drüben?« Nele deutete auf eine Bank unter einem ausladenden Blaugummibaum, der über und über mit cremefarbenen Blüten übersät war. Wie befürchtet hatte sie von ihrem Ausflug am Strand einen deftigen Sonnenbrand davongetragen. Die Haut fing an, sich in kleinen Fetzen zu lösen. Gut, dass ihre Mutter das nicht sah. Sie hatte Nele vor dem Abflug eindringlich vor der starken Sonneneinstrahlung auf dem roten Kontinent gewarnt.

»Du bist ziemlich braun geworden. Steht dir gut«, meinte Chris, als sie nebeneinander auf der Bank Platz genommen hatten.

Rotbraun träfe es wohl eher. »Danke.« Ganz cool bleiben, Nele. Sie räusperte sich. Seine Gegenwart machte sie nervös. Wenn es Jake nicht gäbe – nein, mit einer imaginären Handbewegung fegte sie diesen Gedanken beiseite. »Was war es, was du mich fragen wolltest?«

Chris lehnte sich lässig zurück, streckte seine langen Beine aus, die heute in kurzen Sweathosen steckten. Seine muskulösen Waden waren dunkel behaart. »Ich möchte mit dir ausgehen.«

Er wollte was? Nele brauchte ein bisschen Zeit, um sich eine Antwort zurechtzulegen.

Plötzlich stand Sandy vor ihr, eine Freundin im Schlepptau. Es war die Rothaarige, die sie bei der Probe für das Musical bereits gesehen hatte. Feindselig fixierten sie Nele.

»Bild dir nur nichts ein, bloß weil er mit dir surfen war«, zischte Sandy. »Hast du etwa gedacht, du könntest Jake mit deinem Bauerncharme bezirzen?« Sie stieß ein kleines fieses Lachen aus. »Jake steht nicht auf kleine Mädels in gestreiften Badeanzügen.«

Nele lief rot an. Woher wusste Sandy das schon wieder? Siedend heiß fielen ihr die jungen Leute ein, die sie und Jake die ganze Zeit am Strand beobachtet hatten. Bestimmt war eine unter ihnen mit Sandy befreundet und hatte ihr brühwarm von der Verabredung erzählt.

»Wahrscheinlich hat ihn lediglich Mitleid dazu getrieben, sich mit dir abzugeben«, stänkerte Sandy weiter. »Jake ist eben einfach zu nett.«

Ihre Freundin grinste dümmlich.

Jetzt reichte es. Nele musterte die beiden kalt. »Du hast recht«, gab sie zurück. »Jake ist nett.« Sie lächelte zuckersüß. »Deshalb hat er dir bisher auch nicht gestanden, wie sehr du ihn mit deiner Anhänglichkeit nervst.«

Sandy sog scharf die Luft ein. Tödliche Stille folgte. Dem Rotschopf fielen fast die Augen aus dem Kopf. Auch Chris verharrte regungslos. Nele hatte sich weit aus dem Fenster gelehnt, aber Sandy hatte sie furchtbar provoziert. Und das nicht zum ersten Mal.

Sandy befeuchtete ihre Lippen. »Du elendes Miststück. Was glaubst du eigentlich, wer du bist?« Sie spie die Worte aus. Ihre Brust hob und senkte sich unter dem blütenweißen Poloshirt, während sie zitternd ausatmete. »Du ...«

»Komm.« Ihre Freundin zog sie am Ärmel. »Die ist es doch nicht wert, dass du dich aufregst. Lass uns abhauen.«

Ungehalten schüttelte Sandy ihre Hand ab. Eiskalt musterte sie Nele. »Weißt du was, Behrmann? Leck mich. Leck mich einfach.« Mit diesen Worten drehte sie sich um und stürmte davon. Ihre Freundin hatte Mühe, Schritt zu halten.

»Cool! Der hast du's gegeben.« Chris blickte den beiden nach. »Ich hab nicht geahnt, dass du so schlagfertig sein kannst.« Vor Vergnügen breit grinsend schlug er sich auf den Schenkel. »Wie du die Alte fertiggemacht hast. Respekt!«

Neles Herz klopfte ungestüm gegen ihre Rippen. Erst allmählich dämmerte es ihr, dass sie Sandy soeben den Krieg erklärt hatte. Das würde sie nicht auf sich sitzen lassen. Sie seufzte leise. Außerdem war da noch Chris. Der noch immer auf ihre Antwort wartete. »Wegen deiner Frage von vorhin«, begann sie zögerlich. »Es ist im Moment vielleicht keine gute Idee, miteinander auszugehen.«

»Weil ...?« Sein heiteres Grinsen erlosch abrupt.

»Ich bin gerade ... da gibt es ...« Oh, verdammt, was sollte sie ihm sagen? Sie war sich ja selbst nicht sicher, ob aus Jake und ihr etwas werden würde. Sie wollte sich jedoch diese Chance, und sei sie noch so klein, nicht vermasseln.

»Es ist wegen Stevens, richtig?« Es war mehr eine Feststellung als eine Frage. Chris' Stimme war merklich abgekühlt.

Nele fummelte am Daumennagel.

Abrupt stand er auf. »Schon klar.« Er rammte seine Hände in die Gesäßtaschen seiner Jeans.

Unter halb gesenkten Lidern sah sie zu ihm auf. »Es tut mir leid.«

»No worries«, entgegnete er achselzuckend. Er drehte sich nicht mehr nach ihr um, als er ging.

»Hey, genau die Frau, die wir suchen!«

Nele hob den Kopf und sah Emma und Bonnie auf sich zukommen. Sie winkte ihnen. Nach der unerfreulichen Begegnung mit Sandy und dem seltsamen Gespräch mit Chris war ihr die nette Gesellschaft der Freundinnen mehr als willkommen.

Bonnie ließ sich neben ihr auf die Bank fallen. »Hi Nele.«

»Rutscht mal«, forderte Emma. »Schön, dass wir dich treffen.« Sie grinste vielsagend. »Bonnie und ich sind ganz wild darauf zu erfahren, wie dein Date am Samstag abgelaufen ist.«

»Ich wollte es euch ja erzählen«, verteidigte sich Nele. »Aber du hast nicht zurückgerufen, und bei Bonnie hat niemand abgenommen.«

»Stimmt.« Bonnie verzog den Mund. »Wir haben meine Patentante Andrea in Mount Gambier besucht. Stinklangweilig.« Sie gähnte herzhaft.

»Ich war am Sonntag nach dem Kirchenkonzert noch beim Basar«, erklärte Emma. »Aber jetzt sag schon, wie war's?«

»Weißt du, ich beneide dich«, meinte Emma, als Nele geendet hatte. »Jake ist ein so süßer Typ. Welche Frau würde sich nicht alle zehn Finger nach ihm lecken?«

»Sehe ich genauso. Alle sind hinter ihm her, wirklich alle!« Als Bonnie ihren Gesichtsausdruck bemerkte, lachte sie auf. »Nein, keine Sorge, ich nicht. Mir hat die Sache mit Josh gereicht. Ich habe erst mal die Nase voll von den Kerlen.«

Bonnie knabberte noch immer an der Trennung von Josh Levett. Die einjährige Beziehung war kurz vor ihrer

Ankunft in Australien zerbrochen, als Josh Bonnie offenbarte, dass er sich in eine andere verliebt hatte. Für Bonnie war eine Welt zusammengebrochen.

Auch wenn sie behauptete, über die Sache hinweg zu sein, konnte Nele die versteckte Trauer in ihren braunen Augen hin und wieder aufblitzen sehen.

Einem Impuls folgend, griff sie nach Bonnies Hand und drückte sie sanft. Bonnie antwortete ihr mit einem kleinen Lächeln.

Ein jäher Windstoß fuhr durch das Laub der Bäume und ließ die Blätter rauschen. Zusammengeknülltes Butterbrotpapier trieb den Kiesweg entlang und scheuchte ein paar Krähen auf, die sich mit lautem Krächzen in den Himmel erhoben.

Nele seufzte. »Hoffentlich höre ich wieder von Jake.«

»Du darfst ihm auf keinen Fall nachlaufen«, mahnte Emma. »Du musst ihn zappeln lassen. Zeig ihm bloß nicht, wie sehr du an ihm interessiert bist. Dann wird er dir aus der Hand fressen.«

»Das habe ich doch schon mal irgendwo gehört«, murmelte Nele. »Hoffentlich hast du recht, Em.«

»Aber klar.« Emma knuffte Nele freundschaftlich in die Seite. »Wart's nur ab. Bald wird er dich anrufen und um ein neues Date bitten.«

Trotz Emmas aufmunternder Worte hallten Sandys abfällige Bemerkungen noch lange in ihrem Kopf nach. Vielleicht hatte Sandy die Wahrheit gesprochen, und Jake war einfach nur nett gewesen. Vielleicht wollte er lediglich ein wenig Spaß mit ihr haben. Während sie an der Essensausgabe in der Kantine wartete, wurde sie unsanft von hinten angerempelt.

»Oh, ich bitte vielmals um Entschuldigung.«

Nele musste sich nicht erst umdrehen, um zu erkennen, wem die affektierte, beißenden Sarkasmus versprühende Stimme gehörte. Es war ja so klar, dass sie Jakes Exfreundin am selben Tag noch einmal über den Weg lief.

»Wenn das nicht das kleine deutsche Dummchen ist.«

Jemand lachte gehässig auf.

Nele schob sich weiter in der Schlange, umklammerte ihr Tablett noch ein bisschen fester. Sie würde Sandy einfach ignorieren. So tun, als hätte sie nichts gehört. Sie hob den Kopf ein wenig höher und versuchte, möglichst gleichgültig dreinzublicken.

»Kannst du dir vorstellen, dass die sich tatsächlich einbildet, ein gut aussehender Typ wie Jake Stevens würde sich ernsthaft für sie interessieren?« Sandy grunzte belustigt.

»Ob sie schon mal in den Spiegel gesehen hat?«, antwortete eine andere weibliche Stimme.

Sandy gähnte übertrieben laut. »Vielleicht sollten wir ihr eine Brille schenken.«

Erneutes Gelächter.

Nicht umdrehen. Tu so, als würdest du das blöde Gerede nicht wahrnehmen. In Neles Magen formte sich ein harter Klumpen. Sie starrte auf die blank gescheuerte Edelstahltheke. Innerlich kochte sie vor Wut. Sie musste sich sehr zusammenreißen, um das Zittern, das sie überfallen hatte, zu verbergen.

»Nun Liebchen, was möchtest du?«

Nele blickte in Dotties tiefdunkle Augen, die sie freundlich musterten. Sie mochte die rundliche Schwarze mit den wilden, üppigen Locken, die sie mit einem bunten perlenbestickten Tuch zu bändigen pflegte. Am liebsten hätte sie sich einmal länger mit ihr unterhalten, um mehr über Dotties Herkunft und ihren Stamm zu erfahren.

»Ich hätte gern ein Pastramisandwich«, entgegnete Nele, sich der Tatsache bewusst, dass Sandy sie die ganze Zeit über fixierte. »Und einen Orangensaft, bitte«, fügte sie hinzu, verärgert, weil sie sich von dieser blöden Kuh derart verunsichern ließ.

Mit einem Lächeln überreichte ihr Dottie die gewünschten Sachen. Nele verspürte den spontanen Drang, sich an ihre ausladende, mütterliche Brust zu werfen und auszuweinen.

»Danke«, erwiderte sie leise, während sie ihr Tablett aufnahm. Rasch entfernte sie sich, um möglichst viel Distanz zwischen sich und Sandy Atkinson zu bringen. Einen Moment blieb sie stehen, um nach ihren Freundinnen Ausschau zu halten. Was sich als Fehler erwies.

Prompt tauchte Sandy an ihrer Seite auf. »Na, Behrmann, suchst du deinen Traummann?«, zischte sie giftig. »Du bist für ihn allenfalls ein kleiner Flirt. Vergiss das nicht.«

Nele warf ihr einen vernichtenden Blick zu. Wo steckten nur Emma und die anderen? Sie scannte den Raum, in der Hoffnung, irgendwo ein freundliches Gesicht zu entdecken.

Sandy plapperte munter weiter. »Es bedarf schon einer richtigen Frau, um Jake Stevens begeistern zu können.«

Prompt vergaß sie ihren Vorsatz, nicht auf Sandys Bosheiten einzugehen. Sie holte tief Luft. »Ach? Und damit meinst du dich? Lächerlich!« Sie funkelte die Rivalin an und wandte sich mit einer heftigen Drehbewegung ab. Der Becher mit dem Saft kippte um. Nele konnte nur zusehen, wie sich die gelbe Flüssigkeit über das Tablett ergoss und hinunter auf die Steinfliesen tropfte.

Sandy lachte zynisch. »Viel Spaß beim Putzen, Bauerntrampel.« Sie ließ Nele stehen und eilte zurück an die Seite ihrer Freundin, die das Ganze schadenfroh grinsend aus einigen Metern Entfernung beobachtet hatte.

Mit einem Knurren ließ Jake sich rückwärts auf seine Matratze fallen. Er streckte die Beine von sich und drückte die Kopfhörer seines iPods in die Ohren.

»Confusion never stops, closing walls and ticking clocks ...« Coldplay. Als Nele ihm von der Gruppe erzählt hatte, war er neugierig geworden und hatte sich noch am selben Abend ein paar Songs heruntergeladen. Diese englischen Typen waren nicht schlecht. Er wippte mit dem Fuß im Takt, während sich seine Lippen lautlos mitbewegten.

Eigentlich war er zum Surfen verabredet. Mit Luke Young, seinem besten Freund und Surfbuddy. Der hatte vor einer Weile angerufen und vorgeschlagen, nach Waitpinga aufzubrechen. Normalerweise hätte Jake keine Sekunde gezögert. Ohne nachzudenken, hätte er sich sein Surfbrett geschnappt, es auf Sallys Dach geschnallt, und wäre mit Luke auf und davon. Waitpinga bedeutete in der Sprache der Aborigines nicht umsonst »Heimat des Windes«. Der rötlich gefärbte Sandstrand von Waitpinga mit seiner windgepeitschten, rauen, wilden Brandung und den gigantischen Wellen war eine hervorragende Surflokation, ein Geheimtipp unter den erfahrenen Surfern. Noch nie zuvor in seinem Leben hatte Jake sich eine Gelegenheit, die perfekte Welle zu erhaschen, entgehen lassen. Diesmal überraschte er sich selbst.

»Vielleicht ein anderes Mal, mate«, hatte er den Freund vertröstet.

»Was geht ab? Bist du krank?« Luke klang besorgt.

Jake wusste nicht, was er darauf erwidern sollte. Er murmelte irgendetwas von Bauchzwicken und dass er das nächste Mal bestimmt wieder mit von der Partie sei.

Luke hatte sprachlos aufgelegt.

Mit dem Bauchzwicken lag er nicht so verkehrt. Etwas, oder genauer gesagt jemand, lag ihm tatsächlich schwer im Magen. Nele. Zum Glück war er ihr in der Schule seit Samstag nicht mehr über den Weg gelaufen. Er wusste einfach nicht, wie er sich ihr gegenüber verhalten sollte. Er fühlte sich extrem zu ihr hingezogen. Es hatte mächtig gefunkt zwischen ihnen am Strand. Wenn sie nicht ständig unterbrochen worden wären, hätten sie sich leidenschaftlich geküsst.

Obwohl er dies bedauerte, war er im Nachhinein ganz froh, dass es nicht zum Kuss gekommen war. Vielleicht war es besser so. Denn wohin hätte das geführt? Er war scharf auf sie, ja. Er hätte nichts gegen ein nettes Techtelmechtel, ein bisschen Küssen hier, ein wenig Fummeln da, einzuwenden gehabt. Eventuell sogar mehr, wenn es sich ergeben hätte. Ganz sicher mehr, korrigierte er sich. Aber nach diesem Tag am Strand war er sich sicher, dass sie kein Mädchen für ein schnelles Abenteuer war.

Wahrscheinlich würde sie mehr von ihm wollen, als er zu geben bereit war.

Sie war nicht besonders gut darin, ihre Gefühle zu verbergen, wenn es darauf ankam. Nele flirtete nicht aus Vergnügen. Das hatte er spüren können. Er hatte es in ihren Augen ablesen können.

Im Gegensatz zu ihm. Für ihn war das Flirten reines Vergnügen, ein Zeitvertreib. Er liebte es, mit den Mädchen zu schäkern. Warum auch nicht? Tatsache war, dass er sich nicht binden wollte. Nicht nach dem ganzen Theater mit Sandy. Seine Freiheit wollte er. Surfen, einen unkomplizierten Flirt hier und da und jede Menge Spaß.

Verdammt, er war jung! Er hatte die Nase voll von Beziehungen und allem, was damit einherging. Diesen verwirrenden Gefühlen, dem Herzschmerz und dem Drama ... Nein danke. Es war besser, Nele aus dem Weg zu gehen. Eigentlich schade, denn er liebte diese prickelnde Mischung aus Unschuld und Verführung, die sie ausstrahlte. Vermutlich ahnte sie nicht, wie verführerisch sie sein konnte. Wenn sie ihn mit diesem unschuldigen Blick und dem leicht geöffneten Mund ansah ... Er musste sich jedes Mal regelrecht zusammenreißen, um nicht über sie herzufallen. Er sollte sich von ihr fernhalten. Auch wenn es ihm schwerfiel.

Jake runzelte die Stirn, drehte sich auf die Seite und starrte auf die gegenüberliegende, mit bunten Postern vollgeklebte Wand. Alice Cooper streckte ihm frech die Zunge entgegen.

»Du mich auch«, murmelte Jake. Er rollte sich zurück auf den Rücken, schloss die Augen und stöhnte. Wem machte er eigentlich etwas vor? In einem entfernten Winkel seines Bewusstseins ahnte er, dass er schon längst Feuer gefangen hatte. Dieses deutsche Mädchen ging ihm unter die Haut. Er fand es total süß, wie sie jedes Mal errötete, wenn sie verlegen war. Ihr Akzent war einfach hinreißend. Genau wie dieses Grübchen in ihrer linken Wange, wenn sie lächelte. Er mochte Nele. So einfach war das. Er verbrachte gern Zeit mit ihr. Aber es machte keinen Sinn, sich auf sie einzulassen. Denn er würde sie unweigerlich verletzen. Das wollte er nicht. Was für ein Schlamassel! Er musste nachdenken. Er brauchte Zeit zum Nachdenken. Zeit und Abstand. Jake überkreuzte die langen Beine und drehte die Musik noch ein wenig lauter.

Emma hatte bei sich zu Hause eine spontane Pyjamaparty organisiert. Alle mussten in Schlafanzügen oder Nachthemden und Plüschhausschuhen erscheinen, was für munteres Gelächter sorgte. Unter großer Erheiterung machten sie es sich auf der überdachten Veranda der Buckleys auf Decken und Polstern bequem. Belinda hatte Blaubeermuffins und Scones für sie gebacken, und es gab Fruchtpunsch und Milo zu trinken.

Bereits in ihre Schwesterntracht gekleidet, setzte sie sich für einen kurzen Plausch zu ihnen, bevor sie zu ihrer Schicht ins Krankenhaus aufbrach. Nele mochte Belinda gern. Sie bewunderte Emmas fröhliche Mutter, die stets ein Lächeln auf den Lippen trug, obwohl sie es als

Alleinerziehende mit drei Kindern und dem Job in der Notaufnahme nicht einfach im Leben hatte. Sie kam Nele überhaupt nicht wie eine Mutter vor. Eher wirkte sie wie Emmas ältere Schwester. Das Verhältnis der beiden war freundschaftlich und unkompliziert, locker.

»Em, du siehst ab und zu mal nach den Kleinen, ja?«, bat Belinda, während sie sich den Rest ihres Muffins in den Mund schob. Simon und seine Schwester Cassie waren schon ins Bett verfrachtet worden, und Emma bekam wie immer die undankbare Aufgabe zugeteilt, den Aufpasser zu spielen.

»Kein Problem, Mum«, versicherte Emma, die ebenfalls den Mund voll hatte, nuschelnd. »Du kannst dich auf mich verlassen.« Sie winkte ihrer Mutter hinterher.

»Hat sich einer von euch für den Surfkurs an der Schule eingetragen?« Morgan, die nebenan im Nachbarhaus wohnte, lehnte sich gemütlich in die bunten Kissen zurück.

»Ihr wisst ja, wie unsportlich ich bin«, gluckste Bonnie. »Für mich ist das nichts.«

Emma schüttelte ebenfalls den Kopf. »Hab mich noch nie dafür interessiert. Wird auch in Zukunft so bleiben.« Sie kniff in das Röllchen, das sich über den Bund ihrer rosafarbenen Hello-Kitty Frotteeschlafanzughose wölbte, und verzog grinsend den Mund. »Obwohl ich sicherlich gut schwimmen würde.«

Heiteres Gelächter brandete auf. Emma hatte kein Problem damit, sich selbst auf die Schippe zu nehmen. Sie stand zu ihren Rundungen und akzeptierte sich so, wie sie war. Nele fand das toll. Das machte Emmas ganz eigenen Charme aus. Wenn sie doch nur ein bisschen von Emmas Selbstbewusstsein hätte. Irgendwann musste sie diese ewigen Selbstzweifel loswerden, ob ihre Beine zu dünn, der Busen zu klein, oder sie zu langweilig wirkte.

»Was ist mit dir, Nele?« Tara fixierte sie.

Nele legte beide Hände um den Becher mit der purpurfarbenen Fruchtbowle. Nachdem sie mit Jake surfen gewesen war, hatte sie insgeheim gehofft, dies wäre der Anfang einer Reihe von privaten Stunden mit ihm, und sie hatte den Termin für die Anmeldung in der Schule verstreichen lassen. »Ich bin auch nicht dabei«, erwiderte sie betont gleichgültig.

»Hey Leute«, lenkte Bonnie das Gespräch geschickt in andere Bahnen, »was haltet ihr eigentlich von unserem neuen Hausmeister, Tony – wie heißt er noch gleich?« Sie wandte sich Hilfe suchend an Allison, die nicht lange zu überlegen brauchte.

»Ramirez«, entgegnete sie, wobei sie das r gekonnt rollte wie eine Südländerin.

Kichernd stießen sich die beiden mit dem Ellenbogen an.

»Er ist nicht übel, was?« Allison riss ihre braunen Kulleraugen auf. Sie befeuchtete den Zeigefinger mit der Zunge und legte ihn an ihre Hüfte. Dabei stieß sie zischend Luft aus.

»Den würde ich nicht von der Bettkante stoßen.« Emma leckte sich die Lippen.

Die anderen grinsten. Während sie weiter über Tony Ramirez' Qualitäten diskutierten, ließ Nele ihren Blick durch den Garten schweifen. Zwischen Bäumen und Büschen funkelte das flackernde Licht unzähliger Kerzen, die Emma in bunten Gläsern platziert hatte, mit den glitzernden Sternen am Nachthimmel um die Wette. Eine leichte Brise ließ das Laub der Bäume leise rascheln. Grillen zirpten, und irgendwo in der Nachbarschaft bellte ein Hund. Es war ein perfekter Abend. Fast perfekt. Sie vermisste Jake. Wie eine lieb gewonnene Melodie geisterte er durch ihre Gedanken. Jeden Tag hoffte sie auf ein Zeichen von ihm. Darauf, dass er sie zu einem zweiten Date einladen würde. Seit ihrem Ausflug zum Strand hatte er weder mit ihr gesprochen noch sie angerufen. In der Schule schien er ihr aus dem Weg zu gehen. Oder bildete sie sich das nur ein? Langsam aber sicher drohte ihre Hoffnung wie ein verglühender Kerzendocht im Wind zu erlöschen. Vielleicht war diese Liebesgeschichte schon zu Ende, bevor sie überhaupt begonnen hatte ...

Kapitel 14
Herzklopfen

Im Fernsehen lief eine Folge von *Packed to the Rafters* mit Rebecca Gibney. Tara lungerte auf der Couch. Nele hatte es sich im Schneidersitz neben einem Stapel von Shirleys Zeitschriften auf dem dicken, flauschigen Teppich gemütlich gemacht. Aus der Küche drang das leise Klappern von Pfannen und Töpfen zu ihnen. Shirley bereitete das Abendessen vor. Sie hatten angeboten, zu helfen, doch Shirley hatte sie beide mit einem Lächeln zurück ins Wohnzimmer geschickt.

»Ich mache nur Baked Beans und Spaghetti, da gibt es nichts zu helfen. Ihr könnt nachher den Tisch decken.« Ihr waren die dunklen Augenringe und die Blässe auf den Gesichtern offensichtlich nicht entgangen. Die Pyjamaparty hatte bis in die frühen Morgenstunden gedauert. Gordon war nicht im Haus, er besuchte seine Schwester in Tanunda, im Barossa Valley. Wenn er, so wie heute, nicht zum Essen da war, bevorzugte Shirley die schnelle Küche. Gewöhnlich gab es dann Spaghetti in allen möglichen Variationen oder auch nur ein schnelles Sandwich.

Während Shirley in der Küche wirkte, und Tara wie gebannt auf den Fernseher starrte, blätterte sie lustlos in einer der Zeitschriften. Es wollte ihr nicht gelingen, sich auf irgendetwas zu konzentrieren. Ihre Gedanken kreisten um Jake. Heute war er ihr im Schulflur begegnet. Für den Bruchteil einer Sekunde hatte sie gehofft, er würde sie ansprechen. Er aber war mit einem freundlichen Augenzwinkern an ihr vorbeigelaufen und hatte sich auch nicht noch einmal nach ihr umgesehen. Sie hatte ihm ungläubig nachgestarrt. Vielleicht sollte sie die Initiative ergreifen? Aber was, wenn er sich doch nicht für sie interessierte? Vielleicht hatte er nach ihrem ersten Date entschieden, dass es sich nicht lohnte, Nele Behrmann eine zweite Chance zu geben. Vielleicht war sie ihm nicht witzig, nicht sexy, nicht aufregend genug.

Ach verdammt! Sie schluckte, um den dicken Kloß in ihrer Kehle loszuwerden und schlug frustriert eine Seite um. `Wie sie ihren Traummann in zehn Tagen finden´ stand dort in großen leuchtend roten Lettern. Was für ein Quatsch. Als ob es dafür eine Anleitung gäbe. Die Sache mit den Männern war einfach kompliziert. Nie wusste man, wie man sich am geschicktesten verhalten sollte. Auch Chris Hunt zeigte ihr nach der Abfuhr, die sie ihm erteilt hatte, die kalte Schulter.

Tara war Chris' abweisendes Verhalten in der Schulkantine aufgefallen. »Was ist denn mit dem los?«, hatte sie erstaunt gemurmelt, als Nele ihn gegrüßt, er sie aber keines Blickes gewürdigt hatte.

»Keine Ahnung.« Sie zögerte einen Moment. »Er wollte mit mir ausgehen. Ich wollte nicht.«

»Wieso das denn?«

»Wieso er mit mir ausgehen wollte?«

»Nein, Dummerchen.« In einer unerwartet vertraulichen Geste hatte Tara sich plötzlich bei ihr untergehakt, was Nele irgendwie falsch vorgekommen war. »Ich meine, warum gehst du nicht mit ihm aus?«

»Hattest du nicht einmal erwähnt, er wäre einer von den Kerlen, vor denen man sich besser in Acht nehmen sollte?«

Tara hatte sie seltsam angesehen.

»Nicht? Dann war's Emma, die mich gewarnt hat.«

»Ich bitte dich, Nele«, erwiderte Tara mit einem Blick zu Chris über ihre Schulter. »Er sieht göttlich aus. Wenn der mich fragen würde, würde ich keine Sekunde zögern.«

Warum begeisterte Tara sich so plötzlich für Chris Hunt? Warum wollte sie ihn ihr schmackhaft machen?

Kein Wort hatte sie je zuvor über ihn verloren. Nele musterte Tara auf der Couch lange und argwöhnisch, ohne, dass sie es bemerkte. Überhaupt gab Tara sich in den vergangenen paar Tagen ungewöhnlich nett und sanft ...

»In fünf Minuten gibt es Essen.« Shirley streckte ihren Kopf um die Ecke. Abrupt tauchte Nele aus ihren Gedanken auf.

Es läutete an der Haustür. Da Tara das Klingeln geflissentlich ignorierte, und auch Nele sich keinen Zentimeter rührte, trocknete Shirley sich seufzend die Hände an der Schürze ab und verschwand im Flur. Das Fliegengitter knarrte in den Angeln.

Der Klang einer männlichen Stimme ließ Nele aufhorchen. Ihr Pulsschlag beschleunigte sich. Sie schlug die Zeitschrift zu, hob den Kopf und sah zur Tür. Direkt in Jakes blaue Augen.

»Schaut mal, wer uns besucht.« Ein Kranz kleiner Lachfältchen erschien um Shirleys Augenwinkel. »Wie schön dich zu sehen, Jake. Bitte setz dich doch.« Mit einer Handbewegung lud sie ihn ein, es sich in Gordons Lieblingssessel bequem zu machen. »Magst du vielleicht zum Essen bleiben? Es gibt zwar nur Spaghetti, aber ...« Shirley sah ihn abwartend an.

Jake fuhr sich mit den Fingern durch sein Haar. Seine Blicke wanderten zwischen Tara, Shirley und Nele hin und her. »Ähm, Mrs H, das ist nett, aber ich wollte eigentlich nur kurz vorbeisehen und ...«

»Nichts da«, unterbrach Shirley sanft, aber bestimmt. »Heute wirst du doch wohl ein paar Minuten deiner kostbaren Zeit für deine alten Nachbarn erübrigen können, nicht wahr?«

»Natürlich.« Jake ließ sich gehorsam auf der Sesselkante nieder.

Shirley deutete Tara an, auf dem Sofa Platz für sie zu machen. »Was führt dich zu uns, Jake?« Sie beugte sich zu Jake hinüber, tätschelte wohlwollend seine Hand. »Ich habe es sehr bedauert, als der Kontakt zwischen dir und Tara abbrach. Du warst ja damals fast so etwas wie ein Sohn für mich.«

»Mum.« Tara nahm augenblicklich die Farbe einer Hummerkrabbe an. Sie setzte sich kerzengerade auf.

Jake lächelte unbehaglich. Nele konnte sich ein Schmunzeln gerade noch so verkneifen.

»Ich hoffe, dass ihr nach all der Zeit wieder zueinanderfindet«, fuhr Shirley unbeirrt fort. »Ihr wart wie Geschwister.«

»Ach Mum. Das ist Ewigkeiten her.«

Täuschte sie sich, oder war Tara tatsächlich verlegen? Tara und verlegen? Das passte ungefähr so gut zusammen wie Eisbein und Konfekt. Nele warf Jake einen verstohlenen Blick zu. Er starrte auf den Zeitschriftenstapel, schien ganz in Gedanken versunken. Wollte er tatsächlich die alte Freundschaft beleben, wie Shirley vermutete? Nele schlug die Lider nieder und verkrampfte ihre Finger in den weichen Fasern des Teppichs. Natürlich war er hier, um seine alte Freundin zu besuchen. Warum sonst? Sie machte sich umsonst Hoffnungen. Sie hatte es geahnt.

»Ich möchte Nele gern zu einem Ausflug einladen«, sagte Jake.

Neles Kopf schoss ruckartig hoch. Sie sah Tara nach Luft schnappen.

»Oh. Wie nett.« In Shirleys sanften Augen spiegelte sich milde Überraschung. »Entschuldigt mich bitte, ich sehe besser mal nach der Spaghettisoße. Ich bin gleich zurück.«

»Ich helfe dir.« Tara stolperte ihrer Mutter in die Küche hinterher, wobei sie es vermied, Nele oder Jake anzusehen.

Nele verharrte wie festgefroren. Jake war ihretwegen hier. Ein rasches, warmes Glühen breitete sich in ihr aus, erfüllte sie. Langsam stand sie auf. Über ihr Gesicht glitt ein Strahlen, als sie zu Jake aufblickte. Auch er hatte sein süßes, leicht schiefes Lächeln wiedergefunden. War das Leben nicht fantastisch?

Diesmal hatte Nele daran gedacht, sich vor der Sonne zu schützen, und vorsorglich jedes Stückchen nackte Haut sorgfältig eingecremt. Ihr langes Haar hatte sie zu einem Pferdeschwanz gebändigt, den sie durch die Öffnung einer beigefarbenen Baseballkappe gezogen hatte. Zu ihren abgeschnittenen Lieblingsjeansshorts trug sie ein bunt gemustertes T-Shirt im Boyfriend Style, das sie vor ein paar Tagen bei einem Einkaufsbummel mit Emma im Ausverkauf bei Rivers in der Ocean Street erstanden hatte. Sie fühlte sich wohl in dem lässigen Outfit. Sie hatte es bewusst gewählt, um sich von Sandys poliertem Look abzuheben. Sie wollte nicht, dass Jake auch nur einen Gedanken an seine Exfreundin verschwendete, wenn er sie ansah ...

Jake bestand darauf, mit der doppelstöckigen Kutsche, die wie eine antike Straßenbahn wirkte, nach Granite Island zu fahren. Von einem einzelnen Pferd gezogen, würde das Gefährt sie zusammen mit anderen Touristen auf Schienen über den sechshundert Meter langen Holzdamm zu der kleinen Insel bringen.

»Du wirst es lieben«, sagte er zu ihr. »Es macht riesigen Spaß.«

»Mir tut das Pferd leid. So viele Menschen ziehen zu müssen ...« Sanft strich sie über die weichen Nüstern des braun und weiß gescheckten, kräftigen Tieres. »Auch wenn er ein Kaltblüter ist, hat er trotzdem schwer zu transportieren.«

»Wow, du kennst dich aus? Ach ja, ich vergaß, dass deine Eltern eine Farm betreiben.«

Nele lachte. »Das schon, wir besitzen aber keine Pferde.«
»Sondern?«
»Milchkühe.« Nele streichelte das Pferd, wobei sie sich Jakes Blicken sehr bewusst war.

»Das is' Mac. Is'n Braver.«

Jake und Nele drehten sich nach der rauen Stimme um. Vom Kutschbock spähte ein älterer Mann unter dem Rand seiner breiten Hutkrempe freundlich zu ihnen herunter. »Is'n guter Kerl, der. Vierzehn Jahre alt.«

Nele beschattete die Augen, um den Mann besser sehen zu können. »Muss Mac den ganzen Tag arbeiten?«

»Drei Schichten pro Woche, also neun Stunden. Fünf Rückfahrten pro Schicht«, erwiderte der Mann geduldig. Er entblößte seine unregelmäßigen Zähne. »Keine Sorge, junge Lady. Ist keine schwere Arbeit für die Tiere.«

Das rhythmische Klopfen der Pferdehufe, das Rumpeln der Räder auf den Schienen und das Gemurmel der anderen Passagiere wirkten beruhigend auf Nele. Sonnenstrahlen wärmten ihren Rücken, reflektierten glitzernd und funkelnd auf dem Wasser. Die leichte Brise des Meeres prickelte angenehm auf der Haut. Über der Bucht spannte sich der Himmel tiefblau. War sie schon einmal zuvor so glücklich gewesen?

»Du liebst Tiere, nicht wahr?« Jake rückte noch ein wenig näher an sie heran.

»Ich bin mit ihnen aufgewachsen. Sie gehören zu meinem Leben wie der Regen und die Sonne.« Am liebsten hätte sie ihren Kopf an seine Schulter gelegt. Jakes nackter Oberschenkel berührte ihr Knie, und ein wohliges Kribbeln kroch durch ihren Körper. Sie hungerte nach seiner Berührung, sie wollte mehr. »Jake?«

»Zu deinen Diensten.« Er grinste schief, und ihr Magen vollführte einen kleinen Salto.

»Warum hast du nicht ... Warum hat es so lange gedauert?« Wie ungeschickt das klang, aber sie wusste nicht, welche Worte sie wählen sollte. Jake schaffte es immer wieder, sie zu verwirren. »Ich meine, ich habe nicht mehr damit gerechnet, von dir zu hören.«

»Oh. Das.« Er presste die Lippen aufeinander. Es dauerte einen Moment, bevor er antwortete. »Ich musste mir erst über etwas klar werden.«

Das klang kompliziert. »Ist es dir gelungen?«

Jetzt sah er sie wieder an, ein winziges Lächeln lag in seinen Augen. »Ich glaube schon.«

Allzu gern hätte sie ihn gefragt, was es war, über das er hatte nachdenken müssen. Ihr Instinkt riet ihr jedoch, dass es besser wäre, nicht nachzuforschen. Außerdem; war es wirklich wichtig, über was er gegrübelt hatte? Schließlich saß er jetzt hier bei ihr, oder nicht?

Wenige Minuten später verabschiedeten sie sich von Mac, dem Pferd, und dem netten Alten auf dem Kutschbock, der seinen breitkrempigen Hut zum Gruß lüpfte.

»Keine Sorge, junge Lady«, rief er Nele hinterher, »ich gebe gut auf Mac acht.« Ein breites Grinsen legte sein von Wind und Sonne gegerbtes Gesicht in tausend Fältchen.

Sie winkte ihm noch einmal lachend zu. Was für ein netter Kerl!

Jake studierte stirnrunzelnd die Infotafel am Weg. »Bugger. Wir haben die Pinguinfütterung verpasst.« In einer Geste des Bedauerns hob er die Schultern.

»Ist nicht schlimm.« Nele strahlte ihn an, als hätte er ihr soeben eine wunderbare Nachricht überbracht.

»Wenn du Lust hast, können wir später noch eine geführte Tour mitmachen«, schlug er vor. »Sobald es zu dämmern beginnt, kehren die kleinen Burschen vom Fischfang in ihre Höhlen zurück.«

»Mal sehen.« Sie beschäftigten ganz andere Dinge als Pinguine.

»Leider gibt es jedes Jahr weniger von diesen drolligen Tierchen. Die Population schrumpft.«

»Wieso das?« Würde er sie heute endlich, endlich küssen? Natürlich tat es ihr leid um die armen Pinguine, aber im Moment konnte sie sich auf Jakes Ausführungen nur schlecht konzentrieren. Sie fieberte nach einem Kuss von ihm.

»Das weiß niemand so genau. Füchse, Katzen, wilde Hunde ... keine Ahnung.«

Wie sollte sie sich verhalten, wenn er sie küsste? Augen auf oder zu? Sollte sie ihm leidenschaftlich durch die Haare fahren? Ihre Arme um seine Taille legen? Würde Jake die Initiative ergreifen oder darauf warten, dass sie es tat? Mein Gott, sie tat ja geradezu so, als hätte sie noch niemals zuvor geküsst. Aber mit Jake war irgendwie alles anders. Verstohlen wischte sie ihre feuchten Handflächen an der Jeans ab.

»Möchtest du eine Kleinigkeit?« Jake deutete hinüber zu dem flachen Gebäude, dessen Glasfenster das Sonnenlicht reflektierten. Ein nett aussehendes Café mit Terrasse.

Ja, dass du mich endlich küsst. »Nein, danke.«

Eine hölzerne Treppe brachte sie zu einer Anhöhe hinauf, wo der Weg über einen Steg weiterführte. Jake erzählte, dass dieser Steg speziell für die Pinguine errichtet worden war, um ihnen einen ungestörten Durchgang zu ihren Höhlen in den Granitfelsen unter den Klippen zu ermöglichen. Nele hörte ihm immer noch nur mit halbem Ohr zu, warf ihm stattdessen verstohlene, sehnsüchtige Blicke zu, wenn er nicht hinsah.

»Siehst du die Erhebung dort drüben?«

Sie folgte seiner ausgestreckten Hand. »Das ist der Bluff, nicht wahr?«

Er nickte. »Der Hügel verbirgt die Sicht auf einen einsamen Strand namens Petrel Cove. Er ist winzig, aber wunderschön mit bizarren Felsformationen, zwischen denen sich unzählige Tümpel verstecken. Es ist ein magischer Ort.« Er lachte auf, ein wenig verlegen. »Ideal für verliebte Paare.«

Nele versuchte, aus seinem Mienenspiel zu lesen. Unausgesprochenes schwebte in der Luft. Sie fuhr sich mit der Zunge über die plötzlich trockenen Lippen. »Warst du schon einmal drüben?«

»Hm?« Sein Blick wanderte über ihr Gesicht, blieb an ihrem Mund haften.

»Petrel Cove.« Ihre Lippen fingen an zu kribbeln.

Jake räusperte sich. »Ein paar Mal. Allerdings nicht zum Schwimmen. Da ist es zu gefährlich. Sind schon einige ertrunken.«

»Wie schrecklich.« Mit wem er wohl dort gewesen war? Sandy vielleicht? Ein kleiner Stich der Eifersucht durchzuckte sie.

Jake streckte die Hand nach ihr aus. »Komm weiter«, bat er. »Es gibt noch einiges zu entdecken.«

Sie wäre ihm bis ans Ende der Welt gefolgt.

»Ich finde diese Steine faszinierend.« Nele strich mit der flachen Hand über den glattpolierten, orangefarbenen Fels.

»Granite Island hat in der Traumzeitgeschichte der Ngurunderi eine große Bedeutung, wusstest du das?«

»Gehört die Insel nicht zum Gebiet der Ramindjeri?«

Jakes Brauen schnellten in die Höhe. »Wow.«

»Ich sagte doch, dass mich die Geschichte der Ureinwohner interessiert.« Sie schmunzelte.

»Stimmt, ich vergaß.« Seine Augen blitzten auf. »Die Ramindjeri sind ein Clan der Ngurunderi, die einst das Land vom unteren Murray River bis nach Kangaroo Island besiedelten.« Jake machte eine weit ausschweifende Geste, die das ganze Gelände umfasste. »Bist du eigentlich in der Schulbibliothek fündig geworden?«

»Ich muss gestehen, dass ich noch nicht nachgesehen habe.« Sie hatte sich lieber mit anderen Sachen befasst, mit Sachen, die ihr momentan viel wichtiger erschienen als die Traumzeitgeschichten der Aborigines. Wartete er vielleicht auf ein Zeichen von ihr? Sie musterte ihn aufmerksam, bevor sie ihren Mut zusammennahm und auf ihn zuging. »Jake ...«

Plötzlich trat sie auf einen losen Stein und knickte um. Ein stechender Schmerz fuhr durch ihren Fußspann. Sie zog eine Grimasse.

»Hoppla, alles in Ordnung?« Jake berührte sie sanft an der Schulter. Besorgt forschte er in ihrem Gesicht.

Sie balancierte auf einem Bein, bewegte den betroffenen Fuß. Vorsichtig trat sie auf. Der Schmerz verklang, lediglich ein leichtes, kaum spürbares Ziehen blieb. Der Fuß war in Ordnung. »Äh, ja. Danke.«

Mist. Die Romantik war dahin, die Gelegenheit verstrichen. Ein wenig bedrückt trabte sie Jake auf dem sandigen Pfad hinterher. Zwischen geduckten Sträuchern und mächtigen Granitfelsen, die mit orangefarbenen und grünen Flechten oder Moos bewachsen waren, kletterten sie hinunter zum Wasser. Wildblumen und von der Sonne gebleichte Gräser tanzten im Wind.

Jake erklomm einen der flachen Felsblöcke. »Wollen wir uns setzen?« Einladend klopfte er auf die Stelle neben sich.

Sie folgte ihm. Ihr Herz klopfte wieder einmal stürmisch, als sie sich an seiner Seite niederließ. Aus den Augenwinkeln sah sie, wie sich sein Brustkorb hob und senkte. Ihre Arme berührten sich, winzige Fünkchen knisterten zwischen ihnen.

Auf dem Meer funkelten Sonnenreflexe, ließen es wie flüssiges Gold glitzern. Hier, wo die Felsen auf den offenen Ozean trafen, brandete das Wasser mit aller Macht gegen die Küste, brach sich an den rund geschliffenen Steinen. Hin und wieder spritzte die weiße, salzige Gischt so hoch, dass feine Nebeltröpfchen Neles Haut benetzten. *Das hier ist einfach überwältigend. Wunderbar. Perfekt.* Sie wünschte, dieser Tag würde niemals enden. Sie wünschte, sie könnte für immer hier bleiben, hier auf dem sonnengewärmten Felsen an Jakes Seite. Sie wollte die Erinnerung an diesen Augenblick in ihr Herz einschließen wie einen kostbaren Stein.

Ein Rascheln in ihrem Rücken erregte ihre Aufmerksamkeit. Als sie sich umdrehte, entdeckte sie eine Gruppe Wallabies zwischen den Sträuchern hindurchhüpfen. »Sieh doch nur, Jake!«

»Du bist süß, Nele.«

In seinen blauen Augen lag ein Glitzern. Ihr Puls schlug noch ein wenig schneller.

»Darf ich?« Jake streckte eine Hand nach ihrer Kappe aus und zog sie ihr behutsam vom Kopf. Anschließend löste er das Gummi aus ihrem Pferdeschwanz und fuhr mit den Händen durch ihr Haar, bis es in lockeren Wellen über ihre Schultern fiel. Er strich ein paar Strähnen, die ihr der Wind ins Gesicht wehte, zurück. Eine Weile sah er sie nur an, studierte ihre Augen, ihren Mund. Sein Blick glitt hinab zu ihrem Ausschnitt. Sacht berührte er das silberne Kettchen, betrachtete den bernsteinfarbenen Opalanhänger.

»Dieselbe Farbe wie deine Augen.«

Küss mich, flehte sie still. *Küss mich endlich.* Sie fror und glühte zugleich unter seinen zarten Berührungen, seine dunklen Blicke ließen sie erschaudern. Sie wollte mehr, drohte zu zerspringen. Sie schluckte schwer. *Küss mich, Jake.*

Er lächelte. Hatte sie laut gesprochen? Zitternd schloss sie die Lider. Seine Lippen streiften ihren Mund. Es war nur der Hauch einer Berührung, sanft wie der Flügelschlag eines Schmetterlings. Warm strich sein Atem über die kleine Kuhle an ihrem Halsansatz, als er sie dort zart küsste. Nele seufzte leise auf.

»Jake«, entfuhr es ihr. Nicht nur ihre Stimme, ihr ganzer Körper bebte vor Erregung.

Erneut legte Jake seine Lippen auf ihre. Mit seinen Zähnen zupfte er an ihrer Unterlippe, knabberte spielerisch daran. Schließlich zwängte sich seine Zunge an ihren Zähnen vorbei in ihre Mundhöhle. Seine Finger glitten an ihrem Rücken hinunter bis an den Rand ihres Hosenbunds, arbeiteten sich unter den Stoff ihres dünnen Shirts. Mit kleinen kreisenden Bewegungen begann Jake, sie zu streicheln.

Ein Stöhnen drang aus ihrer Kehle. Ein angenehmes, kribbelndes Ziehen breitete sich von ihrem Bauch in den ganzen Körper aus. Hilflos bog sie sich ihm entgegen, schlang ihre Arme um seinen Hals. Heftig zog er sie an sich, so nah, dass sie meinte, er müsste ihr wild klopfendes Herz spüren. Sein Kuss schmeckte fremd und süß, salzig und herb zugleich. Winzige funkelnde Glücksteilchen explodierten in ihrem Inneren. Um sie herum donnerte tosend die Brandung an die Küste. Seevögel schrien über ihren Köpfen.

»Du bist bezaubernd, Nele Behrmann.« Jake atmete schwer, als er sich von ihr löste.

Neles Blut rauschte durch ihre Adern, ihr Herz trommelte einen wilden Rhythmus. Wie Feuer brannten ihre Lippen. Sie studierte Jakes Gesicht, als wollte sie es sich für alle Zeiten einprägen.

Kapitel 15
Himmel und Hölle

Es klopfte forsch an Neles Zimmertür.

»Darf ich reinkommen?«

Tara. Seufzend legte Nele das Buch beiseite, das sie vor ein paar Minuten erst in die Hand genommen hatte. »Ja.« Typisch, sicher konnte Tara es wieder nicht erwarten, alles über ihr Date bis ins kleinste Detail zu erfahren. Leiser Groll stieg in ihr auf. Sie verschränkte die Arme vor der Brust.

»Hi.«

»Hi.« Nele würde nicht freiwillig davon anfangen. »Was gibt's?«

Tara setzte sich ans Fußende des Bettes. Wie Nele trug sie ihren Schlafanzug, der in ihrem Fall aus karierten Baumwollshorts und einem pflaumenfarbenen T-Shirt bestand. Sie reckte den Hals, um einen Blick auf den Buchtitel zu erhaschen. »Was liest du? *Surfersehnsucht*?« Eine dunkle Augenbraue schnellte nach oben.

»Genau.« Dass Tara sich aber auch über alles und jeden mokieren musste. »Emma hat es mir geschenkt.«

»Aus dir wird am Ende noch ein richtiges Surfergirl werden, was?« Tara bedachte sie mit einem spöttischen Blick.

Nele ignorierte die Spitze. »Was führt dich zu später Stunde zu mir?«

Sie taxierten einander. Beiden war bewusst, weshalb Tara gekommen war.

»Wie war's auf Granite Island?« Tara fummelte am Saum der Decke herum. »Hast du Pinguine entdeckt?«

»Welchen Film habt ihr gesehen?«, konterte Nele. Wenn das schon wieder ein Verhör werden sollte, würde sie den

Spieß einfach umdrehen. Von Shirley hatte sie erfahren, dass Tara mit Allison ins Kino gegangen war.

Tara rümpfte die Nase. »Langweilig. Ich bin definitiv kein Leonardo di Caprio Fan.« Sie zupfte an einem losen Fädchen an ihren Shorts.

Nele kam sie auf einmal traurig und verloren vor. »Ist alles okay mit dir?«

Taras Mund verzog sich zu einem kleinen Lächeln. »Natürlich. Mit mir ist doch immer alles okay.« Das klang fast wie ein leiser Vorwurf. »Sag schon«, drängelte sie. »Wie war's?«

Neles Unmut verflog. Der Tag war so wunderschön gewesen, sie konnte mit ihrer Freude nicht länger hinterm Berg halten. »Es war himmlisch, Tara. Einfach unglaublich.« Sie hielt einen Moment inne, bevor sie tief Luft holte. »Jake und ich sind zusammen.« Waren sie das wirklich? Sie hatten nicht darüber gesprochen, ob und wie es mit ihnen weitergehen würde. Nele ging davon aus, dass Jake genauso empfand wie sie. Es konnte gar nicht anders sein. Mit angehaltenem Atem wartete sie auf Taras Reaktion. Was würde ihre Gastschwester dazu sagen?

Für den Bruchteil einer Sekunde sah sie den Anflug eines Schattens über Taras Gesicht huschen, aber vielleicht hatte sie es sich auch nur eingebildet.

»Wow. Das ist super. Ich freu mich für dich.«

»Wirklich?« Argwöhnisch musterte sie Tara. »Du bist nicht sauer auf mich?« Sollte Tara tatsächlich das erste Mal nichts zu meckern haben, wenn es um Jake ging?

»Warum sollte ich?«

»Ich hatte irgendwie das Gefühl, dass es dir gegen den Strich geht, wenn Jake und ich …«

»Unsinn«, unterbrach Tara barsch. »Jeder ist seines Glückes Schmied, oder?« Sie klopfte mit der flachen Hand auf die Decke, um zu demonstrieren, dass das Thema für sie erledigt war. Entschlossen stand sie auf. »Dann schlaf mal schön.« An der Tür drehte sie sich noch einmal um. »Ich hoffe, dass er dir nicht wehtut.«

Tara schloss ihre Zimmertür mit Nachdruck hinter sich. Mit dem Rücken lehnte sie sich gegen das kühle Holz. Sie hatte das Gefühl, als sei ihr soeben mit grausamer Hand das Herz brutal aus der Brust gerissen worden. Dort, wo vorher noch der pochende Muskel gesessen hatte, gähnte jetzt ein tiefes, klaffendes Loch. Sie spürte nichts. Überhaupt nichts. Sie vergaß zu schlucken, zu atmen. In ihrem Inneren herrschte eine dumpfe Leere, als befände sie sich in einem Vakuum. Die Welt hatte aufgehört, sich zu drehen.

Das Klagen eines Käuzchens drang durch das offene Fenster. Sein Schrei holte Tara aus ihrer Starre. Sie blinzelte. Mit voller Macht traf sie ein Schmerz, so tief und grausam, dass es ihr den Atem raubte. Sie schlug die Hände vors Gesicht und ließ sich auf den Linoleumboden hinuntergleiten. Sie wollte schreien, wollte seinen Namen rufen. Schon einmal hatte sie ihn verloren. Es durfte nicht erneut geschehen! Nicht schon wieder.

Eine Welle glühenden Zorns vermischte sich mit ohnmächtiger Wut und bitterer Enttäuschung. Heiße Tränen schossen aus ihren Augen und strömten ihr übers Gesicht. Sie würde nicht zulassen, dass Nele sich Jake angelte. Sie würde ihn nicht aufgeben. Diesmal nicht.

Nele entdeckte ihn bei Dottie an der Essensausgabe. Mit Glücksgefühlen im Bauch beobachtete sie, wie er mit der Aborigine sprach. Dotties Zähne blitzten in ihrem tiefschwarzen Gesicht auf, amüsiert schüttelte sie den Kopf.

Das Mädchen, das hinter Jake in der Schlange stand, mischte sich ins Gespräch ein und er wandte sich zu ihr um. Er sagte etwas zu ihr, jetzt lachten alle drei. Nele erinnerte sich plötzlich an Taras warnende Worte.

»Jake ist ein Womanizer, ein ladies' man, ein Casanova, wenn du verstehst, was ich meine ...« Sie riss sich von seinem Anblick los, von jäher Mutlosigkeit überfallen. Wie würde er sich ihr gegenüber verhalten? War es für ihn nur ein Kuss gewesen? Ein Spiel? Würde er so tun, als wäre nichts geschehen? Unschlüssig, wie sie ihm begegnen sollte, stocherte sie in ihrem Essen. Diese Woche stand die Küche Italiens auf dem Speiseplan. Nele hatte sich tagelang darauf gefreut. Jetzt saß sie vor ihrem Teller und schob mit der Gabel die kleinen Gnocchi hin und her. Wieder einmal brachte sie keinen Bissen hinunter.

»Hey, was ist?« Emma drehte ein paar Spaghetti um ihre Gabel und deutete mit dem Löffel auf Neles Portion. »Stimmt etwas mit deinem Essen nicht?«

Nele senkte die Lider. »Jake steht dort vorn bei Dottie und mir ist nicht klar, ob wir jetzt ein Paar sind oder nicht. Ich weiß einfach nicht, wie ich mich verhalten soll.«

Emma beförderte die Nudeln in ihren Mund. Sie neigte sich zu Nele. »Ich dachte, ihr hättet euch geküsst?«, nuschelte sie leise. »Hast du nicht gesagt, dass es zwischen euch mächtig geknistert hat?«

»Hat es ja auch.« Verzweifelt bearbeitete Nele ihr Mailänder Schnitzel. »Aber ich bin mir unsicher ...«

»Das Schwein ist bereits tot.« Die männliche Stimme klang amüsiert.

Nele und Emma sahen auf.

Jake stand vor ihnen, ein Tablett in den Händen und ein unverschämt breites Grinsen auf seinen Lippen. »Mausetot.«

O Gott, er sah unverschämt gut aus! Brennende, glühende Hitze stieg in ihre Wangen. Am liebsten wäre sie aufgesprungen, ihm um den Hals gefallen und hätte ihn geküsst. Direkt auf seinen sexy Mund.

»Es ist nicht nötig, dass du das Fleisch dermaßen traktierst. Es lebt ohnehin nicht mehr.«

Neles Wangenrot intensivierte sich. »Echt?«

Emma lehnte sich lachend zurück, als hätte Nele einen guten Witz gemacht.

»Darf ich mich zu euch setzen?« Kaum hatte Jake ausgesprochen, stürmte eine extreme Duftwolke auf ihn zu.

Sandy Atkinson. Nele stöhnte innerlich auf.

»Hey Babe!« Sandy legte einen besitzergreifenden Arm um Jakes Taille. Eisig taxierte sie Nele, bevor sie ihre Aufmerksamkeit erneut Jake zuwandte. »Kommst du mit? Dort hinten sind noch Plätze frei …«

»Würdest du mich bitte loslassen?« Jakes Stimme klang freundlich und er lächelte, aber seine Augen blickten kalt.

Befremdet gab Sandy ihn frei.

Jake schob unterdessen in aller Ruhe sein Tablett auf den Tisch und beugte sich zu Nele herab. »Bekomme ich einen Kuss?«

Bevor sich ihre Lippen trafen, registrierte Nele noch den Schock, der sich auf Sandys ungläubiger Miene widerspiegelte. Mit horrorgeweiteten Augen musste die Blondine zusehen, wie Jake und Nele sich küssten.

»Lass es dir schmecken, Sandy«, sagte Jake mit einem freundlichen Zwinkern, als er sich Nele gegenüber auf dem freien Platz niederließ. Mit flinken Fingern wickelte er sein Thunfischsandwich aus dem Papier. »Mann, ich bin am Verhungern«, murmelte er, bevor er seine Zähne in dem weißen Brot versenkte.

Es war das erste Mal, dass Nele Sandy sprachlos erlebte. Ihr hübsches Puppengesicht war versteinert. Sie drehte sich empört schnaufend um und schoss davon. Ihre klappernden Absätze hinterließen ein wildes Stakkato auf den Steinfliesen der Kantine.

Hinter Neles Rücken wurde getuschelt.

Plötzlich schien sie im Mittelpunkt des Interesses zu stehen. Sie erhielt unzählige Freundschaftsanfragen auf Facebook, und auf einmal wurde sie von Leuten, die sie vorher keines Blickes gewürdigt hatten, im Schulflur angesprochen oder sie wollten mit ihr in der Kantine an einem Tisch sitzen. Vermutlich war ihre Beziehung zu Jake derzeit das Gesprächsthema Nummer eins an der Victor Harbor High.

Sandy strafte Jake mit tödlicher Nichtachtung, was dieser mit einer gewissen Zufriedenheit quittierte, war er doch froh, dass sie ihm nicht mehr nachstellte, wie er Nele erzählt hatte. Endlich schien sie kapiert zu haben, dass sie bei ihm keine Chance mehr hatte. Nele bekam ihren Frust und ihre Wut darüber allerdings deutlich zu spüren. Wann immer sie Sandy über den Weg lief, stand die Blondine tuschelnd mit ihren Freundinnen zusammen. Ihre verächtlichen Blicke ließen keinen Zweifel daran, dass sie über sie lästerten.

»Du wirst sehen«, zischte Sandy ihr einmal im Vorübergehen zu, »dass du nur ein kurzweiliger Zeitvertreib für Jake bist. Der Reiz des Neuen. Bald wird er dich fallen lassen wie eine heiße Kartoffel.« Mit einer Handbewegung beförderte sie ihre blonde Mähne über die Schulter. »Du wirst sehr bald merken, dass ich recht habe.«

Ihre Freundinnen grinsten schadenfroh, die eine oder andere gehässige Bemerkung fiel.

Nele verzog keine Miene. Sie versuchte, Sandys Feindseligkeit mit gespieltem Gleichmut zu begegnen. Jakes Exfreundin hatte jedoch unbewusst einen Nerv getroffen. Nele fragte sich im Stillen, was Jake eigentlich für sie empfand.

War sie für ihn tatsächlich nur eine nette Abwechslung, wie Sandy behauptete? Ein harmloser Flirt?

Jake drückte noch einmal auf die Klingel. Gordon Henleys blauer Station Wagon stand nicht in der Einfahrt. Vielleicht hätte er doch besser vorher angerufen, um zu hören, ob Nele überhaupt zu Hause war. Schade, er hatte sich darauf gefreut, sie zu überraschen. Er wollte sich gerade umdrehen und gehen, da hörte er, wie sich der Türknauf quietschend bewegte.

»Was machst du denn hier? Waren wir verabredet?«

Volltreffer. Neles Gesichtsausdruck war eine gelungene Mischung aus Erstaunen und Entzücken. Sie war barfuß, trug ein himmelblaues T-Shirt und Jeansshorts und sah einfach zum Anbeißen aus. Jakes Herz machte einen freudigen Satz. »Das ist mir ja eine Begrüßung. Ich dachte, du fällst mir vor Freude um den Hals, wenn ich unerwartet auftauche.«

Sie erwiderte sein Lächeln. Dann entdeckte sie den Helm in seiner Hand. Sie öffnete die Fliegengittertür, trat nach draußen und spähte um die Ecke. »Was ist das?«

»Mein Bike.« Er grinste.

»Du fährst Motorrad?«

»So sieht's aus.«

»Oh.« Eine kleine Falte erschien zwischen ihren Brauen, während sie das schwarz glänzende Gefährt argwöhnisch musterte.

»Eine Suzuki Boulevard C 50. Hab sie ein bisschen frisiert und umgebaut. Coole Maschine, oder?« Jake betrachtete sein Schätzchen liebevoll und nicht ohne Stolz. »Ich hatte gehofft, dich entführen zu können. Wie wär's? Wollen wir ein paar Runden drehen?«

»Ich habe keinen Helm.«

»Kein Problem. Ich hab einen Zweiten dabei.« Er machte eine Bewegung mit dem Kinn Richtung Motorrad.

»Hm.« Sie schien nicht gerade begeistert.

»Komm schon. Gib dir einen Ruck.« Wenn sie erst einmal auf der Maschine saß und den Wind um ihre Nase wehen spürte, würde es ihr gefallen. »Oder hast du keine Zeit? Habt ihr andere Pläne?«

Sie schüttelte den Kopf. »Gordon und Shirley sind früh nach Tanunda aufgebrochen, Gordons Schwester zu besuchen. Und Tara übernachtet heute bei Ally. Ich bin allein.«

»Darf ich reinkommen?«

Sie zögerte kurz, dann trat sie beiseite, um ihn vorbeizulassen.

»Ich wollte schon immer mal dein Zimmer sehen.« Er trabte hinter ihr durch den Flur, ein aufgeregtes Flattern in seinem Bauch. Unter seinen Turnschuhen ächzten die alten Dielen.

»Hier ist es. Das ist mein Reich.« Nele öffnete die Tür zu einem hellen, kleinen Raum, den Jake als das ehemalige Gästezimmer identifizierte. Als Erstes fiel ihm das neue Kingsize Bett auf, das Shirley mit einem farbenfrohen Quilt versehen hatte, und die hübschen, bunten Kissen.

»Wow! Nett hast du's hier.« Unbekümmert ließ er sich auf das Bett sinken, klopfte einladend auf die Decke neben sich.

»Jake, meine Gasteltern sehen es nicht gern, wenn ich ...«

»Sie sind doch nicht da, oder?« Er zwinkerte ihr zu. Neles scheue Art war einfach bezaubernd. Erfrischend. Dabei sah sie verdammt verführerisch aus, wie sie ein wenig hilflos vor ihm stand. Das lange Haar, vom hereinfallenden Sonnenlicht erhellt, fiel wie ein seidiger Vorhang über ihre Schultern. Unter dem locker sitzenden T-Shirt verbargen sich verlockende Kurven, wie er inzwischen wusste. Ihre Shorts waren gerade kurz genug geschnitten, um seine Fantasie anzuregen. Übermütig warf er ein Kissen nach ihr.

Ihre Augen funkelten auf. Sie legte den Kopf schief und fixierte ihn streng. »Was soll das werden, bitteschön?« Sie stemmte die Hände in die Seiten, bemühte sich, nicht zu lachen, aber er sah, wie es um ihre Mundwinkel zuckte. Diesmal zielte er genauer. »Unverschämter Kerl!« Nele bückte sich nach dem Übeltäter, der sie mitten ins Gesicht getroffen hatte. Jake fackelte nicht lange. Er sprang auf, hechtete in Neles Richtung und packte sie. »Lass mich los«, keuchte sie lachend.

»Keine Chance«, hauchte er in ihr Ohr und zog sie mit sich. Sie wehrte sich, noch immer lachend. Sanft schubste er sie rücklings auf das Bett, fixierte ihre Handgelenke. Unter seinen Fingern konnte er ihren pochenden Puls spüren. Ihr Lächeln erstarb, sie wurde plötzlich still. Ihre Pupillen weiteten sich.

»Jake«, protestierte sie halbherzig.

Mit dem Zeigefinger fuhr er die Konturen ihres Gesichts nach. »Du bist süß.« Er senkte seinen Mund auf ihren, knabberte zärtlich an ihrer Unterlippe.

Bereitwillig kam sie ihm entgegen, öffnete ihre Lippen. Ihre Zungen trafen sich zu einem zarten Spiel. Jake schloss die Augen. Sie schmeckte süß wie Honig. Sein Herzschlag beschleunigte sich, als er den Kuss vertiefte. In seinen Lenden begann es zu kribbeln. Fast schmerzhaft zog sich sein Unterleib zusammen. Er schmiegte sich an sie, schob ein Bein über ihre Hüfte. Sie seufzte leise auf.

Seine brennenden Lippen suchten die Kuhle zwischen ihrem Hals und der Schulter. Er spürte Nele unter sich erzittern. Ungeduldig schob er ihr T-Shirt nach oben. Seine Hände erkundeten ihren flachen weichen Bauch, tanzten über die sanfte Kurve ihrer Taille und höher, bis sie auf die untere Rundung ihrer Brust trafen.

Nele wand sich, griff in sein Haar. Ihr Atem passte sich seinem an, kam flach und stoßweise. Behutsam umschloss er ihre Brust. Sie war klein und fest und passte perfekt in seine Hand. Nele bog sich ihm entgegen. Flüsterte seinen Namen. Oder bildete er sich das ein? Eine Welle heißen Verlangens schoss durch seine Adern. Erneut suchte er ihre Lippen und presste seinen Mund hart auf ihren. Sie verloren sich in einem leidenschaftlichen Kuss.

Plötzlich fühlte er, wie Nele erstarrte. »Was ist?« Atemlos hielt er inne.

»Hast du das auch gehört?«

»Was?« Er keuchte wie ein Walross.

Sie befeuchtete ihre Lippen mit der Zungenspitze, was das Feuer in ihm aufs Neue entfachte. »Ich dachte, ich hätte die Haustür gehört ... Meine Gasteltern, sie können jeden Moment zurückkommen.«

Verdammt. Sie lauschten beide angestrengt. Er schüttelte den Kopf. »Ich hab nichts gehört.« Trotzdem, unter diesen Umständen war es besser, sie würden ihr Spiel jetzt und hier abbrechen. »Bugger.« Noch immer schwer atmend löste er sich von ihr und setzte sich auf. Mit dem Unterarm fuhr er über seine Stirn, auf der sich ein leichter Schweißfilm gebildet hatte.

»Tut mir leid.«

»Schon okay. Ich wollte dich sowieso auf meinem Bike entführen. Na komm.« Er sprang auf, reichte ihr eine Hand. Als sie neben ihm stand, zog er sie noch einmal rasch an sich. »Nele, ich ...« Er räusperte sich. »Du bist echt heiß.« Für den Bruchteil einer Sekunde glaubte er, etwas in ihren Augen aufflackern zu sehen. War es leise Enttäuschung?

Sie lächelte schief. »Gib mir eine Minute. Ich hüpf noch schnell ins Bad, dann können wir los.«

Genervt zog Tara die Ohrstöpsel ihres iPods aus den Ohren. Adeles melancholische Stimme versank im Nirwana. »Was gibt's denn?«

Nele, die ihren Kopf zur Tür hereinsteckte, knabberte auf ihrer Unterlippe, wie sie das immer tat, wenn sie verunsichert war. Mein Gott, was wollte sie jetzt schon wieder?

Lass mich in Ruhe! Du hast doch alles, was du willst.

»Du bist so komisch in der letzten Zeit.« Nele schlich näher. »Was ist los mit dir?«

Was mit mir los ist? Du hast mir meinen Traummann vor der Nase weggeschnappt. Es hat mir das Herz gebrochen und ich hasse dich! »Ich weiß nicht, wovon du sprichst.«

Nele lehnte sich mit dem Rücken gegen die Wand und verschränkte die Arme vor der Brust. »Wir unternehmen nichts mehr miteinander. Du sprichst kaum mit mir. Ich hab das Gefühl, du bist böse auf mich.«

Tara schwieg, fixierte einen imaginären Punkt in der Luft. *Geh doch. Geh endlich und lass mich in Frieden.*

»Ist es wegen Jake?«

»Wegen Jake?« Tara betonte den Namen, als hätte Nele soeben etwas völlig Abwegiges geäußert. Sie lachte bitter auf. »Also bitte. Wie kommst du denn auf diese durchgeknallte Idee?«

Nele zuckte mit den Achseln. »Dir war's von Anfang an nicht recht, dass ich mich mit ihm treffe. War nur so ein Gefühl.«

»Dann hat dich dein Gefühl getäuscht«, erwiderte Tara etwas zu kühl. Sie musste sich besser unter Kontrolle halten, deshalb versuchte sie ein Lächeln.

Nele ließ nicht locker. »Du bist so anders. Ich mache mir Sorgen.« Ihre Augen nahmen wieder einmal diesen unschuldigen Ausdruck an, der Tara auf die Palme brachte.

Oh, wie sie diesen rehäugigen Blick verachtete. Als könnte die gute Nele kein Wässerchen trüben. Die Unschuld in Person. *Na klar. Deshalb hat sie sich ja auch Jake gekrallt,* zischte ihr eine bösartige Stimme ins Ohr. Sie verfluchte den Tag, an dem Nele aus dem Flugzeug gestiegen war und australischen Boden betreten hatte.

Einen Moment herrschte gespenstische Stille im Raum. Tara fummelte ungeduldig an ihrem iPod herum. »Hör zu, Nele«, brach sie schließlich das Schweigen. »Es hat nichts mit dir zu tun.« Sie hielt inne, als ihr einfiel, dass es unter

Umständen unklug wäre, Nele mit ihrem ablehnenden Verhalten misstrauisch zu machen. Sie musste ihre Bedenken zerstreuen. Was, wenn Nele ihr auf die Schliche kam und herausfinden sollte, dass sie plante, die neue Beziehung zu zerstören? Dann würde das Zusammenleben im Haus der Henleys alles andere als lustig werden. Sie zwang sich dieses Mal zu einem richtigen Lächeln. »Ich hab furchtbar viel um die Ohren zurzeit. Referate, Tests, Stress mit Mum ...«

»Davon hab ich nichts mitbekommen.« Neles Kulleraugen weiteten sich.

»Dir entgeht so einiges«, entfuhr es Tara schroff. Erneut ermahnte sie sich zur Vorsicht. »Es tut mir leid, wenn ich unfreundlich zu dir war. Entschuldige bitte. Ich versuche, mich zu bessern«, versprach sie ein wenig sanfter.

»Okay.« Nele löste sich zögernd von der Wand. »Vielleicht können wir ja mal wieder etwas zusammen unternehmen? Im Kino läuft das *Lake House* mit Keanu Reeves.«

»Ja, mal sehen.« Das *Lake House*. Du liebe Güte. Grässliche Schnulze. Da triefte es doch nur so vor lauter Gefühlsduselei. Das war etwas, was Tara gerade überhaupt nicht gebrauchen konnte. Sie nickte Nele knapp zu, bevor sie sich die Ohrstöpsel in die Ohren stopfte und den iPod einschaltete. Nachdem Nele das Zimmer verlassen hatte, schloss sie die Augen und gab sich erneut den melancholischen Klängen hin, die ihrer Meinung nach ihre düstere Stimmung perfekt widerspiegelten.

Nele lernte Jakes Clique kennen, einen Haufen verwegener, lässiger junger Leute, für die es im Leben nichts Wichtigeres gab als das Surfen. Mit ihnen fuhr sie an die Strände von Waitpinga und Middleton sowie an Jakes erklärten Lieblingsstrand, den Boomer Beach in Port Elliot. Auch mit dem schwarzen Ungeheuer, mit Jakes Motorrad, hatte sie sich inzwischen angefreundet. Nach ein paar vorsichtigen Runden, die er mit ihr auf der Suzuki gedreht hatte, fand sie zu ihrer Überraschung Gefallen am Fahren. Mit seiner Maschine erkundeten sie die Küste bis hinauf zur Mündung des Murray River. In Goolwa besuchten sie den Raddampfer `Captain Sturt', über den Jake und Tara sich bei ihrem gemeinsamen Ausflug nach Urimbirra unterhalten hatten. An einem Nachmittag brach er mit ihr nach Gawler auf. Die Kingsford Farm, Heimat von *McLeods Töchtern*, war inzwischen zu einem Hotel umgebaut worden. Nele aber, überglücklich, einmal `Drover's Run' besuchen zu können, packte die Gelegenheit beim Schopf und schoss für Johanna und sich eine Unmenge an Erinnerungsfotos. Jake, der die Fernsehserie nur vom Hörensagen kannte, lachte über Neles offenkundige Begeisterung. Es schien ihm Spaß zu machen, ihr kleine Wünsche zu erfüllen. Trotzdem konnte sie nicht aufhören, zu grübeln. War Jake genauso verrückt nach ihr wie sie nach ihm? Bedeutete ihm die Beziehung genauso viel wie ihr? Oft kam es ihr vor, als ob er ein Stück von sich zurückhielt. Ein Teil von ihm blieb ihr verborgen. Zum Beispiel nahm er sie niemals mit zu sich nach Hause. Wenn sie ihn danach fragte, antwortete er ausweichend. Einmal litt seine Mutter unter schrecklichen Kopfschmerzen und durfte auf keinen Fall gestört werden. Ein anderes Mal hatten die Stevens' Verwandtenbesuch aus Tasmanien. Oder das Wohnzimmer wurde gerade renoviert. Es verunsicherte Nele, dass es Jake anscheinend nicht wichtig war, sie seiner Familie vorzustellen. Dachte er vielleicht, es lohnte sich nicht? Weil Nele sowieso irgendwann nach Deutschland zurückkehren würde? Was fühlte er tief in seinem Inneren wirklich für sie?

Kapitel 16
Das Wispern des Windes

Jake führte irgendetwas im Schilde. Nele konnte es ihm an der Nasenspitze ansehen. Seit Tagen schlich er mit einem schiefen Grinsen um sie herum und ließ geheimnisvolle Bemerkungen fallen wie: »Du wirst total begeistert sein, ich weiß es« oder: »Kann's kaum erwarten, dein Gesicht zu sehen.« Seine Augen blitzten schelmisch auf, wenn sie versuchte, mehr aus ihm herauszubekommen.

»Keine Chance«, neckte er sie, »meine Lippen sind versiegelt.«

Auch um Shirleys Mund spielte ein vielsagendes Lächeln, als Nele ihr von Jakes Geheimniskrämerei erzählte.

»Du weißt, um was es geht, oder?« Nele fixierte ihre Gastmutter.

Shirley schmunzelte. »Ich habe deinem Freund versprochen, nichts zu verraten«, entgegnete sie. »Hab Geduld. Du wirst es bald erfahren.«

Nun, geduldig zu sein, war Nele noch nie leichtgefallen. Es bereitete ihr ziemliche Mühe, gelassen zu bleiben. Was in aller Welt plante Jake?

Als er an einem Samstagmorgen überraschend mit dem roten Kombi vor dem Haus der Henleys auftauchte, um Nele zu entführen, gab Shirley ihnen Sandwiches und kalte Getränke mit auf den Weg.

Hinter der Windschutzscheibe zog sich die Straße wie ein stahlgrauer, gerader Streifen durch die karge, bleiche Landschaft. In der Ferne konnte Nele durch Bäume und Büsche hindurch Flecken von smaragdgrünem Wasser ausmachen.

»Wir sind auf dem Weg zum Coorong Nationalpark, stimmt's?« Triumphierend sah sie Jake von der Seite an. Sie hatte von den endlosen Dünen, seichten Lagunen und der beeindruckenden Feuchtlandschaft des Coorong schon gehört. Der Park galt als einzigartiges Wasserparadies für viele Vögel, aber auch Kängurus und Emus fanden dort ihre Heimat.

»Das ist Lake Alexandrina«, erwiderte Jake, ohne den Blick von der Fahrbahn zu nehmen. »Nicht der Coorong.«

»Jake, nun sag schon, komm. Wohin fahren wir?«

Er neigte sich zu ihr herüber, hauchte ihr einen Kuss auf die Wange. »Du wirst es früh genug erfahren, Miss Neugier.«

Zweieinhalb Stunden nachdem sie Victor Harbor verlassen hatten, erreichten sie das nördliche Ende des Coorongs.

»Hab ich's doch gewusst«, murmelte Nele. Erneut studierte sie Jakes Gesicht.

Um seine Mundwinkel zuckte es. Seine blauen Augen funkelten amüsiert. Doch noch immer kam kein Wort über seine Lippen. Als sie durch das Städtchen Meningie fuhren, das sich ans Ufer des Lake Albert schmiegte, vertiefte sich Jakes Grinsen.

»Bedeutet dieses selbstzufriedene Schmunzeln, dass wir am Ziel angelangt sind?«

»Möglich.« Jake setzte den Blinker, bog in eine Seitenstraße.

Nele beugte sich ein wenig vor, um die Schrift auf einem Schild zu entziffern. »Käsefabrikmuseum«, las sie laut. »Echt jetzt, Jake? Käse?«

Er lachte auf. »Dummerchen. Viel besser als Käse. Wir sind gleich da. Schließ mal deine Augen.«

Sie folgte.

Wenige Momente später erstarb Sallys vertrautes Tuckern. »Aufmachen.«

Nele blinzelte. Jake hatte den Wagen vor einem Backsteingebäude zum Stehen gebracht, vor dem die schwarzrotgelbe Fahne der Aborigines wehte. »Okay. Was machen wir hier, Jake?«

»Steig aus«, bat er. »Ich will dich mit jemandem bekannt machen.«

Nele hatte feuchte Hände, als sie hinter Jake in die gefliestete, kühle Eingangshalle trat. Aus einem der Räume kam ein Mann auf sie zu, ein Ureinwohner. Jake hob grüßend eine Hand.

»Nele, das ist David Koolmatrie vom Stamm der Ngarrindjeri.« Jake schenkte dem Schwarzen ein freundliches Nicken. »Ich kenne David schon ewig. Seitdem wir in der Grundschulzeit einen Ausflug zum Camp Coorong gemacht haben, besuche ich ihn jedes Jahr mindestens einmal.«

David klopfte Jake wohlwollend auf die Schulter, bevor er sich Nele zuwandte. »Hallo Nele. Schön, dich kennenzulernen.« Davids Stimme, ein tiefer, angenehmer Bass, passte eigentlich nicht zu seiner drahtigen, eher hageren Gestalt. Er trug Kakishorts und ein helles, verwaschenes Poloshirt. Ein breitkrempiger Hut beschattete sein von der Sonne gegerbtes Gesicht. Ein mächtiger Bart, von unzähligen feinen Silberfäden durchzogen, verbarg die Mundpartie. Nele mochte den Mann auf Anhieb. Er wirkte sanft und freundlich. Seine dunklen Augen blitzten warm, als er weitersprach. »Unser junger Freund Jake hat mir erzählt, dass du den weiten Weg aus Deutschland gereist bist, um ein wenig über die Kultur und Geschichte unserer Leute zu erfahren.«

Ihre Zunge klebte trocken am Gaumen. Überwältigt von jäher Freude, brachte sie kein Wort über die Lippen.

»Herzlich willkommen im Camp Coorong«, fuhr David fort. »Ich werde euch ein wenig über uns erzählen und anschließend auf eine Wanderung in den Busch mitnehmen, in Ordnung?«

Mehr als in Ordnung. Für sie ging ein Traum in Erfüllung. Jake musste sie ziemlich gern haben, wenn er dies hier für sie organisiert hatte. Sie griff nach seiner Hand und drückte sie verstohlen. »Ich freue mich darauf«, sagte sie zu David Koolmatrie, während sie ihre Finger mit Jakes verschränkte.

Drei weitere Touristen gesellten sich zu ihnen: Ein älteres, freundliches Paar, das sich als Marge und Peter Dunkin vorstellte sowie Adam, ein junger dänischer Globetrotter, der die gesamte südliche Erdhalbkugel bereiste. Zunächst führte David die kleine Truppe durch das Kulturzentrum, das ebenfalls als Museum diente. Er erzählte ihnen von der fünftausend Jahre alten spirituellen Verbindung der Ngarrindjeri mit dem Coorong. Nele fand seine Ausführungen interessant, doch sie fieberte danach, ihm in den Busch zu folgen. Auf einem ausgetretenen, sandigen Pfad, vorbei an Gestrüpp und geduckten Malleesträuchern, lotste David seine Schützlinge schließlich hinein in einen Eukalyptuswald. Der Wind, der seufzend durch die knorrigen Äste der krummen Bäume fuhr, trug den Duft von Wildblumen, Kräutern und dem Salz der nahen Lagunen heran. Kleine Tiere huschten raschelnd durch das Unterholz, begleitet von Flügelflattern und vereinzelten Vogelrufen. Ihr kam es vor, als befände sie sich an einem magischen, verwunschenen Ort. Seltsamerweise fühlte sie sich ganz im Einklang mit dieser ihr unbekannten Welt. Während sie wanderten, erklärte David seiner Gruppe die Schöpfungsgeschichte der Ureinwohner, wobei er betonte, dass jeder Mensch, jedes Tier und jedes spirituelle Wesen in der endlosen Traumzeit miteinander verbunden seien.

Nele war derart fasziniert von den alten Geschichten und der urwüchsigen Umgebung, dass sie beinahe über eine Eidechse gestolpert wäre. Im Schatten eines großen Steins hatte sich das Tier versteckt. Als es aufgeschreckt davonflitzte, reflektierten die silbern schimmernden Schuppen seines Leibes das Sonnenlicht. Ein einsam stehender Baum, der seine mit üppigen Blüten geschmückten Äste dem tiefblauen Himmel entgegenstreckte, erregte die Aufmerksamkeit der Wanderer.

Sie zupfte Jake am Shirt. »Der Baum dort vorn. Hast du so etwas schon einmal gesehen?«

»Nicht halb so beeindruckend wie du«, neckte Jake sie grinsend.

»Blödmann«, sagte Nele gut gelaunt.

Beim Näherkommen entdeckten sie, dass der Baum abgestorben war; die vermeintlichen Blüten entpuppten sich als weiße Kakadus. Das Knirschen der vielen Schritte auf dem trockenen Untergrund schreckte die Vögel auf. Durch die Ankunft der Zweibeiner gestört, erhoben sie sich mit kreischendem »Tschet-tschet« als geflügelte Wolke in die Weite des Himmels. Jake und Nele blickten ihnen nach, bis David sie zum Weitergehen aufforderte.

Adam aus Dänemark stieß einen leisen Schrei aus. »Leute, ein Buntwaran!«

»Unglaublich, wie hervorragend er durch seine dunkelgraue Farbe getarnt ist«, murmelte Marge beeindruckt, wobei sie ihrem Mann aufgeregt in den Oberarm kniff.

Mit ruhiger Stimme bat David, das Tier, das sich auf einem der silbergrauen Baumstämme sonnte, nicht zu erschrecken. Zum Glück schien die Anwesenheit der Menschen den Waran nicht zu kümmern, sodass sie die Gelegenheit hatten, ihn eine Weile beobachten und fotografieren zu können.

Als die Gruppe sich dem Murray River näherte, blitzten Davids schwarze Augen leidenschaftlich auf.

»Dieser großartige Fluss ist unser Leben. Er definiert uns. Ohne ihn können wir nicht existieren. Wenn der Fluss eines Tages sterben sollte, sterben wir mit ihm.« Er klopfte sich mit der Faust auf die schmale Brust. »Wir sind der Fluss, sind spirituell mit ihm verbunden. Sein Wasser fließt durch uns. Er ist unsere Lebensader.« Eindringlich fixierte er seine Zuhörer. »Wisst ihr, wie der Murray entstanden ist?« David wandte sich an Nele.

Sie hatte das Gefühl, er würde bis in den tiefsten Grund ihrer Seele blicken.

»In der Traumzeit paddelte unser Vorfahre, der berühmte Ngurunderi, auf der Jagd nach dem riesigen Dorsch den Murray hinunter. Damals war der Fluss nur ein schmales Bächlein. Die heftigen Bewegungen, die der Fisch mit seinem Schwanz vollführte, verursachten jedoch große Wellen, die den Murray immer breiter werden ließen. Eines Tages war er so breit und mächtig wie heute.« David machte eine ausschweifende Geste mit der Hand. »Der Dorsch floh in den See, der an der Flussmündung lag, und Ngurunderi gab es schließlich auf, ihn zu jagen.«

Als David geendet hatte, begegnete Nele erneut seinem glühenden Blick. Sie spürte, er war ein Mann, der sich seinem Land innig verbunden fühlte. Sie beneidete ihn um diese tiefe Leidenschaft.

Es fühlte sich verdammt gut an, Nele im Arm zu halten, stellte Jake mal wieder fest. Unter den dicht belaubten Ästen eines vermutlich uralten Eukalyptusbaums hatten sie sich am Nachmittag zu einer Rast niedergelassen. Zwei Männer waren aus dem Dickicht des Waldes zu ihnen getreten, die David als seine Freunde vorstellte. Schnell war ein Lagerfeuer aufgeschichtet. Knisternd loderte es wenig später in den blauen Himmel. Zur Freude der Gruppe begann einer der Fremden, ein scheinbar alterloser Mann mit tiefschwarzem, von Wind und Wetter zerfurchtem Gesicht und üppigem Kraushaar, auf einem mitgebrachten Didgeridoo zu spielen. Wie eine mystische Melodie aus einer anderen Zeit hallte das tiefe, dunkle Vibrieren durch den Busch.

Neles Kopf ruhte an seiner Brust, während sie den Klängen lauschten und dem Tanz der züngelnden Flammen zusahen. Der Duft von Holzkohle, Eukalyptus und dem Harz der Zweige, die im Feuer verglühten, wehte durch die Luft. Jake stellte sich vor, wie sich die Ureinwohner des Landes vor Tausenden von Jahren um solch ein Feuer versammelt hatten, um singend die alten Geschichten der Traumzeit weiterzugeben ...

»Jake?«

»Hm?«

Nele räusperte sich, als sie zu ihm aufblickte. »Warum magst du – was magst du eigentlich an mir?« Sie verhaspelte sich.

Er stutzte. »Was ich an dir mag?«, wiederholte er leise. Mit einem raschen Blick vergewisserte er sich, dass der Rest der Gruppe nichts von ihrem Gespräch mitbekam. Dann zerzauste er ihr das Haar. »Du bist eben etwas Besonderes, Nele Behrmann.«

»Weil ich aus Deutschland bin?«

»Was wird das? Ein Frage- und Antwortspiel?«

»Es ist nur, ich wüsste einfach nur gern, ob ...« Sie stieß einen leisen Seufzer aus.

»Dass ihr Frauen auch immer alles analysieren müsst.« Sein Herz schlug ein paar Takte schneller. Jake ahnte, auf was sie hinauswollte. »Ich bin gern mit dir zusammen«, sagte er zögerlich, »genügt das nicht?«

Sie senkte den Kopf, aber er hatte das enttäuschte Aufflackern in ihren Augen gesehen. »Ich bin mir nicht sicher, wie du für mich empfindest.« Sie sprach so leise, dass er Mühe hatte, sie zu verstehen.

»Komm her.« Jake schlang beide Arme um sie und drückte sie ein wenig fester an seine Brust. »Du hast mich verzaubert«, raunte er nach einem kurzen Moment des Schweigens in ihr Haar. »Du bist hübsch, interessant, klug, und ...« Er brach ab.

»Und?«

»Scheu wie eine Beutelmaus«, beendete er seinen Satz. Er wollte sie zum Lachen bringen. Diese Unterhaltung gefiel ihm nicht. Sie begaben sich auf gefährliches Terrain.

»Eine was?« Nele zog die Nase kraus. »Jake ...«

»Lass uns zuhören«, unterbrach er sie. »So schnell bekommst du nicht wieder einen echten Didgeridoospieler zu Gesicht.« Er blickte auf den alten Mann und drückte ihr einen Kuss auf den Scheitel. Sie roch gut, frisch und verlockend, nach diesem Apfelshampoo, das sie gern benutzte, nach einem zarten Parfum, das ihn an den Duft reifer Orangen erinnerte, und nach etwas anderem, was er nicht definieren konnte, was aber schrecklich anziehend war. Oh, er liebte diesen Geruch. Und er mochte Nele. Aber er fürchtete, dass sie mehr von ihm wollte, als er zu geben bereit war. Er hatte es eben in ihren bernsteinfarbenen Augen ablesen können, die im Schein des Feuers golden geglänzt hatten. Er hatte ihr nie etwas versprochen, ihr nichts vorgemacht. Wahrscheinlich wartete sie darauf, dass er ihr sagte, dass er sie liebte, aber das konnte er nicht. Es lief gut zwischen ihnen. Sie mochten sich. Er war gern mit ihr zusammen. Okay, wenn er ehrlich war, dann war es ein bisschen mehr. Er fand Nele sexy, anziehend, aufregend. Er konnte es kaum erwarten, mit ihr zu schlafen. Wollte endlich mehr von ihr als Händchenhalten, sehnsüchtiges Streicheln und Schmusen, heiße Küsse. Er sehnte sich nach mehr. Er begehrte sie so sehr, dass es schmerzte. Trotzdem sagte er sich immer wieder, dass das mit ihr nichts Festes war, keine ernsthafte Sache.

Er wollte frei sein, jederzeit tun und lassen, was er wollte. Im Augenblick machte es ihm Freude, Zeit mit Nele zu verbringen, ihr kleine Wünsche zu erfüllen und ihre schönen Augen aufleuchten zu sehen. Es kümmerte ihn nicht, was morgen, nächste Woche oder nächsten Monat sein würde. Warum sollte er sich den Kopf über die Zukunft zerbrechen?

In einigen Monaten würde Nele wieder verschwunden sein, dann hatte sich die Angelegenheit mit ihr sowieso erledigt. Bis dahin wollte er die Zeit mit ihr genießen. Es war nicht sein Problem, falls sie sich mehr von dieser Freundschaft versprach, oder?

Die Muskeln in seinem Kiefer arbeiteten, während er die zart aufkeimenden Schuldgefühle beiseiteschob. Es war wichtig, dass ihre Beziehung leicht und unkompliziert blieb … Vielleicht sollte er sich ein wenig zurückziehen. Sie nicht mehr so oft sehen. Aber das würde ihm nicht gefallen. Auch er genoss ihre Nähe. Manchmal überraschte es ihn wie sehr. Hin und wieder ertappte er sich dabei, wie er in seinem Zimmer Löcher an die Decke starrte, weil er unaufhörlich an sie denken musste und sie einfach nicht mehr aus dem Kopf bekam. Wie er in der Schule sehnsüchtig nach ihr Ausschau hielt und stets einen leisen Stich der Enttäuschung verspürte, wenn sie ihm nicht über den Weg lief. Es verwirrte ihn, dass er so intensiv für sie empfand. Er kämpfte dagegen an.

Als er sich durchgerungen hatte, sich auf diese Romanze einzulassen, hatte er sich fest vorgenommen, nichts Ernstes daraus werden zu lassen. Er hatte seine Meinung nicht geändert und er würde es auch in Zukunft nicht tun.

»Ich geh mir mal die Beine vertreten«, raunte er Nele ins Ohr und schob sie sanft von sich, damit er aufstehen konnte.

Erstaunt blickte sie zu ihm auf. In diesem Moment fuhr ein Windstoß durch das Lager und entfachte das langsam erlöschende Feuer von Neuem. Knisternd stob ein heller Funkenregen in den Himmel empor.

Schwarz-weiß geflecktes Vieh graste links und rechts des Princess Highways auf den sich endlos aneinanderreihenden Koppeln. Getreidefelder zogen vorbei, noch nicht abgeerntete goldene Gerste bog sich im Wind. Späte Sonnenstrahlen funkelten auf dem lavendelblauen Wasser des Lake Albert.

»Jake, was ist das für ein Lied?« Nele machte eine Kinnbewegung Richtung CD-Player.

»Gefällt es dir?«

»Es ist zum Träumen schön.«

»*Fields of Gold*. In der Version von Eva Cassidy.« Jake beugte sich vor, um die Musik lauter zu drehen, und summte leise mit. »Will you stay with me, will you be my love ...«

Nele presste die Lippen aufeinander. Jake hatte nie gesagt, dass er sie liebte, obwohl sie manchmal das Gefühl hatte, er wäre kurz davor. Vorhin am Lagerfeuer hatte sie einen Augenblick gehofft, er würde es endlich tun ... Sie seufzte innerlich. Immer, wenn sie ihn nach seinen Gefühlen für sie fragte, machte er dicht oder wich ihr aus. Nach dem heutigen Tag im Camp Coorong fühlte sie sich ihm jedoch mehr verbunden als je zuvor.

Sie betrachtete sein Profil. Wieder einmal wurde ihr schmerzlich bewusst, dass dies hier nicht für ewig sein würde. Australien war nicht ihre Heimat, sondern ein Land jenseits des Ozeans auf der anderen Seite der Erde. Wehmut schnürte ihre Kehle zu. Sie schluckte hart, um den Kloß loszuwerden. »Jake?«

»Bei der Arbeit«, scherzte er.

»Ich fühle mich so geborgen mit ... hier«, verbesserte sie rasch. »Am liebsten würde ich für immer ...« Sie brach ab. Sie wüsste so gern, was in seinem Kopf vorging. Wann würde er sich ihr gegenüber endlich öffnen?

»Du wirst dich an mich erinnern, wenn der Westwind durch die Gerstenfelder streicht«, sang Eva mit ihrer sanften Stimme.

Nele blinzelte, um die aufsteigenden Tränen zu unterdrücken. Die Worte des Songs trafen sie mitten ins Herz.

»Ist alles in Ordnung?« Jake warf ihr einen prüfenden Seitenblick zu.

»Natürlich.« Verschwommen starrte sie auf das Armaturenbrett, verärgert darüber, dass ihre Stimme zitterte. *Reiß dich zusammen, Nele! Es wäre dumm, diesen unglaublich schönen Tag durch trübe Gedanken zu verderben.* Verstohlen wischte sie mit dem Zeigefinger eine Träne aus dem Augenwinkel. »Es ist nichts. Ich bin nur ein wenig emotional gerade.« Sie rang sich ein kleines Lächeln ab. »Es war ein besonderer Tag.«

Jake nickte und schaltete einen Gang herunter, um die Fahrt zu verlangsamen. Sie hatten Wellington erreicht, wo die Fähre sie zurück über den Murray River bringen würde.

Kapitel 17
Verrat

Tara hatte sich furchtbar Mühe gegeben, nett zu Nele zu sein. Sie hatten miteinander geschwatzt wie in alten Zeiten, waren sogar zusammen im Kino gewesen, wie Nele vorgeschlagen hatte, und Tara hatte versucht, sich so unbefangen wie möglich zu geben. Doch unter der ruhigen, gefassten Oberfläche brodelte es gewaltig. Sie verfolgte weiterhin grimmig ihren Plan, einen Keil in die Beziehung zwischen Jake und Nele zu treiben. Wie ein Luchs lag sie auf der Lauer, jederzeit bereit zum Sprung, um zuzuschlagen. Mit Allison saß sie an diesem Nachmittag auf den warmen Holzdielen der Veranda und lackierte sich die Fußnägel.

»Wie kommst du damit klar?« Allison beugte sich interessiert aus ihrem Korbsessel vor.

»Hm?« Hoch konzentriert pinselte Tara frischen violettfarbenen Lack auf den Nagel des linken großen Zehs.

»Nele und Jake.« Allison lehnte sich zurück, griff nach dem Glas Zitronenlimonade. »Man sieht die zwei ja nur noch turtelnd umherziehen. Ich frage mich, wie du das aushältst, ohne einen Schreikrampf zu bekommen.« Allison kicherte bösartig, als sie nicht reagierte. »Hast du schon bemerkt, dass unsere liebe Sandy langsam aber sicher durchdreht? Sie scheint jedem Kerl hinterherzusteigen, der bei zehn nicht auf den Bäumen ist.« Sie schnaubte. »Es ist wirklich peinlich. Sie war schon immer keine Kostverächterin, aber jetzt scheint sie Jake beweisen zu wollen, dass er nicht der Einzige ist, für den sie sich interessiert. Sie mutiert zu einer bloody läufigen Hündin.«

Tara rutschte mit dem Pinsel aus und malte einen fetten dunklen Strich auf die Haut. »Shit!« Sie hob den Kopf und funkelte ihre Freundin an. »Es geht mir ziemlich auf den Geist, wenn du's genau wissen willst.«

»Sandys Getue?«

»Jake und Nele. Dieses ständige Küsschen hier – Küsschen da, eklig. Er tut gerade so, als hätte er noch nie zuvor eine Freundin gehabt.«

»Er ist eben frisch verliebt.«

»Quatsch. Für ihn ist es einfach reizvoll, mal mit einer Deutschen rumzuknutschen, aber du wirst sehen, es wird nicht lange halten.«

Allison hob skeptisch eine fein gezupfte Augenbraue. »Was, wenn doch?«

Tara lachte freudlos auf und nahm sich den nächsten Zehennagel vor. »Ich werde ein wenig nachhelfen.«

»Oh. Was hast du vor?«

Tara kniff die Lider zusammen, um besser sehen zu können. Sie wollte nicht auch noch den nächsten Nagel versauen. »Sobald sich die Gelegenheit ergibt, werde ich mir ...«

Ein forderndes Miauen erklang. Auf lautlosen Pfoten landete Pepper auf dem Verandageländer. Mit seinen grünen Augen fixierte er zuerst Allison, dann Tara, sprang herunter und strich schmeichelnd um deren Rücken.

»Hau ab, Viech! Fehlt noch, dass du mir meine Pediküre vollends ruinierst«, schnauzte Tara den Kater an. Sie nieste kräftig.

Pepper machte einen erschrockenen Satz zur Seite und sträubte sein Fell, was ihn doppelt so groß erscheinen ließ wie zuvor. Er warf ihr einen verächtlichen Blick zu, bevor er sich mit hängendem Schwanz davontrollte.

Tara sah ihm ohne Bedauern hinterher. »Ich konnte den Fellträger noch nie ausstehen. Ganz im Gegensatz zu Nele. Du solltest einmal sehen, was für einen Aufstand sie um Pepper veranstaltet. Apropos Nele. Was ich sagen wollte ...« Tara schnalzte mit der Zunge.

Nahendes Motorengeräusch unterbrach sie erneut. Allison stellte ihr Glas auf dem Rattantischchen ab und setzte sich kerzengerade, um Richtung Straße zu spähen. Ein roter Kombi bog in die Einfahrt, Kies knirschte unter seinen Rädern. Vor dem Schuppen blieb er stehen.

Tara steckte den Pinsel zurück in die Flasche, sie würde sich später um die Schönheit ihrer Füße kümmern. Sie sprang auf, und es gelang ihr, ein unverbindliches Lächeln aufzusetzen.

»Hey«, rief sie den beiden Ankömmlingen entgegen, »wolltet ihr nicht zu irgendeinem geheimen Strand an der Westküste? Petrel Cove oder so ähnlich?«

Nele und Jake tauschten einen Blick, der Tara mitten ins Herz fuhr. Verdammt! Jake sollte sie so ansehen, nicht Nele. Sie sehnte den Tag herbei, an dem das Mauerblümchen ihre Koffer packte und auf Nimmerwiedersehen verschwand. Hilflos sah sie zu, wie Jake seinen Arm um Neles schmale Schultern legte.

»Stimmt«, entgegnete Jake mit einem Grinsen. »Jemand Bestimmtes verspürte jedoch plötzlich fürchterlichen Hunger. Ich nenne keine Namen …« Er räusperte sich. »Jedenfalls verschieben wir unseren Trip nach Petrel Cove und gehen jetzt eine Pizza essen.«

Nele stieß ihm spielerisch den Ellenbogen in die Rippen. »Verwechselst du da nicht etwas? Wer hat mir die ganze Zeit von Pasta und Pizza Napoli vorgeschwärmt, so lange, bis mir das Wasser im Mund zusammenlief?«

In einer entschuldigenden Geste hob er die Hände. »Okay, ich geb's zu. Mir knurrt der Magen. Das nächste Mal sollten wir vielleicht Proviant mitnehmen.«

Igitt. Dieses Geturtel war kaum auszuhalten. Tara schüttelte sich innerlich. Sie musste dringend einschreiten, bevor es zu spät war. Sie hatte auch schon eine Idee, sie musste nur die passende Gelegenheit abwarten …

»Was macht ihr zwei?« Nele musterte sie gut gelaunt.

»Nichts Besonderes. Wir hängen nur rum«, erklärte Allison das Offensichtliche.

»Wollt ihr vielleicht …«, Jake zögerte, »… mitkommen?«

»Keine schlechte Idee«, meinte Allison und klopfte sich auf den flachen Bauch. »Ich könnte einen Happen vertragen.«

»Nein«, sagte Tara viel schroffer, als beabsichtigt. »Ich habe schon etwas vor.«

»Hast du mir …« Allison verstummte.

Das wollte sie ihr auch geraten haben. Sie würde es niemals über sich bringen, mit den beiden Turteltäubchen an einem Tisch zu sitzen. Eher würde sie mit einer pickligen Kröte im Zimmer übernachten, dabei hasste sie Kröten wie die Pest.

»Schade«, meinte Nele, aber es sah nicht aus, als wäre sie allzu traurig über Taras Abfuhr. Sie hob ihr Gesicht zu Jake und ihre Lippen trafen sich zu einem sanften Kuss.

»Nino's?«, wollte er wissen, als er sich von ihr löste.

»Nino's«, bestätigte sie.

Tara wandte sich ab. Ihre Augen brannten. Es tat schrecklich weh, Nele mit Jake zusammen zu sehen. Jedes Mal, wenn er den Arm um sie legte, sie anlachte oder ihr einen dieser zärtlichen Nasenstüber gab, wünschte Tara, sie wäre diejenige an seiner Seite. Wenn sie sich küssten, war es, als ob ihr jemand mit einem spitzen Dolch die Brust durchbohrte. Es musste endlich etwas geschehen, entschied sie. Die Zeit war reif. Sie hatte sich dieses absurde Liebesspiel schon viel zu lange angesehen.

Während sie die beiden verstohlen beobachtete, fühlte sie sich in ihrem Vorhaben, sie auseinanderzubringen, bestärkt.

Jake rieb sich zufrieden über den Bauch, als die Tür von Nino's hinter ihnen mit einem leisen Klicken ins Schloss fiel. »Die Peperonipizza war wie immer göttlich, aber ich glaube, ich bin kurz vorm Platzen. Lust auf einen Spaziergang am Strand?«

Nele lachte, wobei ihr Blick sein blaues Billabong-Shirt streifte, das nicht einmal den Ansatz einer Wölbung zeigte. Sie wusste, dass sich darunter ein faszinierendes Sixpack verbarg. »Warum nicht?« Sie schlang einen Arm um seine Taille, schmiegte sich an ihn. Die meiste Zeit gelang es ihr, die nagenden Zweifel, was Jakes Gefühle für sie betraf, beiseitezuschieben. Sie genoss es, mit ihm zusammen zu sein. Er war liebevoll und zärtlich. Dennoch brannte sie darauf, die drei magischen Worte von ihm zu hören. Sie wollte sicher sein, dass er in ihr nicht nur einen netten Zeitvertreib sah. Einen unkomplizierten Flirt, der ihm gerade in den Kram passte. Die leisen Zweifel, die Sandy Atkinson gesät hatte, ließen sich einfach nicht vertreiben.

»Ein wenig außerhalb kenne ich ein wunderbares, verschwiegenes Plätzchen«, murmelte er in ihr Haar, während sie zu seinem Kombi zurückliefen. »Dort sind wir unter uns, nur du und ich.«

Jake folgte der Straße nach Westen. Sonnengebleichtes Gras, dazwischen grüne Tupfer von Büschen und Bäumen, hohe Norfolkpinien am Straßenrand, die ihre langen Schatten über den Asphalt warfen, und runde, sanfte Hügel, die sich zum tiefblauen Meer hinabsenkten. Nele war die Landschaft der Fleurieu-Halbinsel inzwischen fast ebenso vertraut wie die heimatlichen Wälder. Irgendwo hinter Waitpinga fuhr Jake hinunter ans Meer. Sie ließen Sally oben an der Straße stehen und Jake zauberte eine karierte Wolldecke aus dem Kofferraum. Auf einem sandigen Trampelpfad führte er Nele durch die Dünen, vorbei an windgebeugten Sträuchern und hohem Seegras, zu einer kleinen Bucht. Inmitten zerklüfteter Klippen versteckt, lag sie geschützt vor neugierigen Blicken. Sie machten es sich auf der Decke bequem. Sie waren allein, genau, wie er versprochen hatte. Nele legte ihren Kopf an Jakes Brust und lauschte seinem kräftigen Herzschlag und den gelegentlichen Rufen der Seevögel, die vom ewigen Rauschen der Brandung begleitet wurden. Weiße Wolkenfetzen segelten träge über den veilchenblauen Himmel. Jake malte kleine Kreise auf ihren Unterarm.

»Es ist schön mit dir«, sagte Nele leise.

Er drehte sich, verlagerte sein Gewicht, sodass er sie ansehen konnte. Mit einer Hand umfasste er ihren Hinterkopf. Seine Lippen streichelten ihren Mund. Zaghaft, zart.

»Küss mich richtig«, raunte sie. Diesmal war sie es, die ihn an sich zog. Sie presste ihren Mund auf seinen, öffnete ihn leicht. Mit ihrer Zunge erforschte sie seine Lippen, knabberte und lockte, bis er den Kuss erwiderte. Seine Hände wanderten unter ihr Shirt, streichelten ihren Rücken, ihren Bauch. Sie stöhnte leise auf. Am liebsten hätte sie angefangen zu schnurren wie ein zufriedenes Kätzchen. Als er über die sanfte Rundung ihrer Brust strich, erschauderte sie vor Erregung.

Jake löste sich von ihr und streifte flink sein T-Shirt ab. Sie starrte auf seinen goldenen, perfekt modellierten Oberkörper, die muskulösen Oberarme.

»Darf ich?« In seinen Augen lag ein begehrliches Glitzern, als er am Saum ihres Shirts zupfte. Sie zitterte vor Aufregung, während er ihr das Kleidungsstück über den Kopf zog, wehrte sich nicht, als er den Verschluss ihres BHs öffnete. Sie begehrte ihn ebenso sehr wie er sie. »Lass mich dich ansehen.« Mit zarter Hand schob er ihr die langen Strähnen, die ihr über die Brüste fielen, nach hinten. Ihr Puls raste. »Du bist schön, Nele«, murmelte er, »einfach perfekt.« Er strich über die zarte Haut ihrer Brust, liebkoste sie. Seine Daumen rieben spielerisch über die Brustspitzen.

Nele schnappte nach Luft. Sie fühlte ein loderndes Verlangen in sich aufsteigen, ein brennendes Pulsieren zwischen ihren Schenkeln. Ihr schwindelte, sie wollte mehr, mehr von ihm ... Willig bog sie sich ihm entgegen, griff in sein Haar. Die Sehnsucht nach ihm loderte wie ein Feuer, drohte, sie zu verschlingen. Noch nie zuvor hatte sie jemanden so sehr begehrt. Sie krallte ihre Nägel in seinen Rücken. Ihr Körper war ein einziges, tiefes Glühen.

Jakes Finger wanderten zurück zu ihrem Bauch, verharrten am Hosenbund. Er sah in ihre Augen, als er den Knopf ihrer Shorts öffnete. Langsam zog er den Reißverschluss hinunter, fuhr den Saum ihres Slips entlang. »Ich will mit dir schlafen.« Seine Stimme klang rau. »Jetzt.« Erneut presste er seine Lippen auf ihren Mund. Hart. Seine Hand glitt unter den Stoff ihres Höschens. Mit einem Aufstöhnen presste er sich an sie.

Abrupt stemmte sie eine flache Hand gegen seine Brust. »Warte.« Unter Aufbietung all ihrer Kräfte schob sie ihn von sich.

»Was ist?«, keuchte er. Auf seinen Brauen glitzerten winzige Schweißperlen.

Sie wollte ihn, so sehr. Mehr als alles auf der Welt. Aber sie wollte sich sicher sein. Sie musste wissen, ob er sie genauso liebte, wie sie ihn. »Ich kann ... nicht. Noch nicht.«

Er schluckte hart. »Ist es ... dein erstes Mal?«

»Nein. Das ist es nicht.«

»Warum ...«

»Ich ... möchte warten.« Sie wollte es erst von ihm hören. Erst wollte sie wissen, ob er sie liebte, bevor sie ihm ihr Kostbarstes schenkte. Den Fehler, den sie mit Tom begangen hatte, wollte sie nicht wiederholen. Tom hatte sie danach sitzen gelassen, weil ihm eine andere verlockender erschien. Es hatte sie tief verletzt, und sie hatte sich geschworen, sich das nächste Mal Zeit zu lassen. Dieses furchtbare, niederschmetternde Gefühl, ausgenutzt worden zu sein, wollte sie nie wieder haben. Wenn sie sich wieder auf jemanden einließ, dann wollte sie sich seiner Liebe sicher sein.

Er forschte in ihrem Gesicht. »Alles klar.« Die Muskeln in seinem Kiefer arbeiteten, als er sich aufrichtete und düster hinaus aufs Meer starrte.

»Bist du sauer?«

Geräuschvoll stieß er Luft aus. »Nein. Nicht sauer.« Er drehte den Kopf, um sie anzusehen. »Es ist nur ... es ist nicht leicht, so ...« Fast verlegen lachte er auf. »Verdammt, du hast ein Feuer in mir entfacht, das sich nicht so einfach löschen lässt! Ich könnte jetzt eine kalte Dusche vertragen.«

Nach einer Schrecksekunde umarmte Nele ihn lachend. Eine Welle der Erleichterung schwappte über sie. »Tut mir leid.« Ihr ging es ähnlich. Trotzdem war sie davon überzeugt, das Richtige zu tun.

»Ist schon okay. Mach dir keine Gedanken.« Er drückte ihr einen Kuss auf den Scheitel. Prüfend fixierte er sie. »Schmusen ist aber nach wie vor drin, oder?«

Sie gab ihm einen spielerischen Stoß vor die Brust. »Ich bitte darum.«

Da Gordon und Mum am frühen Morgen nach Adelaide zum Einkaufen aufgebrochen waren, hatten Tara und Nele das Wohnzimmer in Beschlag genommen und sich dort ausgebreitet. Im Fernsehen lief *Australia's got talent*, die derzeit angesagteste Musikshow im australischen TV. Eine angebrochene Chipstüte gammelte auf dem Couchtisch, und in der Küche stapelte sich haufenweise schmutziges Geschirr.

Tara lungerte Kaugummi kauend mit den neuesten Hochglanzmagazinen auf dem Sofa. Ihr gegenüber hämmerte Nele im Schneidersitz in Gordons Sessel sitzend auf ihren Laptop ein, den sie auf den Knien balancierte. Sie war glücklich, mit Johanna auf Facebook chatten zu können, was aufgrund der Zeitverschiebung nur selten geschah.

Tara versuchte vergeblich, mit ihrem Kaugummi eine Blase zu formen. »Nele?«

»Hm?« Ohne den Blick vom Bildschirm zu lösen, tippte Nele weiter.

Tara legte die Zeitschrift beiseite. »Hast du eigentlich vor, zu dieser Strandparty zu gehen?«, fragte sie so beiläufig wie möglich.

Nele runzelte die Stirn. »Shit. Vertippt.« Geistesabwesend blickte sie auf. »Was? Welche Party?« Anscheinend war sie so vertieft in die Konversation mit Johanna gewesen, dass sie nicht richtig zugehört hatte. Bestimmt hatte sie ihrer Freundin gerade einmal wieder von Jake vorgeschwärmt.

Tara fühlte dunklen Groll aufsteigen. »Strand. Samstag.« Ihre Stimme klang leicht ungehalten, sie merkte es selbst. *Reiß dich zusammen, Tara.*

»Ja, klar. Hab ich dir nicht erzählt, dass Jake mich eingeladen hat?« Nele wandte sich erneut dem Laptop zu. »Gehst du auch hin?«

Tara richtete sich auf, schob den Stapel Zeitschriften, der zu ihren Füßen lag, beiseite. »Weiß noch nicht.« Urplötzlich verspürte sie das dringende Bedürfnis loszuschreien. Natürlich gingen Nele und Jake zusammen auf die Party. Gab es denn irgendetwas, das die beiden nicht miteinander machten? Was hatte sie denn angenommen?

Ein Läuten unterbrach ihre düsteren Gedanken. Es war das Telefon in der Küche. Es klingelte. Und klingelte. Tara fixierte Nele, doch die schien das penetrante Geräusch nicht wahrzunehmen. Tara rappelte sich auf und verschwand in den Flur, um das Gespräch entgegenzunehmen. Sie meldete sich, wechselte ein paar Worte und bedeckte die Sprechmuschel mit einer Hand. »Nele«, rief sie. »Deine Mum!«

Es dauerte keine Sekunde, bis Nele in der Küche auftauchte, hektische rote Flecken auf ihren Wangen. »Meine Mutter? Was hat sie gesagt? Ist etwas passiert?«

Tara zuckte mit den Schultern, streckte Nele den Hörer entgegen und ließ ihren Kaugummi knallen.

Normalerweise telefonierte Nele jeden zweiten oder dritten Sonntag mit ihren Eltern in Deutschland. Es war ungewöhnlich, dass ihre Mutter sich während der Woche meldete. Nele nahm ihr das Telefon stirnrunzelnd ab. »Ich frage mich, was sie möchte.«

Jetzt oder nie! Tara huschte zurück ins Wohnzimmer, wo sie sich blitzschnell in das weiche Polster von Gordons Sessel sinken ließ. Sie schnappte sich Neles Computer und platzierte ihn auf ihren Knien. Ihr Herz klopfte wie verrückt, als sie den Deckel anhob. Erleichtert stellte sie fest, dass Nele noch immer auf Facebook eingeloggt war. Mit zitternden Fingern rief sie die Nachrichtenfunktion auf. Ihre Handflächen wurden feucht vor Aufregung. Sie konnte das Blut in ihren Ohren rauschen hören, als sie wild auf die Tasten einhämmerte.

»Jake, es tut mir leid, aber ich werde ...«

Sie hielt inne, weil sie dachte, ein Geräusch im Flur gehört zu haben. Neles Lachen drang aus der Küche. Gott sei Dank, Entwarnung. Hastig schrieb sie weiter.

»... nicht mit dir zur Strandfete gehen. Das mit uns funktioniert nicht. In Wahrheit bin ich nicht an dir interessiert. Ich hatte eine Wette laufen und wollte sehen, ob ich dich herumkriegen könnte. Da gibt es jemand anderen, der mich interessiert. Sorry. Es ist besser, wenn wir wieder getrennte Wege gehen!« Für den Bruchteil einer Sekunde zögerte sie, aber dann klickte sie entschlossen auf ˋsendenˊ.

Nervös blickte sie zur Tür. Die Dielen des Holzfußbodens im Flur knarzten. In Windeseile legte Tara den Computer zurück auf den Tisch, sprang auf und hechtete zur Couch.

Als Nele ins Zimmer trat, strich sie sich lässig eine Locke von der erhitzten Stirn.

Nele stutzte. »Was ist? Du guckst so merkwürdig.«

»Was soll schon sein?« Tara lächelte süßlich, wobei sie ihre unschuldigste Miene aufsetzte. »Ich überlege gerade, ob ich mir Schokolade-Erdnuss oder Blaubeerjoghurteiscreme holen soll. Ich hab plötzlich eine Riesenlust auf Eis.« Sie stand auf und streckte sich. »Und? Alles in Ordnung zu Hause?«

Nele lächelte. »Stell dir vor, meine Eltern haben sich dazu entschlossen, mich in den Sommerferien – den deutschen Sommerferien – zu besuchen. Sie waren so aufgeregt, dass sie mir die Neuigkeit sofort mitteilen wollten. Sie möchten deine Familie gern persönlich kennenlernen, meine Schule und die Stadt sehen.« Verzückt biss sie sich auf die Unterlippe. »Ich kann es nicht erwarten, ihnen Jake vorzustellen.«

»Wie schön«, meinte Tara. Sie fühlte kribbelnde Aufregung in sich hochsteigen und den unbändigen Drang zu lachen. Sie hatte tatsächlich auf einmal einen mordsmäßigen Appetit auf etwas zum Naschen.

»Bringst du mir Schokolade-Erdnuss mit?«, rief Nele ihr hinterher. »Ich könnte jetzt auch etwas Süßes vertragen.«

»Mach ich!« Sie konnte sich ein kleines zufriedenes Lächeln nicht verkneifen, als sie durch den Korridor in die Küche zum Eisschrank lief. Die Sache zwischen Jake Stevens und Nele Behrmann war so gut wie Geschichte.

Hatte er sie nicht gehört? »Jake? Warte!«

Unbeirrt setzte er seinen Weg fort.

Warum blieb er nicht stehen, sondern hastete weiter, als sei ihm der unheimliche Hulk auf den Fersen?

»Jake?« Nächster Versuch. »Bleib doch bitte mal stehen!«

Keine Reaktion.

Nele fing an zu rennen. Sie erwischte ihn am Ärmel seines T-Shirts und hielt ihn fest. Atemlos blieb sie vor ihm stehen. Sie erschrak über seinen Gesichtsausdruck. Er musterte sie kalt. Ein harter Zug lag um seinen Mund. Wo war das schräge, warme Lächeln, das Aufblitzen seiner Augen, mit dem er sie sonst bedachte, wenn er sie sah? »Hast du mich nicht rufen hören?« Während sie sich mit der einen Hand an ihn klammerte, legte sie die andere in ihre Hüfte.

»Was willst du?« Der harte Klang seiner Stimme sandte eiskalte, prickelnde Schauder über ihren Rücken. Irgendetwas Schreckliches passierte gerade, irgendetwas stimmte nicht mit Jake.

Sie studierte sein Gesicht. »Was ist los mit dir?«

Er verzog die Lippen zu einer schmalen Linie. »Du fragst, was mit *mir* ist?« Seine Augen glitzerten gefährlich, verengten sich zu Schlitzen. »Offensichtlich habe ich dich falsch eingeschätzt. Wie konntest du so etwas tun? Ich verstehe dich nicht. Es muss daran liegen, dass du von einem anderen Kontinent stammst.«

Nele öffnete den Mund, um etwas zu sagen, doch es kam nur ein Krächzen heraus. Was faselte Jake für einen Unsinn? Was hatte sie getan? Sie war sich keiner Schuld bewusst. Fassungslos starrte sie ihn an. »Ich weiß nicht ...«

»Ich auch nicht«, unterbrach er sie harsch. »Du hast völlig recht: Es ist besser, wir gehen getrennte Wege.« Grob riss er sich von ihr los.

»Wie meinst du das?« Nele schluckte. Eine kalte, brutale Klaue krallte sich schmerzhaft in ihr Herz. »Lass uns reden, bitte!« Sie streckte eine zitternde Hand nach ihm aus, doch mit einem angewiderten Gesichtsausdruck wich er zurück.

»Mach's gut, Nele.« Ein letzter Blick, vorwurfsvoll und verächtlich zugleich, dann ließ er sie stehen.

Nele blieb mit hängenden Armen zurück. Tränen kullerten ihr über die Wangen. Sie fühlte sich wie gelähmt.

Alles um sie herum begann sich zu drehen. Warum hatte Jake mit ihr Schluss gemacht? Was warf er ihr vor? Sie kam sich vor wie im falschen Film. Irgendetwas war faul an der ganzen Sache. Vorgestern war noch alles in Ordnung gewesen. Sie hatten sich nachmittags in Maggies Coffeeshop getroffen und über die bevorstehende Strandfete gesprochen. Nichts, aber auch nichts hatte darauf hingedeutet, dass Jake plante, mit ihr zu brechen. Was war geschehen? Sollte alles vorbei sein? Einfach so? Nicht einmal reden wollte er mit ihr – sie verstand die Welt nicht mehr.

Hatte ihm jemand erzählt, dass sie einen Nachmittag mit Chris Hunt verbracht hatte? War das das Problem? Sie musste mit ihm sprechen. Sie konnte ihn nicht so einfach gehen lassen. Erneut rannte sie hinter ihm her, mobilisierte noch einmal ihre Kräfte. Kurz vor dem Schultor holte sie ihn ein.

»Jake, Jake«, keuchte sie. »Bitte, ich muss unbedingt …«

Er wandte sich um, und der Blick, mit dem er sie betrachtete, ließ das Blut in ihren Adern gefrieren. Da war keine Wärme, nicht der kleinste Hinweis auf irgendein Gefühl.

Sie begann zu frösteln. »Ist es, weil ich mit Chris spazieren gegangen bin? Nimmst du mir das übel?«

Für den Bruchteil einer Sekunde glitt ein überraschter Ausdruck über sein Gesicht. »Hunt also?« Er spuckte verächtlich aus. »Warum wundert mich das nicht?«

»Jake, bitte. Lass dir doch erklären, wie das war.« Sie streckte den Arm nach ihm aus.

Seine Hand schnellte vor. Er packte sie hart am Handgelenk und hielt sie fest. »Fass mich nicht an. Du musst mir nichts erklären. Es ist vorbei.« Eisig fixierte er sie, bevor er sie abrupt freigab und davonging.

Eine furchtbare, grausame Ahnung kroch in ihr hoch. »Du machst Schluss, weil ich nicht mit dir schlafen wollte, richtig?«

Wie in Zeitlupe drehte er sich um. Seine Miene war versteinert. »Ich kenne dich wirklich nicht«, sagte er tonlos, bevor er sich endgültig abwandte.

Nele machte sich nicht die Mühe, die Tränen von den Wangen zu wischen. Wie in Trance setzte sie einen Fuß vor den anderen. Während sie lief, hallten Jakes Worte wie ein Echo in ihrem Kopf: »Es ist vorbei.«

Kapitel 18
Am Abgrund

Nele öffnete die Haustür und der tröstlich warme, aromatische Duft nach frisch Gebackenem empfing sie. Wie jeden Freitag war Shirley dabei, Scones zu backen, die sie der Familie samstags und sonntags zum Tee servierte. Nele hatte an der Küche vorbei gleich in ihr Zimmer huschen wollen, doch ihre Gastmutter hatte sie bereits entdeckt.

»Hallo Liebes.« Mit dem Handrücken strich sie eine Locke von der Stirn, die ihr ins Auge fiel. »Wenn du magst, es sind schon ein paar Scones fertig, sie sind noch ofenwarm.«

Normalerweise liebte sie Shirleys Scones, besonders mit Butter und selbst gemachter Erdbeermarmelade obendrauf, doch in diesem Augenblick konnten selbst die leckeren Backwaren sie nicht locken.

»Ich … ich leg mich ein bisschen hin.« Nele rang sich ein Lächeln ab, obwohl sie sich lieber in Shirleys Arme geworfen und das Gesicht an ihrer Brust vergraben hätte. »Ich hab schreckliche Kopfschmerzen.«

»Ach du liebe Güte.« Shirley wischte ihre mehligen Hände an der Schürze ab, während sie Nele einer besorgten Musterung unterzog. »Möchtest du ein Aspirin? Leg dich hin, ich bringe dir sofort ein Glas Wasser, ja?«

»Das ist nicht nötig, danke. Ich will mich nur ausruhen.« Nele schluckte schwer, versuchte, die Fassung zu bewahren. »Geht bestimmt bald wieder.«

Shirley streichelte ihr aufmunternd über die Wange, und Nele musste sich zusammenreißen, damit sie ihr nicht um den Hals fiel, um sich bei ihr auszuweinen. Sie wollte Shirley nicht beunruhigen. Kaum hatte sie ihre Zimmertür hinter sich geschlossen, sank sie auf ihr Bett und vergrub das heiße Gesicht im Kissen, damit Shirley ihr Schluchzen nicht hörte.

Eine geraume Zeit später rief sie Emma an. Sie brauchte dringend jemanden zum Reden.

»Was um Himmels willen ist geschehen?« Emma musterte sie besorgt. Sie hatte alles stehen und liegen gelassen und war nach Neles verstörtem Anruf sofort zu den Henleys geeilt.

Nele war heilfroh, die Freundin zu sehen. Sie zog sie ins Zimmer, schloss rasch die Tür. »Jake hat mit mir Schluss gemacht!«

»Wie bitte? Wieso das?«

»Ich weiß es nicht.« Nele fuhr sich verzweifelt durch die Haare. »Er redete irgendein wirres Zeugs, von wegen er hätte mich falsch eingeschätzt.« Zitternd holte sie Luft. »Es ist aus. Aus und vorbei.«

Wortlos nahm Emma sie in den Arm und hielt sie eine Weile. Anschließend schob sie Nele zum Bett und drückte sie sanft nieder. »Setz dich. Soll ich dir ein Milo machen?« Für Emma war das dunkle Schokomalzgetränk potenzieller Helfer und Trost in allen Lebenslagen, eine Gewohnheit, die sie von Belinda übernommen hatte.

»Ach Emma.« Nele lächelte schwach durch den Tränenvorhang. »Nein danke. Ich bring jetzt nichts runter.«

»Hast du versucht, noch einmal mit ihm zu reden?«

»Er geht nicht an sein Handy. Und wenn ich bei ihm zu Hause anrufe, erzählt mir seine Mum, er sei nicht da.« Verzweifelt nagte sie am Daumennagel. Sie war verwirrt, fühlte sich hin- und hergerissen zwischen Zorn, Wut und Verzweiflung. Sie spürte, wie sich ihr Herz verkrampfte. »Wie kann er mich so kaltblütig abservieren?« Hilfe suchend blickte sie ihre Freundin an. »Er sagte noch etwas in der Art: `Wie konntest du´ oder so ähnlich. Ich verstehe das alles nicht. Was meinte er damit?«

»Frag ihn. Du musst unbedingt mit ihm sprechen.«

»Wie kann ich das, wenn er mir aus dem Weg geht? Offensichtlich ist für ihn die Sache erledigt.« Ihre Lippen bebten. »Ich hätte es wissen müssen.« Mit dem Handrücken wischte sie ein paar Tränen von der Wange. »Sandy hatte recht. Natürlich war ich für ihn nur ein Abenteuer, ein kleiner Flirt. Ein Typ wie Jake interessiert sich doch nicht ernsthaft für jemanden wie mich!« Sie musterte ihre Fingernägel. »Er wollte mit mir schlafen, aber ich habe ihm gesagt, dass ich noch Zeit brauche. Ich wollte mir erst sicher sein, dass er das Gleiche für mich empfindet wie ich für ihn ... Ich wollte doch nur noch ein bisschen warten.« Sie sah Emma an. »Hat er mich deswegen abserviert?«

Emma vollführte eine bedauernde Geste mit der Hand. »Ich weiß es nicht. So gut kenne ich ihn nicht.«

»Ach Em. Am liebsten würde ich nach Hause zurück. Auf der Stelle.«

Emma setzte sich neben sie und drückte sie an sich. »Doch nicht wegen eines Kerls!«

»O Emma, was soll ich nur tun?«

»Ich bin auch ratlos«, entgegnete Emma achselzuckend. »Ich finde das Ganze ziemlich merkwürdig. Soll ich mal mit ihm reden?«

»Mit Jake? Auf keinen Fall.« Vehement schüttelte sie den Kopf. »Am Ende denkt er noch, ich hätte dich geschickt. Das wäre mir furchtbar peinlich.« Sie holte zitternd Luft. »Das, was er sagte, war deutlich genug, Emma. Ich werde nicht um seine Liebe betteln.«

Liebe Johanna,

es ist aus. Jake hat mit mir Schluss gemacht und ich möchte sterben. Ich weiß, das klingt ziemlich theatralisch, aber am liebsten würde ich meine Sachen packen und sofort nach Hause fahren. Keine Ahnung, was passiert ist, warum er mich wie eine heiße

Kartoffel fallen gelassen hat. Vielleicht, weil er von mir nicht bekommen hat, was er wollte. Aber du kennst mich, ich hüpfe nun mal nicht so schnell mit jedem ins Bett. Wir waren doch noch gar nicht so lang zusammen. Und nach der Geschichte mit Tom bin ich eben vorsichtig. Ich wollte nicht wieder verletzt werden! Ich wollte mir sicher sein, dass er der Richtige ist. Anscheinend hab ich mich schwer in ihm getäuscht. Nicht einmal reden möchte er mit mir. Er geht mir aus dem Weg. Ein paar Mal hab ich versucht, ihn anzurufen. Entweder geht er nicht ans Telefon oder seine Mutter verleugnet ihn. In der Schule tut er so, als kennt er mich nicht. Niemand kann mir helfen. Obwohl alle lieb zu mir sind, fühle ich mich schrecklich einsam, so verlassen. Wenn du nur hier wärst! Ich kann nicht mehr. Ich bin so traurig und verzweifelt wie noch nie zuvor.

Nele

Emma kam vorbei, um sie auf eine spontane Party zu schleppen, die bei einem Bekannten in ihrer Nachbarschaft stattfand.

»Du brauchst ein wenig Ablenkung. Alles, was dich von den Gedanken an Jake abbringt, ist gut«, meinte sie. »Und ich bin fest entschlossen, ein Nein nicht gelten zu lassen. Also, komm.«

Nele, die sich hundeelend fühlte und am liebsten ihr Bett nie wieder verlassen hätte, willigte zögerlich ein. Auch Tara schloss sich ihnen an. Sie hatte sich tief betroffen gezeigt, als sie von Neles Kummer erfuhr.

»Es tut mir so leid«, hatte sie in ihr Haar gemurmelt, während sie Nele umarmte. »Ich habe geahnt, dass er dich verletzt.«

Auf der Party trieben sich allerlei dubiose Gestalten herum. Es schien niemanden zu kümmern, dass Emma Tara und Nele mitbrachte, zumal es sowieso unklar war, wer überhaupt zu den geladenen Gästen gehörte und wer nicht. Die Musik war extrem laut, das hektisch flackernde Licht und die Schminke der jungen Frauen grell. In dunklen Ecken flossen reichlich Bier und Schnaps. Nele war es egal, was um sie herum geschah, und mit wem sie zusammen war. Wie betäubt ließ sie sich durch die tanzende, grölende Menschenmenge treiben, plauderte hier und da belang- und bedeutungslose Worte.

Ein düsterer Zeitgenosse hielt ihr eine Dose Coopers unter die Nase. »Trink, Kleine, siehst aus, als könntest du es gebrauchen.« Er entblößte eine Reihe unregelmäßiger Zähne, die seit geraumer Zeit keine Zahnarztpraxis von innen gesehen haben dürften.

Ohne zu zögern, nahm sie das Bier entgegen, auch ein zweites und drittes, und zum ersten Mal in ihrem Leben betrank sie sich. Sie folgte dem Kerl hinaus auf die Veranda, wo er sie in freudiger Erwartung sabbernd auf die schmuddligen Polster einer Hollywoodschaukel drückte. Zu ihrem eigenen Erstaunen störte sie es nicht, dass der Fremde an ihrem Hals knabberte und feuchtwarme Küsse auf ihre Lippen drückte. Ihr war, als stünde sie außerhalb ihres Körpers und würde das Geschehen aus einigen Metern Entfernung als unbeteiligte Beobachterin verfolgen. Fast fand sie so etwas wie Trost in den gierigen Berührungen des jungen Mannes. Sie musste kichern, weil seine Bartstoppeln sie kitzelten. Als sich seine rechte Hand fordernd unter den Stoff ihres T-Shirts schob, wich sie jedoch zurück.

»Hab dich nicht so, Kleine«, murmelte er rau. Er sah sie mit glasigen Augen lüstern an. »Bisher hat's dir doch auch gut gefallen.«

Energisch krallte sie ihre Finger in seinen Unterarm. Plötzlich war sie hellwach. »Nein!«

»Mein Gott, Nele, ich hab dich überall gesucht!« Emmas Stimme klang ziemlich schrill. »Hau ab«, befahl sie dem jungen Mann und verpasste ihm einen derben Stoß vor den Brustkorb. »Der Spaß ist vorbei! Und du kommst besser mit.« Resolut wurde Nele am Arm gepackt und schwungvoll hochgezogen.

Das jähe Aufstehen verursachte bei ihr ein leichtes Schwindelgefühl und ließ sie gegen Emma taumeln. »Gut, dassu da bist.« Warum wollte ihre Zunge nicht gehorchen? Emma und Tara mühten sich mit ihr ab, denn irgendwie torkelte sie und verspürte den Drang, unaufhörlich zu singen. Die Bewegung an der frischen, klaren Nachtluft verstärkte ihre Benommenheit.

Während Tara leise vor sich hinfluchend die Fliegengittertür öffnete, die in der stillen Nacht schlimmer quietschte und knarrte als ein paar rostige Kutschenräder, schob Emma sie ächzend die Stufen zur Veranda hoch. Im Haus stießen sie unverhofft auf Gordon, der in einem gestreiften Seidenpyjama und mit einem Glas Milch durch den Flur tigerte. Seitdem er bei seinem letzten Besuch in Tanunda erfahren hatte, dass seine Schwester unheilbar erkrankt war, litt er unter Schlafstörungen.

Stirnrunzelnd musterte er sie. »Ihr seid spät, meine Damen.«

»Äh, ja. Tut uns leid.« Tara wollte sie an Gordon vorbeischieben, doch sie hatte noch etwas Wichtiges zu sagen. Schwankend blieb sie vor ihrem Gastvater stehen.

»Grässlische Musik, wirklich grässlisch«, zischte sie. Ab und zu wurde es dunkel. Knipste jemand das Licht an und aus oder klappten ihr die Lider zu?

Tara tätschelte ihre Schulter. »Ja, ja, Nele. Schon gut.« Mit einem schiefen, entschuldigenden Grinsen blickte sie ihren Stiefvater an.

»Trossdem, fette Party!«

Gordon stutzte, dann zuckte es verräterisch um seine Mundwinkel. »Es ist besser, du schaffst Nele schnell in ihr Zimmer. Wir wollen nicht, dass deine Mutter ihr deutsches

Gastkind so zu Gesicht bekommt.« Er zwinkerte Tara zu. »Vielleicht solltest du ihr ein großes Glas Wasser und eine Tablette Aspirin auf dem Nachttisch bereitstellen.« Seine Hand verharrte auf dem Türknauf des Elternschlafzimmers. »Ich habe so eine Ahnung, dass sie morgen früh froh darüber sein könnte.« Mit einem Schmunzeln zog er sich zurück.

»Klugscheißer«, nuschelte Nele und grinste Emma und Tara breit an.

Am nächsten Tag saß Nele still am Frühstückstisch. Den Teller mit dem gebutterten Toast und den gebackenen Bohnen, den Shirley mit besorgter Miene vor sie gestellt hatte, schob sie von sich. »Bitte nicht böse sein. Aber ich kriege nichts hinunter.« Ihre Stimme klang rau wie Sandpapier. Hätte sie doch nicht am Abend zuvor so laut mitgesungen. Gegrölt, verbesserte sie sich zerknirscht. Im Nachhinein war es ihr furchtbar peinlich, wie sie sich gehen lassen hatte. Wahrscheinlich würde heute die ganze Schule darüber tratschen. Durch ihren Schädel galoppierte eine Horde wilder Pferde, und sie hatte einen bitteren, furchtbaren Geschmack im Mund. Nie wieder Coopers!

Konsterniert musterte Shirley sie. »Dir fehlt doch nichts?«

»Nein«, beeilte sich Nele zu versichern, »nur ein wenig Kopfschmerzen.« Rasch griff sie nach ihrem Glas Orangensaft, um das fiese Brennen in der Kehle zu löschen.

»Du scheinst in der letzten Zeit häufig Kopfschmerzen zu haben, Darling. Du wirst doch nicht in meine und Taras Fußstapfen treten?« Liebevoll strich Shirley ihr über die Wange.

Gordon lugte hinter seiner Zeitung hervor. »Mach dir keine Gedanken, Honey. Es ist sicher nichts Ernstes.« Seine dunklen Augen glitzerten vor Belustigung.

Röte schoss bis in ihre Haarwurzeln. Am liebsten wäre sie an Ort und Stelle vor Scham versunken. Ekel überrollte sie, als sie daran dachte, dass sie diesem schmierigen Kerl auf der Fete erlaubt hatte, sie zu begrapschen. Was war nur in sie gefahren? Sie kannte nicht einmal seinen Namen.

»Nele geht's bestimmt bald besser«, mischte sich Tara kauend ein.

Shirleys Augen wanderten fragend zwischen den Dreien hin und her. »Du kannst dich mir jederzeit anvertrauen. Ich hoffe, das weißt du«, sagte sie schließlich mit einem bedeutungsvollen Nicken zu Nele, wobei sie das verschmähte Frühstück mit einem Kopfschütteln entfernte.

»Lass dich nicht so hängen«, flüsterte Tara später feixend, als sie im Flur in ihre Schuhe schlüpften. »Es gibt nur Ärger mit Mum, wenn sie erfährt, dass du zu tief ins Glas geblickt ...«

»Bitte sei still.« Nele kniff die Augen zusammen und hob die Hand, um ihre Gastschwester zum Schweigen zu bringen. Wenn nur das schreckliche Dröhnen in ihrem Schädel aufhören würde. Sie konnte kaum einen klaren Gedanken fassen. Tara schien Gefallen daran zu finden, dass sie über die Stränge geschlagen hatte. Sie hörte gar nicht mehr auf zu grinsen.

Überhaupt verstand sie nicht, wo Taras gute Laune auf einmal herrührte. Die bedrückte Stimmung der letzten Wochen schien wie weggeblasen. Eine Welle der Übelkeit überrollte sie und sie musste heftig schlucken, um sich nicht vor Taras Füßen übergeben zu müssen. Zitternd warf sie ihren Rucksack über die Schulter. Sie konnte sich nicht erinnern, sich schon jemals zuvor so elend gefühlt zu haben. Und das lag nicht nur am gestrigen Abend und dem leidigen Bier.

»Ich komme nicht mit.« Nele war fest entschlossen. Auf einem Bein hüpfend, klemmte sie sich das Telefon zwischen Schulter und Ohr, und schlüpfte in das linke Hosenbein. »Ausgeschlossen.«

»Quatsch«, erwiderte Emma. »Du darfst Jake auf keinen Fall zeigen, wie sehr er dich gekränkt hat.«

Nele starrte ihr Spiegelbild an und zog den Reißverschluss ihrer Jeansshorts hoch.

»Komm schon«, fuhr Emma fort. »Es ist super Wetter, alle gehen hin. Wir werden viel Spaß haben.«

Sie hatte sich so sehr auf diese Party gefreut. Tagelang hatte sie davon geträumt, wie sie mit Jake am Strand eng umschlungen zur Musik tanzen würde. Wie sie sich unter dem funkelnden Sternenhimmel küssen und im Mondschein auf der Promenade spazieren gehen würden ... Jetzt wollte sie sich nur noch zu Hause verkriechen, die Bettdecke über den Kopf ziehen und schlafen, und jeden verdammten Gedanken an Jake aus ihrem Bewusstsein verbannen. Es tat so weh, so unendlich weh. Genauso gut hätte er ihr ein glühendes Messer mitten ins Herz rammen können. Eben noch war sie der glücklichste Mensch auf dem gesamten Planeten, und jetzt wünschte sie sich nichts sehnlicher, als dass sich ein tiefer, dunkler Abgrund unter ihren Füßen auftun und sie verschlingen möge. »Mir ist alles egal«, entgegnete sie flach.

»Um Himmels willen, du darfst dich nicht so hängen lassen!« Emma schnaubte. »Hör zu, Nele. Ich komme später zu dir, dann frischen wir dich ein wenig auf und stürmen die Fete. Okay?«

»Okay.« Neles Stimme war nur noch ein Flüstern. Eine Träne kullerte ihre Wange hinunter. Sie wischte sie nicht weg.

»Kommt Tara mit?«

»Ich weiß nicht.«

»Frag sie doch. Je mehr wir sind, umso lustiger wird's.«

Lustig? Nele seufzte tief. Ihr kam es vor, als hätte Emma sie soeben um die Besteigung des Mount Everest gebeten. »Ach Emma.« Erneut schwappte der ganze Kummer hoch, drohte, sie zu überwältigen. »Am liebsten möchte ich nichts machen. Einfach nur hier liegen.« Und sterben.

»Nichts da. Wir sehen uns nachher.«

Jake schrubbte sich energisch die Zähne. *Zum Teufel mit Nele!* Anscheinend hatte er sich gründlich in ihr getäuscht. Er hatte sich von ihrem zarten Äußeren und den unschuldig dreinblickenden Augen zum Narren halten lassen. Von wegen sensibel, zart und verletzlich. Wie hatte er sich einbilden können, sie würde mehr von ihm wollen? Dass sie darauf wartete, dass er das L-Wort aussprach? Ha!

Sie hatte ihn ganz schön verarscht, dieses Biest. Diese seltsame Nachricht, die sie ihm über Facebook geschrieben hatte, hatte ihn zutiefst verwirrt. Und wenn er ehrlich war, auch verletzt. Mehr, als er zugeben wollte. Auch wenn er sich immer wieder sagte, dass sie nur ein harmloser Flirt war, hatten ihn ihre Worte in seinem tiefsten Inneren getroffen. Was ihn ziemlich verunsicherte. Er war es gewohnt, dass die Mädchen ihm hinterherliefen, nicht umgekehrt. Er war einer jener Männer an der Highschool, die nur mit dem Finger schnippen mussten, um die Aufmerksamkeit der weiblichen Schüler auf sich zu ziehen. Fast jede sehnte sich danach, einmal mit Jake Stevens auszugehen. Jake wusste, dass er diese Wirkung ausübte. Wahrscheinlich hatte Neles Abfuhr ihn deshalb so getroffen. Weil er noch nie zuvor von einem Mädchen auf solche Weise abserviert worden war ...

O ja, sie hatte es faustdick hinter den Ohren. Sie war nicht das scheue, warmherzige Mädchen, das er in ihr gesehen hatte. Gespielt hatte sie mit ihm! Eine Wette abgeschlossen. Er fand es zum Kotzen. Am meisten ärgerte ihn, dass er darauf hereingefallen war. Ihn hatten Gewissensbisse gequält, weil er in ihrer Beziehung nur eine harmlose Romanze gesehen hatte. Er hatte sich Sorgen gemacht, dass sie damit vielleicht nicht zurechtkam. Verdammt! Dabei war *er* das Spielzeug für sie gewesen, sie hatte ihn nur testen wollen ... Mann, sie war eine höllisch gute Schauspielerin. Hatte er nicht von Anfang an geahnt, dass es nur Verwicklungen geben würde, wenn er sich auf ein Techtelmechtel mit ihr einlassen würde? Warum hatte er nicht auf seine innere Stimme gehört und war seinem Instinkt gefolgt? Warum hatte er nicht die Finger von ihr gelassen?

Einen lauten Fluch ausstoßend ließ er seine Faust auf den Waschbeckenrand sausen. Fast genoss er den stechenden Schmerz, der von seinem Handballen bis hinauf zum Ellenbogen zuckte. Auch wenn er es nicht zugeben wollte, er vermisste Nele. Vermisste ihr helles Lachen. Ihren Apfelshampooduft und ihre sanften Hände, die ihn so zärtlich – Nein! Rasch fegte er die quälenden Erinnerungen beiseite. Verbannte sie in den hintersten, abgelegensten Winkel seines Hirns. Besser die Sache war beendet, hier und jetzt.

Seine Augen verdüsterten sich, als er seinem Blick im Spiegel begegnete. Er ließ kaltes Wasser in den Zahnputzbecher laufen, spülte und spuckte geräuschvoll aus. Vergiss sie, befahl er sich. Sie ist es nicht wert. Die kurze Zeit mit ihr war amüsant gewesen, aber das war Geschichte. Aus und vorbei.

Warum nur fühlte es sich an, als läge ein tonnenschwerer Stein in seiner Brust?

»Bugger!« Zornig knallte er den Becher auf die Glasablage. Sie protestierte mit einem grellen Klirren. Jake zwang seine Gedanken in eine andere Richtung. Tara Henley. Ihr spontaner Anruf heute Morgen hatte ihn überrascht. Sicher, sie waren einmal gut miteinander befreundet gewesen, fast wie Geschwister waren sie nebeneinander in der O'Leary Street aufgewachsen, aber das war lange her und vorbei. Schon lange hatten sie den Kontakt verloren. Es war nett gewesen, mit Tara wieder etwas zu unternehmen, und über die alten Zeiten zu plaudern. Trotzdem hatte er nicht darauf gebrannt, die alte Freundschaft zu erneuern. Andererseits – warum eigentlich nicht?

Tara war die Gefährtin seiner Kinderzeit. Sie war in Ordnung. Wenn er jetzt so darüber nachdachte, sie war verdammt hübsch. Warum war ihm das bisher nicht aufgefallen? Grimmig lächelte er seinem Spiegelbild zu und griff nach seinem moosgrünen Handtuch. Er schloss die Augen, als er sein Gesicht in dem flauschigen, nach Weichspüler duftenden Frottee vergrub.

Die tiefen Bässe dröhnten weit durch die Straßen. Das Echo der dumpfen Schläge hämmerte in Neles Brust. Sie und Emma hatten mit Bonnie vereinbart, sich am Festzelt zu treffen.

Tara hatte auf Neles Frage, ob sie sie auf die Party begleiten wollte, ausweichend geantwortet. »Ich weiß noch nicht. Geht ihr ruhig vor. Vielleicht komme ich später mit Ally nach«, hatte sie abwesend erklärt und weiter in einer Zeitschrift geblättert.

Gelächter, Stimmengewirr und Musikklänge wehten durch die laue Nacht, als sie sich dem Strand näherten. Zwischen den hohen, schlanken Norfolktannen funkelten bunte Lämpchen in Lampions. Sanft schaukelten sie im Wind. Das Meer glitzerte geheimnisvoll im kalten Silberlicht des Mondes. Unter einem riesigen Zelt rockten die *Crazy Sheilas*, eine Gruppe junger Frauen in Lederkluft, die eigens aus Adelaide angereist waren und House Musik vom Allerfeinsten ablieferten.

Nele starrte die vielen, meist jungen Leute an, die sich auf einer aus Holzbrettern zusammengezimmerten Tanzfläche lässig zur Musik bewegten. Was machte sie hier eigentlich? Sie fühlte sich fehl am Platz. Ihr war nicht nach Feiern zumute. Sie wollte Jake nicht sehen. Gott sei Dank war es ihr gelungen, ihm in der Schule aus dem Weg zu gehen. Wenn er sie mied, wollte sie mit ihm auch nichts mehr zu tun haben. Jetzt aber befürchtete sie, ihm auf dem Fest zu begegnen. Wie sollte sie reagieren? Ihm die kalte Schulter zeigen, ihn ignorieren, oder durch bitterböse Blicke kundtun, was sie von ihm hielt? Ein Teil von ihr wollte sich an seine Brust werfen und ihn festhalten ... Eine Menge widersprüchlicher Gefühle tobten in ihrem Inneren. In jäh aufwallender Panik griff sie nach Emmas Arm. »Warte Em, ich kann nicht ...«

Schrilles Gekreische ließ sie im Satz innehalten. Eine Horde übermütiger Jugendlicher galoppierte wilden Pferden gleich über den Rasen hinunter zum Wasser.

»Pass auf«, rief Emma, während sie Nele aus der Schusslinie zog. »Die rennen uns glatt über den Haufen. Was für eine verrückte Bande!« Sie lachte. »Hey, was ist mit dir, Süße?« Fürsorglich legte sie einen Arm um ihre Schultern und führte sie weg von der Tanzfläche hinüber zu den Biertischen, wo die Musik nicht mehr so laut dröhnte.

»Ich würde es nicht ertragen, Jake zu sehen«, erklärte Nele. »Ich wette, er ist hier.«

Emma drückte sie spontan an sich. »Kopf hoch. Ich bin doch da und außerdem kannst du dich nicht ewig vor ihm verstecken.« Emma schob sie von sich und lächelte ihr aufmunternd zu. »Komm schon. Du schaffst das.«

Nele stierte Löcher in den kurz gemähten Rasen.

»Wie schon gesagt: Zeig ihm nicht, wie sehr er dir wehgetan hat.« Freundschaftlich knuffte Emma sie in die Seite. »Mach dem Mistkerl klar, was ihm entgangen ist!« Sie wackelte aufreizend mit den Hüften.

Nele gelang nur ein schiefes Lächeln.

»Na also«, meinte Emma zufrieden. »Dann lass uns die Party aufmischen.«

»Schau mal, dort drüben«, raunte Emma Nele eine Weile später ins Ohr.

Neles Herz stolperte. Ihre Finger verkrampften sich auf dem Kunstleder ihrer kleinen Umhängetasche, als sie sich innerlich für die Begegnung wappnete.

»Wer wohl die aufgemotzte Tussi ist?« Emma schnalzte mit der Zunge.

Neles Pulsschlag verlangsamte sich. Für den Bruchteil einer Sekunde hatte sie angenommen, Emma hätte Jake entdeckt. Aber es war Chris Hunt, der mit einer auffällig zurechtgemachten Brünetten an einem der langen Tische saß. Verstohlen musterte Nele die junge Frau. Mit dem übertrieben geschminkten Gesicht, dem Minirock und den hohen Stöckelschuhen wirkte sie um Jahre älter als Chris. Einen flüchtigen Moment fragte sich Nele, wo er die aufgegabelt und was er mit ihr zu schaffen haben mochte. Chris hatte sich ebenfalls herausgeputzt. Ein dunkles, ärmelloses Shirt betonte seine sehnigen, starken Oberarme. Seine langen Beine steckten in hautengen, ausgewaschenen Jeans und Cowboystiefeln. An den Absätzen seiner Stiefel blitzte etwas Metallisches.

Nele löste sich von seinem Anblick. Was scherte es sie, was Chris Hunt für Klamotten trug oder mit wem er zusammensaß?

»Hey!« Ein zartes Persönchen umarmte erst Nele, dann Emma. Bonnies Knopfaugen strahlten mit den funkelnden Lichtern um die Wette. »Wie schön, dass ich euch gefunden habe!«

»Na ja, so leicht bin ich nicht zu übersehen«, scherzte Emma trocken.

Bonnie lachte. Als sie Nele ansah, wurde ihre Miene schlagartig ernst. »Was ist mit dir? Du siehst nicht gut aus.« Sofort klatschte sie sich mit der flachen Hand an die Stirn. »Ach, was sage ich da! Ich meine, natürlich siehst du gut aus, nur etwas …«, sie dachte kurz nach, »müde vielleicht?«

Bonnies Worte zauberten ein schwaches Lächeln auf ihr Gesicht. Bonnie war ein lieber Mensch. Stets bemüht, das Richtige zu tun oder zu sagen, damit sie niemanden verletzte. Im Gegensatz zu anderen Menschen, die Nele kannte. Sie schluckte hart. »Ich erzähl es dir später«, erwiderte sie so leise, wie es angesichts der lärmenden Musik möglich war.

»Jake?«

Nele nickte. Tränen stiegen ihr in die Augen. Rasch senkte sie die Lider, weil sie Bonnie nicht sehen lassen wollte, wie schlecht es ihr in Wirklichkeit ging.

Bonnie strich ihr sanft über den Oberarm. »Kann ich irgendetwas für dich tun?«

»Danke, es geht schon.« Nele wandte sich ab, denn nun ließen sich die Tränen doch nicht mehr zurückhalten. Im selben Moment fiel ihr verschwommener Blick auf ein Pärchen, das sich aus der Menge löste. Nele erstarrte. Sämtliches Blut wich aus ihrem Gesicht.

»Was ist?«

Nele neigte leicht den Kopf. Ein paar Meter entfernt stand Jake plaudernd mit einer Dunkelhaarigen zusammen. Tara. Mit einer koketten Handbewegung warf sie ihre Locken nach hinten. Ihr Lachen erwidernd, drückte Jake ihr einen Kuss aufs Haar, schnappte sich ihre Hand und zog sie auf die Tanzfläche. Die beiden wirkten fröhlich und ausgelassen.

»Was zum Henker geht da vor?«, murmelte Emma. Sie wechselte einen alarmierten Blick mit Bonnie, die ebenfalls Zeugin dieser Szene war. Anschließend sah sie besorgt zu Nele. Sie stand wie vom Donner gerührt da und beobachtete das Pärchen.

»Das glaub ich jetzt nicht«, entfuhr es Emma. »Hast du geahnt, dass Tara geplant hatte, sich mit Jake zu treffen?«

»Hinter deinem Rücken!« Bonnies Stimme überschlug sich vor Empörung.

Neles Magen hob sich. Sie griff nach Emmas Arm. »Lass uns verschwinden. Ich ertrage das nicht!«

»Wir bleiben.« Emma legte ihren Arm um Neles Taille. »Es kommt nicht infrage, dass wir uns von denen vertreiben lassen, Nele. Lass uns hingehen und sehen, wie sie reagieren.«

Bonnie nickte zustimmend. Tröstend strich sie Nele über den Arm.

»Ich kann nicht! Mir ist heiß und schlecht, und meine Knie zittern«, protestierte Nele.

»Willst du nicht wissen, was die zwei für ein mieses Spielchen treiben?«

Nele wollte es nicht, aber sie registrierte jede Bewegung der beiden. Eng umschlungen tanzten sie zu Jack Johnsons *Hope*. Hoffnung war nicht das Gefühl, das sie gerade empfand. Es war, als hätte man ihr einen Schlag in die Magengrube verpasst. Gleichzeitig wurde sie von einer gewaltigen Welle des Zorns erfasst. Sie verspürte den unbändigen Drang, Tara eine saftige Ohrfeige zu verpassen. Ganz zu schweigen von Jake. »Doch, ich will.«

»Dann geh hin und frag sie, was das Ganze soll«, drängelte Emma.

Bonnie drückte ihr aufmunternd die Hand. Nele holte tief Luft. Sie presste die Lippen aufeinander, bis es schmerzte. »Okay. Ich werde es tun.«

Mit ihren Freundinnen im Schlepptau und wild klopfendem Herzen bahnte sie sich einen Weg durch die Menge. Dabei rempelte sie den einen oder anderen an, wofür sie einige verärgerte Kommentare erntete.

Als ob Tara plötzlich ahnte, dass Ärger anstand, zog sie Jake plötzlich von der Tanzfläche.

Nele fing an zu rennen, fest entschlossen, die beiden nicht entkommen zu lassen. »Bleibt stehen!«

Jake bemerkte sie als Erster. Für den Bruchteil einer Sekunde sah Nele etwas in seinen Augen aufflackern. Seine Miene verriet jedoch keine Regung. Wie sie ihn hasste, diesen Dreckskerl. Das Herz schlug ihr bis zum Hals.

Jetzt drehte auch Tara sich um. »Oh.«

Nele richtete ihre Aufmerksamkeit auf Tara. »Oh?«, äffte sie die Gastschwester verächtlich nach. Sie schoss Giftpfeile ab. »Ist das alles, was dir einfällt? Kannst du mir erklären, was das hier soll?«

Tara löste sich von Jake. Mit unschuldiger Miene griff sie in ihr Haar, drehte eine Locke um ihren Finger. »Ich hab doch gesagt, dass ich vielleicht später nachkomme. Tja, und jetzt bin ich hier.« Sie versuchte ein Lächeln.

»Das meine ich nicht. Was machst du hier mit *ihm*?«

Taras Wangen verfärbten sich. Nele konnte sehen, wie es hinter ihrer Stirn arbeitete.

»Was soll das alles?« Jake trat einen Schritt vor. Er blickte sie derart kalt und unversöhnlich an, dass ihr kleine, kalte Schauder den Rücken hinunterliefen. »Hast du ein Problem damit, dass ich mit deiner Gastschwester ausgehe?« Seine schneidende Stimme drang wie ein Messer in ihre Eingeweide. »Da du mich so freundlich abserviert hast, bin ich frei, zu tun und zu lassen, was mir gefällt. Warum sollte ich Taras nette Einladung, sie auf die Party zu begleiten, nicht annehmen?« Ein grimmiges Lächeln zuckte um seine Mundwinkel, als er demonstrativ einen Arm um Taras Schultern legte.

Nele schnappte nach Luft. Seine Worte hatten sie wie Ohrfeigen getroffen. Ihr Gesicht brannte wie Feuer. Was hatte er gesagt? Sie hatte *ihn* abserviert? Typisch Mann, alles so zu drehen, wie es ihm gerade in den Kram passte! Sie schüttelte ungläubig den Kopf, bevor sie sich erneut Tara zuwandte. Sie konnte nicht fassen, dass sie sich heimlich mit Jake verabredet hatte, obwohl sie doch wusste, wie sehr Nele unter der Trennung litt. Niemals hätte sie gedacht, dass Tara ihr so etwas antun würde. »Warum hast du das getan?« Ihre Stimme zitterte. Sie spürte neue Tränen aufsteigen.

»Nele.« Bonnie strich ihr sanft über den Arm. »Lass uns gehen.«

Nele fixierte weiterhin Tara. »Ich will wissen, was hier läuft.«

Tara holte tief Luft. »Hör zu, es tut mir leid.« Sie streckte eine Hand aus, aber Nele wich zurück.

»Wie konntest du? Du hast doch gewusst, dass es mir … dass ich …« Ihre Stimme versagte. Sie konnte die Tränen nicht länger zurückhalten. Sie machte erst gar nicht den Versuch, sie wegzuwischen. Es war ihr egal, wenn Jake sie so sah. Mochte er doch denken, was er wollte.

»Ihr seid echt das Letzte«, schleuderte Emma Tara und Jake entgegen. Sie betrachtete Tara abschätzig. »Feine Gastschwester.«

Tara öffnete den Mund, um etwas zu sagen, doch ihr schienen die passenden Worte zu fehlen. Verunsichert sah sie zu Jake.

»Kommt, hauen wir ab«, meinte Bonnie. Sie legte einen Arm um Neles Taille und nickte Emma zu.

Wie in Trance ließ Nele sich von ihren Freundinnen davonführen. Ihr Herz lag schwer wie ein Stein in ihrer Brust.

Aus den Augenwinkeln beobachtete Sandy, wie die sonst so sanftmütige Nele mit ungewohnt finsterer Miene auf Jake Stevens zusteuerte. Den hatte Sandy vor Kurzem beim Tanzen mit einer hübschen Dunkelhaarigen ertappt. Einen Moment durchfuhr sie ein hässlicher Stich der Eifersucht. Als die Brünette sich aber als Tara Henley entpuppte, atmete Sandy erleichtert auf. Schließlich waren Jake und Tara so etwas wie Geschwister, alte Freunde aus der Kindheit. Aus dieser Richtung drohte keine Gefahr. Tara konnte sich auf den Kopf stellen. Sie würde nie eine Chance bei Jake haben. Dessen war sie sich sicher.

Jake war für Taras Reize blind. Das war schon im vergangenen Jahr so gewesen, als sie sich Jake gekrallt hatte.

Natürlich hatte sie Taras begehrliche Blicke in Jakes Richtung registriert. Tja, Pech gehabt. Die dunkelhaarige Tara war einfach nicht sein Typ. Genauso wenig wie diese kleine Schlampe Behrmann, die sich flankiert von ihren Freundinnen wie ein Racheengel durch die Menge kämpfte. Warum verließen Jake und Tara auf einmal fluchtartig die Tanzfläche? Irgendetwas war im Busch. Sandy leckte sich über die Lippen. Es versprach, hochinteressant zu werden.

»Komm mit«, zischte sie Bethany aufgeregt zu und zerrte ihre Freundin mit sich. Hinter dem dicken Stamm einer Kiefer suchten sie Schutz.

Bethany stolperte hinter Sandy her. »Was ist denn los, um Himmels willen?«

Sandy fuhr herum. »Shht!« Sie legte den Zeigefinger mit dem perfekt lackierten Fingernagel an die Lippen und machte eine Geste in Richtung Tara. »Da drüben!«

Bethany starrte interessiert hinüber. »Wow, da scheint es Ärger zu geben. Hat Jake die kleine Behrmann abserviert?«

Sandy zuckte mit den Achseln, ohne das Grüppchen aus den Augen zu lassen. Sie konnte zwar nicht jedes Wort verstehen, aber so viel war klar: Jake und Nele waren definitiv kein Paar mehr. Leise triumphierend warf Sandy ihre Mähne nach hinten. Hatte sie es nicht gewusst? Hatte sie Nele nicht prophezeit, dass sie nur ein billiger Zeitvertreib für Jake sein würde? Endlich schien er eingesehen zu haben, wie langweilig diese kleine Deutsche im Grunde eigentlich war. Jake war zur Vernunft gekommen, genau, wie Sandy es gehofft hatte. Sicher würde es nicht lange dauern, bis er wieder vor ihrer Tür stand.

Tiefe Zufriedenheit durchströmte sie, als Nele – offensichtlich schwer gekränkt – in Begleitung von Emma und Bonnie davonstürmte.

Wie in Zeitlupe spielte sich die letzte Szene noch einmal vor Jakes innerem Auge ab. Er hatte die Betroffenheit und die Verletzung in Neles Miene registriert. Ihre Bernsteinaugen hatten ihn zornig angefunkelt, ihre Wangen vor Aufregung geglüht. Es hatte ihn getroffen, sie so zu sehen. Und tief verunsichert. Seine heftigen Gefühle erstaunten und erschreckten ihn gleichermaßen. Er hatte geglaubt, nichts mehr für sie zu empfinden. Hatte gedacht, längst über sie hinweg zu sein. Da hatte er sich wohl etwas vorgemacht. Was genau er gerade empfand, vermochte er nicht zu sagen. War es Wut? Zorn? Gekränkte Eitelkeit? Wehmut?

Eines war jedoch sicher. Der Gedanke an sie wühlte ihn auf. Was in aller Welt war mit ihr los? Der filmreife Auftritt, den sie soeben hingelegt hatte, passte in keiner Weise zu den Worten, die sie ihm in der Nachricht auf Facebook an den Kopf geknallt hatte. Warum schockierte es sie derart, ihn mit einer anderen zu sehen?

Jake versuchte, klar zu denken. Irritiert fuhr er sich mit beiden Händen durch die Haare, dabei fiel ihm auf, dass Taras Gesicht kalkweiß im Schein der bunten Lichter leuchtete.

Mit schreckgeweiteten Augen sah sie ihn an. »Ich gehe Nele suchen«, entschied sie tonlos.

Jake zögerte nicht. »Ich komme mit.«

»Nein!« Tara schüttelte vehement den Kopf. »Ich muss etwas mit ihr klären. Ich gehe allein.« Mit diesen Worten ließ sie ihn stehen.

Irgendetwas Seltsames ging hier vor sich. Nicht nur Nele, auch Tara verhielt sich auf einmal sonderbar. Er blickte ihr nach. Ein merkwürdiges Gefühl breitete sich in seinem Bauch aus, setzte sich fest wie ein Geschwür. Während er dastand und grübelte, entdeckte er Sandy zwischen einer Gruppe von Kiefern. Sie tuschelte mit ihrer Freundin Bethany. Sandy trug die kürzesten Hotpants, die

Jake in seinem Leben je gesehen hatte. Eigentlich war es mehr ein breiter Gürtel, der ihre Pobacken gerade eben verbarg. Ihre langen gebräunten Beine steckten in den neuesten Kustom Turnschuhen. Pink natürlich, Sandys bevorzugte Farbe.

Heiß, schoss es ihm durch den Kopf. Echt heiß. Er erinnerte sich an die Zeit, in der er von Sandy nicht genug hatte bekommen können. Sandy wusste ganz genau, wie sie sich in Szene zu setzen hatte. Sie war nach wie vor ein Hingucker, musste er zugeben. Just in diesem Moment blickte sie in seine Richtung. Überschwänglich winkte sie ihm zu.

»O bitte, lass diesen Kelch an mir vorübergehen«, stieß er hinter zusammengepressten Zähnen hervor, während er sich ein schwaches Lächeln abrang.

Sandy wechselte ein paar rasche Worte mit Bethany und kam zielstrebig auf ihn zugelaufen. Ihre Hüften schwangen verführerisch hin und her.

»Hey babe.« Mit einer lässigen Handbewegung schob sie ein paar lange blonde Strähnen hinter das Ohr. Ihr Lächeln war umwerfend. Der Blick in ihr Dekolleté noch viel mehr.

Jake holte tief Luft. Unter ihrer äußerst knapp sitzenden Jeansweste blitzte ein pinkfarbener Push-up. Er quetschte Sandys Brüste nach oben, sodass sie Jake förmlich ins Gesicht sprangen. Ohne, dass er etwas dagegen tun konnte, wurde sein Blick magisch angezogen. Mit genau diesem sexy Look hatte sie ihn vergangenes Jahr in die Falle gelockt. Jake spürte ein altbekanntes Kribbeln in der Lendengegend. Er räusperte sich und versuchte, sich auf das Gesicht seiner Exfreundin zu konzentrieren. Sie sollte keine falschen Schlüsse ziehen, weil er so starrte. Aber er war eben auch nur ein Mann.

»Hi Sandy. Du auch hier?« *Blöde Frage, Jake. Nicht gerade ein Paradebeispiel intelligenter Konversation.*

»So allein, Schatz?« Sie rückte bedrohlich näher. »Möchtest du?« Sie hielt ihm ihren Getränkebecher hin.

Er nahm ihren Duft wahr, den Geruch von Kokosnuss und Sonnenmilch, der perfekt zu ihrem Image als Surfergirl passte. »Nein, danke.« Er hatte diesen Duft immer gemocht ...

Mit der Spitze ihres Zeigefingers zog sie eine Spur über seinen Unterarm. Die feinen Härchen stellten sich auf.

»Lass das.«

»Sei doch nicht so.« Sie zog einen Schmollmund. »Magst du mich denn kein bisschen mehr?« Ihre braunen Augen blickten sanft.

Es rührte ihn plötzlich, wie hartnäckig sie immer wieder versuchte, sein Interesse zu wecken. »Sandy, hör zu ...«, setzte er an, doch in diesem Augenblick tippte ihm jemand auf die Schulter.

»Hey mate!« Ein Typ mit schrillgrüner Punkfrisur grinste ihn vielsagend an. Alan Forbes, ein Kumpel aus der Surfclique. An seinem rechten Arm hing eine schlecht gelaunte, Kaugummi kauende Brünette. »Krasse Party, oder?« Alans neugieriger Blick glitt zu Sandy. Er fuhr sich mit der Zunge über die Lippen, nickte ihr anerkennend zu.

Jake spürte Ärger aufsteigen. Wenn Alan, der schlimmer als jedes Weib tratschte, herumerzählte, dass er ihn mit Sandy zusammen auf der Strandfete gesehen hatte, würde die Gerüchteküche in der Schule von Neuem zu brodeln beginnen. Er hasste Gerede. Das war ebenfalls einer der Gründe gewesen, die zum Bruch in der Beziehung mit Sandy geführt hatten. Sandy liebte Klatsch und Tratsch so heiß und innig wie ihre Schminkutensilien.

Jake rückte etwas von ihr ab. »Wie geht's, Al?«

»Alles klar, Mann«, erwiderte Alan, seine Augen starr auf Sandy geheftet.

Ihr schien die offensichtliche Bewunderung zu gefallen. Sie schenkte Alan ein liebliches Lächeln, nicht ohne sich vorher Jakes Aufmerksamkeit versichert zu haben. Die Miene von Alans Begleiterin verdüsterte sich zusehends. Verzweifelt bemühte sie sich, ihren Freund zum Weitergehen zu bewegen.

Alan verharrte wie festgemauert. Nachdem er Sandy eine gefühlte Ewigkeit dümmlich grinsend gemustert hatte, wandte er sich wieder an Jake.

»Hast du schon die Eskies hinter dem Zelt entdeckt?« Er schob sich näher an ihn heran. »Booze, mate«, raunte er verschwörerisch.

»Hör auf, mir das Zeug anzubieten. Ich trinke nicht mehr.«

Alan hob abwehrend die Hände. »Hey bloke, nichts für ungut. Vergiss es einfach.« Er zwinkerte Sandy zu. Seine Freundin trat ihm erbost gegen das Schienbein. »Scheiße, Kristy, was soll das?« Alan sah Kristy wütend an. Kristy zog einen Flunsch. Sie verschränkte die dürren Arme vor der Brust und wandte sich beleidigt ab. Alan rollte mit den Augen, stieß einen theatralischen Seufzer aus. »Schätze, ich muss weiter. Wir sehen uns.«

Jake sah den beiden nach. Alan trottete einen halben Meter hinter Kristy her, die, wild mit den Händen gestikulierend, ihm offensichtlich gehörig die Meinung geigte.

»Jake.« Sandy zupfte an seinem Ärmel. »Können wir ein paar Schritte gehen? Ich muss mit dir reden.« In ihrem Gesicht lag ein solch flehender Ausdruck, dass es ihm schwerfiel, ihre Bitte abzuschlagen. Wie so oft.

»Okay.«

Sie schlenderten die Promenade entlang und über den Strand hinunter zum Wasser. Unvermittelt blieb Sandy stehen, schnappte sich seine Hand und presste sie auf ihre bebende Brust. »Wie fühlt sich das an?«

»Hör zu«, begann er, während er versuchte, nicht daran zu denken, welche Teile von Sandys Körper seine Finger gerade berührten. »Du weißt, dass ich dich gern hab.«

Ein leises Lächeln huschte um Sandys Lippen. Ihre Augen funkelten im Mondlicht. »Ich hab's gewusst. Du kannst mich nicht vergessen. Obwohl du immer so tust, als ob du …«

»Gern, sagte ich«, unterbrach er sie und löste sich sanft aus ihrem Griff. »Aber nicht so, wie du es dir wünschst. Das mit uns, das ist lange vorbei.«

Wie befürchtet, spiegelte ihre Miene Erstaunen und Ungläubigkeit wider. Warum nur wollte sie nicht verstehen, dass er kein Interesse mehr hatte? Jede andere hätte längst kapituliert. Nicht Sandy Atkinson.

»Wenn du tief in dich hineinhorchst, wirst du erkennen, dass es nicht vorbei ist«, meinte sie unbeirrt und lehnte sich dabei gegen seine Brust.

»Jake!« Der aufgeregte Klang einer weiblichen Stimme ließ sie auseinanderfahren.

Tara blieb atemlos vor ihnen stehen. »Sie ist verschwunden!«

»Wer?«

»Nele«, keuchte Tara. »Ich kann sie nicht finden!«

»Sie ist bestimmt nach Hause gegangen.« Warum veranstaltete Tara solch einen Aufruhr?

Tara schüttelte den Kopf, dass die dunklen Locken flogen. »Ich habe dort angerufen, aber Mum und Gordon haben sie nicht gesehen.«

»Hast du Emma oder Bonnie gefragt? Sie war doch mit ihnen zusammen.«

»Die beiden sind noch hier. Sie haben gesagt, dass Nele allein sein wollte, um nachzudenken. Sie hat die Party verlassen, aber keiner weiß, wo sie hin ist.«

Sandy räusperte sich. »Sie wird schon wieder auftauchen. Mach doch nicht so einen Aufstand.«

»Jake«, bat Tara, Sandy geflissentlich ignorierend. »Nele geht es nicht gut. Wir müssen sie finden. Bitte.«

Jake konnte einen Anflug von Panik aus ihrer Stimme heraushören.

»Sweetheart, ich fühle mich auch nicht besonders.« Sandy hängte sich bei ihm ein. »Bringst du mich heim?«

Tara warf ihr einen bösen Blick zu. »Halt die Klappe, Atkinson. Ausnahmsweise geht es mal nicht um dich.«

Alarmiert durch Taras offensichtliche Besorgnis, löste er sich von Sandy. »Was ist eigentlich los? Worum geht es hier, Tara?«

»Komm schon«, drängte Sandy ihn weiter, »es wird sich sicher alles klären. Können wir?«

»Ich muss mit dir sprechen.« Tara fixierte ihn eindringlich. »Allein.«

In Jakes Kopf wirbelten die Gedanken wild durcheinander. Schließlich wandte er sich an Sandy. »Hast du nicht gehört, was ich vorhin gesagt habe? Es ist aus. Aus und vorbei. Lass mich bitte in Zukunft in Ruhe.« Das klang schroffer als beabsichtigt, aber Sandys Penetranz nervte ihn inzwischen gewaltig. Irgendetwas stimmte nicht. Nele hatte sich äußerst merkwürdig verhalten, jetzt war sie anscheinend verschwunden und Tara völlig durch den Wind. Er wollte auf der Stelle wissen, was hier lief.

Sandy schnappte empört nach Luft. »Aber ich dachte, dass du und ich – dass wir ...« Ihre Stimme verlor sich im Rauschen der Brandung.

»Du hast falsch gedacht. Ich habe dir nie einen Anlass dazu gegeben.«

Sandys braune Kulleraugen weiteten sich ungläubig. Ihre Unterlippe begann zu zittern, aber sie hatte sich schnell wieder im Griff. Ihre Züge versteinerten. »Fahr zur Hölle«, stieß sie hinter zusammengepressten Zähnen hervor. Sie rempelte Tara absichtlich an, als sie Jake den Rücken zuwandte und davoneilte.

»Also, was wolltest du mir sagen?«, hakte er bei Tara nach, kaum dass Sandy außer Hörweite war.

Tara befeuchtete mit der Zungenspitze ihre trockenen Lippen. Ihre Kehle schnürte sich immer weiter zu. »Es tut mir echt leid«, sagte sie kaum hörbar, während sie ihre Füße anstarrte.

»Was meinst du? Was tut dir leid?«

Tara schluckte schwer. Wo sollte sie anfangen? Wie sollte sie Jake beibringen, dass sie ihn und Nele hintergangen hatte? Tara fühlte sich auf einmal sehr schlecht. Sie war ein grässlicher Mensch, eine furchtbare Gastschwester und schreckliche Freundin! Sicherlich würde Jake sie verachten, wenn er erfuhr, was sie getan hatte. Aber sie musste es ihm gestehen. Sie mussten Nele finden und sichergehen, dass es ihr gut ging. Sie wollte sich nicht vorstellen, was zu Hause los sein würde, wenn ihre Eltern erfahren würden, was sie angestellt hatte. »Können wir uns irgendwo setzen?« Ihre Knie zitterten wie Espenlaub.

»Holy dooley«, meinte Jake. »Du bist weiß wie eine Wand. Komm mit.« Er nahm sie an die Hand und führte sie zur Promenade, wo er sie sanft auf eine Bank drückte. »So. Und jetzt ganz in Ruhe.« Er setzte sich neben sie, heftete seinen aufmerksamen Blick auf ihr Gesicht.

»Okay.« Tara nickte und holte tief Luft, als wäre sie kurz davor, abzutauchen. »Ich habe mir Neles ...«, begann sie, doch dann senkte sie die Lider. Sie konnte Jake nicht in die Augen sehen. »Diese Nachricht. Sie war von mir.«

»Welche Nachricht?«

»Auf Facebook.«

Sie schielte zu ihm hinüber, sah, wie er die Stirn runzelte.

»Dass sie dich nicht mag.« Tara sehnte ein tiefes Loch herbei, in dem sie augenblicklich verschwinden könnte. »Sondern nur eine Wette laufen hatte und dass es da außerdem jemand anderen gibt ...«

»... und sie nur testen wollte, ob sie mich herumkriegen könnte«, kommentierte Jake tonlos.

»Ja«, flüsterte sie. Erneut ließ sie den Kopf hängen. »Ich habe mich auf ihr Profil geschlichen und unter ihrem Namen die Mail an dich geschickt.«

»Warte.« Jake rieb sich stöhnend mit beiden Händen über das Gesicht, als würde er soeben aus einem Albtraum erwachen. »Nele hatte also nichts damit zu tun?«

»Nein.« Tara wagte nicht aufzusehen. Sie schämte sich in Grund und Boden. Plötzlich verstand sie nicht mehr, was sie bewogen hatte, sich zu dieser verabscheuungswürdigen Aktion hinreißen zu lassen. Doch, sie wusste es. Sie wollte Jake. Sie begehrte ihn. Sie liebte ihn. Doch die Chance auf seine Liebe hatte sie jetzt ein für alle Mal vermasselt. Und die Freundschaft zu Nele zerstört.

Jake sprang auf. »Bist du wahnsinnig? Was hast du dir dabei gedacht?« Zornig funkelte er sie an.

»Es tut mir so leid, ehrlich …«

»Es tut dir leid?«, fauchte er. »Jetzt kapiere ich endlich! Das Entsetzen auf ihrem Gesicht und ihre seltsame Reaktion, als sie uns beide zusammen entdeckt hat …« Aufgewühlt fuhr er sich durch den Haarschopf. »Und ich habe so einfach Schluss mit ihr gemacht!« Jake fing an, wie ein wildes Tier in einem Käfig hin- und herzulaufen. »Sie muss denken, dass ich ein kompletter Idiot bin. Crap!« Es folgten ein paar deftige Schimpfwörter, die Tara zusammenzucken ließen.

»Was sollen wir jetzt machen?«, piepste sie.

Empörung und Wut standen ihm ins Gesicht geschrieben, als sein flüchtiger Blick sie streifte. »Wir müssen sie finden!« Ohne ein weiteres Wort machte er auf dem Absatz kehrt und stürmte davon.

Tara hatte ihre liebe Mühe, ihm zu folgen. Vor dem Festzelt holte sie ihn wieder ein. Dort entdeckte sie auch Emma, die mit ein paar Mädchen lachend zusammenstand. »Emma, komm mal her!«

Kaum hatte Emma Taras hektisches Winken bemerkt, löste sie sich aus der Gruppe. »Ich habe gerade eben eine

SMS von Nele bekommen«, rief sie und hielt Tara ihr Handy unter die Nase.

Jake fuhr herum. »Was? Nele hat sich gemeldet?«

Erleichtert schlug Tara die Hände vor dem Mund zusammen. »O Gott, ich bin ja so froh!« Sie wechselte einen sekundenschnellen Blick mit Jake. Seine harte Mimik jagte ihr einen eisigen Schauder über den Rücken. Jake war mächtig sauer auf sie.

»Ja, gerade eben«, bestätigte Emma. »Sie ist auf dem Heimweg. Chris fährt sie nach Hause.«

Jake packte Emma grob an der Schulter. »Chris Hunt?«

»Au! Du tust mir weh!« Emma löste sich aus Jakes Griff. »Ja, Hunt. Warum? Ist das wichtig?«

Jake erblasste sichtlich unter seiner Sonnenbräune. »Oh. Mein. Gott«, stieß er hervor.

Tara spürte, wie eine eiskalte Hand nach ihrem Herzen griff.

Kapitel 19
Fatale Entscheidung

Tränenblind stolperte Nele den gepflasterten Weg entlang, ignorierte spitze Steinchen und Sandkörner, die in ihre flachen Sneaker drängten. Die erstaunten, zum Teil mitleidigen Blicke, die ihr zugeworfen wurden, kümmerten sie nicht. Sie rannte bis zum Spielplatz, der einsam und verlassen im Halbdunkel lag. Völlig außer Atem ließ sie sich auf eine Bank fallen. Sie zog die Beine an, umschlang ihre Knie und starrte hinaus aufs mondbeschienene Meer.

Eigentlich hätte sie jetzt hier mit Jake sitzen müssen, unter dem glitzernden Sternendach, dessen unzählige Lichter im samtblauen Himmel funkelten. Es war eine atemberaubend schöne Spätsommernacht. Und sie hatte sich noch nie zuvor so einsam und verlassen in ihrem Leben gefühlt. Schwer schluckend kämpfte sie gegen den aufsteigenden Weinkrampf an. Jähe, tiefe Sehnsucht überfiel sie. Heimweh nach den vertrauten Gesichtern, nach ihrem kleinen Dorf im Schwarzwald.

In Erinnerungen versunken, strich sie sich eine Haarsträhne aus dem erhitzten Gesicht und ließ ihre Gedanken wandern. Ob die gescheckte Kuh von Bauer Winterhalder inzwischen ihr Kälbchen bekommen hatte? Wie hoch der Schnee wohl in diesem Winter lag? Sie musste unbedingt Johanna fragen. Bestimmt versammelte sich die Clique wie jedes Jahr am Hang vor dem Schollacher Hexenwald zum Schlitten- und Snowboardfahren. In der Abenddämmerung hatten sie oft ein Feuer im Tal entfacht und sich an heißem Punsch die klammen Finger gewärmt. Nele hatte diese schneeglitzernden, ausgelassenen Tage im Kreis ihrer Freunde immer geliebt …

Sie seufzte tief. Was machte sie hier, Tausende von Kilometern entfernt in einem fremden Land, inmitten von Menschen, denen sie völlig egal war? Nele ließ ihre Stirn auf die Knie sinken. Sie war müde, so müde. Sie sehnte sich nach einem lieben Menschen, der sie tröstend in den Arm nahm. Sie schloss die Augen und ließ sich von den gedämpften Klängen der Musik, die der Wind vom Festzelt herüberwehte, davontragen.

Nele zuckte zusammen, als sich eine Hand auf ihre Schulter legte. Sie hob den Kopf und blinzelte. Jemand stand vor ihr. Seine Silhouette zeichnete sich dunkel gegen den hellen Nachthimmel ab. Chris Hunt.

»Darf ich?« Ohne ihre Antwort abzuwarten, setzte er sich neben sie auf die Bank. Er rückte so dicht an sie heran, dass der raue Stoff seiner Jeans an ihrem nackten Oberschenkel rieb. Sie ließ es geschehen, denn es schien ihr viel zu mühsam, sich zu bewegen.

Er lächelte, wischte mit dem Daumen eine Träne von ihrer Wange. »So schlimm kann's doch nicht sein.« Der ungewohnt sanfte Klang seiner Stimme ließ neue Tränen aufsteigen, rasch vergrub sie das Gesicht in den Händen.

Chris wartete geduldig, bis das Schluchzen verebbte. Ein Weilchen später hielt er Nele ein Taschentuch hin. »Nimm schon. Ich habe es erst einmal benutzt.«

Schniefend wandte sie den Kopf.

In Chris' Augen blitzte Schalk auf. »Ist das, was ich da sehe, die Andeutung eines Lächelns?«

Schließlich nahm sie das Tuch entgegen und putzte sich lautstark die Nase.

»Du siehst hübsch aus, wenn du weinst.«

»Ach, ich sehe schrecklich aus«, erwiderte sie, während sie glättend über ihr Haar strich. »Meine Augen sind verquollen, meine Haare durcheinander, und meine Nase leuchtet bestimmt genauso wie die von Rudolph ...«

»Von wem?«

»Rudolph, dem rotnasigen Rentier.«

Er lachte. »Du bist komisch.« Unvermittelt wurde seine Miene ernst.

Die Art, wie er sie musterte, verunsicherte sie. Sie wich seinen Blicken aus, sah hinaus auf das dunkle, wogende Meer. Der lang gezogene Schrei einer Möwe hallte durch die Nacht. Nele zerknüllte das Taschentuch und stand auf. »Ich gehe besser. Es ist schon spät.«

Chris sprang ebenfalls hoch, verstellte ihr den Weg. »Lass mich dich heimbringen. Mein Wagen steht gleich drüben beim Hotel Victor.« Er machte eine winzige Bewegung mit dem Kopf in Richtung des Hotels.

»Danke, ich geh zu Fuß.«

»Ist vielleicht keine gute Idee. Es ist spät. Wer weiß, wer sich auf den Straßen herumtreibt? Man kann nie wissen.«

»Von mir aus«, willigte sie ein. »Du kannst mich nach Hause fahren.« Im Grunde war es ihr egal, wie sie nach Hause kam. Eigentlich war ihr so ziemlich alles egal. Sie wollte nur noch ins Bett und schlafen.

»Na komm.« Chris streckte eine Hand nach ihr aus.

Sie schüttelte den Kopf und er zuckte gleichgültig mit den Achseln.

Mit einer lässigen Geste rammte er die Hände in die Gesäßtaschen seiner hautengen Jeans.

In den Räumen des Encounter Coast Discovery Centers auf der Flinders Parade brannte noch Licht. Plötzlich verspürte Nele das Bedürfnis, sich das vom Weinen erhitzte Gesicht mit Wasser zu kühlen. »Ich möchte mich rasch frisch machen«, sagte sie zu Chris. »Wartest du?«

»Klar.« Mit verschränkten Armen lehnte er sich an die Backsteinwand des Gebäudes. »Kein Thema.«

In der Damentoilette fischte Nele das Handy aus ihrem Täschchen, um Emma eine rasche SMS zu schicken.

»Tut mir leid, dass ich vorhin einfach abgehauen bin. Ich musste allein sein. Jake ist ein Arsch, aber mach dir um mich keine Gedanken. Ich habe Chris Hunt getroffen. Er fährt mich heim. Ruf dich morgen an. Nele XXX«

Nele steckte das Telefon weg und wagte einen Blick in den Spiegel. Sie erschrak vor dem bleichen Gesicht, das ihr entgegenstarrte. Ihre Augen waren vom Weinen geschwollen, das Weiß durchzogen mit roten Äderchen. Ihr Haar hing wirr vom Kopf. Nele verzog den Mund. Sie sah genauso grässlich aus, wie sie sich fühlte. Wie eine Untote aus dem Moor. Beinahe hätte sie aufgelacht, ein Lachen der Verzweiflung. Ein Wunder, dass Chris nicht schreiend davongelaufen war. Eines musste man ihm lassen. Er verhielt sich wie ein Gentleman. Im Gegensatz zu anderen jungen Männern, die sie kannte.

Die Erinnerung an Jakes kalte Worte flackerte auf. Nele schluckte schwer. Sie drehte den Hahn auf, ließ das kühle Nass in ihre geöffneten Hände laufen, und spritzte sich das Wasser ins Gesicht. Mit feuchten Fingern fuhr sie ordnend durch die langen Strähnen und stützte sich anschließend auf dem Rand des Waschbeckens ab. »Dumme Kuh«, murmelte sie. »Wie konntest du nur annehmen, dass es für immer sein würde?« Für einen Moment schloss sie die brennenden Augen.

»Alles in Ordnung, Liebes?«

Nele fuhr herum. Hinter ihr lauerte eine kleine, ältere Dame, die sie neugierig durch ihre Brillengläser musterte. Sie musste soeben aus einer der Kabinen gekommen sein. Nele rang sich ein dünnes Lächeln ab. »Danke, es geht schon.«

»Ist ein bisschen spät für so ein junges Ding allein auf den Straßen«, nörgelte die Alte, während sie mit ihrem Stock auf die Steinfliesen klopfte und dabei ihre Stirn in Dackelfalten legte.

»Ich bin nicht allein«, erwiderte Nele, barscher als beabsichtigt. Sicherlich meinte es die alte Lady gut, doch Nele verspürte keinerlei Lust, sich in ein Gespräch verwickeln zu lassen. Sie schenkte der fremden Dame nochmals ein entschuldigendes Lächeln, worauf diese ihre Lippen missbilligend schürzte. In Neles Tasche klingelte das Handy.

Jakes Blick glitt über die vielen Köpfe hinweg zum Festzelt, blieb an den bunten Lichtern hängen. »Na los, nimm schon ab.« Unruhig tigerte er hin und her und presste sein Telefon ans Ohr. »Warum zum Teufel geht sie nicht ran?«

»Sicher ist sie schon längst zu Hause«, meinte Emma hoffnungsvoll. »Hast du es da schon versucht?«

»Normalerweise geht sie immer an ihr Handy«, schimpfte er. Flink tippte er die Nummer der Henleys ein. Während er wartete, fuhr er sich nervös durch die Haare. »Mrs H? Jake hier. Kann ich bitte Nele sprechen?«

Eine Weile lauschte er. »Sie hat sich nicht gemeldet?«

Tara und Emma wechselten einen Blick. Tara presste die Lippen zusammen, Emma hob hilflos die Schultern.

»Okay.« Jake atmete tief aus. »Würden Sie mich bitte anrufen, sobald Nele daheim ist?« Er nickte mehrmals. »Ja. Nein, es ist – nichts. Ich wollte nur – bitte sagen Sie mir einfach Bescheid. Bye.« Er wandte sich an Emma. »Wenn sie dir getextet hat, dass sie mit Chris nach Hause fährt, müsste sie schon längst angekommen sein. Es ist nur ein Katzensprung in die O'Leary Street.« Mit der Faust rieb er über sein Kinn. »Wo zum Henker ist sie?«

Tara trat einen Schritt vor, berührte ihn sacht am Arm. »Du hast Mum nichts davon gesagt ...«

»Dass wir uns tierische Sorgen machen?« Er lachte bitter auf. »Weil sie mit Chris Hunt unterwegs ist?«

»Jetzt mach mal halblang.« Emma runzelte ihre Stirn. »Chris hat zwar nicht gerade den besten Ruf, ich weiß, aber zu Nele ist er bisher nur nett gewesen ...«

»Ach wirklich? Du meinst also, dieser Typ wäre *nett*? Deine Freundin ist mit einem stadtbekannten Rowdy unterwegs, liebe Emma. Weißt du nicht, dass er sie vor einiger Zeit am Strand bedroht hat?« Er biss auf seine Unterlippe und stieß laut hörbar Luft aus. »Wie konnte sie nur mit ihm gehen?«

Entsetzen spiegelte sich auf den Gesichtern der Mädchen, als sie begriffen.

»Scheiße«, sagte Emma und erblasste.

Tara legte eine Hand auf ihre Brust. »Du meinst, Chris ist einer von dieser Gang …?«

»So sieht's aus, Tara.« Tausend Gedanken schwirrten gleichzeitig durch Jakes Kopf. »Ich kann nicht glauben, dass sie auf diesen Kerl hereinfällt.«

»Nele hat nie erwähnt, dass Chris einer von denen …« Emma brach ab. »Ich verstehe es nicht.«

»Ich nehme an, sie hat ihn nicht wiedererkannt«, entgegnete er knapp. Er hätte Nele die Wahrheit über Chris Hunt sagen müssen. Dann jedoch wäre … Er wischte den unangenehmen Gedanken beiseite. Erneut wählte er Neles Nummer. Sein verzweifelter Blick traf Emma, während er wartete. »Was genau hat Nele dir geschrieben? Kannst du es mir zeigen?«

Für den Bruchteil einer Sekunde zögerte Emma, dann zog sie ihr Handy aus der Hosentasche, rief die Nachricht auf und reichte das Telefon wortlos an ihn weiter.

Während er las, presste er seine Lippen aufeinander und nickte kaum merklich. »Ich bin also ein Arsch.«

»Kannst du ihr das verdenken?« Emma fixierte ihn vorwurfsvoll.

Er gab Emma das Handy zurück. »Sie hat ja recht. Ich hätte zumindest mit ihr reden sollen. Mir anhören sollen, was sie zu sagen hat.« Er seufzte. »Sie geht nicht dran.« Kopfschüttelnd ließ er sein Telefon zurück in die Tasche gleiten. »Ich hätte es besser wissen müssen. Shit!«

»Wie lange ist sie schon weg?«, fragte Tara mit dünner Stimme.

Emma sah auf ihre Armbanduhr. »Ungefähr eine Stunde.«

»Viel zu lang.« Jake fühlte Unbehagen aufsteigen. »Warum ist sie noch nicht zu Hause? Wo verdammt noch mal treibt sie sich herum? Sie wird doch nicht mit diesem Kerl irgendwohin …?« Der Gedanke war einfach zu schrecklich, als dass er ihn aussprechen konnte.

»Niemals.« Emma schüttelte den Kopf. »Jedenfalls glaube ich das nicht«, fügte sie hinzu und tauschte einen verunsicherten Blick mit Tara.

»Vielleicht reagiert sie nicht, weil sie meine Nummer erkennt? Emma, Tara, bitte versucht ihr, sie zu erreichen«, bat er die beiden Freundinnen.

Tara hob bedauernd die Hände. »Mein verdammter Akku ist leer.«

»Und ich versuche es bereits die ganze Zeit«, sagte Emma. Unvermittelt hob sie einen Arm und winkte. »Bonnie! Hier sind wir!«

»Was gibt's?«

Jake packte sie an ihren schmalen Schultern. »Hör zu, Bonnie. Es ist wichtig. Hast du Nele gesehen? Weißt du, wo sie ist?«

»Hey, mal ganz locker, ja.« Jake ließ sie los. »Ich nehme an, sie ist nach Hause gegangen. Wieso fragst du?« Verdutzt sah Bonnie von einem zum anderen. »Stimmt etwas nicht?«

»Offensichtlich ist sie zu Hunt ins Auto gestiegen. Er hatte ihr versprochen, sie nach Hause zu bringen. Bisher ist sie da aber nicht angekommen«, klärte Jake sie hastig auf.

»Chris Hunt?«

»Genau der.« Jake knirschte mit den Zähnen. »Ich fürchte, ich habe sie sehr verletzt, und jetzt begeht sie womöglich irgendeinen Blödsinn.« Seine Stimme brach und er räusperte sich.

»Oh.« In einer Geste des Erschreckens legte Bonnie beide Hände an ihre Wangen. »Chris ist nicht gerade als Wohltäter bekannt.«

»Es kommt noch dicker«, sagte Emma düster. »Jake meint, dass Chris einer von den Typen ist, die Nele am Strand angepöbelt haben.«

»Warum in aller Welt lässt sie sich dann mit ihm ein?«

Jake hob hilflos die Schultern. »Ich weiß es nicht.« Er starrte hinüber zur Bühne, wo eine ausgelassene Gruppe neue Tanzschritte zu Madison Avenues *Don't call me baby* ausprobierte. »Vielleicht will sie mir auf diese Weise eins auswischen.«

»So ist Nele nicht«, warf Emma energisch dazwischen.

»Ich hab versucht, sie vor ihm zu warnen«, fuhr Jake fort. »Anscheinend nicht eindringlich genug.«

»Hast du dein Handy dabei?«, fragte Tara. Bonnie nickte. »Ruf sie bitte an.« Aber auch dieser Versuch blieb ohne Erfolg. Offensichtlich hatte Nele das Gerät ausgeschaltet.

»Ich frage noch einmal bei den Henleys nach«, entschied Jake. Während er mit Shirley telefonierte, schienen Sekunden sich zu endlos langen Minuten auszudehnen. Neles Gasteltern machten sich inzwischen große Sorgen. Auch sie hatten kein Lebenszeichen von Nele bekommen. »Ich werde mich auf die Suche machen«, sagte Jake schließlich zu Shirley. »Machen Sie sich keine Sorgen, Mrs H.«

»Und?« Bonnies braune Augen sahen ihn erwartungsvoll an.

Jake fuhr sich mit den Fingern durch sein Haar. »Ihr habt es ja gehört. Sie ist noch immer nicht daheim. Ich werde nach ihr suchen.«

»Wir kommen mit«, entschieden Emma und Boonie gleichzeitig.

Tara trat vor. »Ich auch. Es ist meine Schuld, dass Nele sich mit diesem Typen eingelassen hat!« Prompt fing sie zu weinen an. »Wenn ich Jake nicht diese Nachricht geschickt hätte, wäre das alles nicht passiert!« Tränen strömten über ihre Wangen, während sie unkontrolliert schluchzte. »Alles nur weil ich ...«, sie brach ab und sank in sich zusammen.

»Was für eine Nachricht?«, fragte Emma.

Tara machte eine hilflose Bewegung mit der Hand. »Ich habe alles kaputtgemacht. Alles!«

»Könntest du uns mal erklären, von was du eigentlich sprichst?«

Jake hielt Emma zurück. »Später.« Er hatte die sonst so beherrschte, kühle Tara noch nie so aufgelöst gesehen. Aber jetzt zählte allein Nele. Er legte Tara eine Hand auf die Schulter. »Lass das doch. Es hat keinen Sinn, dass du dir Vorwürfe machst. Das bringt uns nicht weiter. Wichtig ist im Augenblick nur, dass wir Nele finden.«

»Meine Schuld«, beharrte Tara unter heftigen Schluckaufattacken. »*Ich* muss Nele finden.« Zitternd holte sie Luft.

»Ich fahr jetzt los. Ich werde mit dem Motorrad alle Orte abklappern, die mir einfallen. Und ihr«, eindringlich blickte er die drei an, »fragt bitte jeden, den ihr kennt, ob er weiß, wo Nele oder Hunt sich aufhalten. Außerdem sollten wir über unsere Handys in Verbindung bleiben, falls jemand etwas Neues zu berichten weiß.«

»Meins funktioniert nicht mehr«, jammerte Tara.

»Ich fahr dich heim. Du kannst dich von dort aus mit Freunden und Bekannten in Verbindung setzen.«

Während Tara auf dem kühlen Ledersitz der Suzuki kauerte, die Arme um Jakes Taille geschlungen und das Gesicht an seinen breiten Rücken geschmiegt, liefen ihr ungehindert Tränen über die Wangen. Wie hatte sie sich nur zu so etwas derart Niederträchtigem hinreißen lassen können? Sie war kein bisschen besser als Sandy Atkinson, deren Markenzeichen es war, andere zu gängeln und zu manipulieren. Hatte sie so ein Verhalten nicht immer verabscheut? Tara schluckte. Sie kniff die Lider zusammen, um eine klare Sicht zu bekommen. Von Sinnen musste sie gewesen sein, als sie sich Neles Laptop geschnappt hatte. Von Sinnen und total verblendet vor lauter Liebe.

Sie hob den verschwommenen Blick, studierte Jakes Hinterkopf. Am liebsten hätte sie die vorwitzigen Haarsträhnen berührt, die aus seinem Helm lugten. Sie sehnte sich so nach ihm, so sehr, dass es ihr fast das Herz zerriss. Würde sie je wieder jemanden so lieben können wie ihn? Sie bezweifelte es. Er war etwas ganz Besonderes. Schon immer hatte sie eine Schwäche für ihn gehabt. Auch damals, als sie noch Kinder waren. Sicher verachtete er sie für das, was sie getan hatte. Wie sollte sie ihm je wieder in die Augen blicken? Noch nie zuvor in ihrem Leben war sie so verzweifelt gewesen, noch nie zuvor hatte sie sich so abgrundtief geschämt.

Kaum hatte Jake das Motorrad vor dem Schuppen geparkt, lief Mum ihnen entgegen. Ihre sonst so adrette Frisur stand wirr in alle Richtungen ab. Auf ihren Wangen zeigten sich hektische rote Flecken. Sie trug Samtpantoffeln an den Füßen und ihren geliebten hellblauen Satinsteppmorgenmantel, wegen dem Gordon sie regelmäßig aufzuziehen pflegte.

»Es wird langsam Zeit, dass du nach Hause kommst, junge Dame.« Mit dem Zeigefinger tippte sie auf das Zifferblatt ihrer Armbanduhr.

Tara trat mit hängenden Schultern auf sie zu. »Tut mir leid, Mum. Ich weiß, es ist spät.«

Jake bockte die Maschine auf, nestelte an seinem Helm. »Ich schätze, Sie haben noch nichts von Nele gehört?«

»Nein.« Mum bemühte sich, gefasst zu wirken, aber Tara bemerkte das unterschwellige Zittern in ihrer Stimme. »Mein Mann telefoniert mit Nachbarn und Freunden, aber bislang gibt es nichts Neues.« Sie versuchte ein zaghaftes Lächeln.

»No worries. Ich werde Nele zurückbringen, Mrs H. Ich verspreche es Ihnen.« Für einen Moment legte Jake seine Hand auf die von Mum. Sie blickten einander in die Augen, als wollten sie sich gegenseitig Mut machen.

Hoffentlich hast du recht, Jake. Tara schlang die Arme um sich, sie fror, obwohl es angenehm warm war. Wenn Nele etwas zustoßen sollte … Mit einer imaginären Handbewegung wischte sie den furchtbaren Gedanken beiseite. Es war einfach zu schrecklich, sich das auszumalen. »Er wird sie finden, oder?« Ihre Stimme wackelte bedenklich, als sie Jake hinterherblickte, der davonraste. Ihr Herz schmerzte vor Sehnsucht nach ihm.

»Aber sicher, Liebes.« Ihre Mutter legte einen Arm um ihre Taille.

Arm in Arm stiegen sie die Stufen zur Veranda hinauf. Taras Beine fühlten sich schwer wie Blei an.

Kapitel 20
Verloren

Das penetrante Klingeln hörte nicht auf. Ungeduldig fummelte Nele am Reißverschluss ihrer Tasche, während sich die Tür der Damentoilette quietschend hinter ihr schloss. Sie blieb stehen, schnappte sich das aufdringlich läutende Telefon und drückte das Gespräch weg. Sie war nicht in der Stimmung, mit jemandem zu sprechen.

»Können wir los?« Chris, der noch immer an der Mauer lehnte, beobachtete sie.

»Klar.« Sie räusperte sich, strich sich noch einmal glättend über ihr Haar.

»Großartig.« Er löste sich von der Wand und sah sie prüfend an. Er bot ihr wieder seinen Arm an, doch sie lehnte ab. »Na, dann komm.«

Nele hatte Mühe, mit Chris' langen, ausholenden Schritten mitzuhalten. Die Absätze seiner Stiefel klangen hart auf dem Asphalt des Gehwegs nach.

An der Ecke neben dem Hotel wartete ein blassgrüner, ziemlich schmuddliger und heruntergekommener Ford Falcon Pick-up auf sie.

»Viertausend Kubikmeter großer Sechszylinder-Reihenmotor und hundertachtundfünfzig PS«, erklärte ihr Chris nicht ohne Stolz. Flink befreite er den Beifahrersitz von zerfledderten Zeitschriften, leeren Getränkedosen und Flaschen, die er der Einfachheit halber in den Fußraum bugsierte.

Nele nickte anerkennend, während sie seinem unbekümmerten Treiben zusah. Sie hatte keine Ahnung von Autos.

»Bitte sehr.« Mit einer schwungvollen, fast übertrieben höflichen Geste lud er sie ein, Platz zu nehmen.

Sie zauderte einen winzigen Augenblick. Sein Gefährt wirkte nicht sehr einladend.

»Ich hoffe, meine Karre genügt deinen Ansprüchen?« Seine Stimme hatte einen seltsamen Klang angenommen. Er musterte sie kühl, er hatte ihr Zögern registriert.

Nele bekam ein schlechtes Gewissen, aber im Wagen stank es widerlich. Nach abgestandenem Zigarettenrauch, faulig, feucht und säuerlich, nach – ja, sie konnte es nicht besser beschreiben – Erbrochenem. »Natürlich.« Sie lächelte, sicherlich etwas gequält, und schlüpfte hinein, bemüht, mit so wenig wie möglich in Berührung zu kommen. Die Haut ihrer nackten Oberschenkel saugte sich sofort auf dem speckigen Leder fest.

Chris schlug die Beifahrertür zu. Als er sich hinter das Steuer klemmte, lag ein harter Zug um seinen Mund. Er schien verärgert. Nele überlegte, wie sie ihn wieder gnädig stimmen könnte. Sie mochte die unterschwellige Spannung, die auf einmal zwischen ihnen herrschte, nicht.

»Ich ... äh ... hoffe, es macht dir nicht so viele Umstände«, stotterte sie, »dass du mich nach Hause fährst, meine ich.«

Sein forschender Blick streifte sie flüchtig, aber sie hatte das eigentümliche Funkeln in seinen Augen bemerkt. Leichtes Unbehagen beschlich sie. Ob es ein Fehler gewesen war, zu Chris Hunt ins Auto zu steigen? Sie beobachtete ihn aus dem Augenwinkel, während er den Zündschlüssel drehte und den Motor startete. Was wusste sie schon von ihm? Eigentlich so gut wie nichts, außer dass es in seiner Vergangenheit ein paar dunkle Flecken gab ...

Jakes warnende Worte kamen ihr in den Sinn. Vielleicht hätte sie besser auf ihn gehört? Sie spürte ein sehnsüchtiges Ziehen in der Brust, als sie an den Tag bei den Ureinwohnern im Camp Coorong zurückdachte. Wie wohl und geborgen hatte sie sich gefühlt, als Jake sie am knisternden Lagerfeuer in seinen Armen gehalten hatte. Die wehmütige Melodie von *Fields of Gold* geisterte durch ihren Kopf. Damals war ihre Welt noch in Ordnung gewesen. Zu jenem Zeitpunkt hatte sie geglaubt, sie müsste nur ein wenig Geduld haben, bis sie von Jake hören würde, dass er sie liebte. Jetzt hatte sie ihn verloren …

Das gedämpfte Klingeln ihres Handys holte sie in die Gegenwart zurück. Irgendjemand ließ nicht locker. Könnte es vielleicht … Sie wagte kaum zu hoffen, aber könnte es Jake sein? Hatte er eingesehen, dass er einen Riesenfehler gemacht hatte?

Sie wusste, der Gedanke war absurd, aber dennoch … Diesmal würde sie den Anruf entgegennehmen. Sie hob die Tasche an.

Blitzschnell schlossen sich Chris' Finger um ihre Hand. »Lass es sein.« Sein Gesichtsausdruck ließ keinen Zweifel daran, dass er soeben keine Bitte geäußert hatte.

Befremdet entzog sie ihm ihre Hand. Chris legte den Rückwärtsgang ein und wendete. Es klingelte noch ein paar Mal, schließlich erstarb das Läuten.

Nele presste die Lippen aufeinander.

In ihrer Magengrube bildete sich ein harter Klumpen. Sie legte eine Hand auf den Türöffner. »Du, ich möchte doch lieber zu Fuß …«

Chris brachte sie mit einem eisigen Blick zum Schweigen. Er schaltete in den ersten Gang und drückte aufs Gas. Mit quietschenden Reifen schoss der Wagen vor.

Neles Puls raste.

Sie konnte es kaum erwarten, die schreckliche Kiste so schnell wie möglich wieder zu verlassen. Zum Glück würde sie bei dem Tempo schnell zu Hause sein.

Chris kramte in der Mittelkonsole. »Magst du?« Er hielt ihr eine Schachtel unter die Nase, der ein zarter Pfefferminzduft entströmte.

Sie schüttelte den Kopf. Sie würde nichts von ihm annehmen. Absolut nichts. Er sollte sie in Ruhe lassen. Alles, was sie wollte, war aussteigen.

»Ich hab immer Minties in der Karre.« Chris warf sich ein Bonbon in den Mund. »Schließlich weiß man nie, ob nicht irgendwo ein paar übereifrige Jacks unterwegs sind.«

Er fürchtete die Polizei? Hatte er zu viel getrunken? Verstohlen warf sie ihm einen Seitenblick zu. Der Schein einer Straßenlaterne erhellte kurzzeitig das Innere des Wagens und beleuchtete die harten Konturen seines Gesichts. Geradezu gespenstisch leuchtete es. Eine Gänsehaut kroch ihren Nacken hoch. Fröstelnd zog sie die Schultern zusammen.

Ein eisblauer Mazda schoss plötzlich aus einer Seitenstraße, setzte sich dreist vor den Pick-up. Chris bremste scharf, und Nele wurde unsanft nach vorn geschleudert. Schmerzhaft schnitt der Gurt in ihren Hals.

»Bloody Idiot! Keine Augen im Kopf, was?« Laut fluchend und mit erhobenem Mittelfinger drohte Chris dem anderen Fahrer. Er scherte aus, beschleunigte und überholte den fremden Wagen mit einem triumphierenden Lachen. »Leck mich.«

»Könntest du ein bisschen langsamer fahren?« Nele krallte sich in dem kühlen Leder des Sitzes fest.

Chris schaltete einen Gang hoch. Der Motor antwortete mit Geheul.

»Chris!«

Ein seltsames Glitzern lag in seinen Augen, als er sie anblickte. »Bist wohl noch nie mit einem richtigen Kerl unterwegs gewesen, was?« Lachend warf er den Kopf zurück.

Jake kehrte an den Strand zurück, wo sich die Party langsam auflöste. Vielleicht hatte Nele es sich anders überlegt.

Möglicherweise hatte sie sich doch nicht von Hunt heimbringen lassen und war auf der Suche nach ihren Freundinnen. Sein Herz klopfte erwartungsvoll, als er sein Motorrad auf dem großen Parkplatz an der Promenade abstellte. Während er mit dem Helm in der Hand hinüber zum Festplatz lief, durchkämmten seine Augen das gesamte Gelände. Er suchte nach ihr auf der Tanzfläche, ging durch die Reihen der Biertische, spähte hinter die Bühne, klapperte den Getränkestand ab und überquerte den Rasen bis zum Strand hinunter. Weit und breit keine Spur von Nele.

Er stieß einen frustrierten Seufzer aus. Kopfschüttelnd blieb er stehen. *Verdammt, Nele, wo bist du?* In diesem Augenblick glaubte er, durch die Musik in seinem Rücken ihr helles Lachen zu hören. Sein Puls beschleunigte sich. Er wirbelte herum und prallte prompt mit jemandem zusammen. Es war Zac, ein Kumpel aus dem Chemieunterricht.

»Hey bloke, sachte! Was geht ab?« Zac hob abwehrend beide Hände. »Warum so stürmisch? Bist doch nicht auf Speed, oder?«

Jake packte ihn. »Hast du Nele gesehen?«

Zac sah verdutzt auf die Hand, die seinen Arm umklammerte. »Was soll das?«

Augenblicklich ließ Jake los. Mit gespreizten Fingern fuhr er sich durch den Haarschopf. »Tut mir leid, Mann. Hör zu, Zac, es ist wichtig. Ich bin auf der Suche nach Nele. Hast du sie irgendwo gesehen?«

»Die süße Kleine, die du seit einiger Zeit im Schlepptau hast?«

»Genau die. Also, weißt du, wo sie ist?«

Nachdenklich fummelte Zac an seinem Nasenring. »Vor 'ner Weile hab ich sie mit einer drallen Brünetten zusammenstehen sehen, Emma Soundso ... aber das ist schon ewig her.« Seine grünen Augen blitzten neugierig auf. Er witterte Aufregendes. »Warum suchst du sie? Ist alles in Ordnung?«

Jake beabsichtigte nicht, Zac einzuweihen. Früher oder später würde sich die Nachricht, dass er und Nele kein Paar mehr waren, sowieso in der ganzen Schule herumgesprochen haben. Er klopfte Zac beschwichtigend auf die Schulter. »Ich erklär's dir ein anderes Mal. Wir seh'n uns, mate.«

»Alles klar.« Zac trollte sich etwas widerwillig. Beim Gehen warf er einen Blick über die Schulter zurück. Jake lächelte ihm grimmig zu. Wo zum Teufel steckte Nele?

»Gütiger Gott, Kind, du zitterst ja.« Mit besorgter Miene drückte Mum Tara in den Ohrensessel. Sie nahm die sorgfältig zusammengelegte Baumwolldecke, die über der Lehne lag, auseinander und bedeckte damit ihre nackten Beine. »Bitte beruhige dich. Gordon telefoniert seit einer geschlagenen halben Stunde mit dem halben Ort, vielleicht gibt es ja Neuigkeiten. Möchtest du einen schönen heißen Tee?«

Tara ließ widerstandslos alles geschehen. Insgeheim war sie dankbar für die liebevolle Fürsorge. Am liebsten würde sie sich ihrer Mutter in die Arme werfen und an ihrer Schulter ausweinen. Sie sehnte sich danach, dass Mum ihr wie früher beruhigend über die Haare streichelte. »Ach Mum.« Sie schniefte. »Ein Tee kann mir jetzt auch nicht mehr helfen.« Tränen stiegen ihr in die Augen. »Ich habe etwas Schreckliches getan.«

»Wer hat was getan?« Gordon kam aus der Küche. Sein Haar stand in alle Richtungen.

Tara heftete ihren tränenverschleierten Blick auf ihn. »Es ist meine Schuld, dass Nele verschwunden ist.«

Bevor Gordon etwas dazu sagen konnte, sprach Mum ihn an. »Hast du etwas in Erfahrung bringen können?«

Er schüttelte den Kopf.

Mum knetete nervös die Hände. »Jake hat sich auf die Suche gemacht«, berichtete sie. »Er hofft ... denkt, dass er sie findet.« Sie legte beide Hände auf ihre Brust. »Ich bete, dass er recht behält.«

Gordon sah auf die Standuhr neben dem Kamin. »Darling, wir sollten ...«

»Ich verstehe nicht, warum sie nicht nach Hause kommt.«

Tara hielt es nicht mehr aus. Sie sprang auf. Die Decke glitt von ihren Beinen und blieb als trauriges Häufchen auf dem dicken Teppich liegen. »Jake hat mit Nele Schluss gemacht. Deswegen ist sie verzweifelt und mit diesem Chris abgehauen. Ich habe sie hereingelegt, und deshalb ist es allein meine Schuld!« Die Worte purzelten nur so aus ihr hinaus. Tränen strömten ihr über das Gesicht. Sie machte nicht einmal den Versuch, sie wegzuwischen.

Gordon kramte in seiner Hosentasche und reichte ihr ein Stofftaschentuch. »Beruhige dich, Tara.«

»Du hast Nele hintergangen?« Mums helle Augen weiteten sich hinter der Brille.

»Es war ein Fehler. Ich hätte das niemals machen dürfen.« Tara starrte auf ihre Fingernägel, nachdem sie ihren Eltern die Kurzform gebeichtet hatte.

»Ich verstehe nicht, warum du das getan hast.« Gordons Stimme klang sanft, aber Tara hörte den Vorwurf heraus.

Sie hob den Kopf. Sie mochte Gordon. Seitdem er zu ihnen gehörte, hatte er sich alle Mühe gegeben, ein liebevoller und verständnisvoller Ehemann und Ersatzvater zu sein. Es war nicht immer leicht für ihn, mit zwei, jetzt sogar drei, Frauen unter einem Dach zu leben. Da passierten Dinge, die sich seinem männlichen Verständnis entzogen. Trotzdem versuchte er stets, sich in die weibliche Denkweise hineinzuversetzen, die ihm nach all den Jahren noch immer ein Mysterium zu sein schien. Bestimmt hatte

Tara ihn sehr enttäuscht. Wenn sie ihm doch nur erklären könnte, warum sie sich zu solch einer Tat hatte hinreißen lassen ...

»Was hat dich dazu bewogen?«, hakte er nach.

Shirley schob Tara behutsam eine Locke aus der Stirn. Das anfängliche Entsetzen in ihren Augen war einem sanften Mitgefühl gewichen. »Ach Liebes. Ich habe geahnt, dass du dir mehr von Jake erhofft hast als nur Freundschaft.«

Tara errötete. »War das so offensichtlich?«

»Du und Jake Stevens.« Gordon zupfte an seinem Bart. »Er ist also mehr für dich als lediglich ein alter Sandkastenfreund. Tja, die Schatten aus der Vergangenheit.«

Schatten, die ihre Gegenwart verdunkelten. Tara schluckte.

»Du hast ihn schon immer gern gehabt, nicht wahr?« Shirley forschte in ihrem Gesicht.

»Leider beruht das nicht auf Gegenseitigkeit. Er hat nur Augen für Nele. Obwohl ich wirklich alles getan habe, um seine Aufmerksamkeit auf mich zu lenken.« Sie holte tief Luft. »Ich schäme mich dafür. Aber ich war ... bin schrecklich verliebt in ihn.«

»Ich war ebenfalls überrascht, als ich feststellte, dass Jakes Interesse Nele galt und nicht dir, Liebes. Ich kann deinen Schmerz verstehen. Allerdings heiße ich deine Aktion keineswegs gut.«

»Wir sprechen später darüber«, entschied Gordon kurzerhand, dem sich, seinem Stirnrunzeln nach zu urteilen, die komplizierte Situation nicht gänzlich erschloss. »Jetzt sollten wir uns darum kümmern, dass wir Nele nach Hause holen.« Mit beiden Händen rieb er sich über das Gesicht, als wollte er die Müdigkeit vertreiben. »Startet nochmals einen Rundruf.«

»Gut. Ich werde sie alle aus den Betten klingeln. Wir suchen weiter.« Shirley drückte Taras Hand.

»Ich werde mit dem Wagen den Ort abklappern. Außerdem werde ich Sam Arrows einen Besuch abstatten.«

Tara erstarrte. »Du willst auf die Polizeistation?«

»Ich möchte wissen, ob er uns helfen kann. Schließlich können wir nicht ausschließen, dass Nele entführt worden ist.«

Sämtliche Farbe wich aus Mums Gesicht. »Nicht auszudenken, wenn ...« Sie sprach nicht weiter. Plötzlich wirkte sie um Jahre gealtert.

»Emma Buckley.«

»Gott sei Dank, du bist noch wach! Em, hast du Nachricht von Nele?« Tara saß im Schneidersitz auf ihrem Bett und bearbeitete ihren Zeigefingernagel mit den Zähnen. *Bitte, ich werde nie wieder etwas Schlechtes über Nele denken oder sagen. Nie mehr werde ich versuchen, jemandem einen Mann auszuspannen ... wenn wir nur endlich erfahren, wo Nele ist!*

»Ist sie immer noch nicht daheim? Shit! Ich dachte, ihr habt nur nicht angerufen, weil es so spät ... so früh ist.«

»Nein.« Taras Puls beschleunigte sich.

»Bei mir hat sie sich nicht mehr gemeldet. Ich habe ihr unzählige SMS geschickt, aber es kam nichts zurück. Sie geht nicht an ihr Handy.«

»Emma«, flüsterte Tara. »Wenn Nele etwas zugestoßen ist ...« Der Gedanke war so furchtbar, dass sie ihn nicht weiterspinnen konnte. Schuldgefühle, Angst und ein schlechtes Gewissen verursachten ihr ein schrecklich flaues Gefühl in der Magengrube. Einen flüchtigen Moment dachte sie, sie müsste sich übergeben. Am anderen Ende der Leitung blieb es still. »Emma?«

»Ihr wird schon nichts passiert sein«, entgegnete die Freundin schließlich lahm.

»Was sollen wir bloß tun? Wild drauflosrennen bringt ja auch nichts ...« Sie ließ sich nach hinten auf die Decke fallen. »Ich bin so eine dumme Kuh. Hätte ich nur nicht diese blöde Nachricht verschickt!«

»Das bringt uns nicht weiter«, stellte Emma trocken fest. »Auch wenn es echt beknackt von dir war, was du da abgezogen hast.« Sie schwieg kurz. »Hast du von Jake gehört?«

Jake. Ein schmerzliches Ziehen fuhr durch ihre Brust. Tara schloss die Augen. »Nein. Seitdem er mich zu Hause abgesetzt hat, nicht mehr.« Sie erinnerte sich an den kühlen Blick, mit dem er sie bedacht hatte, bevor er davongeprescht war. Er würde ihr niemals verzeihen, wenn Nele nicht unversehrt nach Hause kam. Von Mum und Gordon ganz zu schweigen. Die Situation war einfach entsetzlich. »Emma?« Ihre Stimme zitterte. »Was, wenn Nele nicht mehr nach Hause kommt?«

Herzhaftes Niesen ließ Nele zusammenzucken.

»Sorry. Hab ich dich beim Schönheitsschlaf gestört?« Chris' Augen funkelten spöttisch, als er mit dem Handrücken unter seiner Nase entlangwischte.

Igitt, wo ist der charmante, smarte Typ geblieben, den ich einmal in ihm gesehen habe? Wohin ist der nette junge Mann verschwunden, der mir vor wenigen Augenblicken noch mit einem Lächeln ein Taschentuch angeboten hat? Sie fühlte sich in seiner Gegenwart äußerst unwohl und war heilfroh, wenn sie gleich aussteigen konnte. Der beißend säuerliche Geruch im Wageninneren verursachte ihr eine leichte Übelkeit. Warum waren die Fenster eigentlich geschlossen?

Sie sah nach draußen. Setzte sich aufrecht. Spähte erneut durch die Windschutzscheibe. »Sag mal, hätten wir nicht rechts abbiegen müssen?«

Chris antwortete nicht. Sein Blick blieb starr auf die Straße geheftet.

»Chris?«

»Schieb keine Panik«, entgegnete er, geräuschvoll die Nase hochziehend. »Ich weiß, was ich tue.«

Sein ruppiger Ton überraschte sie schon nicht mehr. Jetzt zeigte Chris Hunt sein wahres Ich. Sie presste die Lippen aufeinander und bemühte sich, das immer stärker werdende Gefühl der Beklemmung abzuschütteln. Gut, vielleicht gab es einen anderen Weg. Schließlich kannte Chris als Einheimischer die Straßen von Victor Harbor mit Sicherheit besser. Sie überquerten die Brücke, die über den Inman Valley River führte. Still im Mondlicht glitzernd ruhte der Fluss in seinem Bett. Als sie anschließend die Highschool passierten, fand Nele ihre Vermutung bestätigt, dass Chris einen Umweg fuhr. Schließlich entfernten sie sich immer mehr von der Innenstadt. Er fädelte den Pick-up auf der Inman Valley Road nach Norden ein und ihre Handflächen fingen an zu schwitzen. Ihr Herz klopfte in einem unruhigen, schnellen Rhythmus gegen ihre Rippen. »Chris, bist du wirklich sicher, dass wir richtig sind?«

Langsam wandte er den Kopf. Sein Mund verzerrte sich zu einem kalten Lächeln. »Ob ich mir sicher bin?«, entgegnete er mit gefährlich sanfter Stimme. »Darauf kannst du wetten.« Er lachte. Es war ein dunkles, tiefes Lachen, bei dem ihr das Blut in den Adern gefror.

Kapitel 21
Jähe Erkenntnis

Jake stöberte sie auf dem Parkplatzgelände bei den Müllcontainern hinter dem Hotel Victor auf. Na ja, einige von ihnen. Genau an der gleichen Stelle, wo er früher mit ihnen herumgehangen hatte. Einen flüchtigen Moment stiegen die Erinnerungen hoch und er schmeckte sie bitter auf der Zunge. Kies knirschte, Glassplitter zerbrachen unter den Sohlen seiner Turnschuhe, als er auf sie zulief. Sie rückten auseinander, als sie ihn entdeckten, sodass sie ihm wie eine lebende Mauer entgegentraten. Der eine oder andere Glimmstängel flog zu Boden, ebenso eine leere Bierdose. Jemand rülpste lautstark.

Jake blieb stehen, ließ den Blick über die zumeist dunkel gekleideten Gestalten schweifen, die er einst seine Freunde genannt hatte. Ein hagerer Kerl mit verfilzten Dreadlocks und tätowiertem Hals trat vor. In der rechten Hand hielt er ein Taschenmesser gezückt, dessen Klinge im Schein einer Straßenlaterne aufblitzte. Eingefallene Wangen und tief liegende, mit Kajalstift umrandete Augen in einem bleichen Gesicht ließen ihn in der nächtlichen Beleuchtung wie einen wahrhaftigen Dämon aussehen.

»Was willst du?«, bellte er Jake entgegen. »Du hast hier nichts mehr zu suchen. Das hier ist Deadly Lizard Territorium.« Er spuckte verächtlich aus. »Du bist jetzt doch was Besseres!«

Die anderen lachten hämisch auf. Langsam rückten sie näher, bis sie Jake schließlich umzingelten.

»Snake.« Jake nickte dem falschen Dämonen zu. Seine Miene blieb unbeweglich, während es tief in seinem Inneren gewaltig brodelte. Die Finger seiner rechten Hand öffneten und schlossen sich rhythmisch.

»Zieh Leine.« Snake fuhr spielerisch mit der Klinge des Messers über seine bartschattige Wange.

»Wo ist Hunt?«

»Hier jedenfalls nicht.« Snake kniff die Augen zusammen.

Ein dürrer Rothaariger trat vor, ließ wiederholt seine rechte Faust in die linke Handfläche sausen. »Hast du nicht gehört, was Snake gesagt hat, bloody wax head? Sieh zu, dass du Land gewinnst!«

Snake hob eine Hand. »Ich mach das schon, Bluey. Mit dem Loser werde ich allein fertig.«

Jake betrachtete Snakes knochige Gestalt. Der Kerl war hinterhältig, schnell und zäh wie Leder, doch Jake traute sich durchaus zu, ihn blitzschnell zu überwältigen, wenn es sein musste. Zumindest ihn würde er schaffen. »Wo. Ist. Hunt?«, wiederholte er und betonte dabei die drei Worte überdeutlich.

Snakes unregelmäßige Zähne blitzten auf, aber sein schiefes Lächeln war alles andere als freundlich. »Du willst Ärger, ja? Wie wär's mit einem schönen Tritt in deine Kronjuwelen?«

Die anderen warfen sich vielsagende Blicke zu. In manchem Augenpaar blitzte es erwartungsvoll auf. Sie witterten eine Schlägerei – immer eine willkommene Sache.

»Schnapp ihn dir, Snake!«

»So sieht man sich wieder, Stevens.« Ein blonder Hüne trat vor. Dylan. Er neigte seinen kurz geschorenen Kopf zur Seite und taxierte Jake aus schmalen Schlitzen. »Heute ohne die kleine, scheue Schönheit unterwegs?« Er grinste anzüglich, bevor seine Miene jäh versteinerte. »Ist besser, wenn du kehrtmachst. Ich würde zusehen, dass ich so schnell wie möglich verschwinde, wenn ich du wäre.«

»Schaut ihn euch an, den Verräter!«

»Mach das Schwein fertig!«

Irgendwo in den umliegenden Häusern wurde ein Fenster aufgerissen. »Gebt endlich Ruhe, lästiges Gesindel oder ich hole die Bullen!« Mit einem lauten Knall flog das Fenster wieder zu.

»Halt's Maul, old geezer!« Snake streckte drohend eine geballte Faust in die Höhe.

Jake versuchte, die Rufe und die wachsende Unruhe auszublenden. Er wollte sich ganz auf Snake konzentrieren, der ihn keine Sekunde aus den Augen ließ. Von früher wusste er, dass Snake in der Gruppe das Sagen hatte, wenn Hunt fehlte. Mit Snake war er damals besser ausgekommen als mit Chris. Es war jedoch offensichtlich, dass Snake es ihm bis heute nicht verziehen hatte, dass er der Clique den Rücken gekehrt hatte. Wer mit den Deadly Lizards – den tödlichen Eidechsen - brach, wurde geächtet. War ein Outlaw. Das war ungeschriebenes Gesetz.

Innerlich schaudernd dachte er daran, wie er seine Entscheidung, die Gang zu verlassen, damals bezahlt hatte. Er wand sich, als wollte er die unangenehmen Erinnerungen abschütteln. Snake und er fixierten einander.

Ein heimtückisches Lächeln umspielte Snakes Mundwinkel. Erneut spie er aus. Offensichtlich genoss er es, Jake auf die Folter zu spannen. »Hunt ist übrigens gerade dabei, es deiner Tussi zu besorgen.«

Grölend zollten die anderen ihm Beifall. Jake ließ sich nichts anmerken, obwohl sein Herz ein wildes Stakkato in seiner Brust hämmerte. Adrenalin schoss durch seine Adern. Vergessen war der Vorsatz, niemals mehr die Fäuste zu benutzen. Mit einem wilden Schrei stürzte er sich auf Snake, verpasste ihm einen heftigen Kinnhaken.

Snake taumelte und stürzte zu Boden. Regungslos blieb er im Staub liegen. Ein Raunen ging durch die Gruppe. Keiner wagte es jedoch, sich einzumischen. Gebannt starrten sie auf die beiden Kampfhähne, begierig zu sehen, was als Nächstes passieren würde.

Mit einem tiefen Gefühl der Befriedigung rieb Jake sich über die schmerzenden Knöchel. Es hatte verflucht gut getan, dem Hohlkopf eins auf die Nase zu geben. »Bloody Idiot«, zischte er. Verdammt, der Schlag hatte gesessen! Am liebsten würde er weiter auf den Blödmann eindreschen, immer und immer wieder, bis diesem Hören und Sehen verging und er ausspuckte, wo Hunt und Nele waren. Er hatte es wahrlich verdient.

Er platzte schier vor angestauter Wut. Es wäre ein Leichtes, Snake fertigzumachen. Leicht, aber unklug. Er brauchte Informationen. »Rück endlich raus mit der Sprache.« Mit der Spitze seines Turnschuhs versetzte er Snake einen Tritt in die Seite. »Wo ist Hunt? Wo ist Nele?«

Snake stöhnte leise auf und krümmte sich. Seine Augenlider flatterten. Als Jake schon dachte, er würde nicht mehr aufstehen, rappelte er sich schwerfällig hoch. Schwankend blieb er stehen, betastete seine Kinnpartie. Mit dem Handrücken wischte er Blut von seiner aufgeplatzten Lippe. Schließlich sah er Jake an. Sein Brustkorb hob und senkte sich in schnellen Zügen, während er Jake eiskalt musterte.

»Das wirst du bereuen, Arschloch.« Er machte eine winzige Handbewegung. »Macht dieses Schwein fertig, Leute!«

Bevor Jake realisierte, was geschah, schoss eine Faust auf ihn zu. Sie traf ihn in der Magengrube. Eine andere zielte auf sein Gesicht. Glühender, schneidender Schmerz schnitt durch seinen linken Wangenknochen. Tausende glitzernde Sternchen explodierten vor seinen Augen. Instinktiv hob er eine Hand zum Gesicht, doch ein harter Tritt ans rechte Schienbein stoppte ihn in der Bewegung. Ein brutaler Stoß in den verlängerten Rücken katapultierte ihn ein Stück nach vorn.

»Nimm das, du Ratte!«

»Hast du davon, Blödmann!«

Jake holte aus, um dem Kerl, der vor ihm stand, das Gesicht zu polieren. Er hatte jedoch große Mühe, das Gleichgewicht zu bewahren, schwankte, als ginge er auf Schiffsbohlen. Er rammte seine Faust in die Luft.

Der andere lachte gehässig. »Wohl nicht genügend Zielwasser getrunken, was?«

Jake schwindelte es, er fühlte Übelkeit aufsteigen. Verflucht, diese Typen waren nicht kleinlich. Wenn sie einmal angefangen hatten, waren sie nicht mehr zu bremsen. Er hatte keine Chance. Nicht gegen alle zusammen.

Als er blinzelnd seine Lider öffnete, traf ihn erneut ein Hieb, diesmal ins Genick. Der Schlag raubte ihm den Atem. Er hatte das Gefühl, sein Kopf würde explodieren. Während er nach Luft schnappte, gaben seine Beine nach. Er ging in die Knie.

»Merk's dir ein für alle Mal, Nong«, fauchte Snake. »Dieses Gelände ist für dich tabu. Lass dich hier nie wieder blicken. Das nächste Mal kommst du nicht so billig davon.« Er versetzte Jake einen Fußtritt in den Hintern, der ihn mit dem Gesicht voran in den Schmutz kippen ließ.

»Hättest dich besser von uns ferngehalten, Stevens«, hörte Jake Dylans näselnde Stimme durch den Nebel seines Bewusstseins, bevor er endgültig zusammenbrach.

Als er im Staub auf dem harten Asphalt langsam wieder zu sich kam und das Blut von seinem Mundwinkel rann, schwirrte nur ein Name durch seinen Kopf.

Nele.

Er hätte besser weiter nach ihr gesucht, als sich auf eine Prügelei mit diesen schrecklichen Typen einzulassen. Was hatte ihn dazu gebracht, sich erneut mit dieser Bande abzugeben? Warum war er so versessen darauf gewesen, sich zu prügeln? Hatte er aus der Vergangenheit nichts gelernt?

Eine fette dunkelgraue Ratte schlich schnuppernd um einen der Müllcontainer. Misstrauisch beäugte sie die auf dem Boden liegende Gestalt. Während Jake seinerseits das Tier fixierte, fiel es ihm wie Schuppen von den Augen. Es war die schreckliche Angst um Nele, die ihn in alte Muster verfallen ließ. Mit messerscharfer Gewissheit wurde ihm klar: Wenn Hunt ihr etwas antun sollte, würde er ihn kaltmachen. Er würde ihm die Gurgel umdrehen, ihm ein verdammtes Messer in seine breite Brust stechen.

Wenn Nele etwas geschah ... es war nicht auszudenken. Eine wahre Flut von Gefühlen durchströmte Jake. Langsam richtete er sich auf, erneuten Schwindel niederkämpfend. Wie ein Wildbach rauschte sein Blut in seinen Adern. Jake war verwirrt. Er hatte angenommen, nichts mehr für Nele zu empfinden. Er hatte gedacht, die Sache mit ihr wäre beendet. Doch das, was er gerade fühlte, schien stärker und leidenschaftlicher zu sein als je zuvor. Die tiefe Sorge um sie, die aufflackernde, unstillbare Sehnsucht, sie im Arm zu halten, in ihre bernsteinfarbenen Augen zu sehen und sie für immer festzuhalten ... War das etwa ... Liebe?

Er bewegte sich, stöhnte leise. *Würde ich nicht schon auf dem Boden sitzen, würde mich dieser Gedanke glatt umhauen*, dachte er in einem Anflug von Sarkasmus. Er musste Nele zurückholen. Musste herausfinden, was zwischen ihnen war. Ihre Beziehung war mehr gewesen als nur ein harmloser Flirt. Viel mehr.

Während er diese verblüffende Erkenntnis verdaute, fasste er einen Entschluss. Er würde nach Inman Valley fahren und das Haus der Hunts aufsuchen. Jetzt sofort. Egal, wie spät oder früh es bereits war. Er würde dort aufkreuzen, an die Tür hämmern und so laut schreien, bis jemand öffnete und er endlich erfuhr, wo sich dieser Bastard herumtrieb. Wenn er Glück hatte, würde er Hunt höchstpersönlich dort antreffen. Und Nele.

Mit Mühe stemmte er sich hoch, streckte seine steifen Glieder. Er schmeckte den typisch metallischen Geschmack von Blut in seinem Mund. Er spürte Ekel in sich hochsteigen und fing an zu würgen.

»Halt an«, rief Nele schrill, als die entsetzliche Ahnung zur sicheren Gewissheit wurde. Blanke Furcht schnürte ihr die Kehle zu. Ein Muskel in seiner Schläfe zuckte, während er ungerührt auf seinem Minzbonbon kaute. Nele brach der kalte Schweiß aus. Irgendwie musste sie zu ihm durchdringen, an seine Vernunft appellieren. »Chris, bitte lass mich gehen!«

»Warum sollte ich das?«

»Was willst du von mir?« Ihre Stimme brach. »Ich hab dir nichts getan!«

Langsam, ganz langsam drehte er den Kopf. »Halt's Maul, Püppchen. Du wirst schon früh genug erfahren, was ich von dir will.«

Neles Pulsschlag beschleunigte sich. Sie riss sich von Chris' Anblick los und starrte auf die vorbeifliegende Landschaft. Majestätische Bäume, deren schlanke Leiber im Mondlicht silbern schimmerten, säumten auf beiden Seiten die gewundene Straße. Abgeerntete Felder, Wiesen und Koppeln flogen vorbei. Einsame Gehöfte und Farmen. Hier und da brannte ein Licht. Ihre Gedanken überschlugen sich. Sie hatte nur ein einziges Ziel: Raus aus dem Wagen. Aber wie sollte sie das anstellen? Wie konnte sie diesem Wahnsinnigen entkommen? Wenn sie während der Fahrt die Tür öffnete und hinaussprang, würde sie sich garantiert verletzen, vielleicht sogar etwas brechen. Chris hätte mit Sicherheit leichtes Spiel, sie zurück ins Auto zu verfrachten... Das Scheinwerferlicht eines herannahenden Fahrzeugs flammte im Rückspiegel auf. Nele drehte sich um. Vielleicht konnte sie dem Fahrer ein Zeichen geben? Winzige Hoffnung keimte auf. Grobe Finger krallten sich in ihre Schulter.

»Setz dich gerade hin.« Chris klang schneidend. Er nahm den Fuß vom Gaspedal, um das andere Auto überholen zu lassen. »Wir wollen doch nicht, dass die Leute einen falschen Eindruck bekommen.«

Als der rostige Wagen mit dem Kängurufänger auf gleicher Höhe mit ihnen war, setzte Chris ein harmloses Lächeln auf und grüßte mit dem Peace-Zeichen. Der Fahrer, ein junger Kerl im Kapuzenpulli, grinste vieldeutig zurück. Verzweifelt versuchte Nele, Blickkontakt aufzunehmen. Doch vergeblich. Mit aufheulendem Motor schob sich der Truck vor den Pick-up. Nele konnte nur noch zusehen, wie seine Rücklichter hinter der nächsten Biegung verschwanden.

»Keine Sorge, Schätzchen«, meinte Chris und fuhr sich mit der Zunge über die Zähne. »Nicht mehr lang. Wir sind bald da.«

Die Hunts lebten auf dem Land, abseits der Cartwright Road im Lower Inman Valley. Es schien Ewigkeiten her, dass er zu Besuch in dem winzigen, trailerähnlichen Haus mit Blechdach gewesen war. Erinnerungen krochen hoch. Er fühlte sich wieder in die Zeit zurückversetzt, wo er mit Chris hinter dem Schuppen im Gras gesessen hatte, um heimlich zu trinken und zu rauchen, während die pinkfarbene Spitzenunterwäsche von Mrs Hunt fröhlich im Wind vor dem Haus geflattert hatte. Chris lebte mit seiner Mutter allein. Über seinen Vater konnte man nur Vermutungen anstellen. Nicolette Hunt war dafür bekannt, dass sie nichts anbrennen ließ. Oftmals pflegte sie gleichzeitig mehrere Männerbekanntschaften. In Victor Harbor wurde hinter vorgehaltener Hand erzählt, dass es im Lower Inman Valley ein Häuschen gäbe, in dem die Männer gegen Bares gewisse Dienste angeboten bekämen. Jake hatte diesen Gerüchten nie Glauben geschenkt, hatte sie stets als Gerede dummer Leute abgetan.

Wie naiv und einfältig ich doch gewesen bin, dachte er, als er die Suzuki vor dem Haus aufbockte. War es nicht offensichtlich gewesen? Die glühende Verehrung, die er damals für Nicolette empfunden hatte, hatte ihn schlichtweg blind gemacht. Schamesröte stieg ihm ins Gesicht, als er sich daran erinnerte, wie er eines Abends klammheimlich ein Höschen von der Leine geschnappt und mit nach Hause genommen hatte. Dort hielt er es wochenlang versteckt, vergraben unter einem Stapel Zeitschriften in einer seiner Schubladen. Ab und an hatte er es hervorgeholt und den zarten Stoff gegen seine Wange geschmiegt und von Chris' Mum geträumt. Zum Glück hatten weder Chris noch seine Mutter je von seiner heimlichen Schwärmerei erfahren. Hoffte er zumindest. Seitdem er sich mit Chris entzweit und der Clique den Rücken gekehrt hatte, hatte er Nicolette Hunt nicht mehr gesehen. Das war nun fast anderthalb Jahre her. Durch die Fensterscheiben des Wohnzimmers fiel ein schwacher Lichtschein. Wohl von einem Fernseher. Jakes Herzschlag donnerte ihm in den Ohren, als er forsch an die Tür hämmerte.

Sekunden später stand sie vor ihm, in einem Hauch von einem pfirsichfarbenen Negligé. Zwischen ihren schlanken Fingern mit den langen Nägeln verglühte eine halbe Zigarette. Nicolette Hunt hatte sich nicht verändert, sah noch immer umwerfend aus. Jake räusperte sich und richtete sich zu seiner vollen Größe auf. Zum Glück war er inzwischen größer als sie.

»Sieh an. Der kleine Stevens ist ja erwachsen geworden.« Ihre leicht kratzige Stimme ließ einen angenehmen Schauder über seinen Rücken laufen. Amüsiert ließ sie ihren Blick über seinen Körper gleiten. Ihm schoss der flüchtige Gedanke durch den Kopf, ob Nicolette in ihm heute einen potenziellen Kunden sah? Er hob leicht die Schultern an, um diese seltsame Überlegung abzuschütteln.

»Wie siehst du denn aus? Hast du dich geprügelt?« Nicolette hob den Arm und fuhr sanft mit dem Zeigefinger über seine blutverkrustete Wange. »Kann ich etwas für dich tun?«

Unmerklich zuckte er unter der spontanen Berührung zusammen. »Ich muss Chris sprechen«, erklärte er rau und schlängelte sich an ihr vorbei ins Wohnzimmer. Eine Duftwolke von süßlich-schwerem Parfum und Zigarettenrauch umhüllte ihn.

Nicolette drehte sich um. Sie war barfuß. Ihre Zehennägel leuchteten violett. »Er ist nicht da. Du musst mit mir vorlieb nehmen, schätze ich.«

Jake riss sich von ihrem Anblick los. Ohne auf ihre Anspielung einzugehen, durchquerte er das mit Plüschsesseln, Rattanmöbeln und Kunstblumen vollgestopfte Zimmer, um herauszufinden, ob sie die Wahrheit sprach. Kurz darauf hatte er in alle Räume gesehen und ging in den Flur zurück. Sie hatte nicht gelogen.

Nicolette hatte es sich inzwischen in einem der Sessel bequem gemacht. Ihre langen, noch immer ansehnlichen Beine ruhten auf dem Couchglastisch. Einer der Träger ihres Nachthemds hatte sich selbstständig gemacht und war ihre Schulter hinuntergerutscht. Aber vielleicht hatte sie auch dafür gesorgt, dass Jake einen guten Blick auf den Ansatz ihres Busens erhaschen konnte.

»Jake, Darling, kann ich dir etwas anbieten? Ein Coopers?« Forschend sah sie ihn an. »Du bist doch achtzehn, nicht wahr?«

»Wo ist er?«

Sie nahm einen tiefen Zug von der Zigarette, schloss genüsslich die Lider und ließ den Rauch durch die Nase entweichen. Unter vermutlich künstlichen Wimpern hervor warf sie ihm einen provokanten Blick zu. »Mein Sohn ist erwachsen.« Ihre Zungenspitze glitt über ihre Oberlippe. »Und du?« Sie genoss das Spiel mit ihm, genau wie früher schon.

»Lass das, Nicolette«, erwiderte er. »Ich bin nicht mehr der kleine dumme Junge von damals.«

»Das kann ich sehen.« Ein Glitzern trat in ihre Augen.

Er verschränkte die Arme vor der Brust, schob die Beine ein wenig auseinander. »Es ist wichtig. Ich muss Chris erreichen. Also sag mir schon, weißt du, wo er ist?«

Sie gab einen theatralischen Seufzer von sich, bevor sie ihre Zigarette sorgfältig auf einem Unterteller mit Blümchenmuster ausdrückte. »Mein Gott, du bist noch immer so verklemmt wie vor ein paar Jahren.«

Jake schnellte vor, packte sie grob am Handgelenk. »Hör auf mit den Spielchen, Nicolette. Sonst werde ich unangenehm. In mir steckt eine Menge Wut, die sich momentan nur mit Mühe zähmen lässt. Also reiß dich zusammen und rück raus mit der Sprache.«

»Du tust mir weh.« Sie funkelte ihn an.

Sofort gab er sie frei. »Tut mir leid.« Aufgewühlt fuhr er sich mit den Fingern durchs Haar. »Ich werde noch verrückt. Nur dein Sohn weiß, wo Nele steckt. Ich muss sie finden.« Für den Bruchteil einer Sekunde sah er Furcht in Nicolettes Augen aufblitzen, dann straffte sie den Rücken und streckte ihm ihre Brust entgegen. Jake bemühte sich, nicht darauf zu starren. Unvermittelt schoss ihm eine Idee durch den Kopf. »Ich werde Chris von hier aus auf seinem Handy anrufen. Wenn er deine Nummer auf dem Display sieht, wird er das Gespräch sicher annehmen.«

Nicolette zuckte gleichgültig mit einer Schulter. »Tu, was du nicht lassen kannst. Wo das Telefon steht, weißt du ja. Seine Nummer ist gespeichert.« Sie ließ sich zurück in den weichen Plüsch sinken.

Wie erwartet, nahm Chris das Gespräch entgegen. Er grunzte ein wenig freundliches »Was gibt's, Ma?« ins Telefon.

Jake fackelte nicht lange. »Wo ist Nele?«

»Du?« Ein winziger Moment des Schweigens trat ein. »Was zum Teufel machst du bei mir zu Hause?«

»Beantworte meine Frage.«

»Ein Vögelchen hat mir gezwitschert, dass dir meine Jungs ein bisschen eingeheizt haben.« Chris lachte hämisch. »Wurde mal Zeit!«

»Bloody ...« Ein schriller Schrei und ein nachfolgender dumpfer Schlag unterbrachen Jakes Fluchen. Ihm stockte der Atem. Eine düstere Beklemmung beschlich ihn. Seine Nackenhaare sträubten sich. »War das Nele?« Als er keine Antwort erhielt, ballte er seine freie Hand zur Faust. »Verdammt, Hunt! Wo zur Hölle steckst du?«

»Halt meine Mutter aus der Sache raus und verlass auf der Stelle unser Haus. Sonst kannst du was erleben!«

»Ich werde erst gehen, wenn du mir gesagt hast, wo du Nele versteckt hältst, Arschloch.«

»Was kümmert's dich? Du hast deinen Spaß bereits gehabt!« Es klickte in der Leitung.

»Verflucht!« Gleißende Wut explodierte in Jakes Magengrube. Seine Faust krachte auf die Kommode nieder. Die schmale, mit chinesischen Zeichen bemalte Porzellanvase, in der eine violette Polyesterrose steckte, wackelte bedenklich.

Fassungslos starrte er auf den Hörer in seiner Hand. Jetzt war er genauso schlau wie zuvor. Wo könnte dieser verdammte Kerl nur stecken? Er war sich sicher, dass er Nele im Hintergrund gehört hatte. Offensichtlich befand sie sich nicht freiwillig in Hunts Gesellschaft. O Mann, wenn er den in die Finger bekommen würde! Er könnte für nichts mehr garantieren. Aber dazu musste er ihn erst einmal aufspüren. Frustriert rammte er die Hände in die Hosentaschen seiner Jeans.

Nicolette öffnete träge die Lider, als er ins Wohnzimmer zurückkehrte. »Und? Steht meine Kommode noch?«

»Das ist mein geringstes Problem, aber ich kann dich beruhigen. Das kostbare Stück ist unversehrt.« Seit wann war er so zynisch geworden?

»Hast du mit meinem Sohn gesprochen?«

»Du hast doch zugehört«, meinte Jake spöttisch.

Sie ging nicht darauf ein. »Was wirfst du ihm vor?« Ihre Augen, eben noch gleichgültig, blitzten kampfeslustig auf. »Nur weil er einmal in eine zugegebenermaßen üble Schlägerei verwickelt war, heißt das nicht, dass er jetzt ein Mädchen entführt hat.«

»Bei der Schlägerei ist ein Mann zu Tode gekommen«, erinnerte Jake. Sein Magen krampfte sich zusammen.

Nicolette setzte sich aufrecht. »Du warst dabei. Oder etwa nicht?«

»Ich bin nicht stolz darauf.« Jake blickte finster.

Mit einer lässigen Bewegung warf Nicolette ihre langen blonden Haare zurück und erhob sich. »Ich kann dir nicht sagen, wo Chris ist. Aber ich bin mir sicher, dass er nichts mit dem Verschwinden dieser, wie sagtest du doch gleich ...?«

»Nele.«

»Seltsamer Name.« Sie zupfte ihr Negligé zurecht. »Chris hat mit der Sache nichts zu tun. Dafür lege ich meine Hand ins Feuer. Du irrst dich.«

Jake schüttelte den Kopf. Wie früher ließ Nicolette nichts auf ihren Sohn kommen. Sie würde Jake keine Hilfe sein. Er wandte sich zum Gehen. »Danke fürs Telefonieren.«

»Schon gut.« In einer fast verlegenen Geste strich sie sich über die Oberarme, als wäre ihr kalt.

Jake studierte ihr Gesicht im Schein der Stehlampe. Sie sah müde aus. Ihm fielen die Furchen auf, die links und rechts neben ihrem Mund verliefen, und die Fältchen, die sich wie ein Kranz um ihre Augen legten. Er hatte sich geirrt. Sie hatte sich verändert. Ebenso wie er. Den verunsicherten, pickligen Teenager von damals gab es nicht mehr. Er stand ihr als Erwachsener gegenüber.

Unvermittelt raffte Nicolette den zarten Stoff des Negligés über ihrem Busen zusammen. »Viel Glück.«

Ein flüchtiges Gefühl des Mitleids erfasste Jake, als er Chris' Mutter so dastehen sah. Sie hatte es nicht leicht gehabt in ihrem Leben. Aber das war nicht sein Problem. Er musste Nele finden. Wortlos verließ er das Zimmer und durchquerte den Flur. Er öffnete die Fliegengittertür nach draußen, blickte sich nicht mehr um.

Dunkle, bedrohlich aussehende Wolkenformationen hatten sich vor die helle Scheibe des Mondes geschoben. Eine jähe Böe blies ihm eine Strähne in die Stirn. Der Wind hatte merklich aufgefrischt. Irgendwo in den Baumwipfeln gab ein Gartenfächerschwanz unbeirrt seinen melodischen Gesang zum Besten.

Wie aus dem Nichts tauchte es plötzlich auf. Starr vor Angst blieb das Känguru mitten auf der Straße stehen, geblendet vom grellen Licht der Scheinwerfer.

»Shit«, schrie Chris. Hektisch trat er auf die Bremse, während er sich gegen die Rücklehne seines Sitzes stemmte. »Bloody Roo!« Er riss das Steuer herum.

Ein dumpfer Aufprall folgte, dann das Knirschen von Blech und das Zersplittern von Glas. Der Ford geriet ins Schlingern.

»O nein!« Nele klammerte sich mit beiden Händen an den Sitz.

Sie sah den Schatten des Kängurus weiterhuschen, versuchte seiner Silhouette zu folgen, bevor es im Dunkel des Buschdickichts verschwand. Ihr Herz hämmerte wie verrückt, als Chris aufs Gaspedal drückte und den Wagen zurück auf die linke Spur manövrierte.

Fassungslos blickte Nele ihn an. »Aber – wir müssen anhalten! Das Känguru ist bestimmt verletzt!«

Mit grimmiger Miene starrte Chris auf die dunkle Straße. »Ist nicht mein Problem.«

Mitleid mit dem Tier schnürte Nele die Kehle zu. Tränen stiegen ihr in die Augen.

»Verdammtes Vieh.« Chris schlug mit dem Handballen auf das lederbezogene Lenkrad. »Hoffentlich hat der Wagen nichts abbekommen.«

»Halt an«, bat Nele. »Halt an, dann kannst du nachsehen, ob etwas kaputt gegangen ist.« Sie erschrak vor seinem Blick.

»Das würde dir so passen.« Er lachte. Es war ein hässliches, seelenloses Lachen, das ihr am ganzen Körper eine Gänsehaut verursachte.

Chris ist ein Monster. Eisige Kälte kroch ihren Nacken empor. *Ein schreckliches, gefühlloses Monster.* Sie musste ihm entkommen, unbedingt! Fieberhaft überlegte sie, wie sie ihn zum Anhalten bewegen könnte. »Ich muss mal.«

Ein winziges Zucken seiner Nasenflügel war die einzige Reaktion.

»Dringend.«

Seine Miene blieb unbeweglich.

Verzweifelt knetete sie ihre Finger im Schoß. Sie musste wohl oder übel warten, bis er den Wagen stoppte und sie aussteigen ließ. Und dann, so nahm sie sich vor, würde sie rennen, was das Zeug hielt. So schnell wie noch nie zuvor in ihrem Leben. Aber hatte sie gegen ihn eine Chance? Würde er sie mit seinen langen Beinen nicht sofort wieder einholen? Außerdem – wohin sollte sie flüchten?

Als im schummrigen Licht von Straßenlaternen Wohnhäuser auftauchten, überkam sie die leise Hoffnung, dass diese Irrfahrt hier zu Ende sein könnte. Hier gab es Menschen. Menschen, die ihr vielleicht zu Hilfe eilen könnten. Inman Valley. Nele erkannte den Ort. Vor einigen Wochen hatten Gordon und Tara ihr die Attraktion dieser Gegend gezeigt, den Selwyn's Rock, einen im Bett des Inman River liegenden fünfhundert Millionen Jahre alten Gletscherfelsen …

Sie passierten das Feuerwehrhaus, das in Wahrheit nicht mehr als ein größerer Blechschuppen war. Das Country Kitchen Café mit den beiden Zapfsäulen davor und die Inman Valley Memorial Hall, ein hübsches Gebäude aus rotem Backstein mit treppenförmigem Dach. Wenn Chris hier anhielt, könnte sie um Hilfe rufen. Oder sie könnte …

Er grinste spöttisch. »Vergiss es. Wir werden hier ganz bestimmt nicht anhalten. Meinst du, ich bin blöd?«

Verdammt, verdammt. Wie konnte sie ihm entkommen? Wie könnte sie ihn überlisten? Während sie grübelte, verließ Chris die Hauptstraße, um in eine schmale, unbeleuchtete Schotterpiste abzubiegen.

»Wo willst du hin?«, krächzte Nele, obwohl sie ahnte, dass er ihr diese Frage nicht beantworten würde.

Chris jagte den Pick-up einen Waldweg entlang, der auf einer Anhöhe in einer Lichtung endete. Mit einem abrupten Bremsmanöver brachte er den Wagen zum Stehen. Nele wurde nach vorn geschleudert, erneut schnitt ihr der Sicherheitsgurt ins Fleisch. Mit zitternden Händen strich sie die langen Strähnen zurück, die ihr bei dem plötzlichen Ruck ins Gesicht gefallen waren.

Ein zufriedenes Lächeln umspielte Chris' Lippen. »Ladys and Gentlemen. Wir haben das Ziel erreicht.«

Das schrille Läuten des Telefons ließ Shirley zusammenfahren. Blinzelnd fuhr sie sich mit dem Handrücken über die Stirn. Sie musste eingenickt sein. *Ich bin definitiv nicht mehr in dem Alter, in dem es mir nichts ausmacht, mir die Nacht um die Ohren zu schlagen!*

Kaltes Mondlicht strömte durch die zarten Vorhänge und tauchte das Zimmer in ein unwirkliches, silbrig blaues Licht. Ein jäher Windstoß peitschte die Zweige des krummen Jacarandabaums gegen das Fenster. Fröstelnd warf Shirley die weiche Baumwolldecke zurück, mit der Gordon sie zugedeckt hatte, bevor er aufgebrochen war. Als sie sich erhob, setzte in ihrer Schläfe ein vertrautes Pochen ein. Hoffentlich kündigte sich keiner dieser grässlichen Migräneanfälle an, an denen sie und ihre Tochter litten. Das war das Letzte, das sie jetzt gebrauchen konnte.

Sie drückte mit dem Handballen gegen ihre Schläfe und eilte in die Küche, um den Anruf entgegenzunehmen. Vielleicht war es Nele und das schreckliche, endlose Warten hatte ein Ende. Die Sorge um das Mädchen machte sie noch verrückt.

»Irgendetwas Neues, Mrs H?« Es war Jake.

Shirley atmete leise seufzend aus. »Nein. Nichts. Bei dir?« Das Pochen in ihrer Schläfe wurde zum rhythmischen Klopfen. Sie schloss die Augen.

»Ich habe den Hunts im Lower Inman Valley einen Besuch abgestattet, aber ...«

»Was hast du erfahren?« Shirley straffte den Rücken, während sie den Telefonhörer fester an ihr Ohr presste.

»Chris war nicht zu Hause. Seine Mutter behauptete, sie wüsste nicht, wo er sich herumtreibt. Ich habe ihn auf seinem Handy angerufen ...«

»Was hat er gesagt?«, unterbrach Shirley ihn abermals, entgegen ihrer Art. »Weiß er, wo Nele ist? Hat er sie gesehen?« Die aufgeregten Worte sprudelten nur so heraus.

Jake schwieg einen Moment. »Ich bin mir sicher, dass Chris weiß, wo sich Nele aufhält«, erwiderte er vorsichtig.

Das, was er nicht sagte, ließ Shirleys Herzschlag höher schnellen. Sie fühlte eine dumpfe Beklemmung aufsteigen. Ihre freie Hand fuhr an ihre Brust. Sie lehnte sich mit dem Rücken an die Wand, suchte Halt.

»Leider konnte ich nichts in Erfahrung bringen«, fuhr Jake fort. »Hunt hat das Gespräch abgebrochen.«

Shirley ließ sich langsam auf den Boden gleiten. Wie betäubt blieb sie sitzen.

»Shirley?«

»Ja.« Es fiel ihr schwer, zu sprechen.

»Ich suche weiter. Ich gebe nicht auf.«

Sie nickte. Ihre Augen brannten, während sie auf die Blümchentapete starrte, die sie vor vielen Jahren zusammen mit ihrem Exmann Ryan ausgesucht hatte. Eigentlich hatte sie sich schon lange vorgenommen, sie durch einen frischen lindgrünen Anstrich zu ersetzen, der besser zu den weiß lackierten Küchenmöbeln und ihrem neuen Leben mit Gordon passen würde ... Wie in aller Welt sollte sie Neles Eltern erklären, dass ihre Tochter entführt worden war? Sie mussten sie wiederfinden. Koste es, was es wolle.

»Danke, Jake.« Mehr gab es im Augenblick nicht zu sagen. Shirley beendete das Gespräch. Erst Minuten später rappelte sie sich mühsam hoch, um den Hörer zurück an den Apparat zu hängen. Niemals würde sie sich verzeihen, wenn Nele zu Schaden kommen sollte. Sie hatten die Verantwortung für das Mädchen übernommen. Sie war wie eine zweite Tochter für sie.

Die Holzdielen im Flur knarrten verräterisch. Rasch wischte Shirley eine Träne von ihrer Wange. Als ihre Tochter den Kopf zur Tür hereinstreckte, blickte sie ihr gefasst entgegen.

»Gibt es etwas Neues?« Tara unterdrückte ein Gähnen.

»Nein, Liebes. Bislang noch nicht.« Wie ähnlich sie ihrem Vater sah. Shirley meinte fast, Ryans grüne Augen – grün wie die endlosen Wiesen seiner irischen Heimat, hatte sie früher immer gesagt – blickten sie aus Taras blassem Gesicht an. Ihr Haar war zerzaust, und es schien, als hätte sie überhaupt nicht geschlafen. Sie tat ihr leid. Sie ahnte, dass Tara mit schrecklichen Selbstvorwürfen kämpfte.

Tara trat näher, griff scheu nach ihrer Hand. »Mit wem hast du gesprochen?«

»Jake.«

»Konnte er etwas in Erfahrung bringen?«

»Nein, er ...« Shirley hielt inne. Sie entschied sich für die kurze Version. »Nichts, Schatz. Nichts.«

»Also haben wir noch immer keinen Anhaltspunkt, was Neles Aufenthaltsort betrifft.«

Betroffenes Schweigen breitete sich aus, während Tara sich weiter an Shirleys Hand klammerte.

»Mum?«

»Hm?«

Tara schluckte hart. »Ich war eifersüchtig auf Nele.«

Shirley strich Tara über die dunklen Locken. »Es tut mir leid wegen Jake ...«

»Nicht wegen Jake«, unterbrach Tara. »Doch auch, aber ... Ich weiß, wie sehr du dir immer ein zweites Kind gewünscht hast. Jetzt hast du Nele. Sie ist lieb und freundlich, und sie macht immer alles richtig. Seitdem sie bei uns ist, scheint ihr mich gar nicht mehr wahrzunehmen.«

Eine kalte Hand umschloss Shirleys Brustkorb. Nachdem sie den ersten Schock überwunden hatte, legte sie sanft einen Finger unter Taras Kinn und hob es an, damit sie ihr in die Augen blicken konnte. »O Liebes. Natürlich freue ich mich, dass wir Nele für eine Weile in unserer Familie aufnehmen dürfen, und ja, ich habe mir immer eine Schwester für dich gewünscht.« Sie lächelte und kämpfte gegen die aufsteigenden Tränen an. »Aber ich habe schon lange Frieden damit geschlossen, dass mir ein zweites Kind nicht vergönnt war. Du bist meine Tochter. Das Wichtigste in meinem Leben. Es tut mir leid, wenn du anders empfunden hast.« Sie hielt inne, um sich zu sammeln. Taras Worte hatten sie tief getroffen. Es schien, als geriete ihre gesamte Welt ins Wanken. Was würde noch alles an diesem schrecklichen Tag geschehen? Sie zog Tara an sich. »Zweifle niemals an unserer Liebe«, murmelte sie. »Du bist alles für Gordon und mich.«

Auch Taras Augen schimmerten, als sie sich voneinander lösten. »Es tut mir leid, dass ich euch so viel Kummer mache, Mum.«

Shirley strich ihr über die Wange. »Unsinn. Das tust du doch gar nicht.« Sie straffte den Rücken. »Wir werden Nele finden. Alles wird gut, du wirst schon sehen.«

Tara schniefte leise auf. »Denkst du, wir sollten Nele als vermisst melden?«

»Das hat Gordon bereits getan.«

»Ich verstehe«, erwiderte Tara tonlos. Sie tauschten einen langen Blick. Die Furcht vor dem Unaussprechlichen stand ihnen beiden ins Gesicht geschrieben.

Kapitel 22
Schockierende Entdeckung

Chris' Handy klingelte. Während er es umständlich aus der vorderen Hosentasche zerrte, schoss er Nele einen warnenden Blick zu. »Ich beobachte dich«, formten seine Lippen lautlos. Er sah auf sein Display. »Was zum Henker …?« Sichtlich genervt presste er das Telefon ans Ohr. »Was gibt's, Ma?« Abrupt verhärteten sich seine Züge. »Du? Was zum Teufel machst du bei mir zu Hause?«

Mit wem telefonierte er? War das seine Mutter am anderen Ende? Die Hunts schienen einen ziemlich rauen Umgangston zu pflegen, aber bei Chris wunderte sie inzwischen nichts mehr.

Vorsichtig bewegte sie sich auf ihrem Sitz. Ihre Oberschenkel klebten unangenehm an dem feuchten Leder. Sie hatte das Gefühl, in einer Lache zu sitzen. Sie wollte aussteigen, raus aus dieser stinkenden, schmutzigen Karre, weg von diesem grässlichen Kerl! Nur eine winzige Handbewegung, und die Beifahrertür wäre offen … Verstohlen schielte sie zu Chris hinüber. Er schien ganz ins Gespräch vertieft.

»Ein Vögelchen hat mir gezwitschert, dass dir meine Jungs ein bisschen eingeheizt haben.« Hämisch lachte er auf. Er sah durch die Windschutzscheibe nach draußen.

Blitzschnell legte Nele ihre Hand auf den Türgriff und drückte ihn hinunter. Chris war schneller. Mit eisernem Griff legten sich seine Finger um ihr Handgelenk.

Sie schrie auf.

Zornig funkelte er sie an und zog die Tür kraftvoll wieder zu. Seine Augen verengten sich zu Schlitzen. Von nun an würde er jede ihrer Bewegungen beobachten.

»Halt meine Mutter aus der Sache raus und verlass auf der Stelle unser Haus. Sonst kannst du was erleben«, zischte er ins Telefon. Winzige Spucketröpfchen wirbelten durch die Luft. »Was kümmert's dich? Du hast deinen Spaß bereits gehabt!« Chris atmete heftig, als er das Handy zusammenklappte.

Es war nicht seine Mutter, mit der er telefoniert hatte. Wer war am anderen Ende der Leitung gewesen, der ihn so wütend machte?

Chris' Nasenflügel bebten. »Was glotzt du so? Raus mit dir!«

Mit zitternder Hand stieß sie die Tür auf, dann ging alles ganz rasch. Sie setzte einen Fuß auf den weichen Waldboden, stützte sich mit einer Hand am Türgriff ab, um Schwung zu holen. Ihre Muskeln waren bis zum Zerreißen gespannt. Kaum hatte ihr anderer Fuß Bodenkontakt, stürmte sie los.

»Hoppla.« Am Rand der Lichtung prallte sie im Halbdunkel gegen eine harte Brust. »Mach keinen Blödsinn, Kleine.«

Schon wieder war er schneller gewesen. Neles Herz klopfte wild gegen ihre Rippen, als Chris sie unsanft am Unterarm packte. »Was willst du von mir? Lass mich los«, schrie sie ihn an, wand und bog sich, um sich zu befreien.

Ihre Widerspenstigkeit brachte ihn dazu, seine Finger noch fester um ihren Arm zu schließen. »Halt still.« Seine Stimme war gefährlich leise. In seinen Augen lag wieder dieses seltsame Glitzern.

Neles Atmung beschleunigte sich. Panisch blickte sie um sich, versuchte, sich in der mondhellen Nacht zu orientieren. Inmitten der Lichtung, die von dichtem Wald- und Buschland umgeben war, entdeckte sie im Schutz eines Baums eine windschiefe Wellblechhütte. Zur Straße hin erstreckte sich offenes Gelände, hinter der Hütte dichtes Buschland. Verflucht, es war nur allzu offensichtlich, warum er sie hergebracht hatte.

»Los jetzt.« Chris drehte ihren Arm und begann, sie in Richtung der Hütte zu bugsieren.

Nele stolperte über einen Ast. »Du tust mir weh!« Sie machte sich steif. Sie würde sich nicht in diese Baracke schleifen lassen. Mit aller Macht stemmte sie sich gegen den jungen Mann. »Chris, bitte, lass mich los, ich …«

Der Schlag traf sie unvorbereitet und war so heftig, dass sie strauchelte. Wie ein flammendes Geschoss fuhr der Schmerz durch ihre Wange.

»Hör auf, dich zu wehren, Püppchen«, säuselte Chris. Seine Augen glänzten in der Dunkelheit wie zwei schwarze Seen. Um seine Mundwinkel zuckte ein Lächeln, das ihr das Blut in den Adern gefrieren ließ.

O Gott. Das hier passiert doch nicht wirklich, dachte sie, obwohl der ziehende Schmerz in ihrer Wange sie eines Besseren belehren müsste. Sie hörte einen Vogel rufen, es war ein langer, unwirklicher Schrei, der in der Stille der Nacht widerhallte. Ein Windstoß fuhr durch die Baumwipfel, ließ die Blätter rascheln und wehte ihr eine Haarsträhne ins Gesicht. Sie schluckte hart. Das hier war kein Traum. Es war real. Furchtbare, schreckliche Realität.

»Wenn du tust, was ich dir sage, wird dir nichts geschehen«, meinte Chris ein wenig sanfter. Unerbittlich zerrte er sie weiter. Sie erreichten die Hütte und Nele stöhnte auf. »Vorsicht«, warnte Chris. »Was habe ich gerade gesagt?«

Ihr Herz hämmerte wie verrückt, als er mit der Stiefelspitze die Blechtür aufstieß. Knarrend und quietschend gab sie nach. Im Dämmerlicht des vollen Mondes konnte Nele auf dem festgestampften Sandboden leere Getränkedosen, zusammengeknülltes Papier, Unrat und kleinere Äste ausmachen, die Chris mit dem Fuß beiseiteschob. In einer Ecke lagerte eine Holzkiste. Anscheinend wurde der Verschlag als Unterschlupf benutzt.

Mit einem groben Stoß in den Rücken schubste er sie hinein. Sie sah panisch hin und her. Niemals würde sie hier bleiben! Sie schnellte herum, rammte Chris ihren Ellenbogen in den Magen.

»Was zur Hölle ...?«

Sie sprintete ins Freie, stolperte über ein quer liegendes Gehölz und knallte der Länge nach auf den Waldboden.

Chris hatte sie sofort eingeholt. »Bloody Sheila«, knurrte er. An den Armen riss er sie hoch.

»Lass mich, lass mich!« Unter Aufbietung all ihrer Kräfte, schlug sie mit den Fäusten auf ihn ein. Er versuchte, sie zu bändigen, doch in blinder Wut riss sie ihm den Träger seines Shirts von der linken Schulter.

Und erstarrte. Auf seinem Schulterblatt prangte ein Tattoo. Es zeigte eine schwarze Spinne. Sie trug einen leuchtend roten Streifen auf dem Hinterleib. Eine Rotrückenspinne. Ihr Biss konnte tödlich sein.

O mein Gott. Neles Kopfhaut fing an zu prickeln. Blankes Entsetzen kroch über ihre Wirbelsäule, als sie begriff. *Spider*. Chris Hunts Spitzname. Deshalb hatte sie immer das Gefühl gehabt, ihm schon einmal begegnet zu sein.

»Du bist es«, flüsterte sie fassungslos, während sie sich mit Grauen an die Szene am Strand erinnerte, als er sie bedroht hatte. Sie war ausgerechnet dem Kerl in die Falle gelaufen, vor dem Jake sie gerettet hatte. Sie ließ ihre Arme sinken.

»Kluges Mädchen.« Seine Hände schlossen sich wie Schraubstöcke um ihre Handgelenke. »Ich war es schon immer. Du hast mich nur nicht erkannt. Mein Glück.« Er zwinkerte ihr zu, doch seine Augen blickten kalt. »Ich wusste nicht, dass du so wild sein kannst.« Ein zynisches Lächeln glitt über seinen Mund. »Wow. Da brodelt eine Menge Leidenschaft unter der stillen Oberfläche, was?« Er stieß einen unheimlichen Laut aus.

Während Nele die neue schreckliche Erkenntnis verdaute, lief ihr Gehirn auf Hochtouren. Seine Unberechenbarkeit und sein brutales, rücksichtsloses Verhalten machten Chris hochgefährlich. Sie musste scharf nachdenken. Sie musste sich etwas einfallen lassen, um ihn zu überzeugen, sie freizulassen. Nur was? »Was willst du von mir?«, fragte sie ihn mit bebender Stimme. Vielleicht ließ er sich in ein Gespräch verwickeln.

Chris hob spöttisch eine Braue. »Was glaubst du wohl?« Sein dunkler, begehrlicher Blick glitt an ihrer Figur hinab und blieb an ihrer Brust hängen.

Heißes Blut schoss Nele ins Gesicht. Die Vorstellung war so furchtbar, dass sie sich nicht gestattete, weiterzudenken. Sie musste fliehen. Doch wie? Körperlich war sie Chris unterlegen. Sie hatte keine Chance, ihn zu überwältigen. Es gab kein Entkommen. Außer mit einem Trick vielleicht ...

»Dieser Aufreißer Stevens meint, er ist was Besseres«, stieß Chris hinter zusammengepressten Zähnen hervor, und unterbrach damit Neles Gedankenkarussell.

Wieso erwähnte er Jake? Was hatte er mit all dem hier zu tun? Nele runzelte die Stirn.

An Chris' Schläfe zuckte ein Nerv. »Schnappt sich all die scharfen Weiber. Meint, sie wären für ihn reserviert. Bloody Idiot. Jetzt bin ich an der Reihe, nicht wahr, schönes Kind?« Er gab eine ihrer Hände frei und fuhr mit sanftem Zeigefinger über ihre Wange.

Sie wich schaudernd zurück. Ohne es zu wissen, hatte Chris ihr soeben das Stichwort geliefert. Die zündende Idee sozusagen. Sie musste es versuchen. Vielleicht gab es noch eine Chance, Chris dazu zu bewegen, sie gehen zu lassen.

Jake durchkämmte den gesamten Ort. Mit seiner Suzuki kreuzte er durch sämtliche Straßen, klapperte alle Plätze, Hinterhöfe und Parks ab, die ihm in den Sinn kamen. Ständig überprüfte er den Empfang seines Handys, damit er keinen Anruf verpasste.

Eine geschlagene halbe Stunde durchstreifte er das Schulgelände, schlich zwischen den Gebäuden umher, in der Hoffnung, Nele oder Hunt irgendwo zu entdecken. Die Schule mit ihrem weitläufigen Areal und den verschiedenen Bauten schien ihm ein perfektes Versteck. Da gerade Umbaumaßnahmen stattfanden, wimmelte es nur so von Containern und Baracken. Jake schlug zügig den Weg zur Turnhalle ein und prallte gegen eine Mülltonne, die er im fahlen Mondlicht übersehen hatte. Polternd und scheppernd kippte der Blechbehälter um. In der Nachbarschaft schlug ein Hund an. Auf dem Kiesweg näherten sich eilige Schritte.

»Hallo! Ist da jemand?« Eine männliche Stimme hallte durch die Nacht.

»Shit!« Wütend kickte Jake mit der Spitze seines Turnschuhs gegen die am Boden liegende Tonne. Das blecherne Geräusch ließ ihn zorniger werden. Nochmals trat er mit aller Kraft dagegen. Weil er einfach keine Ahnung hatte, was er noch anstellen sollte, um Nele zu finden.

»Hey du!« Eine dunkle Gestalt richtete den grellen Schein einer Taschenlampe auf ihn.

Instinktiv hob Jake seinen rechten Arm, um sich vor dem blendenden Licht zu schützen.

»Was treibst du dich rum? Sieh zu, dass du Land gewinnst!«

An der schwerfälligen Aussprache erkannte Jake Antonio Ramirez, Hausmeister und heimlicher Latinoschwarm sämtlicher weiblicher Wesen auf der Victor Harbor High. Sein Begleiter, ein goldbrauner australischer Schäferhund, wedelte freudig mit dem Schwanz.

»Ich bin's, Tony. Jake.« In einer beschwichtigenden Geste hob er beide Hände, während er die Augen gegen das grelle Licht zusammenkniff.

»Ah, Jake Stevens«, entgegnete Tony langsam und musterte Jake von oben bis unten.

»Tony, die Lampe …«, bat Jake.

»Si.« Rasch senkte der Mann das Licht. »Was machst du hier um diese Uhrzeit? Was soll dieser Lärm?«

»Ich suche Nele, Tony. Es ist wichtig.«

Eine steile Falte bildete sich zwischen Tonys dunklen, ausdrucksvollen Augenbrauen. »Nele«, wiederholte er mit seinem schleppenden Akzent, »das deutsche Mädchen?« Es gab kaum jemanden an der Schule, den Tony nicht kannte, was in Anbetracht der überschaubaren Schülerzahl nicht verwunderte. »Hier?«

Jake machte eine ausschweifende Handbewegung. »Überall.« Er rieb sich über das Gesicht.

»Warum?« Tony trat näher, fixierte Jake forschend. »Was ist geschehen?«

»Chris Hunt wollte Nele nach der Strandfete nach Hause fahren«, erwiderte Jake mit Grabesstimme. »Dort ist sie jedoch nie angekommen. Hunt ist ebenfalls verschwunden.«

»¡Dios mío!« Tony kratzte sich am Kopf. »Chris Hunt sagst du? Das ist ein schlimmer Finger, wenn du mich fragst!«

Der Kelpie bellte zustimmend. Tony zog an seiner Leine. »Still Molly!«

»Wem sagst du das«, stieß Jake, mühsam seine Wut unterdrückend, hervor. Eindringlich blickte er den Hausmeister an. »Ich muss Nele unbedingt finden. Nur weiß ich ehrlich gesagt nicht, wo ich noch suchen soll.« Er stemmte die Hände in die Seiten. »Ich hab schon die ganze Stadt abgeklappert, war bei Hunt zu Hause. Keine Spur von den beiden.«

»Maldito. Und Policía?«

»Ist bereits informiert, soweit ich weiß.«

Einen Augenblick standen sie ratlos beieinander. Ein Pick-up kam vorbeigefahren. Laute Musik plärrte aus den heruntergelassenen Fenstern, und jemand rief ihnen lachend etwas zu. Jake und Tony ignorierten den Lärm. Vermutlich waren es ein paar arglose Spinner, die nachts auf den Straßen von Victor Harbor ihr harmloses Unwesen trieben.

»Ich werde auf jeden Fall die Augen offen halten«, versprach Tony. »Ich könnte mit Molly eine Runde in der Nachbarschaft drehen. Wenn ich irgendetwas höre oder sehe, verständige ich die Henleys.«

Aufmerksam stellte die Hündin die großen Ohren auf, während sie ihren Herrn wachsam musterte. Der intelligente Kelpi war einem Spaziergang nie abgeneigt, auch nicht mitten in der Nacht. Tony bückte sich zu ihr hinunter, um über das kurze, dichte Fell zu streicheln.

»Cool«, erwiderte Jake flach. Er hegte wenig Hoffnung, dass es den beiden gelingen würde, Nele ausfindig zu machen. Trotzdem – je mehr Leute sich auf die Suche machten, umso besser. »Danke, mate.«

»No worries«, murmelte Tony.

Jake blickte ihm hinterher, als ihn die Dunkelheit verschluckte.

»Chris.« Ihre Stimme klang unnatürlich hoch und schrill in ihren Ohren. Nele hatte keine Erfahrung in solchen Dingen, aber jetzt musste sie ihr Bestes geben. Sie musste um ihr Leben schauspielern. Sie musste so glaubwürdig wie möglich sein. Obwohl sich alles in ihr sträubte, ihm so nahe zu kommen, trat sie an ihn heran.

»Was ist?«

Unmerklich zuckte sie vor der Kälte und Schroffheit zurück. Trotzdem zwang sie sich zu einem Lächeln. »Ich, also ich ...«, begann sie. Herrje, es war doch schwerer, als sie gedacht hatte. Sie brachte die Worte kaum über die

Lippen. Wie sollte sie ihm eine derartige Lüge auftischen? Beherzt startete sie einen neuen Anlauf. »Ich ... was ich dir sagen wollte ...«

»Interessiert mich nicht«, unterbrach er sie barsch. »Schließlich sind wir nicht zum Quatschen hergekommen.« Seine Augen funkelten gefährlich. »Los, rein jetzt.« Er zerrte an ihrem Ärmel. Nur noch wenige Zentimeter trennten Nele von dem gruseligen, düsteren Loch.

»Ich mag dich«, schoss es aus ihr hervor.

Sofort ließ er sie los. »Was?« Er schrie das Wort hinaus. Ungläubig starrte er sie an, bevor sich sein Mund zu einem hässlichen Grinsen verzog. »Ja, klar. Und Schweine können fliegen. Verarschen kann ich mich selber, Bitch.« Leise fluchend schubste er sie weiter.

Nein. Sie durfte nicht zulassen, dass er sie einsperrte. Wagemutig warf sie sich ihm an die harte, muskulöse Brust, umschlang seine Taille. Sie spürte, wie sich seine Muskeln spannten, wie er erstarrte. *Jetzt oder nie!* »Ich meine es ernst, Chris. Ich mag dich«, log sie, jetzt mit festerer Stimme. Sie hob den Kopf, um ihm in die Augen sehen zu können. »Ich fand dich schon immer klasse, aber ich habe mich nicht getraut ...« Sie brach ab.

Er packte sie an den Schultern, schob sie auf Armeslänge von sich. »Tatsächlich?« Um seinen Mund lag ein harter, verächtlicher Zug. »Das soll ich dir glauben? Ich denke, dass du nach diesem Kotzbrocken Stevens verrückt bist, Kleine. Ich bin doch nicht blind!«

Nein, das bist du leider nicht. Chris ließ sich nicht so leicht täuschen. Dann musste sie eben noch überzeugender sein. »Chris«, schmeichelte sie. »Ich will dir nichts vormachen. Lass es mich bitte erklären.« Mutig blickte sie ihm ins Gesicht, während ihr Puls vor Aufregung raste. In ihrem Kopf überschlugen sich die Gedanken. Angst lauerte in jeder einzelnen Pore ihres Körpers. Schreckliche Angst. Sie musste sie verdrängen. Chris durfte nicht sehen, wie ihr in

Wahrheit zumute war. »Ich dachte, ich hätte bei dir keine Chance«, schwindelte sie weiter. »Ich habe angenommen, du stehst auf ältere.« Sie schluckte, räusperte sich. »... erfahrene Frauen. Erinnerst du dich an die junge Frau, der du an der Promenade nachgesehen hast?« Sie machte eine kleine Pause. »Ich war mir sicher, dass du in mir nur ein Mädchen siehst.« Unter ihren Wimpern hervor warf sie ihm einen unschuldigen Blick zu.

Chris grunzte.

»Es stimmt«, fuhr Nele fort und konnte kaum glauben, dass sie diese Worte wirklich aussprach, »ich habe Jakes Flirterei genossen, aber in Wirklichkeit habe ich mir gewünscht, dass du es wärst, der sich für mich interessiert.« Sie hielt inne. Würde er den Köder schlucken? Sie wusste nicht, ob es klug war, ihm diesen Bären aufzubinden, aber ihr war einfach nichts Besseres eingefallen. Wenn sie ihn doch nur dazu bewegen könnte, sie zurück nach Victor Harbor zu bringen. »Chris«, flüsterte sie. »Was sagst du?« Ihr Herz schlug bis zum Hals, während er wie versteinert verharrte. Nach einigen schrecklichen Sekunden, die Nele wie eine Ewigkeit erschienen, bewegte er sich endlich. Wortlos umfasste er ihren Hinterkopf und presste seine Lippen hart und unnachgiebig auf ihren Mund.

Neles Magen hob sich, als sie seine Bierfahne roch und sich an den Gestank im Auto erinnerte. Chris zwängte seine Zunge zwischen ihre Lippen und an ihren Zähnen vorbei in ihre Mundhöhle. Sie versuchte, den plötzlich aufkommenden Würgereiz zu unterdrücken. Vergeblich kämpfte sie gegen eine Welle der Übelkeit an. Mit aller Gewalt schob sie ihn von sich, gerade noch rechtzeitig, bevor sie sich über seine Stiefel erbrach.

Chris sprang zurück. »Holy Shit! Was zum Teufel ...?« Angeekelt starrte er sie an, rupfte ein paar Blätter von einem nahen Busch und versuchte, damit seine Schuhe zu säubern. Nele wischte sich mit dem Handrücken über den

Mund. Für den Bruchteil einer Sekunde zögerte sie, dann wandte sie sich ab und begann zu laufen. Sie blickte sich nicht um, sondern rannte um ihr Leben.

Sie kam nicht weit. In Sekundenschnelle hatte er sie eingeholt.

Grob riss er an ihrem Haar. »Schlampe!«

Nele schrie gellend auf.

Chris kniff seine dunklen Brauen zusammen und fixierte sie aus schmalen Schlitzen. »Du magst mich, ja?« Seine Stimme, gefährlich leise, bebte vor rasendem Zorn. »Deine kleine Vorstellung war ein böser Fehler.« Erneut zog er ruckartig an ihren langen Strähnen. »Vielleicht hättest du doch besser Unterricht bei Moface genommen.«

Nele zitterte. Ihr stiegen Tränen in die Augen. Ihr Plan hatte nicht funktioniert. Wahrscheinlich hatte sie alles nur noch schlimmer gemacht ...

Chris zerrte sie mit sich zurück. Vor der Hütte versetzte er ihr einen harten Stoß. Mit einem Aufschrei landete sie auf allen vieren. »Steh auf.« Chris packte sie an den Armen, drückte sie mit dem Rücken gegen die Wellblechwand. Nele wand sich, versuchte seinem Atem auszuweichen.

»Du bist ganz verrückt nach mir, nicht wahr? Glaubst du etwa, ich bin bescheuert?« Spuckteilchen, wie vom Wind gepeitschte Schneeflöckchen, schossen ihr ins Gesicht. »Warum hast du mir einen Korb gegeben, als ich dich gefragt habe, ob du mit mir ausgehen möchtest, hä? Weil du so scharf auf mich bist?« Er tippte sich mehrmals mit dem Mittelfinger gegen die Stirn. »Netter Versuch, Kleine. Hat leider nicht geklappt.«

»Chris, bitte«, versuchte sie ihn zu besänftigen. »Es tut mir leid.«

»Bitch«, brüllte er. »Verdammtes Weib!« Spucke lief ihm aus dem rechten Mundwinkel, rann sein Kinn hinunter. »Ihr seid doch alle gleich!« Grob zwängte er ein Bein zwischen ihre Schenkel. Erneut senkte sich sein Mund auf ihren. Schonungslos und brutal. Sein Körper presste sich hart gegen sie. Nele hatte keine Chance, sich zu bewegen. Als Chris sich wieder von ihr löste, brannten ihre Lippen wie Feuer. Sie sah dunkles Begehren in seinen Augen lodern. Die Finger seiner linken Hand gruben sich in ihre Schulter, während er sich mit der rechten am Knopf ihrer Shorts zu schaffen machte. Mit einem Ruck hatte er Neles T-Shirt aus dem Bund gezogen.

Nele schnappte nach Luft. Blankes Entsetzen packte sie. Das Blut in ihren Adern gefror zu Eis. Ihre Knie drohten nachzugeben. »Hör auf, hör auf!«

Chris ließ sich nicht beirren. Kleine Schweißperlen rannen seine Schläfen hinab. Seine Hand arbeitete sich unter ihr Shirt, scharfkantige Nägel glitten wie winzige Messer über ihren Rücken, ihre Taille, ihren Bauch. Derbe Finger bohrten sich in ihr Fleisch. Panik und Abscheu überwältigten sie, als sich seine Hand weiter nach oben tastete. Er stöhnte leise auf, als er ihre Brust umschloss.

Nele brach der kalte Schweiß aus allen Poren. Hier passierte etwas so Furchterregendes, etwas, das bis vor Kurzem noch jenseits all ihrer Vorstellungskraft gelegen hatte ...

»Gefällt dir, oder?« Sein Atem kam stoßweise, sein Unterleib mit seiner harten Erektion drängte gegen ihren Bauch. Er ging in die Knie, hob ihr Shirt, damit seine Lippen ihre Brust berühren konnten.

Nele schloss die Augen, öffnete den Mund und schlug mit aller Kraft ihre Zähne in seinen Oberarm.

Wie ein getretener Hund jaulte er auf. Überrumpelt ließ er von ihr ab, starrte ungläubig auf die Bisswunde an seinem Arm. Blitzschnell duckte Nele sich unter ihm hinweg. Sie rannte, so schnell ihre Füße sie trugen, floh in den Schutz des Waldes. Zweige und Blätter schlugen ihr ins Gesicht, kleine Äste und dorniges Gestrüpp schürften die Haut an ihren nackten Armen und Beinen auf. Die Luft, nach Tannennadeln, Harz, Eukalyptus und feuchter Erde duftend, brannte in ihren Lungen. Sie blickte sich nicht um. Ihr Herz hämmerte wie ein Kolben in ihrer Brust, das Blut schoss durch ihre Adern. Äste und Zweige zerbrachen knisternd und knackend viel zu laut unter ihren Sohlen.

Sie rannte, bis der Wald zunehmend undurchdringlicher wurde. Sie musste ihren Schritt verlangsamen, denn hier und da drang das Mondlicht nur noch spärlich durch das dichte Blattwerk der hohen Bäume. Sie stolperte über den mit kräftigen Wurzeln durchzogenen Boden, kämpfte sich durch wirres, teilweise torniges Gestrüpp. Schließlich blieb sie keuchend stehen und rang nach Luft.

War Chris ihr auf den Fersen? Seltsame, fremde Geräusche wisperten durch den nächtlichen Wald. Knarrend bewegten sich die Äste der mächtigen Eukalypten, wenn der Wind durch sie strich. Laub raschelte geheimnisvoll. Geradezu gespenstisch schimmerten die Leiber der Bäume, wo das Mondlicht auf sie traf. Es knackte, ein Schatten huschte durchs Unterholz. Nele sah ihm hinterher. Sie bemerkte das Aufschimmern eines sich windenden, schlanken Leibs. Eine Schlange!

Nele schlug eine Hand vor den Mund, um einen Schrei zu unterdrücken. Um sie herum war der Busch voller Leben. Schlangen, Dingos, Wombats, Geckos, Käfer und – Spinnen. Die kleinen Härchen auf ihren nackten Armen stellten sich auf. Ihre Kopfhaut begann zu prickeln. Automatisch glitt ihr Blick hinunter zu ihren Füßen. Wenn sie sich vorstellte, dass irgendetwas an ihr hochkroch ... Nein, bloß nicht daran denken! In diesem Augenblick wünschte sie sich weit, weit fort. Weg aus diesem grässlichen Land, das ihr mit den exotischen und tödlichen Tieren und den unbekannten Geräuschen so fremd erschien wie nie zuvor. Wie gern würde sie sich jetzt in die beschützenden Arme ihrer Mutter werfen.

Ein plötzliches, durchdringendes, wildes Heulen sandte eisige Schauder über ihren Rücken. Es könnte das Jaulen eines Hundes gewesen sein. Vielleicht hatte sie Glück und befand sich ganz in der Nähe einer Farm? Oder aber ein Dingo hatte ihre Witterung aufgenommen und machte sich jetzt auf die Jagd nach ihr ... Ihre Unterlippe begann zu zittern. Wie hatte sie nur in diese verflixte Situation hineingeraten können? Sie hätte sich niemals auf diesen wahnsinnigen Chris eingelassen, wenn Jake sie nicht so verletzt hätte. Der Gedanke an Jake trieb neue Tränen in ihre Augen. Was gäbe sie darum, wenn er sie noch einmal, noch ein einziges Mal aus Chris' Fängen retten würde. Aber er wusste ja nicht, dass sie tief im Busch bei Inman Valley herumirrte. Wie sollte er ahnen, dass Chris Hunt sie verschleppt hatte?

Ein Geräusch ließ sie aufhorchen. Ein lautes Knacken, wie von einem brechenden Ast. Sie stand mucksmäuschenstill, lauschte angestrengt. Es knackte wieder, diesmal näher. Ihr stockte der Atem. Ihr wurde heiß. Das waren Äste, die unter Schuhsohlen zerbrachen!

Sie sah hektisch umher. Kurz entschlossen flitzte sie hinter den kräftigen Stamm einer Kiefer. Während sie in deren Schutz am Boden kauerte, wagte sie es kaum, zu atmen. Chris durfte sie nicht finden. Er war gefährlich. Lieber würde sie weiter im wilden Busch umherwandern, als diesem Verrückten erneut in die Hände zu fallen. Das Blut rauschte lärmend in ihren Ohren. Wild hämmerte ihr Herz gegen die Rippen. Sie vergrub den Kopf zwischen den Knien und fing an zu beten.

Ein Lufthauch streifte ihren Nacken.

»Hab ich dich.« Mit groben Fingern griff Chris in ihr Haar und zog sie daran hoch.

Nele schrie auf vor Schmerz, Überraschung und Schock.

»Du hast doch nicht ernsthaft geglaubt, dass du abhauen könntest?«, fauchte Chris. »Dafür wirst du büßen!« Wie Eisenringe schlossen sich seine Hände um ihren rechten Oberarm. »Ich werde dafür sorgen, dass du ab jetzt genau das tun wirst, was ich von dir erwarte.«

Die Worte und der Klang seiner klirrend kalten Stimme erschreckten sie bis ins Mark.

Kapitel 23
Spurlos

Gedankenversunken saß Jake gegenüber dem Hotel Victor auf dem Holzgeländer des Zauns, der den großen Parkplatz von den Dünen trennte. Allen Warnungen zum Trotz war er noch einmal an den alten Treffplatz der Gang zurückgekehrt. Er hatte die leise Hoffnung gehegt, Hunt oder einen seiner Handlanger dort vorzufinden. Doch abgesehen von ein paar in den offenen Müllcontainern herumstöbernden Krähen und einer streunenden Katze, war der Platz leer gefegt gewesen.

Obwohl seit Stunden unterwegs, fühlte er sich hellwach. Durch seinen Kopf jagten die Gedanken wie wilde Pferde. Selbstvorwürfe quälten ihn. Wenn er Nele wiederfände, würde er sie festhalten und niemals wieder gehen lassen. Er war so dumm gewesen! Endlich hatte er einmal jemanden kennengelernt, der ihn ganz und gar faszinierte. Ein Mädchen, das sein tiefstes Inneres berührte. Und was machte er? Hielt sie wie ein Feigling auf Abstand, damit bloß keine ernsten Gefühle aufkamen. Bei der erstbesten Gelegenheit hatte er mit ihr Schluss gemacht, hatte sie gehen lassen, ohne um sie zu kämpfen. Er hatte nicht gemerkt, dass er längst viel zu tief in die Sache mit ihr verstrickt gewesen war. Er hatte sich verliebt. Mit Haut und Haaren. Seine Sorge um Nele war so groß, dass es ihm fast das Herz zerriss, nicht zu wissen, wo sie war und wie es ihr ging. Er wollte sie bei sich haben, sie spüren, halten, und niemals wieder gehen lassen. Auch wenn sie noch nicht bereit war, mit ihm zu schlafen, er würde warten. Dass sie sich damit Zeit lassen wollte, ließ sie in seinen Augen nur noch begehrenswerter erscheinen.

Nachdenklich presste er die Lippen aufeinander. Sie würde Australien verlassen. In wenigen Monaten schon.

Es war unausweichlich. Sie würde heimkehren. Er atmete tief ein, straffte die Schultern. Sie könnten Kontakt über Facebook und das Internet halten, sie konnten skypen. Vielleicht könnte sie mit ihm nach ihrem Schulabschluss in Sydney studieren, oder er würde nach Europa reisen. Er würde einen Weg finden, sie in seinem Leben zu halten.

Hoffentlich war noch nicht alles verloren. Hoffentlich hatte er ihre Gefühle für ihn nicht mit seinem blöden, unreifen Verhalten zerstört ... Ein jäher Windstoß kippte eine der grünen Tonnen um, die ein paar Meter entfernt standen. Ein plötzliches Rauschen fuhr durch die Baumwipfel der hohen Norfolktannen. Jake hob den Blick zum Himmel.

Düstere Wolken schoben sich über die silberne Scheibe des Mondes, brachten die funkelnden Sterne zum Erlöschen. In hohen, schaumgekrönten Wellen rauschte die Brandung an den Strand. Es roch nach Regen. Ein kleiner Schatten jagte über den Parkplatz und verschwand im Gras zwischen den Bäumen. Eine Maus. Jake sah ihr nach. Wo in aller Welt steckte Nele? Er wurde das Gefühl nicht los, dass die Lösung zum Greifen nahelag. Irgendwo in einem entfernten Winkel seines Bewusstseins lauerte die Antwort. Verborgen in einer Schublade, die er nur öffnen musste. Er ahnte, es hatte etwas mit ihm und Hunt und mit ihrer gemeinsamen Vergangenheit zu tun.

Einem spontanen Impuls folgend, zog er sein Handy aus der hinteren Hosentasche. Mit flinkem Finger suchte er die Nummer heraus, heilfroh darüber, dass er vergessen hatte, sie aus seinen Kontakten zu löschen. Ihre Stimme klang träge und rau, als sie antwortete. Vermutlich hatte sie geschlafen.

»Nicolette? Jake hier. Hast du von Chris gehört?« Er machte sich nicht die Mühe, seinen späten oder besser frühen Anruf zu entschuldigen. Alles, was ihn im Augenblick interessierte, was ihn beschäftigte, war Nele.

Nicolette gähnte wenig damenhaft in sein Ohr. »Schätzchen«, schnurrte sie, »wie komme ich zu dem zweifelhaften Vergnügen, in so kurzer Zeit gleich zwei Mal deine Stimme zu hören? Welch unverhoffte Freude.« Spöttisch lachte sie auf.

»Nicolette.« Ihm war nicht zum Scherzen zumute. Zum Flirten noch viel weniger. »Antworte.«

»Ich hab geschlafen, aber Chris ist nicht zu Hause. Ich hätte ihn gehört. Außerdem könntest du ruhig etwas charmanter mit der Mutter deines ehemaligen guten Freundes umgehen, mein Lieber«, entgegnete sie verschnupft.

Bei den Worten ʾguter Freundʾ zuckte Jake zusammen. Er beendete das Gespräch rasch. Nicolette konnte ihm nicht weiterhelfen. Es schien sie auch nicht zu beunruhigen, dass ihr Sohn bislang nicht aufgetaucht war. Wahrscheinlich war sie gewohnt, dass er sich nachts herumtrieb. Jake stieß einen frustrierten Seufzer aus. Noch einmal ging er im Geist alle Straßen, Orte und Plätze durch, versuchte sich an jedes Gespräch zu erinnern, das er geführt hatte.

Ein fetter Tropfen klatschte auf seinen Nasenrücken. Unvermittelt begann es zu prasseln. »Shit!« Fluchend sprang er vom Geländer, setzte den Helm auf und eilte zurück zu seiner Maschine. Was nun? Vielleicht sollte er erst einmal nach Hause fahren und in Ruhe nachdenken …

Das grelle Quietschen von schlitternden Reifen ließ ihn innehalten. Als er sich umdrehte, sah er einen Wagen mit hohem Tempo um die Kurve am Albert Place schießen. Idiot! Wahrscheinlich schon wieder einer, der bei der Strandparty über die Stränge geschlagen hatte und nun den starken Mann markieren musste. Er kniff die Augenbrauen zusammen, um besser durch den Regenvorhang sehen zu können. Mit kreischenden Bremsen hielt der Fahrer vor dem Hotel Victor. Er fuhr einen Pick-up. Einen Ford Falcon. Grün, vermutete Jake. Das Auto strotzte derart vor Schmutz, dass Jake Mühe hatte, die wirkliche

Farbe zu identifizieren. Dennoch, irgendwie kam ihm die Rostlaube bekannt vor. Wo hatte er die Karre schon einmal gesehen? Die Fahrertür wurde aufgestoßen, laute Rockmusik drang plärrend nach draußen. Jetzt erkannte Jake das Gefährt. Und seinen Fahrer. Er schluckte hart, sein Puls beschleunigte sich. Es war Hunt. In engen Jeans, als sei er darin eingenäht worden, und den unvermeidlichen Cowboystiefeln schob er sich lässig aus dem Wagen. Dieses Schwein!

Einem ersten Impuls folgend, wollte Jake auf ihn zustürmen und ihn zusammenschlagen. Es juckte ihn in den Fingern, seinem Widersacher zu verdeutlichen, was er von ihm hielt, bis diesem Hören und Sehen verging. Doch vielleicht war das nicht die schlaueste Lösung. Er sollte lieber versuchen, herauszufinden, was dieser Mistkerl vorhatte, und vor allem, ob Nele im Pick-up saß.

Jake legte seinen Helm ab und hängte ihn an den Lenker des Motorrads. Dabei ließ er Chris keine Sekunde aus den Augen. Im Schatten der Kiefern pirschte er sich näher heran. Als er die Straße erreichte, konnte er Hunt gerade noch um die Ecke des Gebäudes verschwinden sehen. Was zum Henker hatte er vor? Es sah aus, als steuerte er den Treffpunkt der Gang an ... Geschwind überquerte Jake die stille Esplanade und eilte zum Auto. Sein Herz klopfte stürmisch, als er um den Wagen schlich und durch die Fenster spähte.

Nichts. Keine Spur von Nele. Die Muskeln in seinem Kiefer arbeiteten, während er seinen Blick schweifen ließ. Chris war allein unterwegs. Das bedeutete, dass er Nele irgendwo abgesetzt haben musste. Oder gefangen hielt, fügte er grimmig hinzu. Doch wo?

Er beschloss, ihm hinterherzuschleichen, aber das Knirschen von Schritten auf Kies ließ ihn innehalten. Hunt kam zurück. Grimmig verzog Jake den Mund. Er machte auf dem Absatz kehrt und rannte auf leisen Sohlen durch den

Regen zurück zu seiner Suzuki. Von dort aus sah er Chris mit einer kleinen braunen Papiertüte in der Hand um die Ecke biegen. Offensichtlich hatte er sich mit jemandem getroffen. Jake fragte sich, was in der Tüte sein könnte. Ihn beschlich ein ungutes Gefühl. Er musste Nele so schnell wie möglich finden! Wer wusste, was Hunt plante? Jake traute ihm alles zu.

Erinnerungen an jene furchtbare Nacht, in der ein unschuldiger Mensch seinen Tod fand, schlichen sich in seine Gedanken. In seiner Magengrube formte sich ein harter Klumpen. Diese schrecklichen Bilder würden ihn sein Leben lang begleiten. Es war ihm ein Rätsel, wie die anderen aus der Clique diesen Vorfall so leicht hatten wegstecken können ... Als Chris ins Auto stieg, schoss Jake ein Gedanke durch den Kopf. Er musste ihm folgen. Wenn er Glück hatte, würde Hunt ihn auf direktem Weg zu Nele führen.

Als der Motor des Ford Falcon aufjaulte und seine Scheinwerfer aufblendeten, schwang Jake sich auf sein Motorrad, stülpte den Helm über und ließ das Schloss unter dem Kinn einrasten. Er steckte den Schlüssel ins Zündschloss und drückte auf den Startknopf. Jake liebte den tiefen, blubbernden Sound seiner Suzuki. Wie das zufriedene Schnurren einer Raubkatze, dachte er immer. Jetzt wäre ihm allerdings lieber, das angenehme Geräusch wäre nicht zu hören, denn er fürchtete, Chris könnte darauf aufmerksam werden. Seine Sorge stellte sich rasch als unbegründet heraus. Hunt drehte das Autoradio erneut auf die volle Lautstärke. Das dumpfe Dröhnen der Bässe war bis zum Parkplatz zu hören. In – wie Jake hoffte – sicherer Entfernung und ohne Licht hängte er sich an den schäbigen Pick-up. Inzwischen goss es so heftig, dass die hohe Luftfeuchtigkeit Dampfschwaden aufsteigen ließ. Wie ein Spiegel glänzte der nasse Asphalt. Kleine Rinnsale bahnten sich gluckernd und glucksend ihren Weg durch die Vertiefungen neben den Gehwegen. In der Ferne grollte es. Es war ein Spätsommergewitter, das den nahen Herbst ankündigte.

Jake gelang es, dem Ford unbemerkt nach Norden bis in die George Main Road zu folgen. War die Schule Hunts Ziel? Hielt er Nele dort versteckt? Aber Jake hatte jeden Zentimeter des Geländes durchkämmt, und Tony hatte bislang nichts von sich hören lassen. Die Henleys hätten ihn mit Sicherheit darüber informiert. Jake bezweifelte, dass Nele sich irgendwo in der Nähe der Victor Harbor High aufhielt. Tatsächlich ließ Chris das Schulgebäude links liegen.

Wenig später passierten sie die Polizeistation. Der Pickup beschleunigte und Jake presste grimmig die Lippen aufeinander. Typisch Hunt. Der Abstand zwischen ihnen vergrößerte sich zusehends. Er durfte den Wagen nicht verlieren. Entschlossen drückte Jake aufs Gas.

Als sich der Ford in den dritten Kreisel einfädelte, geriet seine Maschine ins Schlingern, und bei dem Versuch, das Motorrad zu stabilisieren, rutschte seine rechte Hand vom Griff. Er reagierte blitzschnell, doch auf der regennassen Straße hatte er keine Chance. Die Suzuki schlitterte quer über den Asphalt.

Wie betäubt blieb Jake neben seiner Maschine liegen, bevor er einen frustrierten Schrei ausstieß. Wütend und geschockt zugleich bewegte er vorsichtig seine Glieder, um zu sehen, ob er irgendeine Verletzung davongetragen hatte. Es funktionierte alles. Lediglich die Knöchel seiner linken Hand waren aufgeschürft und bluteten leicht. Im Ärmel seiner bereits schon ramponierten Jacke klaffte ein Loch. Es hätte Schlimmeres passieren können. Leise fluchend erhob er sich. Wie gut, dass um diese Zeit fast niemand unterwegs war, sonst wäre die Sache vielleicht nicht so glimpflich ausgegangen. Behutsam zog er das schwere Gefährt hoch. Außer ein paar Schrammen am Lack schien sein Baby unbeschädigt zu sein. Gott sei Dank!

Als er sich hinaufschwang, fuhr ein stechender Schmerz durch seine Hüfte. Er schnappte nach Luft, biss die Zähne zusammen. Er würde sich später darum kümmern. Sicher nur eine Prellung. Rasch warf er einen Blick zurück zur Straße, aber der Ford Falcon war in der Dunkelheit verschwunden.

»Shit! Verdammter Shit«, wetterte er. Er musste zusehen, dass er Hunt einholte. Mit zitternden Fingern steckte er den Zündschlüssel ins Schloss. Ihm war klar, dass er leicht unter Schock stand, aber er gönnte sich keine Ruhe. Er musste Nele finden. Er sandte ein Stoßgebet gen Himmel, als die Suzuki ansprang und ihr vertrautes Blubbern hören ließ. Es krachte ordentlich, als Jake den ersten Gang einlegte. Die Maschine machte einen kleinen Satz nach vorn. »Komm schon, Mädchen«, murmelte er. »Wir müssen weiter.«

Er drückte aufs Gaspedal, doch am Kreisel angekommen, blieb er stehen. Welche Ausfahrt hatte Chris gewählt? War es die zweite oder die dritte gewesen? Jake glaubte sich daran zu erinnern, dass Hunt sich für Letztere entschieden hatte. `Adelaide via Yankalilla´ verkündete das grüne Schild am Straßenrand in weißen Lettern. Yankalilla? Was zum Teufel wollte Hunt im beschaulichen, ländlichen Yankalilla? Oder wollte der Spinner gar ins vierundachtzig Kilometer entfernte Adelaide? Nein, das schien Jake nicht wahrscheinlich. Während er der sanft geschwungenen Landstraße den Hügel hinauf folgte, ließ der Regen nach. Die Sicht klarte auf. Von Chris' Wagen weit und breit keine Spur.

Der Geruch von moosiger Erde, frischem Holz und feuchten Blättern stieg Nele in die Nase. Sie fühlte sich flüchtig an ihre Pfadfinderzeit erinnert, wo es in den Camps in den Wäldern ähnlich gerochen hatte. Sie schluckte, befeuchtete ihre trockenen Lippen mit der Zunge. Blinzelnd öffnete sie die Augen und starrte in das Zwielicht. Warum war es so düster? Warum lag sie flach auf dem Boden? Ihr Pulsschlag beschleunigte sich. Sie schoss hoch und stöhnte auf, weil in ihrem Schädel ein rhythmisches Pochen begann. Langsam kroch die Erinnerung zurück. Chris hatte sie im Busch aufgespürt und zurück zur Hütte geschleppt, wo er ihr einen saftigen Denkzettel verpasst hatte.

»Du irrst dich gewaltig, wenn du denkst, dass du mit Chris Hunt spielen kannst«, hatte er bösartig gezischt. »Ich werde dir Respekt beibringen!« Mit groben Fingern hatte er ihr Kinn angehoben und sie gezwungen, ihn anzusehen. »Wohin wolltest du flüchten? Das Buschland ist tückisch. Wer sich nicht auskennt, schaufelt sich leicht sein eigenes Grab.« Höhnisch hatte er aufgelacht.

In Nele wallten Wut und Trotz zugleich auf. Sie hatte versucht, sich seinem Griff zu entwinden, doch seine Hand schloss sich fester um ihr Kinn. »Lass mich gehen«, brachte sie zornig hervor. »Du ekelst mich an!« Kaum hatte sie diese Worte ausgesprochen, wusste sie, dass sie einen Fehler begangen hatte. Seine Faust traf sie so hart, dass sie rückwärts taumelte. Weiße Pünktchen blitzten vor ihren Augen auf. Im ersten Moment spürte sie nichts, alles war taub. Dann fing die Haut an zu brennen, als hätte sie jemand mit einem glühenden Eisen gebrandmarkt. Schockiert hatte sie ihre Wange abgetastet.

»Kapiert?«

Sie brachte keinen Ton heraus, konnte lediglich nicken. Das Letzte, an das sie sich erinnern konnte, war der kräftige Stoß, der sie nach hinten katapultierte. Danach war sie in tiefer Dunkelheit versunken. Vermutlich war sie mit dem Kopf gegen etwas Hartes geprallt, vielleicht einen dicken Ast oder einen Stein.

Nele betastete vorsichtig die schmerzende Stelle am Hinterkopf. Ihre Haare waren trocken, da war kein Blut.

Jedoch konnte sie eine schmerzhafte Schwellung fühlen. Sie zuckte zusammen, als sie mit dem Zeigefinger behutsam darüberstrich. Sie ließ den Arm sinken und sah sich um. Durch ein winziges Plexiglasfenster drang diffuses Mondlicht. Leider reichte die schwache Beleuchtung nicht aus, um das Innere der Hütte ausreichend zu erhellen.

Was mochte hier drin wohl alles krabbeln und kriechen? Ein kalter Schauder erfasste sie, rieselte ihren Rücken hinunter. Sie sprang auf, verharrte auf der Stelle, denn durch die jähe Bewegung wurde ihr schwindlig. Das Pochen in ihrem Kopf verstärkte sich, schwoll an und verebbte schließlich wieder. Sie presste die Handballen gegen die Schläfen. Als der Raum aufhörte, sich zu drehen, machte sie einen vorsichtigen Schritt. Sie musste die verdammte Tür finden. Ein jäher Windstoß rüttelte an der Hütte und ließ die Wellblechwände erzittern. Nele hielt inne. »Lass mich endlich raus«, jammerte sie. Tränen der Verzweiflung schossen in ihre Augen. Sie hielt es kaum aus, in diesem schrecklichen Loch eingesperrt zu sein. Das alles war schlimmer als ihr schlimmster Albtraum!

Erneut setzte sie sich in Bewegung. Es kostete sie Überwindung, den Arm auszustrecken und nach dem Türhebel zu suchen. Als ihre Hand auf kühles Metall traf, zuckte sie zusammen. Sie tastete sich mit den Fingerspitzen weiter, bis sie endlich den verwitterten Holzriegel fanden. Nele zog, schob und drückte mit allen Kräften. Der Riegel ließ sich nicht bewegen.

»O Gott, was mache ich nur?«, flüsterte sie. Mit hängenden Schultern blieb sie stehen. Sie musste ruhig bleiben und nachdenken. Nicht durchdrehen. Sie schlang die Arme um den Oberkörper und hielt sich fest. Ein fernes Brummen drang an ihre Ohren. Motorengeräusche. Hoffnung begann zu keimen wie ein winziges Saatkorn. War Hilfe unterwegs? Oder könnte es sein, dass Jake ...? Sie spitzte die Ohren, um das vertraute Blubbern auszumachen. Vielleicht hatte er erfahren, dass Chris sie gefangen hielt, und hatte sich auf den Weg gemacht, sie zu befreien? Nein. Der Gedanke war absurd. Fast hätte sie bitter aufgelacht. Chris hatte Jake sicherlich nicht auf die Nase gebunden, dass er sich seine Exfreundin geschnappt hatte. Das Geräusch wurde lauter. Es war eindeutig ein Wagen, der sich der Lichtung näherte. Gedämpfte Musikklänge, begleitet von dröhnenden Bässen, schwappten durch die Blechwände zu ihr in den Verschlag. Unvermittelt verstummte der Lärm. Die Musik erstarb. Eine Tür flog krachend zu. Knirschende Schritte auf Sand und Kies und das Knacken von Zweigen, die unter festen Schuhsohlen zerbrachen, ließen keinen Zweifel daran, dass sich jemand näherte. Spuckgeräusche.

Neles Fünkchen Hoffnung zerplatzte wie eine Seifenblase. Es war Chris, der zurückkehrte. Kein Ritter in goldener Rüstung, kein Retter in der Not. Und schon gar nicht Jake. Niemand kam, um sie zu befreien.

Während sie vergeblich versuchte, das unkontrollierte Beben ihres Körpers zu unterdrücken, wappnete sie sich innerlich für die Begegnung.

Kapitel 24
Alles auf eine Karte

Wie ein glänzendes schwarzes Band schlängelte sich die einsame Straße den Hügel hinauf. Er hatte Hunt verloren.

Jake schaltete einen Gang runter, setzte den Blinker und fuhr auf den Seitenstreifen. Er stellte den Motor ab, unschlüssig, was er jetzt machen sollte. Es hatte längst aufgehört zu regnen.

Wie von Geisterhand hatten sich die Wolken verzogen und gaben erneut den Blick auf den glitzernden Sternenhimmel frei. Vom Meer blies eine frische Brise.

Erst jetzt bemerkte er, wie durchnässt seine Kleidung war. Fröstelnd zog er die Schultern zusammen. Er holte das Handy aus der Jackentasche, tippte die Nummer der Henleys ein. Er konnte sich nicht vorstellen, dass sie schlafen gegangen waren. Nicht in dieser Nacht. Er verspürte das dringende Bedürfnis, mit jemandem zu reden. Vielleicht konnten sie gemeinsam überlegen, wie es jetzt weitergehen sollte.

Gordon nahm das Gespräch entgegen. Seine Stimme klang angestrengt. Müde. »Hallo?«

»Ich bin es, Jake. Hat Nele – ich meine – gibt es etwas Neues?« Er hielt den Atem an.

»Nein, nichts. Wir vermissen sie noch immer«, erwiderte Gordon tonlos. »Ich nehme an, du hattest auch keinen Erfolg?«

»Leider nicht. Ich habe Hunt zufällig vor dem Hotel Victor entdeckt und ihn verfolgt, aber ...« Er zögerte und entschied, dass es nicht nötig war, die ohnehin schon sorgengeplagten Henleys mit einem Bericht über seinen Unfall zu belasten. »Der Kerl ist mir leider entwischt.«

»Wenn ich den zwischen die Finger kriege!« Gordon schnaubte. »Sam fährt heute Nacht Streife, er hat mir versichert, die Augen offen zu halten.«

»Ist er darüber informiert, dass Nele vermutlich gegen ihren Willen festgehalten wird?«

»Ich habe mit ihm darüber gesprochen. Die Polizei hat bereits Kontakt mit Mrs Hunt aufgenommen.«

Jake schüttelte den Kopf. Das war nicht genug. Wer wusste schon, was Hunt in seinem kranken Hirn alles plante? Es könnte für Nele längst zu spät sein, wenn sie sie nur zufällig aufspürten! Dass Chris keinerlei Skrupel kannte, war Jake spätestens nach dem verhängnisvollen Brand in der Harbor Mall klar geworden. »Wenn ich nur wüsste, warum er den Weg nach Yankalilla eingeschlagen hat«, überlegte er laut, während er hinunter auf die funkelnden Lichter in der Bucht starrte. Plötzlich, wie ein zuckender Blitz, der das Dunkel erhellt, schoss ihm ein Gedanke durch den Kopf. »Ich glaube, ich weiß, wo Nele sein könnte«, sagte er zu Gordon.

Knarrend und knarzend bewegte sich der Riegel, bevor sich die Tür schwungvoll öffnete. Ein Kegel Mondlicht fiel ins Innere des düsteren Raums. Nele stürzte dem Licht entgegen. Sie hatte nur einen einzigen Gedanken. Raus aus der schrecklichen, dunklen Hütte, nichts als raus! Ihre Flucht wurde abrupt gestoppt.

»Wohin so eilig?« Chris packte sie an den Schultern.

Es musste geregnet haben. Nele konnte den feuchten Duft des nassen Waldbodens riechen. Auf den Blättern von Büschen und Bäumen funkelten Regentropfen im kalten Mondlicht.

»Kannst es wohl kaum erwarten, wieder in meine Arme zu kommen, was?« Chris' Mund verzog sich zu einem diabolischen Lächeln. »Wir zwei haben noch etwas vor, Süße.« Provozierend wedelte er mit einem braunen Papiertütchen vor ihrer Nase.

Neles Atmung beschleunigte sich. »Bitte, Chris. Ich tue alles, was du willst. Nur sperre mich dort«, sie machte eine Kopfbewegung, »nicht wieder ein.«

Er stieß ein hämisches Lachen aus. »Du wirst alles tun, was ich von dir verlange, Puppe?« Eiskalte Belustigung klang aus seiner Stimme.

Unvermittelt gab er sie frei, strich mit dem Handrücken behutsam über ihre verletzte Wange.

Sie zuckte zurück.

Seine Miene wurde weich. »Entschuldige.«

Sein plötzlicher, sanfter Tonfall überraschte sie. Sie sah etwas Dunkles, Animalisches in seinen Augen auflodern. Ihr Puls raste, als sie begriff. Noch immer wollte er sie vergewaltigen. Wie in Zeitlupe schüttelte sie den Kopf. Nein, sie würde nicht zulassen, dass er ihr das antat. Sie würde es verhindern. Sie wusste nur noch nicht wie.

Seinen lüsternen Blick unverwandt auf sie geheftet, ließ Chris die Tüte achtlos auf den weichen Waldboden fallen. Mit beiden Händen umfasste er Neles Taille und zog sie mit einem Ruck an sich.

Der harte Metallknopf seiner Jeans drückte unbarmherzig gegen ihre Rippen. Im Licht des Mondes konnte sie die Poren auf Chris' Nase und den Bartansatz über seiner Oberlippe erkennen. Voller Erwartung fuhr er sich mit der Zungenspitze über seine Lippen. Wie hatte sie ihn jemals attraktiv finden können?

»Chris. Bitte, ich kann – lass uns …«

»Sei still! Ich hab genug von deinem Gestammel.« Seine Hände glitten hinunter zu ihrem Po. Durch den dünnen Stoff ihrer Shorts hindurch fing er an, sie zu streicheln. »Gib mir, was du diesem Schwein Stevens gegeben hast, Baby. Jetzt bin ich dran.« Er keuchte.

Sie krümmte sich, versuchte, sich aus seiner Umklammerung zu befreien. »Ich habe nie mit Jake – wir haben noch nie miteinander ...«, rief sie verzweifelt.

Chris lachte spöttisch auf. »Aber sicher. Und in Wirklichkeit bist du die Jungfrau Maria!« Geschwind bückte er sich nach der Papiertüte und bugsierte Nele zurück in die düstere Hütte. Sie stolperte, landete mit ihrem Hintern auf dem sandigen Boden.

Während er Nele aus dem Augenwinkel beobachtete, kramte Chris aus der Kiste in der Ecke eine riesige Taschenlampe hervor. »Na, wer sagt's denn«, murmelte er, als der Lichtschein den Verschlag erhellte. Er ging zurück zur Tür, verpasste ihr einen kräftigen Tritt.

Scheppernd knallte sie zu. Erneut richtete er seine Aufmerksamkeit auf Nele. Der volle Lichtschein streifte ihr Gesicht und blendete sie, bevor er die Lampe auf dem Boden ablegte. Gespenstisch beleuchtete sie die Wände des kleinen Raums.

»Nur du und ich«, raunte Chris ihr mit einem Augenzwinkern zu. »Allein.« Mit einem zufriedenen Grunzen ließ er sich neben ihr nieder.

Seine Worte verursachten ihr eine Gänsehaut am ganzen Körper. Gelähmt vor Angst fixierte sie die Tüte in seiner Hand. Sie konnte das Pulsieren ihres Blutes in den Ohren hören. Als sie den Kopf hob, begegnete sie Chris' vor Begierde riesigen, schwarzen Pupillen. Das Herz schlug ihr bis zum Hals. »Bitte, lass mich gehen«, flüsterte sie.

»Keine Sorge. Dir wird nichts passieren. Du wirst nur ein bisschen entspannter sein. Nicht so kratzbürstig wie vorhin.« Gierig glitt sein Blick über ihren Oberkörper. Flink lupfte er ihr T-Shirt. »Kann's kaum erwarten, diese süßen Früchte zu pflücken.«

Nele riss ihr Shirt herunter. »Lass das!« Wütend und halb wahnsinnig vor Furcht begann sie, mit den Fäusten auf ihn einzuschlagen.

Chris packte ihre Hände, hielt sie fest. »Das hatten wir doch schon einmal.« Er fixierte sie kalt. »Da du ständig Zicken machst, bleibt mir nichts anderes übrig, als zusätzliche Maßnahmen zu ergreifen.« Er schob sich hinter sie und drehte ihr brutal einen Arm auf den Rücken. Sie stieß einen Schmerzensschrei aus. Bevor sie Luft holen konnte, hatte er sich den anderen Arm geschnappt. Seine Finger schlossen sich kraftvoll um ihre Handgelenke. Als sie über ihre Schulter blickte, sah sie mit Schrecken, wie Chris mit der freien Hand aus der Gesäßtasche seiner Jeans eine Kordel fischte. Verzweifelt bewegte Nele sich hin und her, doch Chris versetzte ihr einen heftigen Stoß mitten ins Rückgrat, der sie nach Luft ringen ließ.

»Halt endlich still!« Flink hatte er das Band um ihre Gelenke geschlungen und verknotet.

»Du tust mir weh«, jammerte sie. Die Fessel war so straff gezogen, dass sie in ihre Haut schnitt.

»Pech«, meinte Chris kühl. Er rutschte herum, griff nach der Tüte. »Wäre nicht nötig gewesen, wenn du dich nicht so angestellt hättest.«

Blanker Horror breitete sich in ihr aus, als er das Papier der Tüte aufriss. Zum Vorschein kam ein dunkles Glasfläschchen. Was um Himmels willen war das? Was hatte er vor? Wollte er sie vergiften? Nele brach abermals kalter Schweiß aus. Sie versuchte, ihre Hände zu bewegen, um das Seil zu lockern. Keine Chance. Es saß bombenfest. Sie musste Chris überzeugen, sie freizulassen. Sie musste! »Können wir reden? Bitte, Chris. Vielleicht könnten wir …«

»Könnten wir *was*?« Er funkelte sie an. »Geredet haben wir genug, Schätzchen. Jetzt will ich endlich in den Genuss dieses«, er ließ seinen Blick demonstrativ über ihre Brust gleiten, »verlockenden Körpers kommen. Also tu uns beiden einen Gefallen und sei still. Halt deinen Mund, damit wir loslegen können. Wenn nicht, stopfe ich ihn dir.«

Das wütende Geschrei einer Gruppe von Kakadus nahm sie nur am Rand wahr. Sie ließ Chris nicht aus den Augen. Ihr Herz schlug immer wilder, als er mit konzentrierter Miene den Verschluss der Flasche abschraubte. Dabei glitt seine Zunge wie die einer Eidechse erwartungsvoll aus seinem Mund und wieder hinein.

Ein dämonisches Lächeln verzerrte seine Züge. »Jetzt bist du dran, Baby.«

Neles Nackenhaare stellten sich auf. Als Chris ihr Kinn umfasste, löste sich ein gellender Schrei aus ihrer Kehle.

Die alte Hütte im Busch bei Inman Valley. Hancocks Shed, ein heruntergekommener Blechschuppen im Wald. Geisterwald hatten sie ihn früher genannt, weil die silberweißen Stämme der vielen Ghost gum trees, die dort wuchsen, so schön schauerlich im Mondlicht glänzten. Geheimer Treffpunkt der Deadly Lizards außerhalb von Victor Harbor. Hier hatten sie sich versammelt, wenn sie unter sich sein wollten, wenn sie geheime Zusammenkünfte abhielten. Warum hatte er nicht schon viel früher daran gedacht? Unzählige Male waren sie dort gewesen, hatten Coopers Bier und Bundaberg Schnaps getrunken, laute Punkmusik gehört und fiese Pläne geschmiedet.

Unangenehme Erinnerungen krochen hoch. An den Abend, als er ihnen gestanden hatte, dass er nicht länger Teil der Gruppe sein wollte. Wie sie ihn aus misstrauischen Augen ungläubig angestarrt und schließlich bespuckt hatten.

»Niemand verlässt ungestraft unseren Kreis«, hatte Chris Hunt mit gefährlich leiser Stimme gedroht.

»Ich mache nicht mehr mit«, hatte Jake entschlossen entgegnet. »Bei der letzten Schlägerei hat es einen Toten gegeben. Habt ihr das vergessen?« Er hatte sie eindringlich betrachtet, jeden Einzelnen. Sie machten nur wegwerfende Gesten oder zuckten gleichgültig mit den Schultern.

»Sein Pech, wenn er sich zur falschen Zeit am falschen Ort aufhalten musste.«

»Shit happens.« Bluey, der stets brav alles nachplapperte, was Hunt von sich gab, musste natürlich auch seinen Senf dazugeben.

»Ich verstehe euch nicht.« Jake lief es eiskalt den Rücken hinunter. Hatte er diese Typen als Freunde angesehen? Nun, das Wort Freunde war vielleicht übertrieben, aber zumindest waren dies seine Kumpel. Gewesen, korrigierte er im Geist. Er wollte mit dieser brutalen und völlig hemmungslosen Bande nichts mehr zu tun haben. Sie waren einen gewaltigen Schritt zu weit gegangen. Ein Menschenleben war verloren. Das war etwas anderes als harmlose Prügeleien oder nächtliche Lärmbelästigung. »Ich bin draußen«, bekräftigte er noch einmal und wandte sich zum Gehen. Der Faustschlag traf ihn unvorbereitet und landete direkt neben seinem rechten Auge. Explodierender Schmerz fuhr wie ein grob gezacktes Messer durch seine Augenhöhle.

»Nimm das als Denkzettel, Stevens«, zischte Hunt. »Und halt ja dein Maul. Sollte ich herausfinden, dass du irgendwelche Lügen über die Deadly Lizards verbreitest, bist du dran.«

Das wahnsinnige Reißen und Klopfen in seiner Schläfe, das bis zum unteren Kieferknochen zog, hatte Jake kaum noch klar denken lassen. Hellrotes Blut schoss aus seiner Nase, färbte sein blaues T-Shirt violett. Er hatte die Augen zusammengekniffen, weil er plötzlich doppelt sah. Irgendwie schaffte er es, sich auf seine Suzuki zu schwingen und die Notaufnahme des Victor Harbor Krankenhauses aufzusuchen. Dort stellten die Ärzte einen komplizierten Jochbeinbruch fest. Jake konnte sich noch gut an die folgende Operation und die furchtbaren Wochen danach erinnern.

Mit dem Zeigefinger zeichnete er die lange Narbe neben seiner Augenbraue nach, während er an diese schreckliche Zeit dachte. Er straffte den Rücken, versuchte, die unangenehmen Gedanken abzuschütteln.

»Ich mache mich sofort auf den Weg und hole Nele nach Hause«, teilte er Gordon mit. Täuschte er sich, oder begann der Himmel sich im Osten bereits aufzuhellen?

»In Ordnung. Ich bin so schnell es geht bei euch.«

»Das kriege ich allein hin«, wandte Jake ein, zuversichtlicher klingend, als er sich fühlte.

»Nichts da! Ich bin gleich bei dir.«

Insgeheim froh darüber, dass Taras Stiefvater sich ihm anschließen würde, erklärte Jake ihm den Weg zur Hütte. »Wir müssen die Polizei hinzuziehen«, meinte er abschließend.

»Natürlich. Ich werde Sam informieren.« Gordon legte auf.

Bis Gordon und Sam eintrafen, würde Jake sich um Hunt kümmern. O ja, das würde er. Sie hatten sowieso noch eine Rechnung offen. Er ballte die Hände zu Fäusten, überrascht von dem heftigen Verlangen, sie erneut zu benutzen und zuzuschlagen. Mit vor Wut rasendem Herzen setzte er den Helm auf und warf die Maschine an. Sein ganzer Körper vibrierte in Erwartung, Nele endlich zu finden. In ein paar Minuten wäre er bei ihr und dann war Hunt fällig. Jake würde ihm eine ordentliche Lektion erteilen, die dieser Mistkerl sein Leben lang nicht mehr vergessen würde. Wenn er nur nicht zu spät kam.

»Meint ihr nicht, wir sollten die Behrmanns in Deutschland verständigen? Ich meine, bis wir …« Tara brach ab. In ihrem Magen verknotete sich etwas, als sie das aschfahle Gesicht ihres Stiefvaters bemerkte.

Wie in Trance legte Gordon den Hörer auf die Gabel zurück.

»Noch nicht.« Mum legte ihr eine Hand auf den Arm. »Wir würden sie nur unnötig beunruhigen, Liebes.« Sie folgte Taras Blick. »O mein Gott, was ist passiert?« Mum zog den Gürtel ihres Bademantels enger, als sie sich erhob. Unter ihren Augen lagen tiefe Schatten. Niemand von ihnen hatte in dieser Nacht Ruhe finden können. An Schlaf war nicht zu denken gewesen.

»Das war Jake.« Gordon gab sich alle Mühe, gelassen zu erscheinen, aber seine sonst so ruhige Stimme bebte. Er presste seine Handflächen gegen die Schläfen. »Er glaubt zu wissen, wo Nele sein könnte. Ich mache mich sofort auf den Weg.« Entschlossen schnappte er sich die Autoschlüssel vom Küchentisch und verschwand in den Flur.

»Du lieber Himmel! Wo ist sie? Wo ist Nele?« Sämtliche Farbe war aus Mums Gesicht gewichen.

»Inman Valley. Von der James Road Richtung Myponga führt ein schmaler Weg zu einer Lichtung in den Wald«, rief Gordon ihr über die Schulter zu. In Windeseile schlüpfte er in seine Jacke und Schuhe. »Jake erwähnte eine alte Hütte, Hancocks Shed. Shirley, würdest du bitte Sam anrufen und ihm Bescheid geben? Sie sollen sich umgehend dorthin begeben!«

Tara schloss einen Moment die Augen. Sie hatten Nele gefunden. Sie konnte es kaum glauben. Ihr schwindelte. Hoffentlich hatte Jake sich nicht geirrt. Hoffentlich hatte er recht mit seiner Vermutung. Tara betete, dass Nele wieder nach Hause kam. Dann wäre dieser schreckliche Albtraum endlich vorbei. Rasch umarmte sie ihre verdutzte Mutter und eilte in den Flur, wo Gordon gerade die Knöpfe seiner Jacke schloss. »Ich komme mit.«

Gordon hielt inne. »In diesem Aufzug?« Stirnrunzelnd musterte er Taras geblümte Flanellpyjamahose und das lose T-Shirt. »Bleib da, Liebes, ich fahre lieber allein …«

»Zwei Leute sind besser als einer«, unterbrach sie ihren Stiefvater. »Schließlich bin ich diejenige, die Schuld an dieser ganzen Misere trägt.« Ihre Kehle schnürte sich zu, als sie ihm in die Augen blickte. »Bitte Dad, lass mich mitkommen.« Ihr war bewusst, dass es das erste Mal war, seit Gordon in ihr Leben getreten war, dass sie ihn Dad nannte.

Für einen winzigen Augenblick trat Erstaunen in seine braunen Augen. Die Andeutung eines Lächelns huschte um seine Lippen. Er nahm Taras Jeansjacke vom Garderobenhaken und legte sie ihr liebevoll über die Schultern. »Ich denke, so wird es gehen«, sagte er rau. »Nichts wie los.«

Sein Herz hämmerte laut und ungestüm, als er von seiner Maschine stieg. Der schmutzige Pick-up auf der Anhöhe sprang ihm sofort ins Auge. Er hatte also richtig mit seiner Vermutung gelegen. Hunt hielt Nele in der Hütte im Wald versteckt. Seinen wachsamen Blick auf die Lichtung geheftet, bockte er das Motorrad auf und hängte den Helm ans Lenkrad. Im Schutz einzelner Bäume pirschte er sich an den Wellblechverschlag heran. Ein unbedachter Schritt ließ einen Ast mit einem lauten Knacken unter seiner Sohle zerbrechen. Der Lärm schreckte ein paar Galahs auf, die sich offensichtlich in ihrer Nachtruhe gestört fühlten. Mit aufgeregtem Flattern stoben sie kreischend von ihren Baumwipfeln.

Jake verharrte mitten in der Bewegung. Mit Argusaugen beobachtete er die Hüttentür. Es rührte sich nichts. Erleichtert setzte er seinen Weg fort.

Ein plötzlicher, gellender Schrei stoppte ihn erneut. Das war kein Vogel. Kein Tier. Es war ein menschlicher Schrei gewesen. Nele! Adrenalin schoss durch seine Venen. Sein Puls begann zu rasen. Er stürmte los. In Sekunden hatte er den Schuppen erreicht. Kraftvoll warf er sich gegen die

Tür, ignorierte den dumpfen Schmerz in seiner Schulter, und landete auf Chris' breitem Rücken. Er riss ihn herum, packte ihn an seinem Shirt und verpasste ihm einen derben Schlag mitten ins Gesicht. Nur um sicherzugehen, ließ er einen Zweiten folgen. Wie eine Stoffpuppe sackte Hunt in sich zusammen und blieb am Boden liegen.

Neles Augen flackerten überrascht auf. Entsetzen und Erleichterung zugleich standen ihr ins Gesicht geschrieben. Sie lächelte und weinte. Es war dieses Lächeln, halb Verzweiflung, halb Hoffnung, das sein Herz zum Schmelzen brachte.

»Alles wird gut.« Seine Stimme, spröde vor Anspannung, zitterte. »Ich bin jetzt da.« Er ließ sich neben ihr auf die Knie fallen, zog sie an sich und hielt sie fest.

»Er hat dich gefesselt«, keuchte Jake ihr fassungslos ins Haar.

Am liebsten hätte Nele sich für immer in seine starken Arme verkrochen, aber sie fürchtete, dass Chris jeden Moment das Bewusstsein wiedererlangte. »Wir müssen ...«

Augenblicklich löste sich Jake von ihr. »Du hast recht. Wir müssen uns beeilen.« Aus seiner Jackentasche zog er ein Messer. »Ich bin heilfroh, dass ich dich gefunden habe. Und ... und dass es dir ... Dir geht es doch gut, oder?«, raunte er, während er sich an ihrer Fessel zu schaffen machte.

»Ja. Schnell, schnell, bevor er wieder zu sich kommt!«

Jake sägte wie ein Wilder an der Kordel, bis er sie zerreißen konnte. »Nichts wie raus hier!« Er half ihr auf. Sie schwankte, und einen Moment lang drohten ihre Knie nachzugeben. Jake umfasste ihre Taille. Er hielt sie fest umschlungen und lotste sie nach draußen. Mit der freien Hand fischte er nach seinem Handy und drückte die Wahlwiederholung. »Hi, hier ist Jake. Ich hab sie. Ja. Der Kerl ist außer Gefecht. Nele ist okay.« Er tauschte einen sekundenschnellen Blick mit ihr und sie bemerkte den zärtlichen Ausdruck in seinen Augen. »Bis gleich.« Er räusperte sich, klappte das Telefon zusammen. »Gordon und Tara sind jeden Moment hier. Die Polizei ist auch verständigt.«

»Gott sei Dank.« Nele vergrub ihr Gesicht an seiner Brust, wo sie plötzlich in unkontrolliertes Schluchzen ausbrach.

»Nicht weinen. Es ist doch alles gut.« Seine Stimme versagte, er strich ihr sanft über das Haar. Sie schmiegte sich an ihn, hörte das wilde Pochen seines Herzens.

Plötzlich gab es einen dumpfen Schlag. Fassungslos sah Nele zu, wie Jake lautlos in sich zusammensackte.

Kapitel 25
Überraschungen

Nele wirbelte herum. Unter Chris' angeschwollener Nase klebte Blut. Seine dunklen Augen funkelten bedrohlich. Wortlos schleuderte er den krummen Ast, mit dem er Jake niedergeschlagen hatte, beiseite. Er packte Nele am Genick.

»Das habt ihr euch schön ausgedacht. Wird leider nichts aus euren Plänen.« Er spie aus. »Los jetzt. Wir hauen ab!«

»Was ist mit Jake? Er ist verletzt!« Jake lag reglos am Boden.

»Glaubst du, das kümmert mich?« Mit den Fingern um ihren Hals dirigierte er sie zurück in den Busch. »Dein Freund hat einen großen Fehler begangen. Nicht den Ersten wohlgemerkt. Auch für diesen wird er büßen.«

»Ich denke, du bist derjenige, der einen großen Fehler macht«, erwiderte Nele und wappnete sich für einen weiteren Ausbruch seinerseits.

Zu ihrem Erstaunen blieb Chris ruhig. Er löste seinen Griff und schnappte sich stattdessen ihre Hand. »Jake liebt dich nicht«, meinte er nach einem kurzen Moment des Schweigens. Geringschätzig lachte er auf, als sie ihm einen Seitenblick zuwarf. »Der will dich nur flachlegen. Das macht er mit jeder verdammten Sheila so, glaub mir. Eine schnelle Nummer und er lässt dich fallen wie eine heiße Kartoffel! Stevens ist nicht so fein, wie er immer tut. Er ist einer von der Gang. Einer von uns! Hat er dir das nicht gesagt?«

Nele erstarrte. »Bleib stehen.« Sie krallte die Finger in seine Hand.

Chris sah spöttisch auf sie herunter.

In ihrem Kopf schwirrten die Gedanken wild durcheinander. Stimmte es, was Chris behauptete? Jake war ein Mitglied dieser schrecklichen Truppe, die sie am Strand belästigt hatte? Aber das würde ja bedeuten, dass er und Hunt ... Hatte Jake nicht erklärt, Hunt nicht zu kennen? Nein, sie konnte sich kaum vorstellen, dass Jake der widerlichen Bande angehörte. Dann jedoch erinnerte sie sich an die vielsagenden Blicke, die er und Chris miteinander getauscht hatten.

Wenn Chris die Wahrheit sprach, würde das bedeuten, dass Jake die ganze Zeit über gewusst hatte, wer Chris Hunt in Wirklichkeit war. Hatte er Nele deshalb vor ihm gewarnt? Sie war verwirrt. Es fiel ihr schwer, klar zu denken. Leise Zweifel drängten sich auf. Hatte sie sich derart in Jake getäuscht? War er letzten Endes doch nur darauf aus gewesen, sie herumzukriegen? Hatte er deshalb mit ihr Schluss gemacht, weil sie nicht bereit gewesen war, den nächsten Schritt zu gehen, als er es wollte?

Chris beobachtete interessiert ihr Mienenspiel. »Trau diesem Schönling nicht. Stevens ist nicht der, der er vorgibt zu sein.«

Seine Worte riefen eine vage Erinnerung wach. Nele musste plötzlich an Tara denken. An das, was Tara alles über Jake gesagt hatte und daran, dass ihre Gastschwester sich still und heimlich hinter ihrem Rücken mit ihm verabredet hatte. Nele senkte den Blick und starrte auf ihre Sneaker, damit Chris ihr nicht in die Augen sehen konnte. »Vielleicht hast du recht«, sagte sie leise. »Ich habe mir etwas vorgemacht.«

»Inwiefern?« Argwohn klang aus seiner Stimme.

»Dass ich Jake etwas bedeute. Wahrscheinlich wollte er mich wirklich nur flachlegen. Es scheint, dass er mich angelogen hat.« Den letzten Satz sprach sie sehr leise.

Chris gab einen zufriedenen Laut von sich. »Siehst du es endlich ein?«

Jetzt oder nie. »Und ob!« Sie nahm ihre ganze Kraft zusammen und rammte ihm mit aller Macht ihr Knie dorthin, wo es ihn am meisten schmerzte.

Qualvoll schrie er auf. Sein Kreischen brach. Sie sah noch, wie er sich krümmte, und ihr einen Blick hinterherwarf, der so voller Hass und Wut brannte, dass es ihr eiskalt den Rücken hinunterlief.

Nele rannte um ihr Leben und hatte dabei nur einen einzigen Gedanken: Jake. Sie sah ihn hilflos und halb tot vor sich in einer Blutlache auf dem Waldboden liegen. Gierige, zähnefletschende Dingos mit struppigem Fell und irren Augen umkreisten seine regungslose Gestalt ... Vielleicht war er schon tot? Nein, das konnte – durfte nicht sein! Sie musste so schnell wie möglich zu ihm, ihn retten. Zum Glück hellte es bereits auf, und sie waren nicht weit in den Busch vorgedrungen, sodass Nele diesmal keine Probleme hatte, sich zu orientieren. Während sie durch den Wald zurück zur Lichtung stolperte, drehte sie sich immer wieder panisch um, um zu sehen, ob Chris ihr folgte. Sie stieß einen lauten Seufzer der Erleichterung aus, als sie Gordons dunkelblauen Station Wagon durch die Baumstämme hindurchblitzen sah. Sie mobilisierte ihre letzten Kräfte. Atemlos erreichte sie die Lichtung, wo sie Jake zwischen Gordon und Tara sitzend vorfand.

»Jake, o mein Gott!« Einen Herzschlag später sank sie vor ihm auf dem Boden nieder. Spinnen und Schlangen hin oder her. Sie zitterte vor Erschöpfung, kalte Schweißperlen rannen ihr von der Stirn.

»Hey!« Jake streckte die Arme nach Nele aus und zog sie an sich. »Ich habe mir solche wahnsinnigen Sorgen um dich gemacht! Dieser Scheißkerl ...« Er drehte sich um. »Wo ist Hunt?«

»Irgendwo im Busch.« Sie deutete mit ihrem Kinn in Richtung des Waldes. »Ich habe ihm – ich konnte ihm entwischen.« Sie würde Jake später berichten, was genau sie angestellt hatte, um Chris außer Gefecht zu setzen. Unbehaglich sah sie zu Tara hinüber. Noch immer fühlte sie leisen Groll in sich schwelen.

Tara errötete. »Ich bin tierisch froh, dass es dir gut geht, Nele«, sagte sie rau.

Nele musterte sie kühl.

Tara senkte die Lider. »Ich schätze, ich muss dir einiges erklären …« Mit der Spitze ihres Schuhs malte sie einen kleinen Kreis in den Staub.

»Später.« Nele vergrub ihr Gesicht in Jakes Jacke, atmete seinen Geruch.

Gordon tätschelte ihr den Scheitel. Als sie den Kopf hob, begegnete sie seinem warmen Blick. Sie rappelte sich auf und er nahm sie in den Arm, hielt sie fest. Er hatte sichtlich mit Worten zu kämpfen, als er sprach.

»Ich – Shirley wird ein Stein vom Herzen fallen, wenn wir dich gleich nach Hause bringen.« Noch einmal drückte er sie sanft, dann gab er sie frei. Während er über seinen dunklen Bart strich, scannten seine Augen die Umgebung. »Das Schwein ist noch irgendwo da draußen. Ich werde ihn suchen.«

»Dad.« Tara hielt ihn am Ärmel fest.

»Keine Sorge, Kleines. Ich weiß, wie man mit solchen Typen umgeht. Ich war nicht umsonst zehn Jahre bei der Navy.« Er zwinkerte ihr aufmunternd zu, bevor er Jake ansah. »Sam müsste jeden Moment hier sein. Wartet hier.«

Jake nickte. »Geht klar.«

Sand und kleine Steinchen knirschten unter Gordons schweren Schritten, als er sich in den Busch aufmachte. Unvermittelt drehte er sich noch einmal um. »Bleibt auf jeden Fall zusammen, hört ihr?«

»Keine Sorge, Mr H. Ich passe auf sie auf«, rief Jake ihm zu.

»Es ist so schön, dich zu sehen.« Nele strich Jake über das struppige Haar.

Er zuckte zusammen. »Vorsicht.« Als er grinste, bemerkte sie das getrocknete Blut an seiner aufgeplatzten Lippe. »Mein Kopf hat einen Schlag abbekommen.«

»Entschuldigung. Geht es dir gut?«

»Klar. Gordon meint allerdings, es wäre besser, wenn ich mich in der Notaufnahme durchchecken lasse. Nur um sicherzugehen.« Er gab Nele einen sanften Nasenstüber. »Mach nicht so ein Gesicht. Es ist bestimmt nur eine kleine Gehirnerschütterung. Nichts Ernstes.«

»Sicher?«

»Bestimmt.« Er musterte kritisch die leichten Verletzungen in ihrem Gesicht. »Vielleicht solltest du mich begleiten?« In seine Mundwinkel stahl sich die Andeutung eines Lächelns.

»Ich werde darüber nachdenken«, erwiderte sie schmunzelnd.

Hinter den schwarzen Hügeln im Osten färbte sich der Himmel in einem zarten Rotorange, während die Magpies ihren melodischen Gesang anstimmten. Die Morgendämmerung brach an. Die lange, dunkle Nacht wich einem neuen Tag.

»Es tut mir so leid, dass ich Schluss gemacht habe«, sagte Jake. »Ich hätte dich anhören sollen, anstatt einfach wegzurennen.« Er stieß einen tiefen Seufzer des Bedauerns aus.

Nele forschte in seinem Gesicht. »Ich verstehe immer noch nicht, was eigentlich passiert ist.«

»Es war diese dumme ... es war ein Missverständnis. Ein saublödes, dämliches Missverständnis.« Er wollte es Tara überlassen, Nele zu erklären, wie es zu dem ganzen Schlamassel gekommen war. Wichtig war für ihn im Moment nur eines. »Glaubst du, du kannst mir verzeihen?«

»Du hast mir sehr wehgetan.« In Neles Augen lag ein stiller Vorwurf.

»Es tut mir wirklich leid, glaub mir.« Er nickte, presste die Lippen aufeinander. »Ich wünschte, ich könnte all das hier ungeschehen machen.«

»Ich auch.«

Seine Gedanken überschlugen sich. Ob es richtig war, sie hier und jetzt zu fragen? Aber er musste es tun. Die Ungewissheit quälte ihn. Er musste wissen, wie sie zu ihm stand. Sein Herz pochte wild, als er ihre Hand in seine nahm. Mit dem Daumen strich er zart über ihren Handrücken. »Gibst du mir noch eine Chance?«

Ihre bernsteinfarbenen Augen verdunkelten sich.

»Du bedeutest mir viel, Nele.« *Sehr viel mehr, als ich geahnt habe,* fügte er still hinzu. Sie fehlte ihm so sehr.

Einen schrecklichen langen Moment musterte sie ihn schweigend. Er konnte sehen, wie es hinter ihrer Stirn arbeitete. »Wir haben viel zu besprechen«, entgegnete sie schließlich leise.

Er fühlte ein wenig Hoffnung aufsteigen. »Stimmt.«

Aufmerksam studierte sie seine Züge. »Ist es wahr, was Chris behauptet hat?«

Jakes Herzschlag setzte aus. Er konnte sehen, wie Nele über die plötzliche Härte in seinen Augen erschrak. »Was hat der feine Herr gesagt?«

»Dass du zu seiner Gang gehörst.«

An seinem linken Lid zuckte ein Muskel. Verdammter Hunt. Hatte sein Maul nicht halten können. Doch er hatte damit rechnen müssen, dass Nele irgendwann von seiner dunklen Vergangenheit erfuhr. Wie sollte er ihr glaubhaft versichern, dass diese Vergangenheit für immer hinter ihm lag? Schließlich prügelte er sich noch genauso wie früher, ließ seine Fäuste ebenso schnell fliegen wie damals. Oder etwa nicht? Scheinbar endlose Minuten schienen zu verstreichen, bevor er die Worte fand, es ihr zu erklären.

»Ich war einmal einer von ihnen. Einer von den Deadly Lizards.« Er hob den Kopf und starrte hinauf in das Graublau des Himmels, in dem die Sterne allmählich verblassten. »Ich hab viel Mist gebaut, damals. Mich geprügelt, jede Menge Ärger veranstaltet. Ich bin von der Schule geflogen. Bin nicht stolz drauf.« Er fixierte Nele. »Das ist Geschichte, lange vorbei.«

»Wirklich?« Er konnte die Zweifel aufflackern sehen. Ihr Blick glitt über seine Verletzungen.

»Ich habe mich heute Nacht geprügelt«, gab er zu. »Es ist passiert, und ich kann es nicht mehr ändern.«

Sie sah zur Seite. Er hob sanft ihr Kinn und drehte ihr Gesicht, damit sie ihn anblicken konnte. »Ich schwöre dir, es war das letzte Mal. Ich hatte eine Scheißangst um dich, Nele, die mich alle meine guten Vorsätze vergessen ließ. Ich war fast wahnsinnig vor Sorge um dich. Aber ...« Er legte einen Zeigefinger auf ihre Lippen, um sie am Sprechen zu hindern. »Aber ich will nie wieder die Person werden, die ich einmal war, als ich noch zu den Deadly Lizards gehörte. Damals habe ich mich aus Langeweile geprügelt, aus Spaß an der Gewalt. Weil ich dazugehören wollte.« Dieser Mensch war er nicht mehr. »Es wird nicht mehr geschehen. Das musst du mir glauben.« Er hielt inne, seine Augen hielten ihre fest. »Ich habe mit Hunts Clique nichts mehr zu schaffen.« Er meinte jedes Wort ernst, das er sagte. Jedes Einzelne. Niemals wieder wollte er in diesen Strudel aus Brutalität und Verantwortungslosigkeit geraten. Wenn er eine Lehre aus den vergangenen Geschehnissen gezogen hatte, dann die, dass die Sprache der Gewalt niemals eine Lösung war.

»Warum hast du gelogen, als ich dich fragte, ob du Hunt kennst?«

»Ich habe mich geschämt, Nele. Für meine Vergangenheit. Ich wollte nicht, dass du davon erfährst.« Behutsam strich er ihr eine Strähne von der Stirn. »Es tut mir leid.«

Sie dachte kurz nach. Er sah das Grübchen in ihrer Wange aufblitzen. »Ich denke, ich kann dir verzeihen«, murmelte sie, während sie sich an ihn schmiegte.

»Ich liebe dich«, sagte er, und es überraschte ihn, wie leicht ihm diese Worte von den Lippen kamen.

Gordon war es tatsächlich gelungen, Chris Hunt im Wald aufzuspüren und direkt in die Arme von Sam Arrows, dem Chef der Polizeistation von Victor Harbor, zu treiben. Jetzt saß Chris sorgfältig gefesselt auf dem Rücksitz von Sams Jeep und stierte mit finsterer Miene durch die Fensterscheibe. Gordon wechselte ein paar klärende Worte mit Sam. In wenigen Augenblicken würden sie aufbrechen. Nach Hause. Nach Victor Harbor.

»Was für ein grässlicher, furchtbarer Albtraum diese Nacht war.« Jake, den Sam ebenso wie Nele mit einer wärmenden Decke versorgt hatte, legte beide Hände auf ihre Schultern. »Wenn dir etwas zugestoßen wäre ...« Er verstummte und starrte in die Ferne, aber sie hatte das Schimmern in seinen blauen Augen gesehen.

Sie schlang ihre Arme um seine Taille und presste ihr Gesicht an seine Brust, atmete seinen herben Duft. »Mir geht es gut«, murmelte sie. »Wir haben es geschafft, es ist vorbei.« Auch sie würde diese lange Nacht für den Rest ihres Lebens nicht vergessen. Die entsetzliche Angst, die Verzweiflung. Und doch glaubte sie, etwas Kostbares entdeckt zu haben. Ihre eigene Stärke, ihren Mut. Die Gewissheit, dass sie über sich hinauswachsen konnte, wenn es nötig war. Dass auch sie raffiniert und listig sein konnte. Und verführerisch. Sie schmunzelte. Na ja, nicht wirklich.

Sie hob den Kopf, sah zu Jake auf. Anscheinend musste sie nicht verführerisch und sexy sein, um das Herz eines jungen Mannes zu gewinnen. Sie war in Ordnung, genauso, wie sie war. Sie hatte das Gefühl, in den letzten paar Stunden gewachsen zu sein. In ihr steckte viel mehr, so viel mehr, als sie geahnt hatte. Sie hatte diesen schrecklichen Albtraum überlebt. Hatte die dunklen Stunden überstanden. Und sich dabei neu entdeckt. Sie studierte Jakes Gesicht. Ihr fielen die feinen Linien um seine Mundwinkel auf und die dunklen Schatten unter seinen Augen. Eine Welle der Zärtlichkeit schwappte über sie hinweg. »Jake«, flüsterte sie.

Er sah zu ihr herab. Leise lächelnd zeichnete er mit dem Zeigefinger eine von ihren Augenbrauen nach. »Du hast recht«, sagte er. »Es ist vorbei.«

Tara räusperte sich. »Ich muss mit dir sprechen, Nele.«

Jake nickte ihr zu. »Klar. Mach das.«

Nele unterdrückte ein Gähnen. Wahrscheinlich ging es um ihre Verabredung. Aber was immer es war, über das Tara mit ihr reden wollte, es musste warten. Sie fühlte sich mittlerweile wie durch den Fleischwolf gedreht. Ihre Glieder waren schwer wie Blei, sie war erschöpft, todmüde und wollte nur noch nach Hause ins Bett. »Kann das nicht warten?«

Tara senkte die Lider, schüttelte den Kopf. »Bitte, ich muss es loswerden. Bitte.«

Nele sah Hilfe suchend zu Jake.

»Hör dir an, was sie zu sagen hat.« Jake löste sich von ihr und wollte gehen, doch Tara griff nach seinem Arm und hielt ihn fest.

»Bleib. Es hat doch auch mit dir zu tun.«

Nele beschlich ein leises Gefühl der Beklemmung. »Okay«, meinte sie ein wenig verunsichert. »Dann schieß mal los.«

Auf Taras Wangen leuchteten feuerrote Flecken, als sie sprach. »Ich habe mir deinen Laptop geschnappt, mich auf dein Facebook-Profil geschlichen und Jake eine Nachricht geschickt.« Sie sprach so hastig, dass Nele Mühe hatte, ihr zu folgen. »Ich habe ihn in deinem Namen abserviert. Habe ihm eine Lüge aufgetischt. Deshalb hat er mit dir Schluss gemacht.« Tara hielt den Atem an und biss sich auf die Lippen, während sie auf Neles Reaktion wartete. In ihrer Schläfe zuckte ein Nerv.

»Du hast *was*?« Nele glaubte, sich verhört zu haben.

»Es ist wahr und es tut mir unendlich leid.« Tara zitterte sichtbar. »Es ist meine Schuld, dass du zu Chris ins Auto gestiegen bist. Ich habe es zu verantworten, dass das hier alles passiert ist!« Tara schluckte, warf einen Seitenblick in Jakes Richtung. »Ich war eifersüchtig auf dich.«

Nele musste die Ohren spitzen, weil Tara plötzlich so leise sprach. Sie sah zu Jake, der Tara anstarrte. Tara und Jake. Jake und Tara. Hatte sie insgeheim also doch recht gehabt. Das seltsame Verhalten ihrer Gastschwester, die merkwürdige Spannung zwischen ihnen …

»Wenn ich es doch nur ungeschehen machen könnte.« Tara fixierte ihre Schuhspitzen. »Ich hab Riesenmist gebaut. Ich würde verstehen, wenn du …«, sie schielte zu Jake, »wenn ihr nichts mehr mit mir zu tun haben wollt.«

Eine wahre Flut von Gefühlen stürzte auf Nele ein. Empörung, Wut, ungläubiges Entsetzen.

»Ich schäme mich furchtbar«, fuhr Tara fort. »Ich weiß nicht, ob ich je wieder gut machen kann, was ich angerichtet habe.« Ihr dünn klingendes Stimmchen erinnerte nicht mehr an die stets etwas kühle, zynische und selbstsichere Gastschwester. Lautes Naseschnäuzen folgte.

Nele knabberte an ihrer Unterlippe, während sie in den Busch starrte, der zwitschernd, pfeifend und raschelnd zu neuem Leben erwachte. Hunderte von Gedanken rasten gleichzeitig durch ihren Kopf. Sie war müde, so entsetzlich müde und gleichzeitig hellwach. Es dauerte einen Augenblick, bis das Gesagte vollkommen zu ihr durchgedrungen war. Tränen rannen ihr über die Wangen, als sie sich schließlich Tara zuwandte.

Nackte, bittere Verzweiflung lag auf Taras Gesicht. Sie schüttelte den Kopf. »Ich bin ein schrecklicher Mensch. Es tut mir unendlich leid!«

Nele atmete tief ein, füllte ihre Lungen mit der klaren frischen Morgenluft. Sie streckte eine Hand nach Tara aus. »Ich habe nicht gewusst, dass es dir so wehtut«, sagte sie leise.

»Hey Luke, mate! Bist du bald fertig mit deiner Mund-zu-Mund-Beatmung?« Jake tauschte einen belustigten Blick mit Nele. »Schwing endlich deinen Hintern hierher, damit wir loslegen können!«

Ohne den Kuss zu unterbrechen, hob Luke seine rechte Hand, wackelte bedeutungsvoll mit dem Mittelfinger und fuhr fort, Tara zu küssen.

»Ich schätze, auf den musst du erst mal verzichten«, meinte Nele lachend und klemmte sich ihr Surfbrett unter den Arm.

»Sieht ganz so aus.« Jake grinste über beide Ohren und beobachtete weiterhin ungeniert seinen besten Freund beim Knutschen. »Ich gönn's ihm. Schließlich hat er Tara lange genug angeschmachtet. Wurde endlich mal Zeit, dass sie einsieht, was für ein prima Kerl er ist.« Jake hob sein Board auf. »Komm. Lassen wir die beiden Turteltäubchen allein. Der Ozean gehört uns.«

Die Sonne schien und die Brandung rollte in hohen, gleichmäßigen Wellen an die Küste. Unter einem blassblauen Herbsthimmel segelten Silbermöwen dahin. Der unermüdliche Westwind zerrte an Neles langem Zopf und wehte ihr immer wieder vorwitzige Strähnen ins Gesicht. Es war ein perfekter Tag zum Surfen.

»Warte mal.« Nele blieb stehen, grub ihre Zehen in den feuchten anthrazitfarbenen Sand. Sie ließ den Blick über das indigoblaue Wasser nach Granite Island bis hinüber zum Bluff schweifen. »Hier am Strand hat alles angefangen.« Sie sah zu Jake, und ihr Herz schlug einen Purzelbaum. Seine Augen leuchteten in derselben Farbe wie das Meer.

Er schenkte ihr dieses unglaublich süße, schiefe Lächeln, das ihr noch immer den Boden unter den Füßen wegzog. »Es ist noch lange nicht zu Ende, glaub mir.«

»Noch lange nicht«, wiederholte sie leise. Ihre Worte verloren sich im Tosen der Brandung. Unvermittelt sprintete sie los. »Wer als Letzter drin ist, übernimmt die nächste Rechnung bei Nino's!« Lachend drehte sie sich nach Jake um.

Er stand noch immer an der gleichen Stelle, als hätte er dort Wurzeln geschlagen, den Blick unverwandt auf sie gerichtet. »Nele?«

Sie blieb wieder stehen. »Ja?«

Mit dem Zeigefinger und einem Augenzwinkern lockte er sie zurück.

Dein Wunsch ist mir Befehl. Sie stapfte grinsend auf ihn zu. »Ich hoffe, es gibt einen guten Grund, weshalb du mich zurückbeorderst«, sagte sie mit gespielter Strenge. »Was gibt's?«

Er verzog keine Miene. »Mir ist aus verlässlicher Quelle bekannt, dass die Haie in der Bucht heute ganz besonders wild auf sexy deutsche Schönheiten sein sollen.« Es zuckte verräterisch um seine Mundwinkel.

Nele fühlte ein Lachen aufsteigen, prickelnd und leicht wie Champagner. Sie fixierte Jake aus schmalen Schlitzen, ließ das Board in den Sand fallen und verpasste ihm einen Schlag gegen seinen kräftigen Oberarm. »Schuft! Elender, verführerischer Schuft!«

Er packte ihre Handgelenke, hielt sie fest und zog sie an seine Brust. »Sie sind genauso wild auf dich, wie ich es bin«, raunte er in ihr Ohr. Durch den Stoff seines dunklen Wetshirts konnte sie die festen Rundungen seiner Muskeln spüren. Sein Brustkorb hob und senkte sich in schneller

Folge, als er seine Hände um ihre Taille legte. Sein heißer Atem streifte ihre Wange. Sie hörte ihr Herz wild klopfen. Spürte das Blut durch ihre Adern rauschen.

»Schrecklicher Kerl …«, begann sie halbherzig.

Jake hob sanft ihr Kinn und verschloss ihre Lippen mit einem zärtlichen Kuss.